大明御史左光斗

假官作乱　生死粮田
帝国黄昏　巡按直隶
铲除黑帮　涿州进香
扬州缉贪　舍命一搏

谢思球　著

中国文史出版社

图书在版编目（CIP）数据

大明御史左光斗 / 谢思球著 . — 北京 ：中国文史出版社，2018. 5
ISBN 978 - 7 - 5205 - 0317 - 4

Ⅰ. ①大… Ⅱ. ①谢… Ⅲ. ①长篇历史小说—中国—当代
Ⅳ. ①I247. 5

中国版本图书馆 CIP 数据核字（2018）第 118273 号

责任编辑：程　凤

出版发行：**中国文史出版社**
网　　址：www. chinawenshi. net
社　　址：北京市西城区太平桥大街 23 号　　邮编：100811
电　　话：010 - 66173572　66168268　66192736（发行部）
传　　真：010 - 66192703
印　　装：北京温林源印刷有限公司
经　　销：全国新华书店
开　　本：1/16
印　　张：19
字　　数：330 千字
版　　次：2018 年 8 月北京第 1 版
印　　次：2018 年 8 月第 1 次印刷
定　　价：56. 00 元

【序】

张扬

含混而汹涌的街市声浪仿若被吸走了，午后的清静近乎虚幻。家人仍在午睡，蓦然惊醒，起身，沏茶。茶是陈茶，舌尖上漫着焦味，倒也提神。此际，硕大的玉兰花如洁白的灯盏藏在密不透风的厚实绿叶中，黄澄澄的枇杷耀眼地挂在枝头，潮湿而凉爽的气息从窗台丝丝倾入……这初夏午后，阴阴的，有着山林独坐只可意会般的美妙。

想起乡友思球兄嘱托，于窗前凝神写几行字。此刻的他，在逶迤而来浪花飞溅的长江之滨，在山水相依藏风聚气的古城里，一如往常走笔，抑或行走在白云悠悠野鸟振翅的乡间采撷风中遗落的传奇？

忆得思球兄拍有一帧照片，人立古树旁，身后背景是成片绿茶，以及投射过来的明亮光线，连衣装都泛着灿烂金色。生得俊朗，双目炯炯，人有静气，不喜高谈阔论。以家乡言，斯斯文文。斯文之气，约莫生性使然，抑或读书所致。山光水色悦人，人处山水之间，可得几脉灵气。亘古弥新的长江经由枞阳，润泽着山川田畴以及居于其间的子民。鱼龙争跃，舟来楫往，浪花卷起复又散去，善感多思之人，幽幽目光越过江河湖泊，越过茂林修竹深山。

在明月江声中，在风移影动里，写诗，写散文，写小说……谢思球心有所系，孜孜以求，用文字排遣青春的悸动，纾解心灵的困惑，表达对茫茫人生，对历史，对文化的思索与探问。他的写作，大概因了个人志趣，偏重文史内容，如写枞阳历史文化人物，如写徽州史上重重桎梏中的女性，如写风云突变中的陈胜、吴广、项羽、刘邦。

写散文的谢思球是博采多思的，写小说的谢思球是酣畅淋漓的，如白首说书，神完气足，唾沫四溅。作家早年阅读、行走体验与所处地理环境，对其后来写作或是草蛇灰线，伏脉千里。十余年前，谢思球游历徽州，边走边叹，写就另类视角的散文集《徽州女人》；二十多年前，血气方刚之际，谢思球如受催眠，由南往北，只身辗转至沱河岸边，探访史书记载里的垓下，在西风猎猎中寻味历史与现实交织出的沧桑与吊诡。

文学创作殊于学术研究，但若以地域文化度量，谢思球这部长篇历史小说《大明御史左光斗》与之前的文化散文集《文章之府老枞阳》所写的，正是皖江文化范畴，而《徽州女人》是将笔触伸向徽州文化圈，长篇小说《大泽乡》写的则属淮河文化中的人物与事件。

对故土人与事的知根知底，于作家而言是天然得势，亦是创作压力。不吐不快，不写不休。如写文化散文《血性周潭》，谢思球笔下流露出对枞阳东乡的亲近和熟稔。又如对载之史册的左光斗，谢思球同样近水楼台，亦存有创作压力与责任。方苞名篇《左忠毅公逸事》之后，鲜有书写左光斗的大部头文学作品，谢思球写完电视剧本《大明御史》，继而创作出长篇小说《大明御史左光斗》，冥冥中暗合着接力、暗合着薪火相传。谢思球屡访枞阳横埠镇大朱庄，走走停停间一次次怀想铁骨铮铮、能干之臣的往事与风采，在曾经血雨腥风又云收雨霁历经数世纪流变的时空里吐一吐气。由左光斗这样的人物出发，由一颗清白的心灵出发，可以窥见谢思球所要打量，并穿越时空与之心神交流的人物，是有高标与文化等级的。

朱光潜在《谈文学》中写道："文艺到了最高的境界，从理智方面说，对于人生世相必有深广的观照与彻底的了解，如阿波罗凭高远眺，华严世界尽成明镜里的光影，大有佛家所谓万法皆空，空而不空的景象；从情感方面说，对于人世悲欢好丑必有平等的真挚的同情，冲突化除后的谐和，不沾小我利害的超脱，高等的幽默与高等的严肃，成为相反者之同一。"在文学创作上，谢思球的视野是跳脱的，关心地域文化中的人物和现象，却不以地域为藩篱；以心灵史来观照、贴近时代风云中的人物，却不拘泥于对个体命运的悲悯。

小说是作家创造世界的形式与载体，其创造的世界的繁复与深邃，有赖于其内心世界的丰富性与见识的独特性。难以想象心灵贫瘠与思想苍白乏力的人能写出佳作。枞阳文风郁郁，人文故事厚积，少时即耳濡目染的谢思球，吸纳、酝酿、构造，以至于近十年，屡有作品问世并为国内文学期刊所刊登。随之而起并日益见重的，是其写作声名与影响。

波光淼淼的白荡湖畔，坐落着蔚然深秀的浮山，晋梁以后，尤自唐宋以降，文人名士纷至沓来。浮山遗存480多块摩崖石刻，其中"着力向前行，自得无穷趣"刻句，颇合肩扛重任的谢思球探索之状。前贤名家光彩照世，譬如桐城文派。青衫不见，风流往矣。今日种种求索与着力，在文脉延续，在新境地开辟。

二〇一八年五月于合肥

（作者系《安徽商报》编委、橙周刊主编、安徽省写作学会副秘书长、皖江文化研究会合肥分会副会长）

#【目录】

【目录】

【目录】

【目录】

第一章

假官作乱

一、一只木偶

左光斗一步一步地登上台阶，在快要接近玉熙宫的平台时，一只类似小动物样的东西突然蹿到他的跟前，将他吓了一跳。仔细一看，原来是一只木偶。

他松了一口气。这是只武士模样的木偶，高约尺余，五官分明，身披盔甲，手持长枪，威风凛凛。更神奇的是，它能自己行走，正在朝他眨巴着眼睛呢。木偶左光斗当然见过，但还从没有见过制作得如此精巧的木偶。

一群太监簇拥着一位少年跑了过来。少年十四五岁的样子，颀长，清瘦，大脑袋，活像地面上这只木偶。少年身着金黄色的冬袄，上面绣着云龙。左光斗正在揣测着这位少年的身份，只听为首的一位老太监说："殿下，别闹了，天要下雪了，咱们快回东宫去吧。"这位老太监左光斗认识，名叫王安。

王安叫殿下时左光斗就猜出了这位少年的身份，他就是皇长孙朱由校。左光斗赶紧行了个礼，说："微臣参见殿下。"

朱由校拍着手说："王公公，快来看，这位大人的衣服上也有一只木偶。"

王安抬头一看，眼前这这位官员他认识，是监察御史左光斗，他肯定是来找皇上的。他轻声对左光斗说："皇上在玉熙宫内，不过，他不一定会见你。"又大声对朱由校说，"殿下，那图案不是木偶，而叫獬豸，是一种独角兽，御史官服上都有的。"

朱由校显然没听说过这种动物，他皱着眉头，嘴里喃喃地说："獬豸，獬豸……"

左光斗捡起那只木偶，递给朱由校说："殿下，给。"

王安将朱由校和他的随从太监们支走了。然后，又问左光斗说："左大人，你这一共来多少趟了，再去碰碰运气吧。"

"第五趟。谢谢王公公关心。"说着，他大步向玉熙宫走去。

左光斗是和莳花阁的头牌青青同时抵达玉熙宫门口的。青青坐着太监们抬的肩舆，肩舆停下的时候，一只葱白的小手从金黄的流苏轿帘里伸了出来，王安和宫女们小心翼翼地侍候着青青走了下来。青青进门时，无意地用眼光扫了一下神情严肃地跪在宫门口的左光斗。尽管他们并不认识，但两人的目光相遇时，彼此都有一些意外。皇宫里，谁有资格乘肩舆呢，除皇帝本人外，还有太后、皇后以及个别特许的年迈老臣。左光斗早就听说皇帝经常接莳花阁的头牌青青到玉熙宫里演出。所以，当他看见一个妙龄女子从肩舆里走出来的时候，就断定她是青青。

这是大明万历四十七年的冬天，空中铅云密布，像一个巨大的盖子压在皇宫城头上。宫殿檐角的麒麟、天马、狻猊、押鱼、獬豸等瑞兽们，在寒风中一片迷茫，瑟瑟发抖。左光斗是来向万历皇帝朱翊钧递奏疏的，奏疏的题目有点吓人，叫《宗社危在剥肤疏》。万历皇帝三十年不上朝，不说得危言耸听点，不足以刺激他麻痹已久的神经。

玉熙宫精舍内，温暖如春。龙椅上的朱翊钧面容苍白，由于长期纵情声色，他的身子早就垮了，像一条掏空了的丝瓜囊，软塌塌地搭在椅背上，嘴里胡乱地喘着粗气，眼睛里很空，没有任何内容。他感觉今天精神好了一点，就叫王安叫来了青青。御座的旁边，站着朱翊钧宠爱的郑贵妃，不过，她已是人老珠黄。王安是太子朱常洛的伴读太监，皇上的差事，按理不应该派他去，可青青和王安是老乡，都是保定府雄县人，她就听他的。王安指引着青青走到宫殿正中一块红色的羊毛毡上。看见青青走了进来，朱翊钧才坐直了身子，眼里有了点兴奋的光。

与朱翊钧的众多嫔妃相比，青青长得并不算太漂亮，但自有一种独特的魅力，她今年才十六岁，举手投足之间，那种豆蔻少女的青涩和活力欲掩还露，让老朱翊钧十分沉迷。特别是她的眼睛，那对青色的眸子，像两汪湖水，眨眨眼都能把人融化。青青善唱昆曲，但卖艺不卖身，想听听曲可以，但要再多想点别的内容，没门。朱翊钧虽然是皇帝，但青青就是敢拒绝他，让他也没辙。也许正是保持了最后的底线，才让青青在朱翊钧的眼里有了些许神秘感。丝乐响了起来，青青马上进入状态，清秀的脸上笼上愁云，朱唇轻启，唱道："原来姹紫嫣红开遍，似这般都付与断井颓垣，良辰美景奈何天，赏心乐事谁家院……"

跪在宫门外的左光斗自然听到了精舍里传来的乐曲声，他感觉城楼上的铅云全压在他的胸口上了，压抑、愤怒、失望、伤心，什么感觉都有。他的身子晃了几晃，连跪也跪不稳了。身为一国之君，三十年不上朝，十多万大军刚刚在辽东萨尔浒一败涂地，他倒还是坐得住，还有心情听起了闲曲。宫里本就有教坊、钟鼓司，前些年，为了听曲，他又新建了玉熙宫。听曲就听曲罢，可现在，宫内的三千歌伎也不能满足他了，还要从宫外请人了。他要听多少支曲子才是个够呢，他的耳朵里塞满了曲子，都是靡靡之音，民间的哀号声他早就听不见了。

左光斗，字共之，一字遗直，号浮丘，又号苍屿，万历三年九月九日出生于南直隶桐城县东乡横埠河畔的大朱庄。万历三十五年考中进士后任内阁中书舍人，万历四十一年擢升为浙江道监察御史，然后回故里候命，他在家乡桐城一待就是七年，前不久才到任履职。此时，他已经四十五岁了。左光斗到京师的时候，适逢朝廷军队在萨尔浒大败，京城里人心惶惶，担心都城不保，可朱翊钧就像没事人一般，依旧不上朝、不理政，天大的事情好像都和他无关，这叫刚刚就职的左光斗如何不忧心如焚。

左光斗像背书一般大声地嚷道："皇上御朝则天下安，不御朝则天下危，早朝则救天下之全，迟御则救天下之半，若终不御朝，则天下终无救而已矣！"

宫门虽然是开的，可里面乐声悠扬，朱翊钧根本听不见，可左光斗还是要说。曲子总会有停的时候，他要一直不停地说下去，直到朱翊钧听见为止。他说的都是奏章中的话："皇上，天也；群臣，万物也。有万物三十年不见天日者乎！坊间议论纷纷，说皇上必将先弃边，再弃天下，京师富商大贾正卷席南逃，勋戚贵族暗中搬家。辽东危矣，大明危矣……"

没有人理他。他自说自话。

天开始下雪了，大朵大朵的雪花从空中飘落下来。郑贵妃来到窗口看雪，看到宫门口跪着个人影，问道："那是谁？"

王安答道："回贵妃，是个御史，老奴认识他，桐城的左光斗，丁未科的进士，一个犟书生，上午递了个奏章，请求皇上御朝。"

郑贵妃不悦地说："一个小御史，管的真多，皇上的事他也要管。"

朱翊钧说："那个御史还没走吗？"

王安说："还没呢，还跪在外面。"

郑贵妃说："将他轰走。"

朱翊钧有气无力地说："别轰……他要是愿意跪，就让他跪着吧，权当没看见。"朱翊钧虽然懒，但并不糊涂，他知道左光斗也是出于好意。

王安说："老奴再去劝劝他。"说着，他来到外面，先是用拂尘扫了扫左光斗身上的雪，说，"你说你这是何苦呢，快回去吧，洒家回头让皇上答复你。"

"不行，皇上今天必须给我一个说法，他要是不答应御朝我就不走了。"

“哟，逼宫啊，你一个小小的七品御史敢这样说话?”说着，他凑近左光斗的耳边，“你知不知道这样做弄不好是要掉脑袋的?”

左光斗大声地说：“微臣今天就没有打算活着回去!”

左光斗的话将王安吓了一跳，他无奈地搓着冻得发红的双手，说：“真是头犟驴子，你们读书人就是认死理，天这么冷，看你能坚持到几时，你就跪着吧。”

今年的冬天异常寒冷，北风呼呼，风里夹裹着冰粒，左光斗感觉脸上的肌肉有点僵硬，木木的不听使唤，他用手摸了一下，结果摸到了一手冰碴子，身上的衣服似乎也湿透了。他的心更冷，在老家等了七年，好不容易等到赴任的御命，没想到就碰到这样的冬天。他觉得肺里有一块乌云，散不开，咳不出。

这时，一行太监拎着食盒来到了玉熙宫。为首的是一个中年太监，身材高大，体格魁梧，脸上始终挂着憨厚的微笑，他现在的名字叫李进忠。三年后，他的名字叫魏忠贤，他将在大明王朝掀起滔天巨浪。不过，他现在的身份只不过是东宫里一名普通的厨师。王安听说李进忠会烧菜，特地将他调了过来，为朱翊钧做了一餐驴宴。

王安报了一声：“上膳啰。”食盒被依次打开，大大小小的器皿被端了出来，摆了满满一桌子。朱翊钧坐到了桌前，耸了耸鼻子，说：“香。”得到朱翊钧的称赞，王安大喜，他紧悬着的心如一块石头般放了下来，皇上现在吃什么都没有胃口，他恐怕好几年没有说过一个香字了。王安说：“这顿全驴宴是老奴特地安排东宫厨师李进忠做的，大冬天吃驴最补，皇上多吃点，保证您龙体安泰。”

李进忠笑着说：“皇上，驴是奴才老家河间府的特产，你看，里脊、肩胛、驴唇、驴舌、驴鞭、驴眼，都是好东西，皇上您尝尝。”

朱翊钧拿起筷子，在桌上转了一圈，相中了一块驴眼肉。驴眼肉的做法是，先选取驴眼周边的肉，连同驴眼一起剜下来，煮熟后切成薄片，要确保每块薄片上都有驴眼。驴眼肉形状奇特，肉质细嫩，香甜多汁，不干涩。朱翊钧接连吃了几块，满意地点了点头，指着剩下的菜说：“赏给青青吧。”

第二天早晨，王安还未起床，一个小太监砰砰砰地打门说：“王公公，玉熙宫门前那个御史昨天晚上冻死了。”

“真死了?”王安大惊，匆匆爬了起来，“快走，过去看看。”

玉熙宫前，左光斗仍保持跪着的姿势，全身上下被积雪覆盖着，整个人被冻成了冰坨。王安探了探他的鼻息，惊喜地说：“有呼吸，还有救，快抬到房里，用冷水擦身子，千万不能用热水。”几个太监将左光斗抬进一间值房里，忙活了半天，他终于醒了过来。

王安松了一口气，说：“你这个犟书生，知道吃亏了吧，要不是老奴，你都见到阎王爷了。”

左光斗叹了一口气：“王公公，你何苦救我呢，国家糜烂至此，身为臣子，活着还有什么意思?”

王安说：“瞧你说的都是些什么话，着什么急呢，皇上自会有安排的。我弄了辆轿子，赶紧回去休息两天吧，真没见过你这么倔的御史。”两个小太监将左光斗扶上了一顶轿子，王安又向轿内塞进了一个油包，说，“昨晚上青青吃剩下的驴肉，给你打了个包，回去补补身子。别怄气了，身子是自己的，犯不着。”

轿内，左光斗斜倚着身体，他感觉身子麻木，四肢僵硬，活像一只木偶。朱翊钧坚持不见他，他这是希望臣子们都做一只听话的木偶呢。文武百官，都成了哑巴，随人摆布，一个个都成了穿着戏衣的木偶。可是，身为皇上，他有没有想到，远离了臣子们，远离了国事，把自己锁在深宫里，他又何尝不是也成了一只木偶呢，孤单而无情。

二、太监上青楼

前门外大栅栏一带，是京城的风月场所，那些蛛网一般密集的胡同里，分布着上百家大大大小小的妓院。一到晚上，这里就热闹起来，王公贵族、富商豪贾出没其间。雪后初晴，一天黄昏，莳花阁楼上的八盏大红灯笼刚刚点亮，老鸨发现大门口站着两位喝得醉醺醺的太监。莳花阁是整个京城档次最高的妓院，什么秦淮名妓、扬州瘦马、泰山道姑、钱塘佳丽等，南娇北艳，无所不有。老鸨先是以为自己看错了，她揉了揉眼睛，没错，两个太监，一胖一瘦，戴着黑色圆帽，穿着青色湖绸直裰，脚蹬白色皮靴。看这身穿着，还是宫里有一定地位的太监，不是一般那种烧茶扫地的小伙计。老鸨开妓院也有几十年了，这太监上门还是头一回，难道这太监也要嫖妓不成。

这两个太监，胖的叫孙甲，瘦的叫孙乙，他俩刚随宫里一位名叫刘朝的太监到江南出了一趟外差，捞了个盆钵皆满，口袋里揣着一叠厚厚的银票，每人少说也有上千两。两个太监进门，就连圆滑世故的老鸨都有点紧张，她结结巴巴地问道：“两位爷，你们、你们……”下面那句“你们是要姑娘吗”，她实在有点说不出口。

“什么你们我们的，爷们要玩姑娘，早就听说你们莳花阁的柳春燕、柳春鹂姐妹俩是绝代双娇，一口昆曲唱得人酥筋软骨，三魂出窍，快叫她们出来侍奉爷们。”孙乙尖声尖气地说，他乜斜着一双三角眼，色迷迷地瞧得老鸨心里直发毛。

“官爷，这可不行，”老鸨急了，“本阁有本阁的规矩，姑娘们精贵着呢，柳氏姐妹一天只陪一次客人，想点她们，可要提前半个月预约，哪能说要就要呢。”

“你们姑娘精贵，大爷的银子就不精贵吗，少和爷们啰唆，快去叫。”

老鸨哭丧着脸说：“二位爷，这，这真不行。”

“难道你这莳花阁不想开了不成？”一直没吱声的孙甲气不打一处来，“啪”地一掌拍在桌子上，一只景泰蓝茶盏蹦到地上，跌得粉碎。

老鸨还没见过太监发怒，那男不男女不女的声音瘆得人心里发慌，吓得脸上的脂粉差点都掉了下来，她解释说：“不瞒两位爷，柳氏姐妹现在陪着客人，实在抽不开身子啊。”

孙甲问道：“他们在陪谁？”

“这，这个不好说，我们要替客人保密。”老鸨说。

孙乙一把揪住老鸨的衣领：“不说陪谁，就是你在说谎。”

老鸨只好说道：“柳氏姐妹在陪崇文门税关的贾大人，人家十多天前就付了一百两银子的订金，贾大人是远近闻名的财神，我们莳花阁可得罪不起。”

京师九门，唯独崇文门设了税关。崇文门直通通州运河，南来北往进入京城的货物一律在此缴税。税关名义上归户部，实际归宫廷控制。这税关关使是第一等肥缺，民间有一句俗语，叫“崇文门税关当差，发了”。这把门的人，吃拿卡要，缴多缴少，中间的猫腻大了去了。税关一般由户部和内务府的人任正副监督，但负责日常具体收税事务的还是税使。现任税使名叫贾富贵。他本是个小丝绸商人，两年前，不知通过什么途径，竟然谋上了税使的肥差。发达后，他明的暗的一气养了八位小妾，号称八朵金花，每位都住着一幢豪宅。

孙甲和孙乙仗着太监的身份，这段时间在地方上走到哪里都有人逢迎巴结，四品五品的知府同知都不放在眼里，哪里还在意一个小小的税使。趁着酒兴，两人对望一眼，相视一笑，彼此心里就有了馊主意。孙乙对正在一旁发愣的老鸨说：“走，带我们到柳氏姑娘的房里去，爷们今天要会会那位贾大人。”

行行都有规矩，这种时候，老鸨怎么敢把客人往柳氏姐妹房里带呢，可这两位太监大爷也委实让人害怕，她更得罪不起。老鸨迟疑着把孙甲、孙乙二人带到了后楼。后楼绿树掩映，幽篁婆娑，果然是雅致的好去处。到了楼梯口，老鸨站住不走了。

孙甲孙乙明白，柳氏姐妹的闺房肯定在楼上。两人咚咚咚上楼，一路寻去。在一处紧闭着的房门前，孙甲侧耳在门上听了听，里面果然隐约有声。孙甲食指朝房门一指，孙乙嘭地一脚朝门踢去。门应声而开，内室同时传出两声女子的尖叫。

孙甲和孙乙这段时间在地方上逞凶闹惯了，甭管是什么人，甭管多大的官，首先都要从气势上压倒对方。太监是宫里的人，捅出天大的娄子，反正背后有皇上撑腰，谁也不敢拿他们怎么样。两人凶神恶煞一般，大摇大摆地直接走进内室，孙乙一把扯开窗上的蚊帐，只见三位袒胸露乳的男女正在胡乱地抓着衣服。贾富贵一边穿衣，一边惊恐地瞅着陌生的孙甲孙乙，不知道发生了什么事。

孙乙一声冷笑："贾大人，你他妈的好会享受啊，两位绝代佳人侍奉着，让我们兄弟在外面喝西北风。"说着啪啪地给了贾富贵两个耳刮子，打得他眼冒金星。

贾富贵这才看清楚了，站着床前的是两个太监，这些没根的人脾气大，他惹不起。好汉不吃眼前亏，他哧溜一声滚下床，连声讨饶："两位爷，下官刚刚上床，还什么也没做，你们就来了。不信，你问问她们。"说着，将目光投向床上的柳氏姐妹。

孙甲说："你虽然只是一个从九品的税使，但怎么说也是大明的官员，按《大明律》规定，官员嫖娼者，斩。你说，你打算怎么办?"

看来这两个太监并不是来和她争抢姑娘，而是来找碴的。贾富贵心里埋怨自己反应太慢了，太监没那玩意儿，要姑娘干什么呢，这不是明摆着来找他打秋风的吗。他恨不得给自己一个耳刮子，幸好现在明白还不算太迟。还是先装装孙子，躲过眼前的劫难再说。贾富贵将头在地板上撞得咚咚响，抹起了眼泪说："两位爷，小人平时一直洁身自好，今天和几个朋友喝醉了酒，一时糊涂，才瞎撞到了这个是非之地，小人求两位爷高抬贵手。"说着，手忙脚乱地在兜里掏银票，"两位爷，这是一百两。"又一把将吊在衣服的一块碧绿的玉佩扯了下来，说，"不成敬意，给两位爷打酒喝。"

贾富贵的态度让孙甲孙乙很满意。孙甲一笑即敛，说："嗯，看来你还是位懂事的主，既然这样，爷们也就不找你的麻烦了，快滚吧。"孙乙朝贾富贵的屁股上踹了一脚，贾富贵如蒙大赦，连滚带爬地下楼去了。

趁他们说话的工夫，柳氏姐妹已穿戴整齐，不过是两个太监而已，这银子也敲诈了，还能有她们什么事呢。她俩正打算离开，冷不防一粗一细两条胳膊横了过来，挡在她俩面前，一人挽一个，两人被搂了个结实。姐妹俩毕竟久经风月，姐姐柳春燕胆子大一些，她一脸疑惑地扫了一眼孙甲和孙乙的下身，哧哧地笑着说："两位爷，你们不是宫里的人么，难道你们也要……"

孙乙在柳春鹂的粉脸上啃了一口说，"宫里的人怎么了，宫里的人就不能玩姑娘么，今天就让你们姐妹俩开开眼界，让你们尝尝爷的厉害。"说着，将柳春鹂往怀里猛地一拉，身子一贴，裤裆里早已硬了的家伙隔着衣服顶了过去。"啊——"柳春鹂叫了起来，不过只叫了半声，另半声被吓得咽了回去。她做梦也没有想到，眼前这个太监还留着那件东西，另一个可能也会有，这可真是闻所未闻的事。

趁姐妹俩愣神的工夫，孙甲和孙乙各抱着一个，走进了房间，关紧了房门。然后只听见房间里一阵忙乱，男呼女叫地闹腾了起来。

再说贾富贵，自己提前预订的姑娘在床上被人抢走了，赔了银子，还挨了打，他心里越想越不是滋味。尽管受了委屈，他也没想着找两个太监报仇，他只是很好奇，这两个家伙各拥着一个姑娘进了房间，到底要干什么呢。他在后院里的一个楼梯拐角隐藏了起来。足足等了有一个时辰，他才看见两个太监从楼上走了下来，直到两位瘟神走远了，贾富贵才放心地折身回到柳氏姐妹的房中。

"向妹妹们打听件事，"贾富贵讨好地向柳氏姐妹笑道，"刚才那两位公公，是真太监还是假太监？"

柳氏姐妹也不说话，只是望着贾富贵哧哧地笑。贾富贵不得已，从口袋里掏出一锭银子递了过去，疑惑地问道："好妹妹，他们到底是有还是没有那东西，你们倒是说一句话啊。听说宫里的太监和菜户做那事时，用的都是木头家伙……"

"呸——"柳春鹂狠狠地啐了贾富贵一口，指着他的脸骂道，"别作贱我们姐妹，我告诉你，不但有，还比你那个没用的东西厉害多了。"

柳氏姐妹闺房的茶几上摆着一座假山，山势连绵，洞幽壑奇，像真的一般。假山上还长着一丛茂盛的翠竹。贾富贵打量着假山，心里有了疑问，他毕竟也是在江湖上混过事的，他断定这两个太监的身份绝对有问题。如果真是宫里的太监，断然不会留有命根子，每个太监入宫时都会经过层层严格的检查，绝对没有弄虚作假的可能。刚才那两个太监只有一种情况，那就是假冒的。如果他们是假太监，那他贾富贵这个亏吃得可就大了，他沉思默想了一会儿，心里很快就有了主意。

出门时，他发现自己的手中多了几截断竹，原来，他在不知不觉中已将假山上的翠竹全折断了。

三、假太监突然成了后金间谍

第二天，顺天府通判余文昊收到了崇文门税使贾富贵的一纸诉书，他控告说昨夜他在莳花阁听戏时被两个未曾阉割的太监敲诈。顺天府知府两年前退休回籍，一直未曾补职，同知体弱多病，平时上班三天打鱼，两天晒网，不愿问事。一年前，余文昊从淮安府通判任上调任顺天府，虽然就任的也是通判之职，同样是正六品，但毕竟当上了京官。况且顺天府还有点特殊情况，知府出缺，同知虚悬，这样，府中大大小小的事务，理所当然地就由他这个通判处理和负责，他这个名义上的三把手成了实际上的一把手。万历后期，由于皇帝朱翊钧惰政，中央和地方官员缺额长期不补成了常态。万历四十年，中央六部尚书就缺了五个，只剩下一个刑部尚书；都察院八年没有正官，吏部、兵部因无人签证盖印，致使上京候选的数千文武官员无法赴任，久滞京城。余文昊无意中捡了个大便宜，决定好好利用一下这个空档期，该干吗干吗，说不定哪天朝廷就派来个知府，他就不得不仰人鼻息，受制于人了。

余文昊收了贾富贵的状子，又喜又忧。喜的是，他自到顺天府上任一年时间以来，还未办过一桩像样的大案，案子越大，油水就越多，现在机会终于来了；忧的是，这件案子的主角是两个太监，有可能牵涉宫里，这事有点麻烦，毕竟宫里无小事，弄不好有掉脑袋的可能。但正所谓风险越大回报越大，他相信自己的能力，还不至于引火烧身。当下，他决定先找到嫌犯，找到后不升堂，在后衙先审个子丑寅卯再相机行事。

几个捕役不费吹灰之力，很快就将孙甲和孙乙找到了。他俩正在一家酒楼里和一班狐朋狗友喝酒，仍然穿着太监的衣服。捕役们将他俩逮了个正着。

孙甲和孙乙被推推攘攘地带到了后衙，他们瞧了一眼眼前端坐着的这位官爷，彼此心里就凉了半截。原来眼前这位大人长相实在有点寒碜，冬瓜脑袋，眯缝眼，酒槽鼻，满脸横肉，泛着油光。凭他们俩的经验，这位官爷绝非善类。

余文昊笑了笑说：“在下顺天府通判，姓余，名文昊，对不住了，有人向本官递了状子，说你们假冒太监，到处招摇撞骗。”混混最怕见官，孙甲早已吓得说不出话，孙乙辩解说："余大人，我们是奉命办差。"余文昊收了笑脸，喝道："奉命，奉何人之命？来人，先将两人的裤子脱下来，本官要亲自查验。"

余文昊走到光着下身的孙甲和孙乙面前，眼光像刀子一般，看得孙甲和孙乙两股战战。这两个家伙下半身什么也不缺，余文昊心里有底了，这两个太监，十有八九是假冒的。但他并不急于说破，而是不露声色地说："来人啊，将这两个漏阉的公公送到西华门外的厂子里去，找个刀子匠，马上给我阉了！"

孙甲和孙乙听说要阉割，再也顾不得面子，磕头如捣蒜："余大人，饶了我们吧，我们不是太监，我们只是太监后面夹塞跟班的，我们什么都说。"

原来，孙甲和孙乙两人是辽东的无业游民，辽东战事年年，辽民越来越穷，连糊口都成了难题，两人这才跟着一群难民进入京城，平时靠坑骗为生。前不久，宫里的太监刘朝到江南出外差，两人走门路拉关系，每人花了二百两银子，做了刘朝跟前的长随，到下面去打秋风，弄点钱花花。当时，宫里的太监到地方办事时，常偷偷地加塞社会人员，一则可以收钱，二则多了个脚夫。这些加塞的长随当然不会吃亏，他们下去后，地方上哪知真假。他们也越发为虎作伥，谱摆得越大，脾气越坏，越显得真实，地方官吏和富绅们越发不敢得罪他们，只知道塞银子买个平安。孙甲和孙乙这趟差跑得顺利，收获也不小，他们发现这身太监衣服太管用了，走到哪都有人巴结，两人哪里舍得脱下，还想利用这身着装在京城里沾点便宜，没想到出了事。

得知这两人不是宫里的，余文昊松了一口气，现在这案子就好办多了。他闭目略做思忖，问道："你们刚才说，你俩是从辽东来的?"

"是。"两人老老实实地回答。

"来了多久了?"

"还不到一个月。"

"假冒内侍，招摇撞骗，知道吗，你们这是丢皇上的脸呢，拉下去，每人先打八十板子再说。"捕投将二人按倒在地，只听一阵劈里啪啦的板子响，打得孙甲孙乙呲牙咧嘴，可又不敢大声叫唤，只好打落牙齿往肚里吞。

"银子上缴，案犯收监。都下去吧，本官乏了。"

在后衙，余文昊躺在紫檀太师椅上，眯着眼，轻轻扯着稀疏的八字须，一桩新的计划在他的头脑里形成了。

第二天，崇文门税使贾富贵被带到了顺天府大堂。

贾富贵是九品税官，按明朝礼法规定，他是不必向余文昊行跪礼的。所以，上堂后，他只是向堂上的余文昊行了个拜礼，然后静静地站在一边，等着他问话。

余文昊将贾富贵上上下下打量了一番，打量得他心里直发毛。贾富贵纳闷了，这位通判大人不审讯那两个假太监，老是打量着本官干吗。只见余文昊啪的一声，重重地拍了一下惊堂木，一字一顿地说："大胆贾富贵，你犯下重罪，还在本官面前装聋作哑，老实说，你和李永芳是什么关系？"

李永芳？贾富贵一愣，没听说过啊，压根就不认识，这和假太监有关系么。他一头雾水，回道："余大人，下官从没听说过李永芳这个人，更谈不上有什么关系。"

"事已至此，你还在本官面前避实就虚，你把守崇文门税关，却私自放进努尔哈赤的间谍。孙甲和孙乙本是辽东游民，他俩到京城里来干什么，是来打探军情、散布谣言和蛊惑人心的，幸亏被本官及时发现。他俩早已被努尔哈赤收买，很明显，你与他们是一伙的，都是叛徒李永芳手下的探子，妄想内外勾结，里通外合，颠覆我大明江山。"

听余文昊这么一说，贾富贵才算有点明白了。李永芳这人他知道一点，刚才说没听说过，是压根没往他身上想。李永芳是明朝辽东的游击将军，努尔哈赤攻陷抚顺时，他贪生怕死，就投降了。他是明朝将领投降后金的第一人。李永芳投降后，努尔哈赤对他特别器重，将孙女嫁给了他，让他专门从事情报工作。李永芳熟悉明朝军情民情，他很快建立了深入明军内部直至朝廷腹地庞大的情报系统，让明军屡受损失。

听余文昊说自己和间谍有染，贾富贵知道事情的轻重，他吓得再也站不住了，"扑通"一声跪在余文昊面前，辩解道："天地良心，下官根本不认识什么孙甲和孙乙，请余大人明察。"

"孙甲和孙乙都已经招供了，你还要狡辩么，好，本官就让你心服口服。"说着，递过来一张早已准备好的供词。

贾富贵草草一看，三魂吓掉了两魂半。这份供词上，孙甲和孙乙承认是后金的间谍，说贾富贵也早已被后金收买，是他们的总指挥。

间谍是诛九族的大罪，这真是飞来横祸，贾富贵的手和腿不由自主地颤抖起来，上下牙吃了寒冰般地打着战，说不出话来。余文昊喝道："来人，将贾富贵打入死牢，着捕快马上去贾家，寻找罪证，查抄家产。"

对那些衙役们来说，一抄家，二抓人，都是天上掉馅饼的大好事，个个铆足劲儿去了。贾富贵家大业大，衙役们足足花了三天工夫，才将他位于城东城西的八处宅子全部找到了，个个抄了个底朝天。贾富贵的八位小妾，一听说他犯了通敌的官司，顿时鬼哭狼嚎，抢得比衙役们还要凶，个个逃得无影无踪。

四、这个官员难道有假

再说左光斗，那天他在玉熙宫上疏跪逼朱翊钧御朝理政，差点赔上了性命。两个太监将他送回了宅第，夫人袁采芑和家仆左凡吓得不轻。左光斗先后娶过三位夫人，原配周氏婚后八年病故。续弦戴氏带着两个孩子国柱、国棅生活在桐城东乡大朱庄，侍奉年迈的父母。袁采芑是侧室，今年二十一岁，带着三岁的三子国林陪伴着自己，如今又有身孕待产。当得知丈夫差点冻死的消息后，她赶紧替丈夫熬了一碗姜汤，熬好后，又端到床前，一勺一勺地喂着左光斗喝。她埋怨道："夫君，你万一要是有个闪失，可怎么得了，这个家怎么办，我们母子何去何从?"说着，低头看着自己高高隆起的腹部，豆大的泪珠滚落下来。

左光斗叹了一口气说："唉，我这不是都给急的吗，当时哪考虑许多。国事糜烂，这样下去，努尔哈赤的八旗军很快会打到京城，城里的有钱人都在偷偷地搬家了，可皇帝还是不上朝，天天待在玉熙宫里听曲子。身为天子，三十年不上朝，闻所未闻啊。"

"这朝廷是他的朝廷，天下是他的天下，难道他会不管不问吗？我看皇上自有主张。你就是性子太急了。"

喝了一碗热姜汤，左光斗感觉暖和了许多。妻子说的不无道理，他就是个急性格，还是顺其自然的好，天子毕竟是天子，怎么会接受一个臣子的胁迫呢，自己的行为多少还是有一些失礼的。

这时，左凡来报，说杨涟大人来访。杨涟，字文孺，号大洪，现任兵科给事中，与左光斗同为监察官，可以说是同道。

明代设都察院，与六部平行，监察中央和地方。都察院设左右都御史、左右副都御史各一人，再下面设左右佥都御史等。明代全国分为十三个行省，有一百余名御史，也相应分为十三道。御史官不大，只有七品，但却有见官大三级之说。特别是巡按御史，代天巡方，小事处决，大事奏裁，连督抚都敬让三分。明朝的监察官还有给事中，监察六部诸司，弹劾百官，与御史互为补充。六科各设都给事中一人，左、右给事中各一人，每科各设给事中四至八人。御史和给事中合称科道。虽说科道的权力很大，但毕竟都属于言官，决策权和执行权在皇帝、内阁和六部。所以，要是遇上一位耳目闭塞的昏君，听不进忠谏之言，他们的职能就要大打折扣。

杨涟进来后，关切地拍了拍左光斗说："共之兄，听说你挨冻的事了，特地过来看看，怎么样，没事吧？"

左光斗说："幸好没冻死。"

"你干得好，面对这样糊涂的皇帝，有时不刺激一下他还真不行。"杨涟愤愤地说，他的性格比左光斗还要急躁。

"唉，就是不知道这样的刺激对圣上还有没有用？"

"刺激比不刺激的好。我也准备上疏呢，不管怎么说，只要我们这些做臣子的都来扎他一下，不怕他不痛。"

"好，大洪兄，痛快。"

杨涟从袖子里拿出一只长盒子，递给左凡说："这是一根长白山老参，快拿去炖了，给你家主人补补身子。"

左光斗挣扎着支撑起身子："大洪兄，你这样叫为兄如何做得起人？"

"哎哟，我们是什么关系，还说这样见外的话。补好了身子，还有许多事等着我们呢。"他扫视了一下室内说，"家里也太寒碜了点，没一件像样的家具。"

"不错，都是别人家淘汰的旧家具，是左凡从旧集市上买回来的，基本上没花什么钱。薪俸这么低，这一大家子人全仰仗着我呢。"左光斗说道。

这时，杨涟的目光在左光斗书斋的门上停住了，上面的一副联子吸引了他："风云三尺剑，花鸟一床书。"杨涟大声地读了出来，连连叫好："好联啊好联，进能举剑杀敌，退能读书养鸟，佩服佩服。共之兄，不打扰了，你休息。"说着，嘴里吟着左光斗的联子，摇头晃脑地离去了。

万历四十八的春节很快就过去了，袁采芑又养了一个胖小子，左光斗将他起名国材。这样，他的四个儿子的名字分别为国柱、国棅、国林、国材。他太希望他们将来都能成为国家的有用之材。

御史根据工作内容的不同，又可分为巡盐御史、巡漕御史、巡仓御史、巡城御史等。左光斗目前承担的职责就是巡城御史，巡视范围以京城中城为主，兼管西北城。

五城兵马司是京城专司治安的部门，顾名思义，东、南、西、北、中五城都分别设立，各设指挥一人，副指挥四人，吏目一人。除负责治安外，还兼管火禁与沟渠疏理等事宜。五城兵马司的顶头上司就是巡城御史。别看巡城御史的级别不高，可管的是京城治安的重任，其重要性不可小觑，权限也很大。

万历四十八年春节后的一天，左光斗坐在轿内，在城中进行例行巡视。他心事重重，低头打量着自己的官服，胸前补子上是一只怒目圆睁的獬豸。獬豸，一种古代传说的神兽，相传它天生有一种能力，能够辨别忠奸，识别好坏。当它发现坏人时，就用头上的独角将他撩倒，然后一口吃掉。正因为它的勇敢和公正，人们才用它来象征御史。自秦代起，獬豸冠、图案和雕像就成为执法官和执法衙门的常用之物。可是，真有这样一种动物存在吗，谁又见过它呢。如果真有獬豸存在，它又真的能辨别世间的忠正奸邪和是非曲直吗？也许，正是因为好坏难辨，先民才在传说中创造出这样一种神兽吧，它代表了百姓的一种愿望。

手抚着胸前的补子，左光斗有一种神圣感，同时也感到肩上沉甸甸的责任。

忽然，轿子停了。一位兵丁前来报告，说有人拦轿喊冤。左光斗伸头一看，只见轿前跪着一位中年民妇，同时跪在一旁的还有位七八岁的小女孩。民妇头顶着一张状子，口里不停地喊着："冤枉啊，大人，天大的冤枉啊……" 原来是碰上拦轿喊冤的了，对巡城御史来说，这种情况很正常，所以左光斗并不感到意外。他命兵丁将这位民妇带回兵马司，进一步了解情况。

在兵马司衙门，经过一番哭哭啼啼的诉说，左光斗终于明白了事情的原委。原来，此妇人正是税使贾富贵的原配蒋氏。贾富贵是土生土长的杭州人，多年前来京城经商，从江南往京城贩卖丝绸，生意做得顺风顺水，夫妻俩感情也很正常。两年前，他不知怎么突然当官了，而且还是一个炙手可热的肥缺，崇文门税关的税使。从此，贾富贵就像变了一个人，原形毕露，看到漂亮女人就动花花心思，想方设法据为已有。这样，他相继纳了八位小妾。这还是明的，至于暗地里还养着多少女人，就不得而知了。蒋氏看不惯，和他大吵大闹，贾富贵一怒之下，一纸休书将她休了。丈夫不要自己，蒋氏只好带着孩子搬了出去，落个眼不见为净。蒋氏有志气，也不花贾富贵的钱，在街上替人做针线活，坚持自食其力。前几天，全街的人都在说贾富贵是后金间谍，被抄了家，问成了死罪。蒋氏觉得丈夫贪污受贿的事是有的，但怎么着也和间谍扯不上关系，她认定丈夫十有八九是着了别人的道，被人害了。蒋氏是个念旧情的人，虽然贾富贵不要她，但他现在有难，她不能不管，就到顺天府递了状子，结果自然是泥牛入海。经人指点，她就来到了以正直闻名的巡城御史左光斗的轿前喊冤。

左光斗略作思忖，也觉得贾富贵的案子委实有些蹊跷，疑点很多。一个丝绸商人怎么突然成了税官，又怎么突然成了后金的间谍首领，这种戏剧性的变化，就算是在戏台上也不多见。蒋氏虽然提出怀疑，但也仅仅是怀疑而已，并没有什么证据。他劝蒋氏先回去，他进一步了解下情况再说，如果贾富贵确有冤情，他不会坐视不管。蒋氏牵着小女，哭哭啼啼地走了。

当务之急是提审犯人。当日，左光斗带着中城兵马司指挥王仪，在会过顺天府通判余文昊之后，就到大牢中提审贾富贵。余文昊虽然很不情愿，但左光斗身为御史，对案件有查举纠偏之权，他不得不同意。

在顺天府大牢提审房，贾富贵被带进来后，就跪在了左光斗的面前。大明官场的惯例，涉嫌犯罪的官员在审讯定案之前，问官应照旧以礼相待。左光斗命人去掉了他身上的刑具，并示意搬过一张凳子，让贾富贵坐下。贾富贵哪里敢坐，他本来在大牢里绝望地等死，听说有一个御史过问了他的案子，他仿佛又看到了一线生机，又要跪，左光斗坚持不要他跪，他只好站着。

左光斗打量了一眼贾富贵，说："你的原配蒋氏拦轿申冤，本官接了你的案子，有什么冤情，你尽管照实说来，错过今天，恐怕你很难再有什么机会了。"他故意将原配二字说得很重。

贾富贵听到左光斗提到他的前妻，果然低下了头，一脸羞愧，又听左光斗让他反映冤情，马上又抬起头来，说："大人尽管问，小人保证句句属实，若有虚假，全凭大人发落。"

左光斗说："贾富贵，身为朝廷税官，本应好好把守关门，按章收税，怎能为了牟取黑钱而当了后金间谍，替他们打探情报？"

"御史大人明察，小人不是间谍，完全是冤枉的，小人根本不认识那两个太监。"

左光斗愣了，什么，不认识？那孙甲和孙乙怎么说你是被收买的后金间谍，而且还是他们的总指挥？难道这供述有问题？虽然心里满是疑问，但他表面上仍不动声色。接着，他再审孙甲和孙乙。事情很快就弄明白了，两人称，那份供词是按照通判余文昊的要求写的，余大人向他俩保证，只要按他的要求写，关押一段时间后就将他俩无罪释放。至于贾富贵是谁，是不是间谍，他俩不认识，不知情。

现在事实基本弄清了，孙甲和孙乙并不是后金间谍，贾富贵更不是。这只是余文昊为了查抄贾富贵的家产而强加给他们的罪名。既然不是间谍，就没有再关押的必要了，左光斗宣布将贾富贵、孙甲和孙乙都无罪释放。

贾富贵家里一片狼藉，小妾们早已逃之夭夭，出了监狱的他无处可去，还是原配蒋氏将他接到了自己的家中。贾富贵深感悔不当初，至此，他才明白，曾经的风流多么荒唐可笑。

五、我们也买一个官做做

一天，左光斗正在都察院值班，兵马司指挥王仪神色匆匆地走了进来说，刚刚接到贾富贵妻子蒋氏快报，说她的丈夫突然死了，她估计很可能是被人害死的。

左光斗和王仪迅速赶到了蒋氏家中，贾富贵歪倒在椅子上，嘴唇乌青，嘴角流出一缕漆黑的血，显然是中毒而死。桌上摆着两只茶碗。贾富贵面前的那只碗里，茶水被喝干了大半。左光斗端起茶碗，嗅了嗅。王仪提醒说：“大人小心。”左光斗说：“叫人去把这两杯茶水试验一下，毒药可能就是下在茶水中。”

蒋氏的家里被翻得乱七八糟。显然，贾富贵死前，接待过一个人，这人无疑就是凶手。这个人找他应该是讨要什么东西。

左光斗问蒋氏说：“在你丈夫生前，你有没有发现什么可疑的事情，比方说，有什么人找过他？”

“有。”蒋氏答道，“一个男人来找过他两三回，好像是要拿回什么东西。”

“你回忆回忆，还记得他的长相吗？”

“记得一点，高个子，长得很壮实，声音尖细，有点娘娘腔，这点我印象很深。”

“你再想想，有没有听他说起过找你丈夫要讨回什么东西呢？”

“讨回什么东西我不知道，不过，我丈夫不给他，他们还争吵过。”

“哦，你丈夫有什么贵重东西曾交给你保管吗？”

蒋氏扫了一眼室内，说，“没有，我这个家，哪有什么值钱的东西。当初，亡夫是要给我一些银子，不过我没要。”

左光斗在室内打量着。蒋氏突然想起了什么：“对了，我听他们一次争吵时，亡夫在骂那个男人时说过一句，姓金的。”

左光斗点了点头说：“你说的情况很重要，再次见到这个男人时，你能认出来吗？”

蒋氏说：“肯定能。”

左光斗突然想起一个问题，他问蒋氏说："记得你先前找我告状时说过，你丈夫两年前是一个小丝绸商人，不错吧，可是，他后来怎么突然成了朝廷税官？"

蒋氏说："御史大人，现在亡夫已死，我也不瞒你了，那还是两年前的事。"据蒋氏所述，她丈夫这个税官是个冒牌货，是花了一万两银子找人买来的。两年前，几位与贾富贵同行的丝绸商，苦于崇文门的税收很重，就每人凑了两千两银子，合计一万两，找通了门路，为贾富贵买了一个税官。贾富贵当上税官之后，他的那些同行货物进京时自然再也不用缴税或少缴税了。

"吏部果然有人卖官。"当左光斗在心里默念出这句话时，他的头仿佛被从天而降的榔头重重地敲击了一下，眼前一黑，半天说不出话来。对吏部卖官的闲言碎语，他在坊间虽也偶有所闻，但都一笑置之，身为朝廷命官，自然不会轻易相信这些流言。没想到这事情今天竟然被自己碰上了。可是，卖官是怎样一个卖法呢，这需要涉及一系列复杂的手续。吏部任命官员要发告身、官服，最重要的，还要发官印和任职文书。如果没有内奸，这样的事情如何无论是办不成的。

离开时，左光斗说："先安葬你的丈夫吧，你放心，我们一定会找出凶手来的。"他一再叮嘱蒋氏，贾富贵买官一事切不可走漏半点风声，以免打草惊蛇，等他设法弄清实情再说。

左光斗安排王仪，秘密地了解吏部所有金姓的官员和书办，此人应该是吏部内部人员，找到他并不太难。

兵马司有一帮神通广大的人，王仪只用了两天时间，就把左光斗交待的几个问题弄了个水落石出。王仪来到都察院，向左光斗报告他近日侦查的结果。茶水试验结果出来了，贾富贵那杯茶果然有毒。用的不是普通的毒药，而是一种叫作箭毒树的树液。这种树长于南方，十分罕见，树液有剧毒，一滴就足以致人死命。

至于有严重作案嫌疑的金姓人员，情况也已基本明朗。吏部并没有姓金的官员，倒是文选清吏司有一名金姓书办，名叫金鼎臣，外貌特征与贾富贵的妻子蒋氏所说基本吻合。王仪连他的住宅位置都打听清楚了，位于文丞相胡同。而且，为了确定金鼎臣是否就是找过贾富贵的那人，王仪带着蒋氏到金鼎臣常去看戏的戏楼暗中核实过，蒋氏指认，多次到她家中找贾富贵讨要东西的正是此人。

听了王仪的交待，左光斗陷入了沉思，下一步该如何行动呢。他当然可以以涉嫌杀人的名义立即拘捕金鼎臣，可是如此一来，吏部卖官一案的线索说不定就此断了。毕竟，他的手中目前尚没有掌握任何证据。

当天晚上，左光斗来到他的好友杨涟的家中。这个案子牵涉吏部，毕竟是朝廷六部之首，案情实在太大了，怎么查这个案子，他要和老友商议商议，听听他的想法。杨涟和左光斗都是万历三十五年的进士，性格相近，又同为科道，两人是朝中罕见的好友，无话不谈。杨涟是七月十五日鬼节那天出生的，据说在这一天出生的人，胆子特别大，不怕鬼。说起杨涟的名字，还有一件趣事。杨涟出生那天，几位村民在河里打鱼，忙乎了一个早晨，只捞到一条一斤多重的鲢鱼。因为只有一条鱼，大家不好分，几个人一合计，干脆给昨夜生孩子的杨家送去算了。杨涟的父亲十分感激，就将刚出生的儿子取名为杨鲢。后来上私塾时，先生将鲢改为涟。杨涟以清廉刚直出名，他在考中进士后被任命为常熟知县，五年任期结束时被考为“廉吏第一”，擢升户科给事中，不久改任兵科给事中。

杨涟的宅子位于永康侯胡同。北京胡同的名称好多都与明初的开国元勋有着千丝万缕的联系，比如永康侯胡同，就来源于开国将领、后被封为永康侯的徐忠，他的府第当初就位于这条胡同。虽然胡同的名字富贵气十足，可和杨涟半点关系没有。左光斗沿路问了好多人，才找到了杨涟的住宅。前几天，杨涟去看望左光斗时，还笑话他家里寒碜，连家具都是旧货，实际上，杨涟的家境贫寒更甚。两间房子还是租的，为了节省开支，他连家眷都放在老家，平时只有一个老仆做饭和看门。再看室内，简陋到不过一床一桌一椅而已。左光斗说：“大洪，你这家里只有一张旧床，老仆晚上睡哪呢？”杨涟说：“同卧一榻。”说罢，两人相视大笑。

笑罢，左光斗说：“今天来还有正事呢。”于是，把贾富贵一案的情况拣要紧处说了一遍。杨涟摇摇头，长长地叹了一口气说：“吏部有恶吏弄虚作假卖官鬻爵的流言，坊间风传不是一年两年了，但我不信，从来都是一笑置之，以为那不过是别有用心者的诬妄之语。看来，流言总有来处，并非空穴来风，这事我们要好好查一查，看看到底是哪些人胆大包天，在作奸犯科。唉，人皆说我胆大，敢半夜上坟，鬼有何所惧哉？我真正怕的，就是这些祸国殃民的鬼，穿人衣，说人话，干的却是吃人的勾当。”

杨涟说：“看来吏部内部可能大有名堂，吏部尚书周嘉谟肯定还蒙在鼓里，他是个好官，可他手下的那些人……唉。不过，共之兄，你说的金鼎臣，不过是一个小小的书办，他卖官怎么个卖法，任命官员要任命文书，要盖吏部文选清吏司大印，被任命官员要发放告身和官印，这些问题怎么解决，东西从何而来，这都不是他一个小书办能解决得了的啊？”

左光斗说：“你纳闷，我也纳闷着呢，我也搞不懂他怎么解决这些问题。”

左光斗冥想了一会，突然灵机一动，眼睛一亮：“大洪兄，要不我们也去找他买一个官做做，此举一则可以检验传言真假，再则也可进一步掌握罪证，你看如何?”

杨涟大声说好，可又担忧地说：“这个主意虽好，可是，有一个问题，这个官位想来价格不菲，你我平日里都是只够温饱的人，哪来多余的银子呢?”

“这个不妨事，我们又不是真买，不过是试探虚实。我在京城有个徽州朋友叫汪文言，他出身徽商世家，我找他借点银子总是行的。”

“那行，这件事就这样说定了。”杨涟一声苦笑，“我们要做官了。”

“路子我都向贾富贵问清楚了，他说这件事直接找吏部书办金鼎臣就行。我明天先去找汪文言借银子，后天晚上我们就去金府买官。”

吏部掌管天下官吏的任免、考核、升降、调动等事宜，下设文选清吏司、验封司、稽勋司及考功司四司，其中以文选清吏司职权最大。小小的书办本来并无多大实权，不过是抄抄写写，整理文书，奉命办事而已。然而，就有一些深谙官场规则的油滑书办，钻挖官场漏洞，利用工作之便，弄虚作假，胡作非为，从中牟利，达到不可告人的目的。金鼎臣就有此类嫌疑。

天黑后，左光斗和杨涟青衣儒巾，一副书生打扮，也没有带随从，一路打听到东城区文丞相胡同。金鼎臣的宅第就位于这条胡同内。这里当年是南宋抗元将领文天祥被囚的地方，为了纪念他，人们在他的囚禁之地建了一座祠堂，胡同的名字由此而来。路过祠堂门口的时候，左光斗和杨涟还不忘行了个拜礼。俗话说，“东富西贵”，那些朝廷勋戚和要员显贵的府邸大多位于东城区。杨、左二人穿过一幢又一幢高门大院，一路打听金府。金府很有名，并不难找，很快，两人来到一座院子面前，门楣上两盏红灯笼各写着一个硕大的“金”字，应该就是这里了。

左光斗上前敲门，一个管家模样的人出来了，两人递上早已准备好的名刺。当然，上面写着两人的姓名和身份都是假的。左光斗装着一脸虔诚地说：“我们是从湖北和安徽远道而来的秀才，想求金爷在官府里谋份差使。”

管家就像没看到一般，不吱声，也不接名刺，眼珠上吊，抱臂而立。左光斗知道这些有钱人家看门人的规矩，忙从袖子里掏出一块银锭递了过去。管家接了过来，这才哼了一声，声音低得像是从鼻子里出来的：“还算是懂事的，想谋差使，好，可差使是天上的月亮，精贵着呢，不是人人都谋得着的，还要看你的造化。”

“是是，还麻烦爷替我们通禀一声。”左光斗讨好地笑着，手里紧紧地攥着几张从老乡那里借来的银票。

“现在不行，没工夫，我们金爷正在那边的戏楼里看《牡丹亭》，来顺班演的。你们过一个时辰再来。”说着，砰的一声将大门关了。

两人只好转身走开。杨涟笑道：“共之兄，你买官好像还很有经验嘛。谋份差使，说得好，要是我可能会直言说买官了。”

左光斗一脸苦笑：“这买官二字，千万提不得，说破了双方都难免尴尬，而且往往会将事情弄僵。现在吃了闭门羹，我们到哪里去呢?”

“要不我们也去看看戏吧，听说这来顺班是江南第一昆班呢。”

“好主意，我们也声色犬马一回。”

好在戏院并不远，两人一会就到了。一排琳琅满目的店铺中间，矗立着一座两层的戏楼，正面三个大字：筵歌楼。因戏已开场多时，两人都买了打折的票。掀开帘子走进去，只觉黑压压一片观众，个个鸦雀无声，正在专注地看戏。两人在后排找了个位置坐下了。二楼的舞台描龙绘凤，流金溢彩。台上，只见那扮演杜丽娘的女子，双眸含春，俏眉锁愁，一声声吴侬软语，如泣似怨，让下面的人看得都入了神；演柳梦梅的书生面目虽不是十分俊美，但也还算得上清秀，他和演杜丽娘的女子正是舞台上非常般配的一对。

一出结束，《幽媾》一出正要开场，从后台却传来一阵吵闹声，演员迟迟没有上场。左光斗一打听，很快明白发生了什么事。在后台，一位票友坚持要上台演柳梦梅，老板说什么也不同意，两人这才争执起来。丝弦再次响起，两位主角上台，再看那柳梦梅，已分明不是前一出的那位书生。只见他戏服凌乱，唱腔油滑，言语轻佻放诞，而且一上台就动手动脚，一看就是位世故的混混。看来此人要唱戏是假，调戏却是真，明摆着是要假戏真唱。扮杜丽娘的女子唱也不是，说也不是，被他整得狼狈不堪。见到舞台上的热闹场面，台下纷纷喝起倒彩来，叫喊声、欢呼声、口哨声，一浪高过一浪。

演柳梦梅的混混得着劲了，更加得意忘形，一手提着杜丽娘那画像儿道具，一手就势把杜丽娘搂在了怀里，就要亲嘴儿。演杜丽娘的女子吓得一声尖叫，一转身，就要向幕后逃去，偏偏那长长的水袖又让混混扯住了，逃又逃不得。两人在台上就这样扯起了水袖，较上了劲。女人毕竟力弱，被男人一点点地往怀里拉，窘迫万分。

杨涟是何等的急性子，哪里还能忍得住。他抓起隔壁桌上的一只茶盏，瞅准了混混，呼的一声砸了过去。混混被砸了个正着，可他的注意力都在女演员身上，压根就没有看见茶盏是从哪飞来的，他一手捂着额头，大叫道："谁？谁敢砸你大爷，有种的你给我站出来！"可台下光线昏暗，谁也没看清那只茶盏出自何处。趁这工夫，台上的女演员早就逃远了。见台上没了人，混混又在失落地叫着："杜丽娘，你快出来，我的丽娘，你在哪里？"叫了几遍，无人理他。混混恼了，开始在戏台上砸东西，掀翻桌椅，拉扯幕布。一个约莫是老板模样的人上去试图阻止他，混混一把揪住他的前胸，啪啪地打了他几个巴掌，一边打一边说："丽娘呢，快把丽娘叫出来，把爷若恼了，爷要你的狗命。"老板不敢还手，只有跪地求饶的份。

杨涟实在看不下去了，抓住一个看戏的老者问道："大爷，这种无耻之徒怎么就没人管一管？"

老者轻轻对他耳语道："他是这一带有名的混混，官府不敢抓他，有人给他撑腰呢。"

左光斗说："我就不信治不了他，我现在就叫兵马司的人来将他抓起来。"

老者拍拍左光斗的肩膀说："这位先生，我劝你还是别抓了，以前官府的人也抓过，可抓了也会放出来，出来后闹得更凶，老夫劝你就别费那个事了。"

左光斗问道："他的靠山就那么厉害？"

老者贴近左光斗的耳边："说出来不怕吓着你，听说他是宫里郑贵妃的远房堂侄，就是仗着这层关系，他才敢这么横。"

左光斗呆了，郑贵妃他何尝不知道。万历皇帝最宠爱的妃子，就是依仗着得宠，一直挖空心思想废掉皇太子朱常洛，好让自己的儿子福王朱常洵取而代之。这样的女人谁敢得罪她呢，得罪她就等于得罪了皇上。这时，几个家丁气势汹汹地冲进观众席，要查找刚才砸茶盏的人，台下一片混乱。左光斗和杨涟趁乱快步走了出来。

没想到看戏竟然会遇见这种无耻之徒，两人都像吞下了一只苍蝇，一路愤愤不平。看看时辰差不多了，两人再次来到了金鼎臣的宅院面前。

再次敲开门，管家见是先前来过的两位，把手一挥，说道："走吧走吧，老爷回是回了，可是正生气呢，今天我看是没戏了，你们还是明天来吧。"

只听里面传来一个声音："来办事的吧，谁生气呢？我没生气，生什么气呢，生气也不能不办事不是。张管家，将来人带到书房去，我洗把脸就来。"这显然是金鼎臣的声音。张管家见状，将左光斗和杨涟二人领到了书房内。

明代对官员和百姓的房屋建筑以及式样有着严格的限定，什么人住什么样的房子，多大面积，什么间数、进深、油漆色彩等都有具体的要求。金鼎臣的宅院虽没有亭台楼阁和朱门红窗，却也到处精雕细镂，十分精致，显得富而不贵。书房里是清一色的苏样桌椅，紫檀材质。再看摆在他和杨涟面前的印花青瓷茶盏，分明是北宋汝窑的产品。汝瓷是宋代五大名瓷之首，历代只供宫廷使用的东西，一个小小的书办如何用得起。墙上有几幅名人字画，左光斗粗略一扫，就认出了宋摹本《洛神赋图》、宋徽宗《写生珍禽图》和唐代展子虔的《游春图》。这些不是皇宫里收藏的珍品吗，怎么会挂在一个书办的书斋内？真是奇了怪了。左光斗满腹疑问，正在疑惑时，忽听见一阵脚步响。左光斗杨涟抬头一看，大吃一惊，来者不是别人，正是刚才大闹舞台的混混，原来他就是金鼎臣。

左光斗和杨涟你看看我，我看看你，两人都有点不知所措，一时还无法接受这个现实。好在金鼎臣并未发现他俩的异样。左光斗得以近距离打量了下他，一张长削脸，三角眼，皮肤苍白，长年的书办生涯，使得他的腰身看上去有些佝偻。

金鼎臣也将左光斗和杨涟两个上下打量了一番，满意地点了点头："很好，你们两个看上去就像是老实本分的读书人，我的眼光一向是很准的。"

"我们读了多年圣贤书，可惜科场蹭蹬，特来找金爷谋份差使，还请金爷帮忙。"左光斗说。

金鼎臣抠着指甲，头也不抬："你们两位是怎么找到我这里的，谁介绍的?"

左光斗和杨涟不知还有此一问，愣住了。左光斗心想，还是不提贾富贵的名字为宜，他灵机一动地说："回金爷，是听税关上的贴心朋友说的。"

"哦，"金鼎臣点点头，好像明白了，"既然是可靠的人介绍来的，那我尽量给你们办了吧，多少银子多大的差使，我这都是有规定的"。

左光斗说："我们知道规矩，全凭金爷安排。"两人拿出银票，放在桌上。左光斗找汪文言一共借了一万两银票，他和杨涟两人分了，他自己是七千两，杨涟三千两，有意拉开价差。金鼎臣伸了一个懒腰，打了一个哈欠道："好了，后天晚上来拿东西吧。"左光斗和杨涟起身告辞。

第三天晚上，两人如约再次来到金宅。张管家开了门，从门缝里向一人递出几张纸，一个小包裹。两人借着灯笼的亮光一看，纸是两张官员的告身、任命文书，左光斗的官职是松江府上海县主簿，杨涟的官职是延庆州赤城广备仓攒典。杨涟的告身上写着候命二字。两张告身上，都盖着鲜红的吏部文选清吏司大印。打开小包裹，是金鼎臣发给左光斗的主簿官印。

杨涟见自己的官职不过是从九品的攒典，也就是州县管理仓库的小官，而且还是候命，他很有些不服气，问道："哎，张管家，我怎么是候命啊，这要候多久，要等到猴年马月才能上任？”

“怎么？就你那几两银子，这已经是高抬了，想补实缺，赶快回去筹银子吧。”说着，砰的一声关上了门。

回来后，左光斗仔细研究了一下他花七千两银子买来的告身、任命文书和官印。看来看去，看不出什么破绽，感觉和真的一模一样。但这些东西绝对不可能是吏部正式发给的，肯定是金鼎臣私下制作的。这种作伪，到了真假难辨的程度。金鼎臣的后面，可能还会有一个作假团队。

六、假官一百多人，假印七十多枚

怪事一桩接着一桩，左光斗接到王仪报告，说顺天府通判余文昊跑了。

左光斗和王仪率人匆匆赶到顺天府后衙的余文昊宅中，除了大件家具和一摞旧书之外，宅中已收拾一空，显然是有准备的出逃。一打听，衙役们说至少有三天没有看到余通判的身影了。三天的时间，快的话，足够逃到千里之外。他是有心出逃，肯定经过周密准备，此时再派人追踪，无异于大海捞针。左光斗纳闷的是，身为通判的余文昊为什么要逃跑呢？他为了贪图贾富贵的家产，不惜颠倒黑白，将贾定性为后金间谍，要是论起处罚，到时最多不过削职为民，根本不至于像丧家犬一样落荒而逃。

左光斗在余文昊的书斋里转着，忽然，他发现书桌上用镇纸压着一张纸。拿起一看，只见上面写着几句话：“世上有真就有假，世人认假不认真。假作真时真亦假，真作假时假也真。”

王仪问道：“什么真真假假的，这狗官是什么意思？”

左光斗有点明白了，莫不是自己这些天在和金鼎臣周旋时，惊动了余文昊？他对王仪说：“你派人通知杨涟到吏部去查一查在籍官员名录，看看有没有余文昊，就说是我的意思。你随我现在就去文丞相胡同，立即拘捕金鼎臣，他要是再听到什么风声，销毁罪证，那事情就不好办了。”

王仪说：“是。”一行人迅速向文丞相胡同赶去。

当左光斗、王仪一行赶至金鼎臣私邸门口时，发现大门紧闭。王仪敲了几下，没有响应，于是命人强行砸开了大门。兵丁在客厅书房卧室一通寻找，没有发现一个人影。左光斗感到奇怪极了，这余文昊跑了，金鼎臣也跑了，难道他们是一伙的不成？他来到后院，走进厨房，发现一个火盆，里面正烧着火，地上散放着一摞摞文书样的东西，显然是还未来得及烧掉的。正在焚烧的无疑是重要证据，左光斗也顾不得烫手，一把将正在燃烧着的纸张从火盆里抓了出来，快速踩灭了。拿起残存的部分一看，正是吏部任命官员的空白文书。再翻看火盆边未来得及燃烧的那叠纸，左光斗大喜，原来全是官员告身和任命文书，都是空白的。这些都是金鼎臣卖官的直接证据。

这时，听见了响动的王仪也进了厨房，左光斗说："火还是燃着的，说明事发突然，金鼎臣说不定并没有逃远，快在四周找找。"王仪亲自带着兵丁，四处寻找起来。

一名士兵在隔壁邻居家的柴房里寻找，发现柴堆里隐隐露出一截角带，一扯，果然扯出一个人来，正是金府的张管家。他被揪到了左光斗的面前。

此时的张管家，全没有了往日的跋扈劲，头发乱了，脸上还被柴堆里的荆棘划出几道血痕。

左光斗问道："张管家，你不过是替金鼎臣管事的，只要你老老实实回答，本官不为难你。你说，你家主人呢？"

"上午就逃了。临走的时候，他叫我把这些东西务必全部烧掉。"张管家指着地上堆放着的那叠文书和告身说。

"逃了？他怎么知道我要抓他。"

"大人，你知道这些不法之人，眼线总是要有几个的。不然，有一天要是死了，都不知道怎么死的。"

左光斗点点头："有道理。我再问你，你家主人做这行多久了，他卖了多少官了？"

"做这行有三四年了吧，有生意就做吧，至于具体卖了多少，这，这个也不好说，他也不会告诉我，我毕竟是个下人。"

"金鼎臣那天还给了我一个官印，卖官总是少不了官印的，现在文书和告身都在此，官印呢，找遍全宅子都没有找到，金鼎臣将它们藏在何处？"

张管家说："没，没有，都卖完了，来不及新刻。"

左光斗大声质问道："它们是何人所刻？"

张管家说："这个，小人是真不知道。这些机密的事，主人也不会告诉我。"

刚才，左光斗说到官印的时候，张管家的眼光无意地扫了一下院子里的水井，但迅速移开了。但这短暂的细节还是被左光斗逮到了。左光斗看了看井口，对王仪说："多叫几个人手，把井水抽干，这井里说不定有我们要找的东西。"

北方的水井一般贮水量都不多，随着辘轳呼呼地转动，井水很快干了。再看井底，可把大家乐坏了，果然有东西，体积大点的官印率先露了出来。左光斗命人下井，连同井底的砂土也一并铲了上来。一扒拉，收获颇丰，各种大大小小的官印有三十多枚，装满了一袋子。

金鼎臣逃走的时候，将家中的假官印全丢进了水井里，本以为万无一失，可他的小伎俩很快就被左光斗揭穿了。见官印全被捞了上来，张官家这才蔫了。左光斗说："张管家，这些假官印，究竟是何人所弄，是你家主人金鼎臣，还是另有其人？"

张管家说："我交待。我家主人并不会刻字，它们全是他的两个好友所刻，一个叫缪樌，一个叫魏成铨。"

"他们家在何处，快带我们去找他，这是你立功赎罪的最后机会。"

张管家带路，兵马司的兵丁们直扑缪樌和魏成铨家中，很快将他俩抓获归案，并在他俩的家中，当场查获了大量假印。经过审理，案情很快明朗了。这是一个以制作假官印假文书并以此卖官的团伙，主要成员有：金鼎臣，吏部书办；缪樌，刑部贵州司未遣军犯；魏成铨，户部山西司书办；黄咸池，节慎库书办。他们四人狼狈为奸，互相串通，出卖假官假印，牟取暴利，大发其财。

左光斗在给事中杨涟和兵马司指挥王仪的支持下，顺藤摸瓜，株连蔓引，智获假官案，查获假官一百余人，假印七十多枚，假文书不计其数，可谓惊天大案。这一百多人，就是凭着这些购买来的赝品官印官文，在全国各地堂而皇之地做起官来。这些假官上任后，当初买官所花的银子要成倍地赚回来，就像余文昊那样不择手段，能将一个普通税吏说成是后金的间谍。试想，这些年来，会有多少无辜的小民遭到这些假官的陷害，恐怕只有天知道了。

假官案震动朝野，百姓称左光斗是獬豸神兽再现人间。左光斗却没有丝毫成就感，有什么值得高兴的呢，不仅高兴不起来，他反而积下了一腔怒火。官者，事关国家兴亡，事关百姓福祉，可此等重任竟然让几个为非作歹的书办钻了空子，成为他们谋取钱财的工具，实在让天下人耻笑。左光斗知道，假官案只是朝政糜烂的一个集中缩影。皇上病了，百官病了，黎民病了，帝国病了，而那味能破沉疴治痼疾的灵药，又在何方呢！

一天，左光斗约杨涟到西城城隍庙游玩。这里供奉的城隍是明代名臣杨继盛。

杨继盛，字椒山，官至兵部员外郎。嘉靖年间，他因上疏弹劾奸臣严嵩而遭到迫害。严嵩假传圣旨，将杨继盛梃杖一百，打入死牢。杨继盛的一位朋友托人送给他一副蛇胆，告诉他服用此物可以止痛。杨婉拒说：椒山自有胆，何必蚺蛇哉。在狱中，他自行割下腐肉三斤，断筋两条。死时年仅四十岁，死后被百姓奉为城隍神。杨继盛是左光斗钦佩的人物，心情不佳时，他经常一个人到这里来走走。

在殿外，左光斗等了一会儿，杨涟很快就来了。杨涟的手里还抱着一个瓦罐。左光斗问道："大洪兄，你这罐里装的是什么？"

杨涟朗声一笑："这是送给你的东西，我们先祭拜了城隍神再说吧，现在不能说，天机不可泄露。"

"大洪兄，上次你送了我一根长白山老参，恐怕要值好几两银子，这个人情我还没还呢，怎能又要你的东西。我不要。"

"哈哈，"杨涟摇了摇手里的瓦罐说，"众所周知我是个穷官，家底子全掏出来也没几两银子。你放心吧，这个东西不值钱。"

左光斗说："那我们先拜了城隍再说吧。"

两人走进正殿大威灵祠，恭恭敬敬烧香叩头，然后走出大门。城隍庙所在之处向来是热闹场所，两人找了间幽静的茶楼，准备歇息一下。

坐下后，茶楼的伙计拿出茶叶，准备泡茶。杨涟说："伙计，茶叶我自带了，弄壶开水上来就行。"

左光斗笑道："你家开茶叶铺吧，哪有上茶楼喝茶还自带茶叶的。"

"共之兄，你别笑，今天这罐子茶叶是专给你准备的。"

"给我准备的？"左光斗疑惑地问道。

"一会尝过你就知道了。"杨涟讳莫如深的样子，打开罐子开始泡茶。

杨涟从罐子里拿出的茶叶与左光斗平日见到的芽嫩叶尖的茶叶大相径庭，它颜色乌黑，形状奇特，叶片是卷的，与其说是茶叶，不如说是一截茶叶梗。杨涟拿起两根，向两人面前的茶碗里各放了一根，冲上了开水。

左光斗不解地问道："大洪兄，你这是什么茶叶，恕我孤陋寡闻，还真没见过。"

"你尝尝味道如何？"

左光斗轻轻呷了一口，嘴里咂了咂，皱着眉说："太苦了，这哪里是茶，是中药还差不多。"

杨涟笑了："这是福建产的苦丁茶，喝的就是这个味。别看它苦，能治风热头痛，是味良药呢。”

“真是奇怪了，你为何要送我这样一罐东西呢？”

“别人看你破大案，建奇功，羡慕得要命，但我看你是五脏烦热，寝食难安啊。此物最宜，最宜。共之兄，在下没送错吧？”

左光斗无奈地苦笑：“知我者，大洪也。案子越多，越大，只能说明这个国家病得越重。国泰民安，不说大案，无案子才好啊。”

杨涟说：“逢此乱世，是你我做臣子的不幸。共之兄，也许你我无力改变天下，但一定要和天下宵小之辈斗到底。”

“记得杨继盛有副自挽绝笔联：铁肩担道义，辣手著文章。好联，真是好联。现在天下多事，你我万不可静坐书斋吟风弄月，要学杨公，向上苍借一副铁肩。”

“说得好，共之兄，你我干了这杯苦丁。”两人端起茶碗，一口喝尽了。左光斗说：“这茶越喝到后头，味道越苦。”

杨涟说：“苦尽才能甘来。共之，向你透露一个消息，你帮助吏部破获大案，尚书周嘉谟说你有胆有识，向圣上举荐你，说你是一个能干大事的能臣。圣上也很赏识你，听说要派你新差使，御命不日可能下来。”

左光斗说：“不管到哪里，我都会将你这罐苦丁带着，好好醒醒脑子。”

杨涟说：“你尽管喝，喝完了我再送你。”说完，两人相视大笑。

第二章 屯田风波

一、疯狂的粮食

左光斗家的小院子里，一株红梅正在怒放，空气中飘荡着酽酽的梅香。书房里没有生炭火，卧室里已生了一大盆，四子国材出世才两个月，京城的冬天又异常寒冷，可不能让他冻着了。至于自己嘛，能省点就省点吧。膝下已有了四个孩子，两个在老家，身边带着两个，加上年迈的父母，这一大家子人，全指望着他的一点薄薪呢。左光斗读了一会儿杨继盛的诗，放下书，不停地搓着手，跺着脚，感觉天冷得不行。他来到院子里，不知不觉地闭上了眼睛，沉醉在梅花的香气里。

家人左凡举着一个包裹走了过来，包裹用牛皮纸包得严严实实，外面横着竖着扎了好几道说不出名字的草茎。再一看，草茎都干枯了，显然已有些时日。左光斗问道："这是何物？"

左凡说："快马从辽东边关刚送过来的，说是熊经略特地送给大人的东西。"

熊经略就是辽东经略熊廷弼。辽东本指辽河以东地区，习惯上把山海关以东至辽河流域的狭长地带都称为辽东，辽东都司治所在辽阳。明军和努尔哈赤的后金军队在这里进行了旷日持久的战争，耗粮耗银，争得你死我活。萨尔浒之战，明军惨败，损兵四万，丢失开原和铁岭，目前基本上处于守势。辽东像一条无情的长索，死死地勒住了大明帝国的脖子，而且这条长索眼看着是越勒越紧，朝廷上下苦无良策。

听说是熊廷弼派人从边关专程送来的，左光斗感觉这肯定不是一般的东西，于是拿着纸包匆匆走进书房。打开一看，原来是一包野草籽，也看不出是什么草，里面还附着一封书信。熊廷弼在信中说，去年辽东大旱，赤地千里，米粟一空，人马倒卧，道路枕藉。辽东粮荒已久，军民忍饥挨饿，整个冬天，辽东军民不得不吃这种叫作蓬子的野草籽充饥。熊廷弼说，他们倒不缺银子，问题是有银无处使，整个辽东无余粮可买。他特地派快马专程给皇帝、内阁和左御史各送来一包蓬子，请大家看一看他的将士和辽民们在吃什么东西。辽东将士缺粮，当然是皇帝和内阁的责任，之所以顺待着“照顾”一下左光斗，答案不言自明，当然是希望他能仗义直言，帮他在皇帝面前说句话。朝中有一百多名御史，看来，这个熊经略还是很看重他的。

蓬子肯定不好吃，如果好吃，熊廷弼断不会派人千千迢迢送给他尝尝。这种草籽外观上看去，像南方的油菜籽一般大小，倒也并没有什么特别之处。左光斗拈起几粒，放进嘴里，小心翼翼地嚼了几下。这一嚼倒好，他的嘴再也合不上了，苦涩难忍，连舌根都麻木了。他赶紧端起桌子上的茶盅，跑到院子里，一口吐掉了，接连漱了几次口。回到书房里，舌根上突然又火苗一般蹿起一股辛涩，胃里一阵逆呕。他赶紧又接连喝了几口水，才把逆呕感压下去，好歹没有吐出来。他预料这蓬子不好吃，但还是没想到它是如此难吃。这东西根本就是不能吃的，而镇守辽东的官兵们却天天不得不吃这东西充饥，可见辽东缺粮缺到什么程度。内阁现在只有方从哲一名阁臣，他会像左光斗一样，也亲自尝尝熊廷弼送来的蓬子吗，很难说。至于熊廷弼送给皇帝的那包，估计他连看都不一定能看到。方从哲，还有皇帝身边的那些太监，会让皇帝看到那东西？他们从来都是报喜不报忧的。

左光斗决定给皇帝上封奏疏。不然，熊廷弼这一番苦心可能真就白费了。白费了倒事小，问题是辽东的军粮问题仍摆在那儿。没有足够的军粮，军心就不稳，况且年一过，荒春马上就要到了。朝廷也头痛，这偌大的京城，数百万人呢，全指望着漕粮。这漕粮到了，得先解决军粮，包括辽东在内，九边重镇，数十万将士，军粮是一两也少不得的。每年的四百万石漕粮是有定额的，因此粮食总是不够，年年粮荒。要是逢上灾年，粮荒就会闹腾得更加厉害，甚至米比金贵。

根据熊廷弼提供的线索，在这封名为《急救辽东饥寒疏》的奏疏中，左光斗先是介绍了辽东缺粮的现实，最后，他向皇帝提出建议，急截漕粮二十万石，以及价值二十万两的帑银，紧急采购棉花和布匹，急赴辽东，救济辽军。

明代处理大臣奏疏的程序是这样的，先由内阁对臣子们的奏疏拟出处理意见，称为“票拟”；然后由司礼监交给皇帝批红，遇到懒惰的皇帝，就由司礼监的秉笔太监根据皇帝的意见代为批红。司礼监位列二十四内监之首，配置掌印太监一名，秉笔太监若干名。它是与内阁并行的机构，不过一是内廷，一为外廷，表面上看同样权重，但实际上司礼监的权限是大于内阁的，因为他代表圣命。司礼监也为太监弄权留下了空间，皇帝稍有把控不严，就会出现矫诏和假传圣旨等情况。

左光斗的奏疏司礼监很快就批下来了。万历皇帝命户部立即组织二十万石漕粮和价值二十万两银子的棉花和布匹，派左光斗为钦差，星夜送往山海关。圣命下来，左光斗还是感到非常欣慰，虽然自己少不得跑一趟辽东，但自己奏疏中提到了两个二十万，皇帝可是一点折扣也没打，以往要钱要粮可没有这么大方。可能熊廷弼送给皇帝的那包蓬子他也看到了。

左光斗要赴辽东送粮的消息就在京城里传开了。这么大的事，想不传开也不可能。可让左光斗吃惊的是，左凡告诉他，家四周多了一些形迹可疑的人。左光斗暗中一观察，左凡说的还真是实情，那些算命测字的，卖糖人的，收破铜烂铁的，自己家门口还从来没这么热闹过。让人生疑的是，这些人转悠来转悠去，总是不离左光斗家前前后后，就是傻子也能看出不正常。左光斗稍一思忖，就明白了，这些人是在观察自己呢。坊间早就流传努尔哈赤在京城里安插了大量间谍，看来此言不虚。在和明军的长期作战中，努尔哈赤就以善用间谍和探子出名，明军屡屡吃他们的大亏。现在，这些形迹可疑的人盘旋在左光斗家的周围，无非是关注他哪天出门赴边。他们不是关心左光斗，而是关心他护送的那批粮食和寒衣。左光斗心想，后金能用间谍，我们正好可以将计就计，以其人之道还治其人之身。他决定，不妨将送粮的声势做大些，做得足足的，一则可以鼓舞士气，显示朝廷的关心；二是可以做点文章，引蛇出洞，让努尔哈赤派人到辽东来抢。

启程的日子到了，左光斗命人将粮车全部插上旗帜，星夜兼程，声势浩大地送向山海关。果然，一路上都有人鬼鬼祟祟地跟踪着。左光斗装作视若不见，只管赶自己的路。数天后，早已得到消息的辽东经略熊廷弼，亲自带人到山海关来迎接。

熊廷弼去年接替在萨尔浒之战中损兵失地的杨镐担任辽东经略。不过才年把时间，这个铁塔般的汉子就变得又黑又瘦。见到左光斗一行，熊廷弼翻身下马，一把握住他的双手，说："左大人，您这才叫雪中送炭，朝中这些狗娘养的文武百官，一个个就知道饫甘餍肥，把我们辽东将士丢在这里天天喝西北风，要是个个都像你一样，早他妈的把努尔哈赤那几个鞑子杀光了。"

熊廷弼就是这炮筒子脾气，喜欢骂人，他也是进士出身，可一点也不像个文人。左光斗环顾左右，说："熊经略，你又骂人了，毕竟是封疆大员，要注意形象啊，别把人都得罪完了。"

熊廷弼振振有词地说："老子不怕，哪个有本事叫他来守辽东，保管他看到鞑子们的弯刀就要吓得尿裤子。"

左光斗摇摇头苦笑。你还别说，自熊廷弼到辽东后，修筑城池，招集流勇，制造火器，以静制动，努尔哈赤几番试探，还真没占到半点便宜，边境倒由此暂时安定下来。左光斗是暗暗佩服这个黑汉子的，现在，朝廷缺的就是这样的实干人才。双方的士卒在忙着交接粮食和寒衣，左光斗说：“熊经略，这二十万石能支撑多长时间?”

熊廷弼摇摇头叹了一口气，呼出的热气眨眼间就在他的胡子上凝成了白霜。他说：“我辽东5卫127所，共有五六万人，还不包括百姓，你说能支撑多少时间，省着吃，顶多两个月而已，挨过这荒春倒是没问题。左御史，你回朝廷后，还要督促户部立即着手组织下一批军粮啊。只要辽东战事一天不停，这粮荒就会一日不止。”

两人一边说着，一边登上了山海关，望着连绵起伏的关城，左光斗忧心忡忡地说：“这一路过来，微臣感慨颇多，京畿方圆几百里，都是皇亲国戚的庄田，百姓都成了佃农。庄田不交税，税粮都进了勋戚的私家粮仓。过了天津卫，土地大片荒芜，高者为茅草，低者为洼地，几十里没有人烟，一派萧条，成了死地、死村。说得不好听点，像遭了瘟疫。”

熊廷弼重重地拍了一下左光斗的肩，他的力气太大了，左光斗被拍得一缩脖子。他说：“左公，真没想到，朝中现在还有像你这样敢说真话的人，我大明国还有希望。要屯田，朝廷只有屯田才能从根本上解决军粮问题。二十年前，天津巡抚汪应蛟成功垦田五千亩，轰动一时。可屯田是件苦差，谁愿意干呢，谁愿做第二个汪应蛟呢，朝中的文武百官都死完了！就知道贪污、受贿、虐民，还有就是没完没了地打口水仗，把乾清宫他娘的都要淹没了。”

左光斗没有反驳熊廷弼，他说的确是实情。他决定回朝后，就向皇帝上疏启动屯田。要是皇帝同意了，就算这项苦差落到他的头上，他也无怨无悔。只要是利国利民的事，他个人再多受点苦，又有什么关系呢。

这时，左光斗忽然想起一路暗中跟踪粮队的那些探子，就对熊廷弼耳语一番说：“熊经略，你看，这些人是否可以利用一下。”

熊廷弼一愣，不禁喜形于色：“你说的情况很重要，眼下，我们闹粮荒，鞑子们闹得更厉害，要是把军粮已到的消息放出去，他们就拼着性命也要来争一把的。这个饵可以用，余下的事交给我吧，我现在陪你去喝几杯，半个月没喝酒，嘴里都淡出鸟来了。”

“不是说饭都没有的吃吗，还有酒喝?”

酒菜很快摆好了，熊廷弼特地安排杀了一只麂子。一坛酒端了上来，拍开泥封，香味扑鼻。

熊廷弼招呼道："来，尝尝。"说着，自己率先干了一大碗。

左光斗喝了一小口，酒刚入口，他差点"扑"的一声吐了，想想又不礼貌，咬咬牙，还是吞下去了。他龇牙咧嘴地说："熊经略，你这是什么酒啊，闻上去倒是香香的，可这味道……"

熊廷弼朗声大笑："哈哈哈，这叫蓬子酒，又辣又苦，我们都喝惯了。"

"就是那种野蓬子酿的?"

"不是野蓬子，这里难道还有粮食酿酒不成？在辽东，粮食金贵着呢，有时一碗饭就能救活一条人命，有这种蓬子酒喝就不错了，就是这种酒也不是能常喝到的，蓬子开始成熟时就被军民采光了。左御史，这里苦啊，不是人待的地方。"

香喷喷的米饭端上来了，同桌的军士们一个个在狼吞虎咽。左光斗再也无心吃饭，他被一粒蓬子噎着了。

这时，外面忽然传来了一阵吵吵嚷嚷的声音，左光斗伸头向窗外一看，吓了一跳。只见门外黑压压地跪着一群衣衫褴褛的乞讨者，人人手里举着一个破碗。熊廷弼见状大骂道："他妈的，怎么回事，吃顿饭也不得安宁!"

一名士兵跌跌撞撞地跑了起来："将军，来了一个老头，说闻到了饭香，他一嚷嚷，一下来了几十个，赶也赶不走。"

熊廷弼望了望左光斗："抱歉啊，左御史，都是辽民，这一个个都饿疯了。"又对士兵吩咐道，"煮两锅饭，一人分一碗。"

左光斗指了指桌上的饭说："先把这些端出去吧，我反正也吃不下了。"

二、捡到一个书童

左光斗回到京城后，立即就给万历皇帝上了一道《足饷无过屯田》的奏疏。在这封奏疏中，他指出，辽东战事正处于关键时刻，解决粮饷刻不容缓，北方屯田可以解决根本问题。他指出，屯田的关键在于水利，进而提出"三因十四议"的水利主张。他恳请朝廷立即派一名能臣，急赴天津，率领当地驻军开垦荒田。圣旨很快下来了，万历皇帝命左光斗为钦差直隶印马屯田监察御史，立即赶赴天津卫开展屯田工作。

圣命下来，左光斗又喜又忧。喜的是，朝廷终于开始重视屯田；忧的是，这件苦差却落到了自己的头上。在上疏之前，他就有一种预感。事情往往就是这样，一桩难做的差事，你不提还好，大家都装作视而不见，你率先提出来，对不起，这事往往就落到你的头上。好在左光斗是在农村长大的，对于农事，他并不陌生。记得在他九岁那年，父亲到地里耕作，他跟在父亲身边玩，父亲命他以“课耕”为题作一篇文章。左光斗稍作思索，晃动着脑袋吟道：“播厥百谷，王道之始也……”父亲惊呆了，没想到九岁小儿一开口就能说出农事是王道之始这样的大道理。此事在乡里一时传为美谈，都夸小光斗天赋异禀，将来定会成为国家栋梁之材。

既然是去屯田，动身就宜早不宜迟，去之后还要一段时间熟悉情况，然后正好能赶上春播。要是去迟了，误了春播时机，就耽误了一年时光。好在也没有什么好收拾的，左光斗命左凡雇了一辆马车。一天清晨，天色未明，左光斗一家出发了。夫人袁采芑手中牵着四岁的国林，怀里抱着两个月大的国材，临上车前，她意味深长地望了丈夫一眼。左光斗怀里抱着圣旨，表情木然。他心里很清楚，这次赴天津卫屯田，她是有看法的，是不愿意拖儿带子地陪自己出远门的，哪里比得上家里好呢。可袁采芑就是这么贤惠，虽然她很不愿意，但是，只要是丈夫确定的事，即使有再大的困难，她都会极力支持的。左凡赶车，马车在夜色中静悄悄地出了德胜门，很快上了驰道，向北方奔去。

第三天，他们就进入天津卫地界。天津虽说也同属北方，但与京城之地相比，差别还是太大了，地广人稀，有时马车跑一晌午还看不见几个村子。而且越往辽东方向，越往海边，就越是荒凉，大片的蛮荒土地，一眼望不到边。路上不时遇见逃难的人群，挈妻携子，往保定府逃，往京城逃，为了混一口饭吃。进入天津卫地界后，左光斗不时叫左凡停车，他一次又一次地走下车来，不时地扒一扒地下的土。不扒还好，越扒眉头锁得越深，这地哪里扒得动呢，大多是盐碱地，含卤，像冻土一般，这都是海水长期浸泡的结果。这样的土地如果不想方设法除卤，是无法耕种的，难怪百姓都跑光了。

左光斗一路上都在奔驰的马车上思考着，他在考虑着把屯田试验地选择放在哪里合适，多大面积为宜。突然，马车停了。左光斗撩起帘子问道：“马车怎么不走了？”

左凡指着路边战战兢兢地说：“大人，前面……前面路边好像躺着个人。”

袁采芑说：“这荒郊野外的，怎么会有人呢？”

左光斗说：“快下车看看。”

左凡跳下车子，到前面去看了看，大声叫道："大人，的确有个人，还是个孩子呢，不过，已经死了。"

袁采芑听说是个孩子，而且还已经死了，吓得下意识地紧紧抱住了国林和国材。左光斗走了过去，一看，果然是一个男孩，六七岁的样子，一探鼻下，好像还有点鼻息。他用力掐着孩子的人中，吩咐左凡说："快到车上去拿点吃的来。"

左光斗判断，这孩子十有八九是饿成这样的。很快，孩子果然哼了一声。左凡端来了一点粉子。这是典型的南方干粮，是选上等的糯米和芝麻，放在一起炒熟了磨成的。讲究的，里面还可以拌上猪油，吃时还可以加点红糖。平时孩子们要吃，袁采芑还舍不得呢，不到饿得不得已的时候，是舍不得尝一点的。这一时也没有热水，左凡也顾不得许多了，在沟里弄了点河水，将粉子拌匀了，给这孩子灌了下去。

吃了点东西，孩子很快醒了。据孩子说，他叫顾翰林，哥哥就在天津卫的军营里当兵，家里本来有一点地，可被武定侯占了，硬说是侯爷的庄田，父母跟村里的人去闹，被县衙抓了起来，眼下正待在牢里呢。他跟着村里人出去逃难，听说保定府有大餐吃，就往保定府方向赶去，没想到太饿了，撑不住，晕倒了。村里人以为他死了，就把他丢在路边。顾翰林说，这些日子，饿死人很常见。

左光斗问道："你读过书吗？"

顾翰林摇了摇头。左光斗笑了，说："你取了个翰林的名字，好大的口气，人家喊你都是翰林长翰林短的，可你大字都不认得一个。这名字谁给你取的啊，不是很可笑吗。"

"当然是爹给取的。我家是军籍，长大了要当兵，哥已经进了军营，他有一身好武艺，人称燕客。爹不希望我再去当什么劳什子兵了，死在战场上都没人收尸。但家里穷，又读不起书，爹希望我将来点一个翰林，光宗耀祖。"

左光斗说："那你打算到哪儿去呢？"

顾翰林四野一张望，哭了，说："我家也没有人了，没地方去了，大人，我看出来了，您是一个好人，您就收留了我吧，我给您牵马坠蹬。"说着，趴在地上不停地叩起头来。

左光斗望了望左凡，左凡也无奈地摇摇头苦笑。但这孩子怎么说也不能将他单独丢下，丢下他还会饿死。左光斗只好说："那好吧，不过，回头要是碰到你们村的人，你还是要回家。我回头再问下你父母的事，看事情大不大，要是能早点放出来最好，你也就不用四处逃荒了。"顾翰林泪水涟涟，不住地点头。

袁采芑见左光斗牵了个孩子回来，说："这下好了，我们国林有个玩伴了。只是，这家里又多了一个吃的……"

"一个孩子，能吃多少呢？"左光斗摸了摸顾翰林的头，说，"只要有我们吃的，就少不了你一口。"

顾翰林见车上载了一大摞书，拿起一本翻了起来。他说："大人，我太喜欢书了，我以后就做您的书童吧。"

左光斗说："好，就做本官的书童，顾翰林，你这名字做书童倒是很合适。有这样的书童，显得本官很有学问。"

国林说："顾翰林，你把书都拿倒了，还当书童呢。"国林的话把车里的人都逗乐了。

三、武定侯娶亲

到天津卫不久，左光斗就听说熊廷弼打了个胜仗。熊廷弼先是通过水路将粮食运到盖州卫，然后再运往辽阳。一路上故意放出风去，说朝廷的粮草到了，引诱后金军队来抢。虽说天气渐暖，河流解冻，此时并不适合大队人马作战，可努尔哈赤那边缺粮缺得更厉害，没能忍住，派出一股人马前来劫粮，结果自然是粮食没抢到，抢粮的人马却中了埋伏，赔了夫人又折兵。

明代在天津设有三卫，即天津卫、天津左卫和天津右卫。卫是明代军队的基本编制，一个卫的官兵额定为五六千人。三卫加上家属，人口有五六万。卫的最高指挥官员是指挥使，下有同知、佥事、镇抚、千户等。天津卫还设有专管屯田的通判。卫指挥以下，军官都为世袭，军士则父子相继。卫所实行兵农合一，土地由军士及其家属耕种，收获物除上交卫所外，余归己有。天津三卫的屯田主要分布于河间府的兴济、静海、青县、沧州等数百里地内，且与民田错杂在一起。屯田面积明初只有千余顷，最多时增加到五六千顷，有荒芜的，有被侵占的，增增减减，没个定额。天津卫现任管理屯田的通判名叫卢观象。

卢观象带着左光斗在屯区跑了几天，把天津卫的屯田基本上转了一圈。天津卫附近的各县，凡是好点的田地，全是皇亲国戚和达官贵人的庄田。这些庄田边界处，大多立着一块巨大的牌子，上面写着某某皇庄、某王府庄田、某尚书府庄田、某都督府庄田等字样。这些庄田从京畿向外围府县辐射，如今，从京师到天津卫，处处是密布的庄田。余下的，就是大片大片没人要的盐碱地。让人有些不可思议的是，这些庄田中，有相当一部分就是皇亲国戚和达官贵人从驻军屯田中强行霸占的。最令人发指的，当算景泰年间，中军都督府左都督汪泉纵容家奴，先后占夺顺天府武清等县官民田地计一万六千余顷。这些人如此胆大妄为，往往有所仗依。尽管户部多次警告公、侯、驸马、伯、都督、都指挥以及勋戚大臣之家，严禁侵占民田，但侵占军民田地的事，仍时有发生，屡禁不止。

左光斗说："天津卫现在有多少屯田？"

卢观象说："这，共五千亩……不，四千亩。"

左光斗说："别吞吞吐吐的，到底是五千亩还是四千亩？"

"只有四千余亩，下官也不敢瞒着左大人，本来是五千来亩，三年前被武定侯郭玄占去了一千亩。"

"占去了？难道就要不回来吗？"

"要了几次，田没有要到，还把我们的人打了。后来我们向户部报告了此事，户部不敢过问，此事也就不了了之。"

左光斗气愤地说："郭玄真是岂有此理，他有何德何能，不过仗着祖上那点荫德，承袭了爵位，就这样以私欺公，无法无天吗？"

卢观象说："被占的地方叫十三场，都是一等一的好田。过去我们不敢强要，现在有左大人撑腰，我们改天去和他理论理论。郭玄不但占了十三场，还占了附近不少民田，府县都睁一只闭一只眼，不敢吱声，甚至还为虎作伥，帮助他们打压百姓。"

左光斗说："你说武定侯占了十三场，那这十三场的田契在谁的手中？"

卢观象答道："在我们手里。武定侯派人多次索要，河间知府厉应良也叫我给他，我怎么能给呢，就找理由拖着，实在催得急了，就编了个谎言说丢了。"

左光斗点头赞许："卢通判，你做得对，田契要是给了，这千亩良田就真正易主了。你知道武定侯在这一带管事的是谁？"

卢观象说："一个叫郭熊的家人。左大人，你不知道，这个武定侯郭玄很好色，他在河间还建了一座侯府，平日里也不在京城里好好待着，而是隔三差五地下来猎艳，要是看上了哪个女子，就掳进侯府里成亲。这些年，仅在河间一地，说得夸张点，不说上百回，恐怕至少也成了几十回亲了。"

左光斗瞪着眼睛，半天不言语，他对卢观象的话有点将信将疑，天下会有这样的侯爷？他想了想，说："明天就去河间，我们去会会这位侯爷。"

第二天，左光斗和卢观象穿着便装，来到了河间府。按左光斗的意思，他们暂时不暴露身份，这样更便于打听到真实情况。

进城不久，进入河间最热闹的临河大街，他们就遇到了一支庞大的迎亲队伍，吹吹打打，好不热闹。卢观象笑着说："左大人，看来我们今天运气还不错，沾点喜气，差事也会办得顺。"

左光斗说："卢通判，你看，好气派的婚礼，花轿还是十六人抬的，就是在京城里也不多见。"

这时，几个孩子跟在迎亲的队伍后面奔跑着，边跑边喊道："武定侯又娶亲啰！武定侯又娶亲啰……"

一个老大爷朝地上呸了一口，骂道："他娘的，武定侯又娶亲了，上个月不是才娶过一个的吗，这要娶多少个老婆才算完！"

另一个老头说："我敢打包票，武定侯有多少老婆，他自己都不一定清楚。"

卢观象笑着对左光斗说："共之兄，看来今天我们运气还不错，有热闹看了。"

左光斗拦住一个老头说："大爷，您能确定今天这娶亲的就是武定侯？"

大爷反问道："你说，要不是武定侯，这河间府，谁敢用十六人抬的花轿接新娘子？这是侯府的专用喜轿，一年总要用个十几回的，绝对错不了。"

左光斗说："这么说，轿前边那个骑着高头大马、身披彩绸的男人就是新郎官武定侯了？"左光斗并没有见过武定侯，所以才有此一问。

大爷说："这位客官，你是外地人吧？武定侯是什么身份，能自己出来接一个女人？那个男人是他的家仆，估计连管家都算不上，每次都是他出面。"

这大爷越说越让左光斗吃惊，真是天下之大，无奇不有，这娶亲的事难道也让下人代劳了。见左光斗半天不吱声，卢观象问道："共之兄，我们是继续跟着，还是先找家客栈住下来，我们不公开身份，又不便到官方的驿馆去。"

左光斗说："跟着，当然跟着，这么热闹的事怎么能错过！"

两人不声不响地挤在人流里，跟在喜轿后面。轿子到了街心，就在快要转入下一个街口时，突然，前面一阵骚扰，队伍停了。

只见二楼窗口突然出现一位壮士，他手持长剑，大叫一声："芊芊，我来救你了！"说着，应声从楼上直接跳到轿子顶上，唰唰唰几剑将轿顶砍了个稀巴烂。

代替武定侯迎亲的郭熊见状哈哈大笑，他一把扯掉胸口的红花，扔到一边，手里变戏法一般拿出一柄闪着寒光的长剑，说："侯爷真是料事如神，我还说你臭小子吓得不敢来了呢，没想到你就是个送死的命！来呀，快将顾大武拿下！"

眼前发生的这一幕，左光斗和卢观象都看得清清楚楚。顾大武是来营救新娘的，究竟是什么意思呢，难道武定侯今天要娶的女人和他有什么关系不成？郭熊话音刚落，轿子里突然刺出三四柄长剑，正在轿顶上的顾大武哪里料到轿子里并没有他要找的女人，而是中了埋伏。他发出一声惨叫，腿上明显中了一剑，人也从轿顶上跌了下来。

面对这突变，顾大武并不显得惊慌，他反手对轿中连刺几剑。轿中顿时滚出几个黑衣人来，在地上滚着一团，显然都被刺中了。郭熊大叫道："快抓住他，快抓住他！"可那帮家丁显然知道顾大武的厉害，远远地吆喝着，一个个不敢上前。郭熊大叫着说："放箭，快放箭，射死他！"顾大武有危险，左光斗对卢观象说："走，快过去帮帮他。"说着，二人迅速脱下身上的棉衣，充当盾牌，冲到顾大武身边，挡住了正在飞过来的箭矢。左光斗说："大武，还不快跑！"说着，一把拉住他，挤进了人流中，匆匆逃离了现场。

到了一个僻静处，顾大武抱拳施礼说："感谢二位恩公出手相救，不然，在下今天还不知能不能逃离虎口。"

左光斗问道："举手之劳，何必言谢。敢问壮士，为何冒着生命危险抢劫新娘呢，难道武定侯要娶的这位女子，与壮士认识不成？"

顾大武长长地叹了一口气，说出了事情的原委。原来，这位顾大武也是位有身份的人，他是天津右卫的一个百户，河北人，因有一身好武艺，又爱抱打不平，人称燕客。两年前，他与本地富绅钱安坤的女儿钱芊芊定了亲，本来说好今年成婚的。可武定侯不知从哪里得到消息，听说钱芊芊貌若天仙，就暗中考察了一番，大为满意，也不管钱芊芊同不同意，当即决定要将她接进府中。钱芊芊的父亲钱安坤家里开着几十家店铺，有几百亩良田，在河间也算是排在前几位的富商，可是他再有钱，也不敢在武定侯面前说半个不字。顾大武天不怕地不怕，他去找武定侯理论。武定侯当然不是他想见就见的，人家就拦着不让他进门。他当即就和侯府的家丁打了起来，他只身一人，将二三十个家丁一个个打得哭爹叫娘。武定侯折了面子，发誓要抓他千刀万剐。

原来这位顾大武就是顾翰林的哥哥，真是太巧了。左光斗就将路上营救顾翰林的事说了，顾大武"扑通"一声又跪下了，说："恩公，我兄弟俩的命都是恩公救的，这份恩德，来世再报了，给您做牛做马！"

左光斗说："些许小事，不足挂齿。"又问顾大武说，"壮士下一步作何打算？"

顾大武说："我现在是家破人亡，年迈的父母还被知府关在牢里，未婚妻身陷侯府，此仇不报，誓不为人。我今晚一定要将芊芊救出来，不然，她这辈子就完了。”

左光斗担忧地说：“侯府深似海，他们人手众多，怕你人没有救着，自己却有性命之虞啊。”

顾大武说：“不怕，他们在明处，我在暗处，想抓我也没那么容易。”

左光斗说：“那好，那晚上我们在外面接应你。”三人就这么商量定了。左光斗找了家客栈，又安排卢观象雇了辆马车，静等夜色降临。

侯府内，身材肥胖的武定侯郭玄厚衣重裘，裹得严严实实，他面无表情，躺在太师椅内，要不是他的眼珠子不时地眨一下，还让人以为他死了。对富可敌国的武定侯来说，他觉得日子过得没滋味极了。为了寻开心，他特地在京师之外的保定府另建了一座侯府，可是，时间一长，日子还是不可避免地越来越乏味。他喜欢吃，可是，他发现，现在啥东西都没有吃头，吃啥都是一个味，一个味就是没有味；他喜欢女人，因此经常娶亲，想娶亲时就娶亲，想娶哪个女人就娶哪个女人，有时一个月就要娶几个女人。可是，能让他感到满意的女人，至少到目前为止，他还没有发现。现在，他的话越来越少，常常吐字如金。比如，面前一大桌子菜，他一般只说两个字，没味；见到女人，干脆省略到只有一个字，丑。武定侯觉得自己老了，虽然他还不到三十岁，可是，当一个人对什么都提不起兴趣来时他就已经老了，这和年龄似乎关系不大。

大厅里站着不少人，有河间知府厉应良，宫里派来管理皇庄的太监李进忠，还有几个县令，他们都是来贺喜的。武定侯每次娶亲，他们都要来贺喜，虽然他们不情愿，但每次还不得不强装笑脸，乖乖地前来贺喜，谁敢得罪武定侯啊。当然了，武定侯平时对他们还是很关照的。现在，武定侯不说话，他们谁也不敢乱吱声，客厅里只听见木炭烧得噼里啪啦的声音。以往，每次娶亲时，武定侯都很高兴，哪怕高兴劲只能持续一两天，可今天这个叫钱芊芊的女子让他很不爽，她竟然不同意嫁到侯府。真是奇了怪了，武定侯娶女人少说也有上百，还从来没遇过这种情况。平时，武定侯要是说看上了哪个女人，那个女人高兴都来不及，哪里会不同意呢。可这钱芊芊就是说什么也不同意，她爹她娘都同意了她还是不同意，武定侯没有办法，最后还是将她绑上了轿子，抬到了府中。她现在正在后院里闹腾呢，随她闹去吧，女人闹一闹就乖了。

当武定侯看见郭熊从外面走进来时，他的身子动了动。郭熊走到武定侯身边，头埋得很低，等着武定侯问话。

武定侯盯着他左看右看，看得郭熊心里直发毛。武定侯说："没杀死?"

郭熊仍然低着头，说："叫那小子跑了，不过，他被我们的人刺了一剑，恐怕也活不长久。"

武定侯说："熊，太熊。"

武定侯骂人都是这么简洁，要不是语气重了点，郭熊还以为是在喊他。郭熊说："小人明天一定带人把他抓住，将他问成死罪。"

保定知府厉应良说："请侯爷放心，下官明天就安排人手，把顾大武抓起来。"

太监李进忠也附合着说："敢坏侯爷的好事，死罪，死罪。"

李进忠本叫魏进忠，少时母亲改嫁，他的继父姓李，他也就改叫李进忠。他本是河间府肃宁县的一个市井无赖，好赌成性，曾卖掉自己未成年的女儿还债，老婆冯氏一气之下离家出走了。李进忠日子难以为继，肃宁县出太监，为了躲避赌债，也为了混一口饭吃，他在净身后进宫做了一名太监。也算他运气不错，进宫几年后就进了东宫，成了皇长孙朱由校和他的母亲王才人的典膳，也就是厨师。李进忠绞尽脑汁变换花样尽心尽力地服侍着朱由校母子，将宝押在他们身上，巴望着自己有时来运转的一天。通过王才人说情，李进忠这才得了一份外差，那就是兼管皇庄，管理宫里在京畿的庄田。有外差才有发财的机会，才能捞到油水。别看太监在宫里像一个孙子，说话都得捏着嗓子低声下气，可一旦出了宫，就像猛虎下山，蛟龙出海，毕竟是皇帝身边来的，一个个狐假虎威，到地方上作威作福，地方官对他们是又恨又怕，可半点不敢得罪他们。不但不敢得罪，有的还变换着方式巴结他们，目的就是希望有朝一日能替他们在皇帝或者哪个大官面前说句好话。太监在宫里和宫外，完全是两种人，那种威风，和宫里完全不可同日而语。

李进忠这次出来，是看中了一片地，名叫戚畹皇庄，有百余亩，是一处荒废的庄田，有些年头无人耕种了。河间是李进忠的老家，他觉得自己在宫里也算是个人物了，怎么能一点产业也没有呢。正好这次代管皇庄，机会来了，不在老家弄点田地到老来可就没有依靠。戚畹绝庄具体是哪个太监的，已不得而知。宫里的太监，有了点余钱，就在京畿买田，当然也有主子赐的。要是有田的太监暴毙或者突然犯了事被杀，这些田就没有了主。这种情况不常见，但肯定有。李进忠看中的这片皇庄暂时由天津卫的军士们代管着。有人偷偷告诉李进忠，说这块田是宫里的无主田，他就动了心思，想据为己有，但他没有田契，索田可能就有点困难。所以，这次武定侯娶亲，李进忠备了一份厚礼，足足一千两银子，目的就是请武定侯帮帮忙，帮助他和军方说说。毕竟，李进忠的理由冠冕堂皇，就是收回宫里的旧田，场面上也说得过去。武定侯答应了。

武定侯摆了摆手，示意大家都不要说了。他淡淡地说："芊芊现在是我的人了，把那个顾大武早点处理了，好断了她的念想。"武定侯说得轻描淡写，好像顾大武是件什么不值钱的东西，快点拿出去扔了一样。

厉应良重重地应道："是。"

武定侯指了指李进忠说："把那片什么荒废的庄子，交给李公公。"

李进忠见武定侯说到他的事，赶紧上前说："戚畹皇庄。"

厉应良说："侯爷，这事可能有点小麻烦，下官只能管得了地方，管不了军营。听说朝廷派来了个专管屯田的通判，名叫卢观象，此人是茅坑里的石头，又臭又硬，从不买下官的账。"

武定侯对郭熊说："改天拿着我的名刺去找那个卢观象，就说是我的意思，帮李公公办了。不说这些扫兴的琐事了，我们现在喝酒去，喝完了你们早点滚蛋，本爷晚上还要成亲。"武定侯的话逗得大家都笑了起来。

就在武定侯和来宾们喝喜酒的时候，顾大武从屋顶上溜进了后院。武定侯压根就没料到顾大武竟敢斗胆到侯府里来救人，根本未做防备。顾大武没费什么周折，就把钱芊芊救了出去。当武定侯喝完喜酒来到卧室时，他惊呆了，哪里还有钱芊芊的影子，床上只有一根红绳。武定侯想不明白，这捆得紧紧的人，怎么会不翼而飞呢。

武定侯生气了，他太胖了，一生气就呼吸急促，嗓子里像拉风箱，上气不接下气，好像随时有生命危险。郭熊吓得脸都白了，他啪啪地打着自己的脸说："小人该死，小人该死!"

挣扎了半天，武定侯终于缓过一口气来了，他拍着手说："有意思，这回成亲有点意思。"

四、礼盒里的秘密

顾大武是军籍，而且还是个百户小军官。他在将未婚妻钱芊芊救出侯府后，军营里是不能回了，他也不想回。左光斗将他和钱芊芊安排在静海县一个偏僻的村子里，村子名叫盐冲。盐冲，顾名思义，多盐碱地，十年九荒。村子里人烟稀少，老百姓能逃走的都逃走了。顾大武租了栋民房，左光斗和卢观象亲自作媒，给他俩举办了一个简单的婚礼。左光斗之所以将顾大武安排在这里，还有另一层考虑，他已经想好了，准备在盐冲选一块屯田试验地。成功之后，再由静海向周边的兴济、交河、肃宁、宁津等县拓展。他看出来了，顾大武是个能干的人，他希望他能在这块屯田上有用武之地。

左光斗向河间知府厉应良发出正式通知，三天后，他将以钦差直隶印马屯田监察御史的身份，进入河间开展屯田工作。本来，监察御史的级别并不高，只有七品，但因是监察官，秩低权重，以小监大。况且左光斗还有钦差的身份，那就是代天巡方，权重就更不一般了。厉应良当然要好好准备。

三天后，厉以良带着同知、通判、教授训导等大小佐官，一路敲敲打打，出了河间城东门，到三里之外的驿站迎接。可足足等了两个时辰，还没看见左光斗一行的身影。虽说时令已是早春，可是北风呼呼，滴水成冰，众人勾腰缩首，一个个冷得清鼻涕直流，肚子也饿得咕咕叫。厉以良好酒，眼看着吃饭的时间到了，他的心里老是惦念着在镇海楼订下的几桌高档酒席，嘴里也越来越不是滋味，清水直冒。他又咽下了一口口水，对在一边闭目养神的同知刘清丰说："刘大人，你看这左御史，怎么到现在还没有来呢？"

刘清丰见知府点名问自己，少不得睁开眼睛，用手推了推歪了的官帽，打了一个哈欠，说："依本官看来，左御史肯定是进城去了。"

"他进城去了，把咱们撂在这里喝西北风？"

刘清丰说："左御史在公函中说三天后来咱河间，他说叫你迎接了吗，你自个儿非要在这等着，能怨谁呢？"

厉应良被刘清丰一下子问住了，他瞪着眼说："难道堂堂钦差来了，州府都不要迎接了吗，咱大明朝有过这样的事吗？"

刘清丰干脆又不回话了，又靠在栏杆上，闭上了眼睛，故意打起了呼噜，把厉以良气得吹胡子瞪眼睛。

这时，一位衙役骑着快马从府城方向跑来了，大声报告说："知府大人，左御史早已从南门进城，已经在检查府库了！"

刘清丰突然睁开眼睛，冷眼里斜着射出一道寒光，将厉应良刺得一缩脖子。厉以良觉得一上午的工夫都白费了，气不打一处来，他大声叫道："赶快上轿回城！"

厉应良赶到府库门口的时候，发现左光斗和卢观象正在值房里等着。左光斗说：“厉大人，得罪了，咱们走岔了，让你们久等了，诸位多多包涵。”其实，左光斗何尝不知道厉应良一行在驿站等着，他对官场这一套迎来送往很是反感，故意从南门绕道进城的。

厉应良按捺着心头的不悦，说：“没关系，没关系，是下官没有和左御史衔接好。快打开府库，让左御史和卢通判检查。”

几排府库大门全部轰隆轰隆地打开了，露出了整整齐齐的粮仓。厉应良做了个邀请的手势：“左御史，卢通判，请——”

只见府库内一排排的粮仓里，贮满了金黄的稻子和麦子，个个堆得冒尖。厉应良说：“左御史，卢通判，请看我们河间府的仓贮，这几年虽说年成不太好，不是旱灾就是水灾的，但对河间影响不大，不是本府自吹自擂，我们河间仓廪满实，百姓安居乐业。”

左光斗和卢观象从第一间仓库，一直走到最后一间，你还别说，每一座仓库都贮得满满的。官粮收得好，那当地百姓也应该很殷实啊，不然他们哪来的粮食交官粮呢。可是，这一路上的所见，又让人大跌眼镜，到处是逃荒的人群，凋敝的村落，明明是民生多艰啊。左光斗一时也有些真假难辨了。

再看武器库，衣甲兵器等兵备，一应俱全；银库内，厉应良叫库役接连打开了多只装银锭的木箱，只见五十两一锭的官银整整齐齐地码放着，闪着幽暗而诱人的冷光。看来，河间府财源充足，是富庶之地，左光斗满意地点了点头。

最后，一行人来到河间府衙。府衙门口，立着一座高大的石牌坊，上书“燕赵雄风”四个大字。进入大堂，正面悬挂着一块巨幅匾额，上书四字：明镜高悬。不同于别处府衙大堂的是，除正面这块匾额外，大堂内挂满了大大小小形式各异的匾额，内容也五花八门，什么清慎勤、清正廉明、两袖清风、敬天爱民、心在魏阙、爱民如子、民心如山等。见左光斗在打量着这些匾额，厉应良说：“这都是本地百姓送给本府的，叫他们不要送，可他们偏偏要送，送来了也只好挂上，民意不可违啊。”

左光斗笑着说：“看来本地百姓对你这个知府很是爱戴啊。”

厉应良说：“那是，那是。”

看完了，也过了吃饭的时间，厉应良早就等得不耐烦了。可左光斗一听说已在酒楼摆下酒宴，说什么也不愿去酒楼，他说到府衙食堂去吃中饭。

厉应良本来精心准备了几桌酒席，钦差大人说不去，说明是不给面子。他对左光斗耳语道："左御史，这镇海楼的酒席早已订下了，就算我们不去吃，也是要付钱的，那不更浪费吗。再说，初来乍来，就在府衙吃个便饭，这要是传出去叫本官如何做人啊。"

左光斗说："没事没事，这做人如何，也不是凭吃顿饭就能妄下定论的。厉知府，前头带路吧，本官今天正好体验一下河间府衙食堂呢。"

话说到这个份上，再纠缠下去也没有什么意思了。厉应良只好硬着头皮将左光斗一行带往府衙后院的食堂。

当左光斗和卢观象进入食堂的时候，在食堂中就餐的衙役和书办们全站了起来，大家热烈地鼓起掌来。大家小声议论着，从来还没见过钦差大人到府衙食堂和衙役书办们一道就餐的。中餐只有三种菜，河间驴肉、油盐豆芽和水煮白菜，还有一小碟酱黑菜。当菜端上来的时候，厉应良直皱眉。来河间当知府三年了，他还从来没有到这食堂吃过一次饭，这样的菜他根本吃不下去。无酒不成席啊，况且厉应良自己每餐也少不了喝几杯，他叫人上酒。没想到，左光斗摆了摆手说："下午还有差事，不喝酒，吃点饭吧。"

厉应良只好硬着头皮端起了饭碗，还要装作吃得津津有味。不喝酒，无以餐，对他来说，这顿饭吃得太痛苦不过了。他咬着牙将饭向下咽，可这饭团子就像长了手似的，死死地抱着舌头，怎么也不愿下去。等他费了九牛二虎之力，好不容易将一口饭咽了下去时，却哽得他双眼发直。他感觉那个饭团根本就没有下去，而是卡在了喉管里，上不上下不下的。他放下了饭碗，心想今天这是怎么了呢，再瞧左光斗卢观象，一个个像没事般的吃得热火朝天。他见状只好又端起了饭碗，向嘴里扒拉着饭粒，那些饭粒好像和他有仇，到了嘴里的又跌落到了碗里。

好不容易结束了中餐，厉应良算是认得了这个钦差，他是个不按常规套路出牌的人，和这样的人在一起时间待长了，迟早会被他看出破绽，还是将他早早地送进驿馆休息为上策。本来，包括今天的中晚餐，还有接下来的几天，厉应良都安排好了，是要轮流着给钦差大人接风洗尘的。看这形势，是提都不能再提了。

左光斗和卢观象住进了河间府驿馆。驿馆是专门接等官差的地方，环境清幽，窗明几净，一天三餐都有人侍候，倒也还算舒适。左光斗打算过几天后再将夫人孩子等人从天津卫接过来。当天黄昏，左光斗刚刚用过晚餐，厉应良就带着一行人来到了驿馆，他们一个个手中都拎着一个纸盒，从衣着打扮看，他们显然不是普通百姓。

厉应良说："左御史，这些都是河间富商，他们听说大人来了，一个个自发地前来看望您。”

左光斗说：“来看看可以，礼品全部带回去。”

“都是些不值钱的本地土特产，左御史要是不收，那就是太不给河间百姓面子了。”厉应良说。

“是啊，左御史，收下吧。”

“左御史，给河间百姓一点面子吧。”众人纷纷说道。

厉应良说：“东西大家都放下吧，这点面子左御史还是会给的。”众人听厉应良这么一说，纷纷放下盒子，一窝蜂地告辞了。

望着摆满了房间的大大小小的礼品盒，左光斗为难地说：“厉知府，你看，这，这可让本官犯了难。”

厉以良在左光斗耳边低语道：“左御史，些许小意思，都是官场上的惯例。您休息，下官告辞了。”说着，上轿走了。

左光斗打开了一个礼盒，里面只有一张叠得方方正正的纸，除此之外，什么也没有。左光斗有些纳闷，他拿起那张纸一看，吓了一跳，原来是一张银票。再一看面值，二百两。左光斗将盒子仔细看了一下，发现盒底写着送礼人的名字。

左光斗接着打开了下一个盒子，照例是一张银票。他将所有的盒子都打开了，全是一张张银票，只是金额不等，最少的是二百两，最多的竟达到二千两。

太让人震惊了。如果说这就是厉应良说的官场惯例，那这是多么可怕的惯例。不管别人是否遵从了这样的惯例，反正他左光斗是绝对不能收。

卢观象过来了，见左光斗室内放满了礼盒，两手一摊说：“没我的份啊，我的官太小了，没人巴结。”

左光斗说：“你还笑话本官，快说说怎么办，给我出个主意。”

“这收都收了，不收白不收，厉应良不是说了吗，官场惯例，你不按惯例办，恐非上策。”

左光斗说：“卢观象，咱们也处了些日子了，我是什么样的人，难道你还看不出来？我这人就是不喜欢按惯例办事。”

“那，难道还退回去不成？”卢观象故意说道。

左光斗打开一个盒子说：“你来看看，这是普通的土特产吗，里面全是银票。这是典型的受贿，受贿，懂吗？”

卢观象又把几十个盒子检查了一遍，左光斗说的果然不假。

这时，左光斗发现窗外有个人在张头张脑，就喊了一声说：“屋外何人，有话进来说吧。”

墙角果然走过来一个人，一个瘦高个儿，左光斗瞧着他有点眼熟，原来是刚才送礼者中的一个。见到左光斗，他拱手道：“左御史，小人名叫钱安坤，是河间商会的会长。失礼了，刚才见知府和大人说话，没敢出来。”

左光斗说：“你既然留了下来，肯定是有什么话要告诉本官吧。”

钱安坤说：“顾大武和小女来信告诉我了，感谢左大人关照，帮助他们脱离了苦海。”

左光斗说：“你留下来就为了说声谢谢吗，你来得正好，哪个盒子是你送的，正好带回去，省得我跑一趟。”

钱安坤连连后退：“左御史，这个小人万万不敢，些许小礼，一点心意而已，怎么能收回呢。”

“你送的最多，足足二千两，你家中就那么有钱，真的是你们自发的？”左光斗不解地问道。

“要说自发，不敢说来的都是出于自发。但厉应良说是惯例倒是真的，一旦上面来了重要官员，他就带着我们来送礼，久而久之，就成了惯例。”

“那要是有人不来呢？”

“左御史，和气生财，我们这些做生意的，厉应良有令，谁敢得罪知府大人，我们敢不来吗？除非不想在这河间待了。”

左光斗说：“我明白了，钱会长，谢谢您和本官说了真话，现在真话比真金还要难得，今后要是有什么事，该提醒时还麻烦您老提醒我一声。”

钱安坤说：“谢谢御史大人，您太看得起老朽了。那我告辞了。”

左光斗拿起他送的银票，塞进了他的口袋里说：“这是您的东西，您老收好。”

“还真有不要钱的官吗，老夫活了七十多岁，还真第一回见着了，要不是我亲眼所见，别人说我还不信。”钱安坤激动地说，他重重地拍了一下胸脯，“左御史，今后有用得着老夫的地方，您吱个声，肝脑涂地，在所不辞。”

左光斗像是忽然想起了什么似的，问道：“对了，钱会长，河间府的同知刘清丰为人怎么样？”今天上午查看府库时，刘清丰明明还在，可吃饭的时候，就不见了人影，按理这样的不辞而别，怎么说也应该和他这个主人说一声，可见刘也是个不按常理出牌的人，是官场中的异类。这样的人，往往大智若愚，所以他才有此一问。

钱安坤说：“御史大人有眼光，刘清丰这个人，确实与众不同，民间把他比作海瑞，他是不会白吃公家一顿饭的，我看他十有八九是回家吃饭去了。”

左光斗惊喜地说：“河间府还有这样的官员？”

钱安坤说：“不过，我听说，厉应良不怎么待见他，处处打压他，当然更提防着他。刘清丰也不计较，如此一来，倒落了个清闲自在。”

自进入朝廷为官的那一天起，左光斗就给自己定下了一条规矩，那就是做一个清官。他还清晰地记得万历二十八年，他参加江南乡试中举。按照当时弟子谒见房师的惯例，他带着一封礼银去拜见自己的老师陈大绶，没想到银子没送掉，还遭到了老师的一顿批评。左光斗还清晰地记得恩师说过的话，他说，你还是一个学生，还未进入仕途，怎么就染上了官场的这一套恶习呢？你从今天开始，就要节俭行事，今日行事之俭就是明日居官之清，不然，你以后无法在官场立足。当时，左光斗羞得满脸通红，唯唯诺诺地退了出来。在朝中担任内阁中书时，他还在官署的门上题了一副对联：俸薄俭常足，官卑清自高。无论官场风气怎样，他都要坚守自己的底线，不是自己的钱，绝不染指。

送走钱安坤，左光斗突然对刘清丰这个人来了兴趣，当即决定去他家拜访，了解一下河间官场的真实情况，以及即将开展的屯田工作，说不定他会有什么真知灼见。他身着便装，一个人悄悄出了门。刘清丰的家他已打听过了，就在一个名叫福井巷的地方。

福井巷并不难找，这里有一口唐代的古井，井水清冽，四时不竭，哪怕是大旱的年份，井水也充沛如常，民间称为神井。福井巷就位于福井边，因井而得名。左光斗沿路打听福井巷所在，很快就到了巷子口，果然有一口古井。一群民妇正在井台边忙活着，淘米的、洗菜的、洗衣的，不一而足。左光斗上前打听刘同知的家，说直接走到巷子底，就到了。

左光斗来到巷子底，最后一户，临街是一幢两层的小楼，再看后面，是一个宽敞的院子，院子四周还有好几栋房子，回廊曲屈，檐牙高啄。左光斗一看，这个刘清丰家道殷实，或者生财有道，不然，凭他那点俸禄，要置下这一片房产，恐怕不大可能。左光斗上去叫门，敲了半天，一个家仆模样的人出来开门。左光斗问道：“请问刘清丰在家吗？”

“烦不烦啊，又是问错了门的。”那个家仆瞧也不瞧左光斗，朝右边指了指。左光斗朝右边一看，原来，在这幢小楼的隔壁，还搭着两间披厦，门口挂着一块小木牌，上书“刘府”二字。由于风吹雨打，字迹都有些漫漶不清了。

左光斗摇摇头笑了，难道这才是刘清丰的家吗，他好歹也是一个从六品的同知，掌管的是钱粮、捕盗、海防、水利等吃香的实务，也不至寒碜到连正房也没有吧，就这两间披厦，也能叫府？岂不是让人好笑么。

左光斗叫了好几声，才出来一个中年女人，问刘同知到哪去了，妇人答道："到城墙上'暖足'去了。"

左光斗问道："什么叫'暖足'？"

妇人说："天冷，家里买不起炭，就到城墙上去跑跑，这不是暖足是什么。"

左光斗又朝室内看了看，室内不过一张八仙桌，几把椅子，余下就没有什么像样的家具了。再看墙上，贴满了横幅条幅，再看内容，都是清慎勤、清正廉明、两袖清风、敬天爱民、心在魏阙、爱民如子、民心如山等内容。这些话不是在哪见过吗，左光斗想起来了，对，在河间府大堂。不过，那都是精美的匾额，刘清丰家里，贴的都是寻常的白纸，有的都翘起来了。

看来，这个刘清丰家里还不是一般的穷，连寻常人家都抵不上。左光斗向妇人打了个招呼，自己径直到城墙上去找刘清丰。

上了城墙，左光斗远远就看见刘清丰披着一件破旧的棉袄，在来来回回地跑着，边跑边不停地朝手心呵着热气。左光斗也不吱声，直接走到他的边上，说："刘大人，你这是在干吗呢？"

突然看见左光斗，刘清丰尴尬地笑了："没想到在这地方偶遇左御史，下官这寒碜的样子，让左御史见笑了。"

左光斗拍了拍他的肩头说："不是偶遇，本官是专门来拜访你的。"

"哎哟，不敢当不敢当，那快到在下家中去坐坐。"刘清丰说道，两人又一道下了城墙。

到了刘清丰家中，妇人泡了一壶茶，两人边喝边聊。见左光斗不停地向四壁看着，刘清丰说："下官本来有几间房子，两个儿子读私塾，虽说日子过得紧巴，倒也还过得下去。去年，老母重病，不久又去世，这治病安葬，又费了不少银子。我也不想找人借债，就将房子当了。"

左光斗点了点头，原来如此，料想刘清丰再穷，也穷不至此。这官场上，父母登仙，向来都是收礼的大好时机，看来这个刘清丰是不谙此道。左光斗朝墙上努了努嘴，问道："你家贴的这些匾语，怎么和知府大堂里的一个样。"

刘清丰站了起来，正色说："他厉应良的东西，怎么能和下官的相提并论？我这是百姓送的。"

左光斗说："厉应良的匾额不也是百姓送的吗？"

“那不一样！”刘清丰说，“我是百姓自发送的，我想不要都不行；他呢，是想方设法暗示百姓送的，百姓不送还不行。”

左光斗恍然大悟：“哦，我明白了。可是，通过昨天本官的查看，倒也府库丰足，财力殷实，这个厉知府，可以说理政有方啊。”

刘清丰发出一阵爽朗的大笑：“我的御史大人，那都是厉应良的惯用手段，你看到的都是表象，假的！”

“假的？下官眼见为实，你怎么说是假的？”这下轮到左光斗站了起来。

刘清丰示意他坐下，说：“我是管钱粮的，河间府的情况，哪个比我还清楚？府库本来是空的，那里面的东西，全是找武定侯借的。”

“借的？”

“对！”刘清丰肯定地说。

左光斗说：“那我过几天再去看看，府库岂不是又空了？”

“不，”刘清丰说，“这正是厉应良狡猾的地方，那些借来的东西，长期就放在府库里，定期付利息，毕竟不是府里的东西，我们不能动，更不能用来接济百姓。”

左光斗说：“我明白了，就是摆着给上面来人看的。”

“左御史说对了，就是这个意思。”

左光斗想了解下刘清丰对屯田的看法，说道：“刘同知，本御史是奉圣上旨意前来屯田的，不知你对此有何看法？”

刘清丰捋了捋胡须，说：“屯田，是富国强兵惠民的良策，朝廷早就应该实施了，昔日天津巡抚汪应蛟捐俸开田五千亩，使北方蛮荒之地变成塞上江南。”

左光斗说：“本御史虽不才，但决心还是有的，我决心以汪应蛟为榜样，大力推广水稻。”

刘清丰说：“下官对左御史的决心深表钦佩，如有用得着下官的地方，请尽管吩咐。下官认为，屯田应分两手同时进行，一手清理已有屯田，厘清权属，该是谁的就是谁的，强占的就要让出来，使国家税粮不至流失；这第二手嘛，自然是开辟新屯田，这个要重水利，堵海水，引河水，如此，屯田焉有不成功之理！”

左光斗激动地握着刘清丰的手说：“刘同知，你说的正合我意，我们一定要把静海的屯田先搞起来，然后向周边的府县推广。我还有一个更大胆的想法，为了确保屯田成功，还要在府县设立屯学。”

“何为屯学？”刘清丰不解地问道。

“每生给予田地，边耕边读，忙时农耕，闲时读书。现在的读书人，四体不勤，五谷不分，这怎么行呢？我大明朝不要这些只会死读书的书呆子。条件成熟时，还要推广武学，一边习武，一边学习，为国家培养栋梁人才。”

刘清丰说：“左御史，您思考深远，下官佩服，若看得起在下，我就跟在您后面当个助手吧。”

五、将计就计，巧借军粮

清理屯田，左光斗决定从武定侯侵占的千亩屯田十三场开始。

要收回被武定侯侵占的屯田，无异于太岁头上动土，其难度可想而知，弄不好会惹祸上身。但愈是困难，愈是要做，侵占千亩屯田尚不归还，那些零星侵占的其他人作何感想，本次清理的意义又何在呢？如不清理，要想增加税粮、税源，又从何而来？皇庄和子粒田都是不交税粮的，佃户耕作，只向田主缴纳田租。对这类田，国家收不到一粒粮食。因此，类似的庄田愈多，税源就愈少。不仅如此，如果租种这类田的佃户拖欠田租，官府还要出面干涉，帮他们催缴租金。

日前，辽东经略熊廷弼又给左光斗来信，让他想办法再弄点军粮，哪怕是买也行，在辽东，就算花高于内地两三倍的价钱，都买不到粮食。百姓自己都逃荒了，哪里还有余粮可卖呢。与此形成鲜明对比的是，武定侯府中仓廪殷实，粮食多得根本吃不完。何不从他身上想些点子呢。那侵占的千亩屯田，若每亩每年按一石税粮计算，三年就是三千石。这可不是一个小数字，起码能管辽东驻军挨过春荒。河间府库贮放的粮食，左光斗目测过，三千石只多不少。这是一块到嘴的肥肉，不吃白不吃，何不将计就计，先搬走再说。到时武定侯找上门来，大不了打一张借条给他。当然，左光斗是想借而不还的，这些粮食正好抵了千亩屯田三年的税粮。这只是他个人的想法，任何人都没有透露，要是说破了天机，惹起武定侯和厉应良的警觉，再想动府库那批粮食，就比登天还难。

左光斗命卢观象暗中调来两千军士，命刘清丰打开府库，说要搬粮。面对着这支突然而至的搬粮大军，刘清丰半点心里准备也没有，大惊失色，轻声对左光斗耳语说：“左御史，我不是告诉过你了吗，这批粮食是向武定侯借来充实府库的，千万不能动！”

左光斗说：“我知道。你就装作什么也没有和我说过，我也装作什么都不知道，现在，这些粮食是河间府府库中的官粮。辽东春荒缺粮，军民以吃蓬子充饥，本御史紧急征用这批官粮，有什么不妥吗？你不用紧张，按我的吩咐去做，天大的事有我兜着！”

“这，这行吗，这要是武定侯要我们还粮，这一时到哪里弄粮食去？”

“不是说了吗，一切有我负责。”左光斗大声地命令道，“开仓放粮！”

“罢罢罢，这事我也管不着了。”刘清丰无奈地对库吏说，“开仓吧！”话音刚落，两千名士兵冲进府库，肩挑背驮，很快，满满的粮仓搬得一干二净。

知府厉应良得到消息时，两千名搬粮的军士走得影子都看不见了。望着空空的府库，他吓得脸色煞白，结结巴巴地说道：“左……左……左御史，这下祸闯大了，这……这……这批粮食是向武定侯借的。”

左光斗若无其事地说：“什么，向武定侯借的？哎呀，这粮食都已经上路了，辽东经略熊廷弼都已经安排军士在半路上接应了。厉大人，既然是武定侯的粮食，怎么到了你们河间府的库房里啊？”

厉应良说：“都到这时候了，我也就不瞒你了。连年受灾，府库官粮严重不足，为了打肿脸充胖子，才向武定侯借了些粮食，充实仓贮。这下可好，全让你运到辽东去了，要是武定侯要我们还粮，到哪里弄粮去还啊？”

左光斗淡然一笑：“厉知府莫急，本御史明天就去向武定侯打张借条，今年秋收时足额归还，不就行了吗？”

厉应良急得直跺脚：“哎呀，武定侯可不是好说话的主，这下祸闯大了，要吃不了兜着走了！”

左光斗说：“本御史明天就去侯府，此事包在我身上。”

厉应良巴不得左光斗有此一说，他连说：“好好好，此事还望御史大人周旋周旋，武定侯脾气不好，他不管说什么你先应承下来，我们再慢慢想办法。”

第二天，左光斗带着卢观象和刘清丰来到了侯府。郭熊进去通报，过了半天，才出来说，武定侯听说钦差御史来了，答应见他们一面，叫他们等着。三人又等了半天，武定侯才大腹便便地出来了。

左光斗说明了借粮的来意。武定侯先是哭穷，说无粮可借。左光斗这才说出府库中的粮食已全部运往辽东以充军粮。武定侯傲慢地说：“这不是生米煮成熟饭了吗，左御史，依你的意思，本侯爷这是不借也要借了？”

左光斗说：“是的。”

武定侯说：“你一个小御史，也是为皇上办差，看你钦差的面子，本侯爷就不追究你擅自做主的罪了。可我的粮食也不是白借的，付五成的租息吧，新粮上市时，连本带息，就要付四千五百石，这个账你可会算？"

左光斗说："没问题。"

武定侯叫人拿过纸笔，左光斗按武定侯说的，唰唰唰几笔，很快写好了一张借据。

从侯府回程的路上，卢观象担忧地说："武定侯也太过分了，哪有这么高租息的。左御史，你是真打算还他四千五百石粮食吗，这些粮食又从何而来？"

"哈哈哈，"左光斗放声大笑说，"借粮哪有不还的理，三天后我们去还粮。"

卢观象无奈地说："三天，现在正逢荒春，粮食比银子还要金贵，你就是孙猴子有七十二般变化，怕也变不来四千五百石粮食。"

左光斗从容地说："卢通判，稍安勿躁，三天后，带上十三场的田契，我们再访侯府。"

清理屯田工作热火朝天地开始了。三天后，左光斗又带着卢观象和刘清丰来到武定侯府。武定侯已被他们弄得不耐烦了，见面就说："怎么又来打扰本侯，你们有什么事快说，本侯没许多闲工夫和你们扯淡。"

左光斗示意刘清丰拿出十三场的田契，说："侯爷，本御史奉皇上之命，正在河间清理屯田，经过我们清查，十三场千亩良田产权本属天津卫，三年前，不知怎么被侯府接管了。"左光斗说接管，没有说强占，算是给武定侯留了点面子。

武定侯说："这事我知道，是本侯爷安排的，本侯见十三场田地荒芜，杂草丛生，白白撂荒了可惜，就安排佃农耕种了。怎么，这也有错吗？"

武定侯咄咄逼人，强词夺理，左光斗看他今天这态度，断不会将十三场拱手相让。他一字一句地说："侯爷，据我们了解，真实的情况并非如此。十三场原有本地佃农耕种，是您的家丁郭熊带人赶走了佃农！"

武定侯摆摆手说："不做这些无谓的争执了，说吧，你们今天来有何贵干，保不成是要和本侯争田不成？"

左光斗站了起来："武定侯，十三场地权明晰，不存在争与不争，我们今天来是通知侯爷一声，十三场今春由天津卫军方安排耕种，佃租供应辽东军粮。而且，本御史还要上奏皇上，追究侯府家丁夺田之罪！"

武定侯哗的一声将茶碗砸了，他指着左光斗说："你不过是七品的小御史，竟敢和本侯爷这样说话？十三场侯府种了三年，生田种成了熟田，它已是我侯府的田产，你要是斗胆敢轻举妄动……”

“武定侯，”左光斗打断了郭玄的话，“这官司哪怕打到皇帝那儿，本御史也不怕，我就不信天下没有讲理的地方!”说着，他从容地收起了桌上的田契，平静地说，“哦，对了，侯爷，最后再告诉你一声，三天前我写的那张借据不算数了。这里有田契在此，说明十三场是军方的屯田，那侯府耕种的这三年是要付佃租的，本御史算过了，按当前佃租的标准，每亩每年一石，三年共计三千石佃租，刚刚好。我们两不欠了。”

武定侯气得再也说不出话，他指着左光斗，嘴里风箱似的断断续续呼着气：“你，你，你……”

左光斗说：“侯爷，告辞了!”说着，几个人头也不回地走了。

六、首垦千亩，建设塞上江南

春天来了，天气渐渐暖了，空气中，海水中的腥气也渐渐浓了起来。左光斗被这股腥气冲昏了头，严格说来，也不是被这股腥气冲的，而是面对这腥气的来源，数公里外的海水犯了难。千亩试验田已经选好，就在盐冲。这些天，一到晚上，他老是做着相同的梦。他梦见了盐冲变成了禾苗青青的千里沃野，水稻在拔节、抽穗，稻花的香气压过了海水的腥气。突然，海水在涨潮，浪头越掀越高，向盐冲席卷而来。眨眼之间，盐冲变成了一片汪洋。潮水退了，盐冲的稻田又露了出来，可水稻经咸涩的海水一泡，全部枯死了。盐冲一片狼籍，百姓们呼天抢地的哭声比海潮声还要响亮，让人痛心。

这些日子，左光斗一直在盐冲的盐碱地上盘桓着。要确保屯田成功，有两个基本条件，一是水利设施，二是种田能手。这两个都是难题，兴修水利设施，特别是其中的一项重点工程，要新建一座长达两百米能阻挡海水的大堤。左光斗在心里来来回回盘算过许多遍了，这些工程，至少需二万两以上的银子。种田能手也不好找，北方人习惯旱种，平时种的都是麦子、玉米和豆类，对如何种植水稻，基本上是陌生的。

驿馆的客房里，袁采芑正在教儿子国林和顾翰林读书识字。左光斗前不久将他们从天津卫接到了河间。顾翰林很聪明，已经认得一百多个汉字了。此时，他正在背诗呢。只见他倒背着双手，嘴里吟道：“床前明月光，疑是地上霜。举头望明月，低头思故乡……”背着背着，他好像想起了什么，问袁采芑说：“姨，什么是故乡？”袁采芑说：“故乡就是老家呗。”顾翰林又问道：“那我的故乡在哪里呢？”袁采芑说：“不就是这河间么？”顾翰林好似明白了什么，说：“不对，我现在在河间府盐冲，我的老家在河间府石田，我也正在思念故乡呢。”顾翰林的样子把袁采芑逗乐了，说：“你思念给我看看，我看你这小伢子怎么思念……”

瞧着这其乐融融的家居场景，左光斗却半点也高兴不起来，他在想着兴修水利的银子从何而来。此时，要是向户部申请拨款，可能性微乎其微，国库空虚已久，朝廷太缺钱了，一个辽东就足以让国库不堪重负，遑论其他，皇帝是一听说哪儿要钱就沉默不语。可是，不修水利又如何垦田呢，海水一涨潮，刚插苗的水田让咸水一泡，下再多的功夫也是白费。

这时，同住在驿馆的卢观象踱了过来。左光斗说：“卢通判，我让你找几个种田能手，找到了吗？”

卢观象摇了摇头说：“哪有那么容易，北方人都不会种水稻，我看还是只有从南方招募。”

左光斗点了点头：“我上次听顾大武说他的父亲顾有田是江南人，会种水稻，他是入赘来的。你去找找厉应良，就说是我的意思，把他放出来，一个老实巴交的农民，能闹多大事呢。我现在愁的是兴修水利的款项，一点着落也没有啊。”

“记得你到河间的第一天，厉应良带着那么多老板来看你，你当时要是把礼银收了，何愁现在没有银子？真是后悔莫及啊。”

真是一语惊醒梦中人。左光斗说：“对了，我现在就去找找钱安坤，他当初不是说有什么困难就去找他吗，我让他带个头，在商会动员一下，大家自发捐些银子，就算是给我一点面子。”

卢观象说：“这倒是个不错的主意，应该能行，没有什么更好的办法了。再说，我们是给河间百姓修堤，他们捐点银子也是应该的。”

左光斗说：“走，我们现在就到他家去找他谈谈。”

说走就走，左光斗和卢观象来到城中，打听钱安坤的家。钱安坤是河间富商，钱府是一问就知。让左光斗大感意外的是，钱安坤的家，就是他先前在福井巷寻找刘清丰同知的家时，敲错门的那一家。这真叫无巧不成书。当初，钱安坤见刘清丰卖了住宅还债，一时无房可住，就主动提出借给他两间房。刘清丰到他家一看，正屋他不要，倒是看上了正屋旁的两间披厦，就搬进去暂住。怎么能让堂堂的同知大人住披厦呢，钱安坤要他搬进正屋，他说什么也不肯，说有免费的披厦住已很知足了。

在钱府，左光斗说明来意，钱安坤当即爽快地答应了下来。钱安坤说：“于公于私，我都应该出来牵这个头。于私，大人您对小婿顾大武和小女钱芊芊有恩，要不是您，他们说不定还在哪受苦受难呢。与公，大人代表朝廷在河间屯田，您是在为河间百姓谋福祉呢，我们有什么理由不支持。我今晚就通知商会开会，为了表示诚意，我个人带头捐银一万两。”

左光斗大为感动，一万两，差不多就能解决水利工程款的一半了。只要钱安坤一号召，众商再捐一点，这事就成了。左光斗紧紧地握着钱安坤的手说：“河间的商人就是热心，钱老板，有你们商会的鼎力支持，北方屯田一定会成功!”

捐资会议当天晚上就在商会会馆召开，河间大大小小的商人都来了，坐了满满一院子人。左光斗先前婉拒见面礼金，已给河间的商人们留下了良好印象，所以来的人尤其多。钱安坤请左光斗说话。左光斗站到了台上，他深情说：“本御史奉圣上之命前来天津卫屯田，首选河间，就是看中这里民风淳朴。河间缺粮，北方缺粮，整个大明上下都缺粮，缺粮的原因是缺田，京畿四周皆是庄田，百姓手中无田，家中焉能有粮？与此形成鲜明对比的是，北方有大片的盐碱地荒芜着，垦田势在必行，垦田的目的是授田于民！要垦田，要先修水利，国库无银，咱不能坐以待毙，要想办法自己解决。今晚请诸位伸出援手，共兴水利，本御史要在河间建设塞上江南!”

左光斗的讲话赢得了热烈的掌声。钱安坤说：“咱们河间被称为京南第一府，可是，河间在外面的名声并不好，河间出太监，宫里成千上万的太监有一大半是咱河间人。河间出刀儿匠，在京城开净身房的也大多是咱河间人。是咱河间人都喜欢当太监吗，要不是为了混一口饭吃，生为男人，谁愿意割掉自己的命根子!现在，朝廷派左御史来咱河间屯田，这是千载难逢的良机，要是种植水稻成功，咱河间就成了产粮大府，这是天大的好事。咱们有钱出钱，有力出力，我首捐一万两!”

“我捐五千两!”

“我捐二千两!”

“我捐一千两!”

……

望着这火热的捐款场面，左光斗的眼睛润湿了，他仿佛看见一条巍峨的长堤沿海岸生长了起来；看见了青青禾苗，在春风中快乐地生长着；看见了百姓苍老的脸，像禾苗一样，恢复了生机和活力。

捐款数量远高于预期，总额达到五万两。有钱好办事，在盐冲，各项水利设施热火朝天地建了起来。左光斗、卢观象和刘清丰几人，日夜泡在水利工地上。左光斗亲自督建大堤；卢观象负责疏浚沟渠，排出低洼处的海水，给土地除卤；刘清丰负责组织民夫向盐冲挖渠引水，新修蓄水的当家塘。经过两个月的奋战，各项水利设施初现雏形。

按左光斗的屯田方案，屯田与屯学是并行的。仿效汉代的力田科，凡有志于仕途而又愿意参与屯垦事务的童生，不论南人北人，均可申请入学，考核合格后，就授予一百亩水田，每亩每年收稻租一石，称屯童。对不会种水田的本地人，可以先授予水田五十亩作为试验。屯童中的优秀者，可以免县、府二级考试直接参加院试，考中者称为秀才。秀才是跻身仕途的第一步，中了秀才就意味着不再是平民百姓，享有免役、免税等特权。左光斗的屯学主张得到了朝廷的批准后，受到了南方儒童们的热烈欢迎，他们纷纷报名，自愿赴北方屯田。经过遴选考核，首批录取了十九名屯童。加上顾大武，一共二十名，首批开垦屯田两千亩。

屯田本是以军屯为主，即从事农耕的主要是军人及其家属。可左光斗为什么大力提倡屯学呢？这也是针对当时实情提出的应对之举。军人因战事需要，可能随时开拔。如天津首任巡抚汪应蛟开垦的屯田，即因屯军支援辽东，导致八千多亩农田荒芜。因此，完全依赖军屯是不现实的，军民结合才是上策。二则，北人以旱种为主，不擅长种植水稻，要开垦水田，必须召募熟悉水稻种植的南方百姓。南方有大量在科考中落第的士子，科考无望后，往往沦为胥吏。到北方屯田，既有田可耕，优秀者又可再参加科考，一举两得。明代科考分南北榜录取，南方考生水平远高于北方，这部分考生到北方入籍参加科考，录取的可能性倍增。屯学是左光斗的首创，既解决了北方屯田的主体问题，同时，又为南方落第士子提供了出路。因此，受到了南方士子的欢迎。

顾大武的父亲顾有田和母亲陶氏也顺利地从府牢中被解救了出来，顾有田夫妇自愿担任老师，手把手地向屯童们传授种田技术。现在，水利设施和种田技术两个难题都得到了顺利解决。

七、武定侯出手了

太监李进忠这些天带着几个随从，骑着高头大马，在盐冲附近到处转悠着。

他的任务是管理宫里的皇庄，到处巡查，物色佃户，安排耕种，本就是他的职责所在，也没有人把这几个太监当回事。实际上，李进忠一直都在暗中观察着左光斗的一举一动，看看这个御史到底要搞什么名堂，好及时向武定侯报告。所以，左光斗屯田工作的每一点进展，武定侯都掌握得清清楚楚。自从钱芊芊被人从侯府救走，武定侯很扫兴，想报复和发泄都找不着对象，他本打算回京城的，河间毕竟还是个小地方，偶尔下来玩玩可以，但时间待长了毕竟乏味。可是，朝廷派来的这个御史左光斗让他有一种隐隐的担忧，他有一种不祥的预感，总感觉要发生什么事。他打算在河间再待一段时间再离开，静观其变。

这天，李进忠在盐冲有一个重要的发现，他看到钱芊芊了。李进忠在侯府见过她一面，她是那种让人过目不忘的女人。这个女人长得太漂亮了，身材高挑，皮肤白皙，水灵灵的像根葱，走起路来，小蛮腰一扭一扭的，难怪让武定侯掉了魂。李进忠在宫里见过的漂亮女人多了去了，可是这个钱芊芊就是不一样。要说具体怎么不一样，李进忠也说不出来，她就是清纯、干净，眉黛之间总是有种若有若无的笑意。面对这样的女人，让人有种如沐春风的感觉。钱芊芊根本不像一般的村姑，她在盐冲一露头，李进忠就认出了。李进忠看见她时，她正在水塘边洗衣服，和这样的女子说说话也是种享受，这样的好机会岂能白白错过，李进忠虽然是个太监，但毕竟还是个男人。

李进忠蹲下身子，脸上勉强挤出点笑容，故意问道："姑娘，打听个人，有个叫顾大武的人，你听说过吗？"

钱芊芊羞涩一笑，答道："正是奴家的夫君，官人找他有什么事？"

钱芊芊这一笑，差点把李进忠的魂给笑没了。女人声音清脆，婉若黄莺。李进忠想吓她一吓，说："听说他从侯府抢走了个女人，躲到这地方来了。"

钱芊芊的脸色唰地变了，她端起衣服，慌乱地起身，说："官人说的哪里话来，奴家和他是有婚约的，是左御史和卢通判保的媒，别听外边人乱嚼舌头。"

李进忠见她花容失色的样子，开心极了。又说道："哦，我明白了，看来是武定侯强掳民女。"

钱芊芊正色说："奴家不认识什么武定侯，告辞了。"说完，低着头匆匆走了。显然，她是想隐瞒那段不光彩的历史，不想和武定侯扯上什么关系。

武定侯终于知道了是一个名叫顾大武的人，从侯府中把他看中的女人钱芊芊弄走了。而且，他还知道，顾大武和钱芊芊已在一个名叫盐冲的地方落了户。不过，目前看来，他们还没有顺利入籍。一个外地人，要想在另一个地方入籍，朝廷是有规定的，那就是每丁要有成熟田地五十亩以上，或者有祖茔、房屋，久居某地。如果左光斗要白白地送屯田给他们耕种，他们在盐冲入籍被编入当地坊甲还是有可能的。一提起左光斗，武定侯就想起平地起风波的十三场，目前它的最终归属虽说还不清楚，但是，左光斗已经强收过他的田租了。形势看来非常不妙。最近这几样事情，都和左光斗有关。看来，他武定侯要是再没有什么行动，那就不是什么侯爷，而是被那个左御史当猴耍了。

武定侯决定，先从钱芊芊身上着手。那个女人虽说有几分姿色，但是，听说她已和顾大武成了亲。成了亲的女人武定侯当然没什么兴趣了，但是，人是从他的侯府被救走的，现在知道了她的下落，自然还应该将她“请”进侯府里来。自己没兴趣，赏给哪个下人做妻妾还是可以的，也能出一口恶气。不然，叫堂堂的武定侯颜面何存?

一天上午，顾大武一家四口，父亲顾有田、母亲陶氏以及妻子钱芊芊正在自己的屯田上忙活着。白发苍苍的顾有田对儿子说：“大武啊，爹和你说个事。当初俺出生时，祖父盼着能在俺手里置几亩薄田，就给俺取了‘有田’这个名字。可是，直到他老人家去世，俺也没能置下一分田来。‘有田’还是无田啊，祖父临死都没能闭上眼睛。现在，俺家终于有田了，而且还是一百亩，都快把俺乐疯了。大武啊，这都是左御史的屯田功劳，俺们一定要把这些田种好，多产粮，给左御史长脸。”

顾大武说：“爹，你就放心吧，你和娘年纪大了，你们多歇一歇，实在忙不过来，咱们还可以雇人帮忙嘛。”

顾有田使劲敲了敲酸痛的腰身，笑着说：“雇不起雇不起，咱们起早歇晚，辛苦点没事。实在不行，把翰林也叫回来搭把手。”

顾大武说：“他做了左御史的书童，天天在驿馆里跟在左夫人后面断文识字，我派人叫了几回，说不愿回家呢。”

顾有田埋怨道：“这孩子，不懂事。”

钱芊芊劝道：“爹，不回家就不回家吧，他那么小，能做什么事，让他多认得几个字也是好的。”

一家人亲热地交谈着，手却一刻也没有闲着，女人们清理着杂草，男人们开挖导沟，清理洼田里的卤水。这时，武定侯府的一群家丁，在郭熊的带领下，已经气势汹汹地来到了他们的田头，顾大武一家竟然毫无察觉。郭熊仔细地打量了几眼正在田里忙活的钱芊芊，轻声地吩咐说：“就是她，带走!”

两个家丁一拥而上，将钱芊芊从田里拖了上来，塞进了一顶小轿里，然后抬起就跑。钱芊芊大叫道：“大武，爹、娘——”

顾大武正低着头干活，哪里料到会有此变，他迅速从田里上来，要去救妻子。一群家丁早有防备，拼命将他拦住了。双方一番打斗。等顾大武好不容易摆脱拦阻他的家丁们，郭熊已带着钱芊芊跑远了。顾大武快急疯了，好在这里距左光斗正在督修的海防堤工地并不远，他三步并着两步，找到了左光斗，让他快想办法救救钱芊芊。顾大武觉得，此时，只有左御史才能救出他的妻子。

左光斗说：“武定侯竟然干出这样的事，在本御史的眼皮子底下强抢民女!”他命卢观象迅速调派军士，骑快马抄近路追赶，他随后就到，一定要在他们进侯府之前将钱芊芊解救出来。否则，一旦进了侯府，再想将人救出来，势必就难了。

好在卢观象顺利将郭熊一行堵在一条街巷里，不让他前行一步。左光斗随后很快就到了。左光斗大喊一声：“好个郭熊，光天化日之下竟敢强抢民女，你该当何罪?”

郭熊并不示弱，他指着钱芊芊说：“她是武定侯的女人!”

左光斗说：“哦，是吗，她是不是武定侯的女人，武定侯说了不算，你说了更不算，还是问问钱芊芊本人吧。”

轿中的钱芊芊一直在听着外面的对话，听到这里，她掀起轿帘，大声说：“武定侯强抢民女，哪个是他的女人，奴家根本就不认识她。左御史，快救救我!”

左光斗对郭熊说：“听见了吧，你还有什么说的，快放下吧。”

郭熊说：“我是奉命办事，请左御史让路，你要是有话说，径直去找武定侯，不要为难我这个下人。”

“哈哈哈，”左光斗大笑，又厉声说，“看样子你是不见棺材不掉泪，非要逼本官强来，本钦差代天巡方，有人强抢民女，焉有不救之理?来人啦，将钱芊芊带回盐冲!”

一群士兵一拥而上，将武定侯府的家丁推到一边，将钱芊芊扶了出来。钱芊芊在经过郭熊身边时，吐了一口唾沫，说：“告诉你家主子，别打奴家的主意，死了这条心吧，奴家就是死也不会到你们侯府的。”说着，和众兵丁一起，头也不回地走了。

郭熊眼睁睁地看着钱芊芊走远了，他恼怒至极，今天回去又无法交差了，轻则要挨一顿打骂，重则会被赶出侯府。思来想去，只有将所有责任推到左光斗身上，才有可能躲过这一劫。

第三章

生死粮田

一、染血的粮田

经过两个月的奋战，盐冲阻挡海水侵蚀屯田的大堤建成了。大堤全部由块石垒砌而成，稳固而坚实。竣工那天，左光斗、卢观象和刘清丰在堤顶上巡视。刘清丰说："本官自几年前到河间任职，就想着在静海县建一条挡潮堤，否则海水泛滥，静海不静，永无宁日。可惜府库年年亏空，拿不出一两多余的银子。真没想到，这项重大的工程，让左御史完成了。本官要联名同僚上疏朝廷，为左御史请功。"

卢观象也响应说："对对，我完全赞成。要不是左御史，想建这样一座大堤是不可能的。"

左光斗连连摆手说："罢了罢了，哪里是我的功劳啊。要说功劳，要算河间商人的，要不是他们慷慨捐银，我就是神仙，怕也变不出这样一座大堤来。"

"说的倒也是。"刘清丰说。

左光斗说："为了铭记河间商人的功劳，我们给这座大堤起个名字，本官建议就叫'高风堤'吧，刘同知，你负责一下，再在大堤上垒几个字。"

刘清丰说："行，我马上安排人去做。"

几天后，左光斗几个再次去巡查，发现大堤的名字已经垒好了。让他感到意外的是，并不是他起的"高风堤"几个字，而是变成了"左公堤"。这不是明摆着歌颂自己吗，这怎么行呢。左光斗说："刘同知，你这不是乱弹琴吗，起名高风堤是为了记住河间商人的功德，你怎么倒给本官戴起高帽来了？"

刘清丰说："我的左公，这并不是本官的意思，而是河间商人的共同心声。我找过钱安坤了，他们商量的结果，一致要求命名'左公堤'，我不能弗了民意啊。你就接受了吧，民意大于天。"

卢观象也劝道："我看挺合适的，让百姓记住左公之功，让同僚记住为官之道。我们不能仅仅把它看成一座堤，有了它，就意味着千亩良田有了保障，这该能养活多少百姓啊。这样说来，说它是幸福堤和救命堤也不为过。”

左光斗说：“哎哟，你们就别给我戴高帽了，我真的戴不动，还是把字铲了吧，不合适。”

刘清丰说：“不能铲，谁铲我和谁急。”

左光斗说：“罢罢罢，本官就厚着脸皮受了吧。”见左光斗勉强同意了，卢观象和刘清丰才露出满意的微笑。

顾有田带着老伴、儿子和儿媳在屯田里没日没夜地忙着，他不但要教儿子儿媳如何种植水稻，还要负责教授其他屯童。好在这些屯童大都来自南方省份，对水稻种植并不陌生。一个屯童是种不了百亩水田的，他们每家或多或少都雇用了盐冲本地的百姓帮忙。整个盐冲男女老少都忙活起来了，屯田上一片忙碌的景象。

李进忠想据为己有的戚畹皇庄位于盐冲边上，具体位置他已打听得清清楚楚，也已勘察过几次。听说在这次划分屯田时，大部分被划给了顾大武家。为了顺利拿到这片皇庄，李进忠想了不少点子，他决定先礼后兵。他已从太子朱常洛那里弄到了让他管理河间府皇庄的手谕。太子，就是将来的皇帝，有了太子的旨意，谅他左光斗就是有天大的胆子，也不敢不从。再说，李进忠背后还有武定侯郭玄和知府厉应良撑腰。得知戚畹皇庄被安排给顾大武家耕种后，李进忠再也坐不去了，他带着跟班来到了驿馆，找左光斗理论。

左光斗并不在家，他的夫人袁采芑说，左光斗已经有七八天都没有回来了。管屯田的卢观象通判也不在驿馆内。袁采芑说，他们肯定都泡在青龙渠的工地上。李进忠想，这几个人脑子怕是出了问题，天天修渠，连家都不回了。没办法，只有到工地上去找他们了。

新筑防浪堤，堵住了海水，只是第一步；引河水进入屯区，才是关键的第二步。河水引进来后，要通过水渠进入稻田。还要合理布局，开挖水塘，将河水引入塘中，以备不时之需。李进忠来到青龙渠工地，只见一条条新修的沟渠交错相通，深入屯田深处，远处的河水正哗哗灌入新渠，流向屯区。李进忠不禁暗暗佩服起左光斗来，他本是一介文官，按理只会之乎者也，怎么会精通水利和种植水稻呢？对一个读书人来说，实在让人有些匪夷所思。

李进忠四下一望，根本没看见一个当官模样的人。他就问百姓左御史在哪里。没想到左御史的名声还很大，一问就有人指给他看。李进忠走过去一看，原来左光斗、卢观象和刘清丰几个正在和百姓一起，在渠里清淤干活呢。他们都穿着寻常衣服，混杂在百姓之中，难怪李进忠没有看出来。只见几个人一个个高挽着裤腿，袖子也撸得老高，一身的泥水，哪里还能看出他们是朝廷命官呢。

李进忠想，这几个人真怕是疯了，哪有当官的自己动手干活的。听说有人找自己，左光斗从渠里上来了。早春的水还有些寒意，他的腿和手冷得通红。左光斗见是一个太监，脸上就有点不悦。李进忠说明来意，说戚畹皇庄不该被纳入屯区，应该由他代表宫里来管理云云。

没想到左光斗对他说的并不买账。他说："宫里的皇庄还少吗，你看这京畿地区，哪里没有宫里的庄田？宫里吃得了这么多粮食吗？"

李进忠说："管理皇庄是在下的职责所在，宫里的东西就是皇上的东西，我劝你们不要轻举妄动！"

左光斗问卢观象道："卢通判，戚畹皇庄的情况你清楚吗，到底是不是宫里的？"

卢观象答道："这片庄田荒废已久，长期撂荒，说是宫里的，也从来没见宫里的人来问过，我看有可能是无主田地。"

左光斗大致明白了："你说这片庄田是宫里的，你们早先干什么去了，怎么本御史才安排恢复耕种，你们就来了呢，你有田契吗？"

"没有带来，但我有太子殿下的手令在此，太子命我收回这座皇庄。"

左光斗说："没有田契，如何能证明这是宫里的庄田，本官又怎么能将百亩良田轻易私授予你？"

李进忠威胁说："洒家有太子殿下手谕在此，还不接令！"他举着明黄色的太子手令，直接将它递到了左光斗的手上。

李进忠满以为这一招会奏效，脸上已露出得意扬扬的神色。没想到，左光斗却闪身退到了一边，说："普天之下，莫非王土，这天下寸土将来都是太子的，他又怎么会下令收回区区一座荒废的皇庄，分明是你假言虚诓来的，快快收回去吧。"

李进忠完全没料到左光斗还给他来这一招，大声地问道："左光斗，难道你连太子的旨令也敢不看吗？"

左光斗说："本御史奉御命屯田，按章办事，别的什么也不知道！"说着，再也不理李进忠，转身下渠继续干活去了。左光斗心里很清楚，太子的手令他不能看，一看就没有退路了，到时李进忠回宫后就有理由说自己不遵太子旨意。不看，是最好的拒绝之法。

李进忠无计可施，左光斗说太子的手谕是他假言虚诓而来，还真是诛心之语。这个手谕，还是他通过自己服侍的主子王才人，从太子朱常洛那里央求来的。别小看这一纸手谕，它在宫里没多大用处，可一旦出了宫，到了地方上，就完全不一样了。李进忠正是仗着这一纸手谕，才底气十足，处处颐指气使，没想到却在左光斗这个小御史这里碰了钉子，他连看也不看。要给他个不遵太子旨意的罪名吧，还有些牵强，因为他根本就没有看过手谕，何来不遵呢？这个左光斗不好对付，想从他手里顺利拿到戚畹皇庄，看来不是一两句话的事。

柿子要拣软的捏，既然管理屯田的官方不好惹，只有去找种田的屯户的麻烦了。李进忠是铁了心要拿到戚畹皇庄的。要是没有哪个屯户敢耕种这片庄田，左光斗到时还不得乖乖地拱手相让，难道还眼睁睁地看着它继续荒芜不成？退一万步说，屯田的官员都是流动性的，只到他一走，有武定侯和河间知府支持，这片庄田还不是乖乖地落入他的彀中！

一天，顾有田带着老伴陶氏和儿媳钱芊芊在自己的屯田里劳作着。顾大武被左光斗派到天津卫搬运稻种去了，粳稻春播马上要开始了。

突然，李进忠带着几个太监如狼似虎地赶来了，后面还跟着郭熊等一大班侯府的家丁。钱芊芊一看，为首的这个人他认识，不就是那天找自己说话的那个男子吗？李进忠说："这片庄田是皇宫里的，也就是皇上的，任何人不许耕种，你们收拾东西，立刻给我滚开！"

顾有田说："我不管什么宫里的还是宫外的，田是左御史分给我家种的，就是我家的东西，我在自己家田里干活，不碍你们什么事。"

李进忠大怒，心想左光斗不买我的账，你们这些普通百姓也敢在我面前这么横。他命令说："把地里的农具全给我扔了，把田里的水全部放干，我让你种田去！"郭熊指挥着家丁们过来抢田里的犁耙，有的家丁拿起铁锹，就要挖断田埂开决放水。

顾有田哪里肯依，和家丁们拉扯起来。家丁们盼的就是一幕，他们就怕顾有田不理他们，只要他敢动手，他们就有文章可做了。当下，他们揪住顾有田，推推搡搡，你一拳，我一拳，打得顾有田头晕眼花，分不清东南西北。

陶氏见这些人打自己的老伴，哪里肯依，她举着一个木耜，朝殴打他老伴的那群家丁们打去。陶氏的本意并不是想把他们打得怎么样，只不过想把老伴解救出来。陶氏的木耜正好打在了郭熊的头上，打得他眼冒金星。一个民间的老婆子，竟然敢对武定侯府的家丁们动手，简直反了天了。平时，都是武定侯府的人欺负百姓，他们只有忍气吞声的份。郭熊大怒，三拳两脚，就将陶氏打得一头栽倒在水田里。顾有田也被打得趴在田埂上直喘气，身子动也没法动了。钱芊芊见公婆被人打了，吓得目瞪口呆，眼泪婆娑，她尖着嗓子大叫道："快来人，打死人啦！打死人啦……"

太监们将早就做好的几个大牌子插到了庄田四周，每个牌子上都写着四个大字：戚畹皇庄。李进忠威胁说："没有我的批准，谁敢在皇庄上擅自耕种，就是和皇上过不去，就要满门抄斩，株连九族！"说完，没事一般地走了。

陶氏被抬回家后，因伤势过重，没多久就咽了气。等顾大武从天津卫领稻种回来，他娘已经死去多时。顾大武哪里咽得下这口气，操了把剑就要去找郭熊和李进忠报仇。早有人把此事报告了左光斗，左光斗匆匆赶到，拦住了顾大武。

左光斗紧紧按住了他的手说："大武，听我一句劝，现在不能去。你去杀了他们，你自己跑不掉，当前进展顺利的屯田也会停止，这会坏了屯田大计，这是大事。要是不能彻底解决粮食问题，北方每年将会增加多少饿殍，你想过吗？"

顾大武狠狠地捶着自己的脑袋："唉，左御史，我何尝不明白这个道理，可是，这丧母之仇，怎能就这么算了？"

"算不了，"左光斗说，"此仇我一定会给你报的，先记着账，会让他们加倍偿还。"左光斗又察看了一下顾有田的伤势，幸好无大碍。顾有田说："左御史，当初没有田时，老头子我天天盼着能置几亩薄田，现在有了田，又不敢相信是真的，天天担心害怕，怕被人抢去。没想到这祸还是来了，躲都躲不掉，咱们穷人想有几亩田咋就这么难呢？"

左光斗给他掖了掖被子，眼圈红了，顾有田说的何尝不是事实呢。从古至今，这些普通百姓盼的不就是拥有自家的几亩田么。可田就那么多，宫里要，皇亲国戚们要，大大小小的官吏们要，有钱的富绅们要，还有多少田能到普通百姓手里呢！不种田的人坐拥田产，种田的人反而没有田，只有给别人当佃农。这四四方方的田，要百姓的命哩。

左光斗安慰他说："老伯，您放心，本御史保证，这次分给您的屯田，武定侯抢不去，皇上抢不去，谁也抢不去，这田就该是您的。"

"哎哟，左大人，您这么一说，我就放心了，"顾有田擦了擦眼泪，瞧了瞧老伴的尸首，"那我老伴死得也值了。"

二、争夺十三场

十三场内，千亩良田，禾苗青青，佃农们望着刚刚栽插完毕的稻田，人人脸上露出欣慰的笑容。

十三场本是天津卫军方的屯田，可三年前被武定侯强占去了。三年来，武定侯强迫佃农们每亩每年缴纳佃粮两石，且旱涝不减。每亩田每季的产量也不过四五石，这样将近一半的粮食要交给武定侯。佃农们在缴纳完佃粮之后，手中存粮也就所剩无几了。佃农们不甘心，可也毫无办法，要是不种，只能白白在家闲着，等着挨饿。左光斗实行屯田新政后，经朝廷批准，免除十三场一年田租，自第二年起，与新开辟的屯田一样，每亩每年缴纳佃粮一石，只是原来的一半。这让佃农们如何不高兴呢，他们种粮的积极性空前高潮。

佃农们高兴，武定侯可不高兴了。仅一个十三场，本来他每年能收两千石佃粮，现在倒好，朝廷派来了一个御史，油盐不进，六亲不认，每天和那些穷百姓打得火热，处处和他武定侯作对。岂能就这么白白算了？一天，武定侯叫来郭熊，吩咐他如此如此，一定要将十三场夺回来，让左光斗还有那些佃农们知道深浅。

十三场边缘，上百只马匹站成一排。只听郭熊扯着嗓子一声大叫："放——"那些家丁们在马的屁股上狠狠地抽了一鞭，马群扑通扑通地跃进稻田里，在里面胡乱地踩了起来。刚刚栽下尚未活棵的秧苗，经过马的践踏，纷纷倒下，大多陷进了泥里，未陷进去的，也连根漂了起来。马群来来回回跑了好几趟，稻田里一片狼籍，惨不忍睹。十三场今年还有没有收成，眼看着悬了。

那些闻讯赶来的佃农，见状在田埂上哭成一片。大家高一声低一声地喊着："马踏秧苗啰!""十三场完啰!""武定侯，大慈大悲的侯爷，求求您放过俺们吧!"……

左光斗和卢观象带着军士们匆匆赶了过来。面对眼前的乱象，左光斗痛心疾首，他怎么也没有想到，武定侯会出此下策，耍这些下三烂的手段。想他祖上郭英，随太祖打天下，后以平定云南之功被封为武定侯，食禄二千两百石，子子孙孙承袭。这就是躺在先辈功禄上的恶果，出了这么个祸国殃民的子孙。

"左御史，怎么办?"卢观象请示道。

左光斗说："还能怎么办，放箭射马，让佃农们先吃顿马肉再说。"

卢观象一声令下："射！"箭矢如雨，正在踩踏的马群接连倒下，佃农们欢呼起来。

郭熊也完全没有料到左光斗会有此举，他大喝道："你们不要命了吗，这是武定侯府的马！"

左光斗一把揪住他的前胸："本官不管这是谁家的马，敢糟蹋秧苗，就是玉皇大帝的马，我也照射不误！"

所有的马全倒下了，挣扎着，嘶叫着，稻田里一片血红。这下轮到郭熊傻眼下，今天回去又没法向武定侯交差了，他气急败坏地说："左光斗，你不过是一个七品的小御史，竟敢和武定侯作对，真是吃了豹子胆了！"

左光斗说："马踏秧苗，本官看你们才是吃了豹子胆，将这帮奴才们全部抓起来，关入河间府大牢！武定侯什么时候答应赔偿佃农的损失，什么时候才放你们出来！"

众兵丁一拥而上，将几十名家丁全抓了起来，捆了个严严实实，押往府牢收监。郭熊见左光斗动了真格，彻底蔫了。

当天晚上，左光斗恼怒得连晚饭都没有吃，他在苦思冥想着该如何赶紧采取补助措施，重新将十三场插上秧苗。如果重新买种育秧，就算时间来得急，可千亩良田的种子，也是笔不小的开支，这笔银子又到哪里去弄呢？水利工程已花完了全部的捐银，他再也无钱可调了。他下令将武定侯府的家丁们关了起来，逼迫武定侯赔偿损失，话是这么说，可武定侯会爽快地答应吗，可能性微乎其微。如果他能有这份善心，就不会让家丁们采取这种恶劣的行径了。就在他为此烦恼的时候，同住在驿馆的卢观象敲门走了进来。卢观象重重地在椅子上坐了下来，拍了一下桌子说："太气人了！"

左光斗问道："又发生了什么事吗？"

"我前脚将侯府的家丁们关进去，厉应良后脚就将他们放了出来，我去找他理论，他还将我痛斥了一顿，说我敢关侯府的人，不知天高地厚。"

左光斗叹了口气："放了就放了吧，冤有头，债有主，他们也是奉命办事，根子还在武定侯身上。"

卢观象两手一摊："可是，除了皇上，谁能动一下武定侯的手指头？"

左光斗说："我听说以前也有御史将武定侯告到皇帝那儿，皇帝都没有表态，最后不了了之。正是仗着皇上的袒护，武定侯的胆子才越来越大，竟然连马踏秧苗的事都干得出来，全然不顾百姓死活。"

“左御史，至于如何对付武定侯，咱们以后再从长计议。现在快想想办法，采取什么补救措施吧，多好的稻田，可不能就这么空着！”

左光斗说：“我也正为此烦恼呢，情急之下，到哪里弄银子去？”

卢观象说：“武定侯有的是银子，我们找他去借，大不了多付点利息。”

“这不是与虎谋皮吗，咱们射了他的马，关了他的人，折了他的面子，他会借银子给百姓买种子？”

卢观象点了点头。两人合计到半夜，丝毫也想不出头绪。

左光斗病了，头昏脑涨，身子软得像摊泥。初到河间时，他以为屯田难在水利，难在北人不会种植水稻，现在这两个难题基本解决了。可真没想到，还有人净给他制造一些无妄之灾。苦点累点没啥，可这冤枉气实在难受，他这明明就是给气病的。

这时，书童顾翰林轻轻地唱起了一首歌谣：

盘庚五迁，唯井存焉。
家掘一井，井灌十亩。
八口之家，可以无饥……

北方少雨，土地易干旱，缺水一直是个难题，而种植水稻是离不开水的。前些日子，左光斗担心大旱，号召百姓们挖井，作为备用水源。为了让大家明白水井的作用，他特地编写了这首歌谣，让百姓们传唱。没想到，顾翰林也学会了，并在他生病的时刻，无意唱了出来，让他觉得倍感亲切。左光斗说：“小翰林，过来。”

顾翰林来到了左光斗的床前，说：“大人，有什么吩咐？”

“刚才唱的那首歌，你从哪儿学的？”

顾翰林眨巴着大眼睛说：“村里的人都会唱啊，我听几遍就会了，怎么了大人，我唱错了吗？”

左光斗高兴地说：“没错，没错，你唱得很好。”

这时，外面有人大声问道：“左御史在家吗？”左光斗听着这声音，感觉有些熟悉。顾翰林说：“大人，我去开门。”左光斗点了点头。

七八个人走了进来，为首的一个，正是钱芊芊的父亲、河间商会的会长钱安坤。左光斗支撑起身子坐了起来。钱安坤说：“左御史，马踏秧苗的事我们也知道了，武定侯如此做法是丧尽天良，他不会有好下场的。我们知道大人眼下正为重购粮种的事发愁，昨天晚上，我将河间的商人们又聚集到一起开了个会，大家合计着，再捐出一点银子……”说着，钱安坤从袖子里拿出一叠银票。

左光斗说：“钱老板，你看这，现在生意也不好做，又给你们河间商人添麻烦了，这真是救民于水火的钱呢。”

钱安坤说：“没关系，大人为了河间百姓都累病了，我们出点力也是应该的。大人您好好休息吧。”

等钱安坤出门，左光斗大声叫着顾翰林：“翰林，过来，快去通知你哥，就说买粮种的银子有了，叫他快过来一趟。”

有了买稻种的钱，左光斗的病很快就好了。听说左光斗病了，同知刘清丰来驿馆看望。刘清丰告诉左光斗一个消息，说钱安坤手中并没有余银，为了募集买稻种的钱，将临街的一幢住宅都卖了。

左光斗大为感动，他感觉肩上的责任更重了。

十三场很快重新插上了秧田。为了防止武定侯再次派人来搞破坏，卢观象安排了几十名军士专门驻扎在附近，以防不测。幸好，连日平静，十三场，以及两千亩屯田里，水稻在一天一天地生长着。左光斗坚持每日巡视，看着渐渐长高的禾苗，他觉得终于可以松一口气了，仿佛嗅到了空气中的米香。

三、神秘的强盗

钱安坤府上，今天过节一般热闹，地扫得一尘不染，桌椅收拾得井然有序。花几上的花瓶里，插着一大捧新采的桃花，尤其引人注目。厨房里更是一片忙碌，烹炸炒蒸，热气腾腾，香气四溢。原来，老钱的宝贝女儿钱芊芊今天要回娘家。

很快，钱芊芊坐着一顶小轿回来了。钱安坤和老伴姚氏等人众星捧月一般，将女儿迎回家中。钱老夫妇像是不认识似的将女儿左看右看，看得钱芊芊都不好意思起来，说道：“爹，娘，你们看什么呢，这才几个月没回来，女儿能有多大变化?”

姚氏说：“变化大着呢，黑了，也瘦了，你看你身上哪里还有半点千金小姐的影子，女儿，你受苦了。”说着，姚氏抹起了眼泪。

“娘，没受苦，我好着呢。”钱芊芊安慰她说。

钱安坤说："当初武定侯要爹取消你和大武的亲事，非要强娶你，爹是说啥都不同意，咱不能睁着眼睛把女儿往火坑里推啊。可是，胳膊扭不过大腿，唉……"钱安坤的话明显有自责的意思，似乎也是向女儿解释下。

姚氏埋怨说："你这个老头子，今天女儿回家，是大喜的日子，你提那些不开心的事做什么，真是老糊涂了。"

"好好，我不说，不说。女儿，你家的水稻长得怎么样？还有，上次找你们麻烦的那个太监没有再来骚扰了吧？"钱安坤压低着声音问道。

钱芊芊笑着说："今春风调雨顺，水稻长得好着呢，过些日子，女儿送新米给爹娘吃。至于那个太监嘛，他硬说俺家种的田是宫里的皇庄，可又拿不出田契来，有左御史给俺家撑腰，俺们也不怕他，一直没来，俺估摸着，是不敢来呢。"

钱立坤感慨地说："那就好，爹就放心了。这田种得可不顺利呢，发生了好多事。"

钱芊芊打开了一个小包裹："爹、娘，看看女儿亲手种的豌豆，出门前才从地里摘的，可新鲜了。"

姚氏抓起一把，嗅了嗅，一股清香扑鼻而来，她眯着眼说："哎哟，可真香，快拿到厨下去，叫厨师炒炒，我今天可要吃女儿种的豌豆。"

钱立坤说："女儿，你学会了农事，爹可比什么都高兴，没学爹做个商人就好。商人算什么啊，战国时的吕不韦，家资巨万，是个大商人吧，可他却认为商业是末业，农业才是根本。他提出，在农事期间，不得兴土木，不得征兵，平民甚至不得举行冠礼、嫁娶、宴饮等活动。"

钱芊芊不解地问道："那是为什么呀？"

"干扰农事啊，你说吕不韦对农耕重视到何等程度。"钱立坤说，"听说左御史小时有一句轰动乡里的名言，'播厥百谷，王道之始也'。"

钱芊芊似懂非懂地点了点头："俺不懂那些大道理，春种夏长，秋收冬藏，俺就是喜欢种田。"

姚氏大喜说："哎呀，俺的女儿说起农事来都是一套一套的，难怪你爹说你变了呢。"

一家人说说笑笑，扯不完的家里家外事。钱立坤说："以前我做生意拼命地挣钱，多挣一钱银子都是好的，觉得有钱日子就好过了，可结果呢，日子并没有好过；现在，我的钱全捐出去了，连房子都卖掉了一幢，家里也没什么钱了，可我老头子却越来越开心。这样一比较，我觉得还是没钱的日子要好过一些。"钱立坤的话把大家都逗乐了，都认为他说的有理。

钱芊芊在家住了一晚，第二天才依依不舍地回去了。女儿走后的一天晚上，夜半时分，钱立坤睡得甜甜的，仿佛还沉浸在女儿回家的喜悦中。突然，院子里不声不响地落进三个黑衣人，都蒙着脸。为首的一个蹑手蹑脚地靠近钱立坤的卧室，他拿出一把刀子，轻轻拨开了门闩。钱立坤醒了，大喝一声："你们是什么人?"

黑衣人关紧了房门。姚氏也醒了，瞧着哆哆嗦嗦的老头子，她拍了拍他的身子说："老头子，别怕，反正家里也没钱了，难道……他们还会要了咱们的老命不成?"

为首的一个高个子在椅子上坐下了，另两个揪起钱立坤，你一拳，我一脚，将他打得前仰后合。毕竟是老年人，哪里经得住这几下。一会儿的工夫，他就被打得鼻青脸肿，嘴里不断地喘着粗气，痛苦地呻吟着。这几个好像不是来抢劫的，而是专门来打人的。两人看看打得差不多了，又在室内翻箱倒柜地找了起来，找了半天，什么也没找着。他们对高个子一摊手，摇了摇头。

高个子站了起来，将刀指着钱立坤，粗着嗓子说："老东西，银子藏在什么地方，快说?"

钱立坤说："银子都捐出去了，修堤，买种子，前幢宅子都卖了，家里真没有钱了。"

"鬼信呢，堂堂的商会会长，就知道捐捐捐，怎么着也要留点给自己垫棺材底。我再问你一次，你是要命还是要钱?"高个子手上用了点力，刀尖划破了皮肤，血渗了出来。

姚氏一声尖叫："啊，血——"她扯了块衣襟，就要给钱立坤包扎。高个子飞起一脚，姚氏一声惨叫，倒在了一边，昏迷了。

这时，斜靠在墙上的钱立坤好像明白了什么，他对高个子说："你是谁，你的声音怎么有点熟悉?"

"老不死的，本来只打算给你点教训，让你少管闲事，现在看来不能留你了!"说着，一刀朝钱立坤的前胸刺去。钱立坤张嘴刚要大叫，高个子一把托住他的下巴，叫声死在了嘴里，只从鼻孔里出来一阵闷哼。

看看老头子没了气息，高个子一使眼色，几个人又跳上了房顶。高个子在房顶上打量了一下右边的披厦，掏出一个火镰，点着了一个火把，扔到了披厦顶上。看着披厦呼呼地烧了起来，三个黑衣人敏捷地消失在夜色里。

正在熟睡中的同知刘清丰被一阵浓烟呛醒了，见房顶上有火，赶紧叫醒了老伴，两人抱着被子和衣服，狼狈不堪地逃到了外面。看着烧塌了的披厦，老伴哭了。刘清丰说：“哭啥呢，家里也没啥值钱的东西。”老伴说：“你说得轻松，这租来的穷家好歹也是个家，这倒好，家没了。”

刘清丰一脸纳闷地说：“这哪来的火呢，而且是从屋顶上烧起来的，难道是有人故意放的?”

老伴埋怨说：“叫你别当这穷官，你一天还当得有滋有味，总有一天，你被人害了都不知道怎么死的!”

刘清丰抹着脸上的烟灰，越抹越黑，他使劲地拍打着钱立坤家的大门：“钱老头，开开门，失火了!”

三个黑衣人杀人放火后，并没有立刻分头回家。因为杀了人，身上有戾气，要找个地方消散消散。三人拉下面罩，为首一个，正是郭熊。他们奉了武定侯之命，今晚是特地来给钱立坤一点教训的，这个老家伙，越老越不懂事。他们本来也没打算杀他，可老家伙眼尖，认出郭熊来了，这才不得不结果了他。他们来到了街头的一家酒馆里。酒馆的老板姓崔，所以就叫老崔酒馆。这三个人一走进大门，老崔一眼就看出了他们不是善良之辈，暗暗留意着他们的一举一动。

毕竟杀了人，郭熊的心情有点不佳，况且他们临出门时，武定侯还叮嘱说不要弄出人命。这倒好，还是把事情办砸了。可郭熊觉得他没有错，这不是以绝后患么，要是不杀了钱老头，他会善罢干休么。在当时那种情况下，一不做二不休结果了他，一了百了，才是上策。

郭熊连喝了几杯闷酒，另两人安慰着他，一个说：“郭哥，宰了也就宰了，懊悔个啥，当时那种情况，你不杀他，我也会杀的。”另一个说：“都怪他钱立坤不懂事，识相的，他就应该装死，这逞能逞得好，把自己逞没了。”

郭熊说：“你们……你们都别说了，爷不怕，不知道那个姓刘的烧死了没有，烧死了最好，给钱老头拉个陪葬的，你们说，我还算厚道吧，哈哈……”

在门外偷听的老崔听得一清二楚，得知他们杀了人，老崔不停地打着哆嗦，他轻轻地下楼，在坛子里沽了几筒酒，大口大口地喝了起来。这时，楼上大叫道：“老崔，上酒!”老崔又一个哆嗦，赶紧端了酒上楼。郭熊骂道：“他妈的，叫你上酒，你倒是喝得醉醺醺的，把爷们的酒全弄泼了……”

天刚刚亮，左光斗就接到刘清丰的急报，匆匆赶至钱立坤家中。钱立坤身着内衣，歪倒在地上，地上是一汪血，血都已经凝固了。老伴姚氏倒是醒了过来，可是，由于惊吓和伤心过度，她对昨晚发生的事，也是前言不搭后语。左光斗仔细察看着凶案现场，到底是何人下此毒手呢，平时也没听说钱立坤有什么仇家啊。察看着，思考着，左光斗忽然有了发现，他指着钱立坤的手指对刘清丰说："刘同知，你看钱老的手，看出什么来了吗？"

刘清丰仔细看了看钱立坤的手指，摇了摇头。左光斗又提示说："你再看这地面上。"刘清丰恍然大悟说："有两道血痕！"他又横过来竖过去地看了几遍，说，"会不会是手指无意拖过去的呢？"

"不像，"左光斗说，"是钱老临死前故意写的，如果是无意拖的，会毫无章法，你看这分明是两笔短横。"

"两笔短横……"刘清丰喃喃自语，"钱老头是不是要写一个武字？"

"所见略同。"

"这么说，此事很可能又是武定侯所为？"

左光斗说："还要进一步收集证据，仅凭这两笔短横还远远不够，这可是命案，他是断然不会承认的。"

"本官昨晚也差点被烧死了，不是自吹自擂，我刘清丰在河间口碑还不错，除了武定侯，还真想不出来有什么人要害我？"刘清丰将昨晚的火灾简述了一遍，又问道，"接下来我们怎么办？"

左光斗说："你负责暗中调查。至于钱老，通知顾大武夫妇，入土为安吧。"

开酒馆的老崔天亮后就找到刘清丰，把昨晚的事情原原本本地告诉了他。而且，老崔还答应当堂做证。刘清丰大为高兴，有了这关键人证，就可以定案了。现在只要等郭熊一露头，就可以相机抓捕他，到时不怕他不乖乖承认。

四、生员和屯童打起来了

农闲时节到了，按照屯学政策，忙时耕种，闲时读书，这二十名屯童需进入屯学学习，优秀者将来可以参加科考。为了不增加朝廷负担，屯学不是单独设立的，而是附设于当地府学。因此，这二十名屯童自然就加入了河间府学读书。

河间古称瀛州，河间府城又称瀛城。府学位于河间城南的一个名叫瀛台的地方。学宫前有一座桥，名叫登瀛桥。名字很吉利，暗寓进入府学的学子们科考得中仕途顺利。与府学在同一区域的还有河间贡院，这里是河间府生员们参加院试的地方，三年两考，通过考试，分出等次，一二等有赏，三等不奖不罚，四等以下处以轻重不等的处罚，特别是被评为六等的生员，直接黜革，卷起铺盖走人。

左光斗的屯学政策为落第士子和家境贫寒的童生们开启了一条谋生和功名之路。授予屯田，解决了他们的生计问题；进入屯学，优秀者可以获取功名进入仕途。对屯童来说，这是一举两得的好事。可是，这二十名屯童的到来，却让河间府学炸开了锅。这还要从明朝科考的南北地域差异说起。从洪武三年本朝举行第一次科考起，就一直存在南强北弱的状况，南方考生的录取人数远高于北方。也难怪，南方是国家的经济文化中心，重视教育，南方学子作起八股文驾轻就熟，自然在科考中频频折桂。而北方地广人稀，资源贫乏，经济落后，教育自不可和南方省份同日而语。这一矛盾到洪武三十年终于爆发。主持当年乡试的主考官为德高望重的翰林学士刘三吾。通过考试，选举贡士五十一名。可谁也没想到的是，这五十一名录取的贡士竟然全是南方省份的考生。北方学子到处沿路喊冤告状，礼部大门差点被砸烂，说考试不公，主副考收受了贿赂。朱元璋下旨复核试卷，可审核小组经审核，认为阅卷基本公平。为了平息南北学子矛盾，收买人心，朱元璋亲自审核试卷，重新录取了五十一名贡士。让人吃惊的是，这新录取的五十一名贡士竟然全是北方人，无一人来自南方。同时，主副考及同试科官二十多人都受到了处罚。这就是震惊明王朝的南北榜案。明眼人一看便知，这是一起冤案。自此，为了照顾南北平衡，明廷开始南北分榜，按考生所在地域进行排名录取，再统一参加殿试。尽管如此，北方教育远落后于南方的形势却一直未能改变。

河间府学原有生员四十名，这都是有定额的，因为生员有待遇，每月可享受官方提供的六斗食米，并适量供给鱼肉，师生待遇等同。为了让屯童们安心学习，经过左光斗的争取，他们每月可从官仓预借六斗食米，新粮成熟后归还。府学的主讲称山长，河间府学山长名叫丁俭卿。丁老先生爱才，这二十名屯童的到来，让他如获至宝，因为他们差不多人人都能写一手好文章。他们的写作水平，比河间府原有的四十名生员要高出一大截。丁俭卿亲自安排他们吃住，他是主讲，天天拿这些屯童写的文章作为范文，进行讲解。丁俭卿还说，河间府每次岁考成绩都不理想，一等试卷不过两三名，下次岁考，这些屯童绝对会唱主角。这些来自南方的屯童除了能写文章，还会种植水稻，可谓能文能武，这让爱才如渴的丁老先生如何不高兴呢。他一向刻板的面孔也彻底变了样，一天到晚眉开眼笑，像捡到了什么宝贝似的。

丁俭卿高兴，河间府原有的四十名生员可不高兴了。原因很简单，会占了他们的名额。开设屯学，说是会增加录取名额，可到底加没有加，朝廷批准没批准，谁也不清楚，反正这批人来了倒是事实。他们也承认屯童的文章确实写得好，可越好，对他们生员越不利。下次岁考，就有热闹看了，生员们全部要靠边站，风光的将是这些屯童。岁考不合格，就会受到处罚，就没有资格参加乡试，更妄谈进京参加殿试了。说严重点，一句话，这些突然到来的屯童可能会断了生员们的前程。因此，这批屯童就成了生员们的眼中顶、肉中刺，他们要不处处刁难和挤兑他们，那才是怪事呢。

一天黄昏，一顶蓝呢官轿在河间最豪华的酒楼镇海楼前停下了，知府厉应良从轿内走了出来。今天，武定侯在此宴请他。堂堂的侯爷邀请，多大的面子啊，厉应良自然喜不自胜。当然，武定侯的酒也不是好喝的，他肯定有事要吩咐厉应良去办。可退一步说，就凭他武定侯的身份，就是不请吃饭直接让你去替他办事，你不也得乖乖地去办？武定侯就是会做人，这是给地方官面子呢。走下轿子后，厉应良抬头瞧了瞧镇海楼，里面人影幢幢，弦乐声声，他喜欢这种场合。食色性也，既然圣人都说了是本性，那何苦要委屈自己呢？如果连食色也没有了，那做人做官还有什么意思！别人怎么看管不着，反正他厉应良不是那样的人，他才不会委屈自己。

厉应良走进雅间时，武定侯都已经到了。厉应良说："哎呀，让侯爷久等了，恕罪恕罪。"

武定侯点了点头，鼻子里哼了一声，声音小得只有自己听得见。厉应良来了，武定侯就说上菜。什么烧天鹅、川炒鸡、原汁羊骨、鲟鳇鲊、蒸鲜鱼、胡椒醋鲜虾、锦丝糕子汤等上了一桌子。武定侯招呼说："厉知府，吃吧，别客气，都是些家常菜。"

厉应良扯了一条天鹅腿，大口地咬了起来。武定侯说："厉知府，你就这么喜欢吃天鹅肉？"

厉应良揩了把嘴上的油："下官知道，侯爷是要笑话我，说我是癞蛤蟆呗。可是，只要天天有天鹅肉吃，就是做一只癞蛤蟆又何妨呢！"

武定侯满意地点了点："厉知府是个实在人，说出了心里话，这年头，说心里话的人可比天鹅还罕见呢，所以侯爷我平时都懒得说话，更懒得听。有些话，比耳屎还要臭。"

“侯爷也是实在人。”厉应良见武定侯扯着闲话，也不说找他来有什么事，倒是忍不住了，问道，“侯爷，您有什么吩咐的，尽管说，下官尽力去办就是，只要不是上天去捉天鹅就行，下官倒不是不想去捉，只是没那个本事。”

厉应良的话把武定侯逗乐了。武定侯说：“本侯爷是那样的人吗，会让人为难吗？你先吃，吃好喝好了咱们慢慢说。”

厉应良放下筷子说：“下官吃好了。”

“也没有什么大事，”武定侯这才开了口，“最近，我们都被那个姓左的小御史弄昏了头，本来一个小御史也不算啥，朝廷里有一百多个御史呢，我捏死他就像捏死只小蚂蚁。但他带着皇上的圣旨，本侯爷不看僧面看佛面，怎么着皇上的账还是要买的。听说那批屯童已经入了学，你看看，他们在河间入籍，再入学，今年是第一批，明后年还有第二批第三批，姓左的在铆着劲到处招募呢。咱河间的土地迟早让这些人全占了去，本地的生员也根本考不过他们，到时还不是被挤下来，全他妈的完蛋!”

“我明白了，侯爷，您的意思就一个，就是这些屯童占籍、占学、占田，让您不开心了。”

“对对对，”武定侯说，“你是个聪明人，一句话就说到点子上，侯爷我最近也是被这个小御史气糊涂了，变得啰里啰唆，他娘的侯爷我什么时候受过这种冤枉气!”

厉应良朝空中挥了一下拳头：“放心，侯爷，这个气我厉应良给您出，多大的事，犯得着和一个小御史一般见识吗？”

“你有什么好办法吗？”

“本官明天就给那批屯童断炊，不供应粮食，让他们喝西北风去。”

武定侯点点头：“这招有点绝。”

“没有吃的，到时他们乖乖地给我滚蛋。”厉应良自信满满。

武定侯表情木然，目光呆滞，长长地舒了一口气，鼻腔里呜啦呜啦地响，像挣扎着的一只疯狗。过了半晌，他朝一直站在一边的郭熊招了招手，郭熊又朝里间招了招手。很快，出来了一个花枝招展的少女，手里拿着一个小团扇。团扇上，绣着一只小天鹅。

厉应良的眼睛都直了，他的直觉是，这个女人肯定不是河间的，河间青楼里大凡有点姿色的女人，没有他厉应良不熟悉的。而且，这个女人举止优雅，仪态端庄，眼神清澈，没有一点脂粉气。她挽着一个精致的髻，露出细长的脖子，白皙，粉嫩，让人想入非非。

厉应良瞅着眼前的女子问武定侯说：“这位小姐是……”

武定侯说：“京城登春楼里的小天鹅啊，一天的佣金就是二百两，多少癞蛤蟆想吃都吃不上呢。本侯爷特地将她接来，让你尝尝鲜。”

“哎哟，侯爷，太感动了，您让下官怎么报答您呢，就是肝脑涂地也不为过啊。”

武定侯站起了身子：“我乏了，先回了，让小天鹅和郭熊陪你喝几杯。”

小天鹅识趣地端起一杯酒，坐到了厉应良的腿上，说：“厉知府，小天鹅我敬你一杯……”小天鹅的声音软得像棉花，一下一下地扫着厉应良的耳朵。厉应良本来就喝了不少酒，他感觉全身就像起了大火，血全被点着了。

第二天，河间府学中餐开饭的时候。四十名生员照例吃上了香喷喷的米饭，可二十名屯童就惨了，他们啥吃的也没有。他们到厨房去理论，管伙食的胖厨师说，官方说大米紧张，府库无粮可供，屯童们的例供停了。顾大武不服了，说：“怎么就停了我们的呢，生员们怎么有粮？”胖厨师说：“那不一样，他们是本地人，你们是外地人，总要有个先来后到，不但今天没粮，明天后天也没有，到底哪天有，不知道，哪个安排你们来的你们就找哪个去问。”

这时，丁俭卿来了，屯童们像是看到救星，纷纷问他发生了什么事。丁俭卿叹了一口气，说：“接到通知的时候，老头子我和知府大人理论了一番，可是胳膊扭不过大腿，人家一口咬定无粮，对不起大家了！你们去找找左御史，看看他有没有什么办法解决这燃眉之急。”

那些生员终于找到了一个发泄怒气的机会。这个说，今天的饭就是香；那个说，今天的饭太他妈好吃了；还有人说，官府就是明察秋毫，知道什么样的人该给饭吃，什么样的人一粒米也不能给。他们还一个个故意咂巴着嘴，用力地扒着饭、敲着碗，故意弄出很响亮的声音。面对生员们的幸灾乐祸，屯童们压抑着不满。顾大武示意大家保持冷静，生员和屯童们之间的关系本来就很僵了，要是弄得不可收拾，到时吃亏的可能还是他们这些外来户。还是先把这里的情况反映给左光斗御史才是上策，顾大武相信他会有应对之策。

当天上完课后，顾大武和其他屯童们就收拾好了东西，准备回家。可他们知道，家里的粮食也很紧张，都是吃了上顿愁着下顿，一粒多余的粮食也拿不出来，都指望着今年的新粮呢。可新粮还未成熟，怎么说也还要两个来月。这两个来月的时光是最难挨的。屯童们离开的时候，刚下登瀛桥，一个名叫钟科的生员，竟然将一挂长鞭绕在竹竿上，噼里啪啦地炸了起来。顾大武再也忍不住了，他站在桥头上，大声地说："你们也太过分了，哪有这样欺负人的，我们还会回来的！"

钟科说："快点滚吧，外地狗——"生员们人人开心地大笑起来。

这时，丁俭卿山长出来了，将生员们骂了回去。丁俭卿安慰了屯童们一番，并表示，只要解决好了粮食问题，欢迎他们再回来。屯童们依依不舍，一步一挨地离开了府学。

屯童们前脚刚走，厉应良带着学官们后脚就来了，他还带来了几只羊，慰劳生员们。厉应良走到生员们中间，说："你们的供米绝对会有保证的，至于那些外来人，那就难说了。大家要勤学苦练，研经读典，争取今秋科考时人人作几篇锦绣文章，多出几个举人，为咱河间争光！"生员钟科又点燃了一挂长鞭，大叫着："欢迎知府大人！"厉应良乐得哈哈大笑。

丁俭卿走了过来，对厉应良说："多好的学生，可惜全走了，知府大人就不能想想办法，难道咱偌大河间府，还在乎少了屯童们一口吃的？"

厉应良脸色一沉："作为山长，你只管好好讲学，这天下的闲事你管得过来么？"

"厉大人，这怎么能叫闲事？这天下读书的人事就没有叫闲事的，重视这些闲事的官才叫好官。"

厉应良怒道："你一个老夫子，倒教训起本官来了？"

丁俭卿捋了捋胡子说："不敢当，教训你干吗呢。子曰，朽木不可雕也，粪土之墙不可污也。"

"放肆，谁是朽木，谁是粪土之墙？"

丁俭卿说："我，我是，行吧。"

当天晚上，屯童们就来到了驿馆里，向左光斗报告今天府学里发生的事。听说大家一整天都没有吃饭，左光斗心疼不已，吩咐夫人袁采芑煮饭招待屯童们。左光斗答应明天去找知府厉应良理论。袁采芑煮了两锅饭，满室是扑鼻的饭香，大家在左光斗家里饱餐一顿。然后，左光斗让他们先各自回家，等候通知。

等屯童们走后，袁采芑拿出了家里的米桶，递给丈夫看。米桶里空空如也，米全煮给屯童们吃了。左光斗见状摇摇头苦笑，安慰袁采芑说："夫人莫急，我明天一早就到米行去赊点米来，本官是堂堂七品御史，这点面子米行应该会给的。"

第二天一早，左光斗才开门，果然就有一家米行的老板亲自送来了两袋米。

左光斗问是何人指使，老板怎么也不说，说对方有言在先，只说是您的一个朋友，钱已经付过了。

左光斗琢磨会是谁呢，谁会知道他家断粮了？是同住在驿馆的卢观象吗，他昨晚是亲见了二十个屯童在他家吃了一顿大餐的，他的可能性最大。也有可能是哪个屯童无意透露了消息。不管那么多了，反正解了这燃眉之急就好，日后再慢慢查找那个好心人是谁吧。

左光斗去了河间府，很快就回来了，袁采芑见他脸色很难看，就知道他为屯童们争取食米的事可能没有着落。袁采芑说："官人，不要着急，官府有官府的难处，我们另想办法吧。"

左光斗说："这个厉应良太可恶了，强词夺理，说府库无米可供也就罢了，竟然将责任全推到我的头上，说我当初就不该将府库的那批粮食送往辽东以充军粮。堂堂知府，鼠目寸光，没有半点家国意识，什么东西！"

袁采芑问道："那还有没有别的办法呢？"

左光斗沉默了半天，说："以前每次遇到困难，都是商会会长钱立坤出面帮我解决了难题，可惜钱老死了……唉，没办法想了，先让屯童们在家歇着，从长计议吧。"

袁采芑出去一会儿，又回来了。她走到左光斗面前，将一张银票放到了桌上。左光斗一愣："这，哪来的？"

袁采芑平静地说："我把首饰当了二百两银子，我到粮店去看了一下，米很贵，但豆很便宜，这些银子要是全部买豆的话，供屯童们吃上两个月接上新米还是行的。"

"夫人啊，那几样首饰是你父亲当初给你置办的嫁妆，你嫁到我们左家来，这些年跟着我吃苦受累，添了两个孩子，没有置一样值钱的首饰，添一件像样的衣服。我左光斗愧对夫人啊！"

"屯童们不能停课，学业一旦断了，将来要想取得好的成绩就难了。明天通知他们继续上学吧。"

左光斗说："好的，我欠夫人的太多了，等条件好转，我一定把那些首饰赎回来。"

"用不着，办好屯学比什么都重要。"袁采芑笑着说。

次日，屯童们全部重新回到了府学。生员们本以为他们不会再来了，可万万没想到，才几天的工夫，他们又重返学宫。不同的是，吃饭的时候，生员吃的是白花花的米饭，屯童吃的是难以下咽的豆粥，可他们一点也不计较，一个个吃得很香甜。这下轮到生员们傻眼了，他们虽说吃着白米饭，可一个个却没了胃口，觉得比豆粥还要难吃。

看来这帮屯童是铁了心打算赖在府学不走了。当天的课是对对子，生员和屯童们的矛盾终于爆发了。先是丁俭卿说了个上联，让大家对下联。上联是这样的：桑养蚕，蚕结茧，茧抽丝，丝成锦绣。生员们面面相觑，一个也对不上来。丁俭卿连问了几遍，生员们一个个低着头，生怕点到自己的名字。丁俭卿摇了摇头，叫屯童们对。他话音刚落，一个名叫王维廉的屯童站了起来，说："学生斗胆试作下联：草藏兔，兔生毫，毫扎笔，笔写文章。"

"好联好联！天衣无缝，绝妙好联啊！"丁俭卿赞不绝口。

钟科站了起来，说："这个不算，我们生员都是北方人，连蚕都没有见过，什么桑养蚕，蚕结茧，茧抽丝的，都让他们南蛮子占了先。"

王维廉针锋相对地说："对不上联子就骂人，你骂谁呢，你们才是北方侉子呢！"

丁俭卿见状无奈地说："好好好，我重出一个，这个就不算吧。"他见走廊里挂着一个方形的灯笼，说，"大家听好了啊，这个上联是：四面灯，单层纸，辉辉煌煌，照遍东南西北。"

生员们又集体傻眼了，这个上联根本不比刚才那个好对。丁俭卿催了半天，无人应对，他只好点了钟科的名："钟科，刚才那个你不服，这个你来对对看。"

钟科抓耳挠腮，说："一匹马，千根毛，奔奔跑跑……"他还未说完，就引来哄堂大笑。

丁俭卿说："王维廉，还是你来对吧。"

王维廉从容答道："一年学，八吊钱，辛辛苦苦，历尽春夏秋冬。"丁俭卿的上联，是见物而拟；王维廉的下联，有感而发，说的就是屯童们自己，对得工整而贴切。

生员们鸦雀无声。丁俭卿总结说："学问来不得半点虚假，行就是行，不行就是不行，不服也不行，生员们要向屯童们学习。"

吃饭的时候，屯童们发现今天的豆粥味道有点不对，又焦又煳，还夹杂着砂子，吃一口就硌牙。问了厨师，厨师也说不出所以然，大家也只好将就着吃了。

顾大武见生员们在馆舍里笑成一团，就悄悄贴上去偷听。只听钟科在吹嘘自己的本事，说他朝屯童们的豆粥里放了几把锅灰，那帮傻蛋们没事般吃下去了，一个个还吃得津津有味。有人就说，钟科你明天朝他们豆粥里撒泡尿。听到这里，顾大武再也忍不住了，他走了过去，一把揪住钟科，要带他到丁俭卿山长那去理论。

钟科见顾大武来势汹汹，大叫道："屯童打人啦，屯童打人啦!"和顾大武扭成一团。生员们早就憋着一股气了，一个个手里都拿着砖头、铁锹等家伙，纷纷冲上来打顾大武。屯童们也听到了喊声，见他们以多欺少，将顾大武打得左躲右闪，一个个也不甘示弱地冲了上来。一时间，两班人马混战起来，砖头瓦片扫帚乱飞，府学里乱成一团。

一开始，生员们根本没把屯童们放在眼里，他们四十个人，屯童们只有二十个人，以二对一，人数上是他们的两倍，绝对占优势。生员们早就盼望着有这么一天了，不打个你死我活，不把他们打趴下，这帮屯童们是不会走的。所以，混战开始的时候，生员们个个生龙活虎，大打出手。但很快，他们发现不对劲了，形势对他们越来越不利。他们发现顾大武太厉害了，手里拿着一个断桌脚，扑闪腾挪，指哪打哪，以一敌十，根本没有人能挡得住他。他们压根就不知道顾大武曾是军营里的百户，有一身好武艺。要是知道，打死他们也不敢随意出手。只一会儿的工夫，四十个生员人人都被打得东倒西歪，鼻青脸肿，哭爹叫娘。再看屯童们，基本上没挨什么打。

丁俭卿闻讯赶来了，他被眼前的景象惊呆了，他也预感到早晚会有这么一天，只是没想到这一天来得这么快。眼前的局势很微妙，要是处理不好，会直接影响到府学安定。

丁俭卿赶往驿馆，打算向左光斗报告府学里刚刚发生的事情。他离开府学不久，河间知府厉应良就带着捕快闻讯赶了过来，他以屯童们殴打生员为由，将他们全部关进了大牢。

等左光斗和丁俭卿来到府学时，屯童们已全部被带走了。两人又赶到府衙，厉应良说什么也不肯放人，说要严惩肇事者。顾大武见事态难以平息，主动出来承担责任，说是自己先动的手，提出退出屯学，并请求不再殃及他人。厉应良这才不得不将屯童们放了。

左光斗很清楚，厉应良明显是要利用这次府学争斗大做文章，目的只有一个，那就是破坏屯学。为了避免再生事端，他让丁俭卿将生员和屯童们分开授课。同时，他也安慰顾大武，回到盐冲后要不忘读书，他会相机允许他参加科考。

五、斩杀恶奴

七月底，水稻抽穗了，无数新穗从翠绿的稻叶间不断地露出头来。看来，今年注定会是个好年成。新穗上面，挂满了雪白的稻花，让人想起稼轩的一句词“稻花香里说丰年”。左光斗在淡雅的稻花香中沉醉了。他仿佛看见了无数饿殍嗅着这稻花，一个个奇迹般地回过了神，并挣扎着站了起来。

自屯田开始以来，虽然经历一波三折，但成功毕竟近在咫尺。屯田的好处说不尽，山海关附近得谷一石，足抵漕粮五石，这个账明眼人都会算的。漕粮从南方运到辽东，耗费太大，成本太高，米价堪比金价。他想好了，借着今年河间屯田成功的良好势头，明年要在天津至山海关沿线的永平、真定等府全面推开。如果屯田大兴，粮饷充足，民富军强，何愁辽东战局不稳呢。

天气连日干旱，水稻还需要最后一次灌溉，就可以坐等收成了。

屯区灌溉需要从永济渠引水，左光斗和卢观象商量好了，决定明天带领屯童和佃农们开启永济渠闸门。

次日，烈日当空。左光斗一声令下，数百人齐拉启动闸门的缆绳，在一阵一阵的“嘿哟、嘿哟”声中，高大的闸门缓缓升起，清澈的河水哗哗地涌进了青龙渠，沿着四通八达的渠道，流向广袤的屯田。

这时，一条快船从永济渠上游飞驰而来。近了，大家才看清是武定侯府的船，船头上站着一群家丁，为首一人，正是郭熊。

郭熊大叫道：“武定侯有令，任何人不得擅自开闸放水！”

卢观象问道：“真是笑话，难道这永济渠是你们武定侯府的不成？”

“你们把水位放低了，武定侯府的几千亩子粒田到哪弄水去，这个责任你们负担得起吗？”船渐渐靠岸了，郭熊率领着家丁们下了船，准备关闸，阻止放水。

左光斗示意顾大武，迅速将郭熊抓获归案，老账新账一起算。郭熊刚刚上岸，就被顾大武一把牢牢揪住了，押到了左光斗面前。郭熊惊道：“你……你们要干什么？小人是奉武定侯之命前来的。”

“干什么，”左光斗厉声说道，“你打死顾大武的老娘陶氏，又杀死了钱立坤会长，现在又来胡作非为，本官要和你算总账，明日午时三刻，北城菜市口斩首示众！”

一听说斩首示众，郭熊的腿顿时就软了下来。他狡辩说：“是陶氏先打我的，小人只是踢了她一脚，可谁让她那么不经踢呢？至于钱立坤，你说是我杀的，有何凭据？”

左光斗说：“本官自然有关键人证，会让你心服口服的。来人，将郭熊关入河间府死牢，明日午时开刀问斩！”见左光斗动了真格，武定侯府的家丁们个个面无血色，一哄而散。

河间府大牢内，郭熊关在里面，左光斗在监狱值房内坐了下来。今晚，他是准备亲自值守至天亮的，不然，郭熊肯定会被人解救出去，武定侯不会坐视不管的。要是放虎归山，再想抓住他可就难了。

天黑时分，知府厉应良来了。厉应良走进值房，皮笑肉不笑地说：“左大人，为了屯田大业，这些日子你辛苦了……你看，这个郭熊，狠狠揍他一顿，教训教训他就算了，放了吧，给本知府一个面子。”

左光斗说：“厉知府，本御史自到河间屯田以来，你的所作所为，本官都牢记在心。我也不瞒你，前些日子，我已向圣上上了道奏疏，近日应该会有圣命下来。”

“什么？”厉应良脸色大变，“你参了老夫一本？”

左光斗昂首说道：“什么叫参，不过是据实禀报而已！”

厉应良说：“本官不怕！真要撕破脸皮说起来，你左光斗也是罪莫大焉，屯田就屯田，非要弄些南方人来咱河间来占籍、占学，弄得民心不稳，府学大乱，本官也要参你一本！”

“哈哈哈，”左光斗大笑道，“屯学是应时和改革之举，你一个凡夫俗子和酒囊饭袋，如何能理解呢！你参吧，只要据实禀奏，本御史没什么怕的！”

“本官再问你一句，郭熊你是放还是不放？”

左光斗坚定地挥了一下手说：“你要是关心他，明日午时三刻后到他的坟头祭奠吧。”厉应良见劝说无用，气急败坏地走了。

厉应良走后不久，武定侯又亲自走进了监牢。监牢里冲出一股难闻的气味，武定侯掩着鼻子，走进了值房。他将左光斗从头打量到脚，说：“左御史，有种啊你，侯府的人都敢抓！”

“王子犯法与庶民同罪，况且他不过是你手下的一个家奴，本御史提醒侯爷一声，郭熊的所作所为都是受你的指使。也就是说，他不过是个替罪羊。本官也将你近日来的所作所为奏明了圣上，等圣上裁决。”

“好，好，”武定侯拍着手慢条斯里地说，“有些话说明白了就好，你看皇上是偏向于我呢还是偏向于你，皇上知道他的江山是咱祖上打下来的，皇上是什么人啊，他比你明白。”武定侯在值房内来来回回地走了两圈，又说：“怎么，本侯都亲自来了，你还不放人吗?”

左光斗朗声笑道：“哈哈哈，本官已当众判了他死罪，明日午时开刀问斩，你是堂堂侯爷，难道要本官失信于民?”

武定侯怒道：“你今日放也得放，不放也得放，你看看外面!”武定侯手一挥，数百家丁手持各式兵器，突然出现在监牢门口。

左光斗说：“怎么着，武定侯，你难道要从监牢里抢走死囚不成?”

武定侯说：“没什么我不敢的，再大的衙门本侯爷也敢闯!”

“幸亏本御史早有防备，”左光斗朝监牢外大喊一声，“来人啊，有人劫狱!”话音刚落，有人答道：“本官来也!”只见天津卫通判卢观象带着数百军士也突然出现在监牢门口。

左光斗说：“卢通判，有人要劫狱，你给我看好了，要是有人斗胆动手，一律格杀勿论!”

武定侯知道今晚想要带走人是不可能的了，硬拼肯定要吃亏，对方是训练有素的军士，他这班家丁不过是乌合之众，远不是他们的对手。他太低估了眼前这个软硬不吃的御史，他恼怒地说道：“姓左的，咱们走着瞧，这笔账迟早要算!”说着，带着家丁垂头丧气地走了。

第二天，郭熊被押进囚车，到北城菜市口去执行死刑。河间府万人空巷，拥到菜市口，观看行刑场面。午时三刻，刽子手手起刀落，郭熊人头落地，百姓人人拍手称快。

杀了郭熊，左光斗没有半点轻松感，他和武定侯这个梁子是结下了。他不是怕，而是感到痛心，这些皇亲国戚，怎么都成了这个样子呢！他们祖上，都是为朝廷立下汗马功劳的重臣；如今，他们的后代，却成了祸国殃民的害人虫。杀了一个郭熊能解决多大问题呢，也许什么也解决不了。太监李进忠亲眼见左光斗斩了郭熊，知道要想在他的眼皮子底下搞什么名堂，恐怕比登天还难，戚畹绝庄他是要不到了，灰溜溜地回京城去了。

不久，圣旨下来了，河间知府厉应良削职为民，擢升同知刘清丰担任知府。至于武定侯，皇上只是提醒他注意收敛自己的行为，管好自己的家奴，并没有受到什么实质性惩罚。这点也在左光斗的意料之中。没有皇帝的纵容，他武定侯就是有一百个胆也不敢如此胡作非为。

一天，左光斗正在驿馆里草拟着下一步的屯田和屯学计划。突然，一匹快马从京城方向朝驿馆奔来。到了门口，马上跃下一个汉子，他大声地说寻找御史左光斗。左光斗闻讯走了出来，汉子问道："请问阁下是监察御史左光斗先生吗？"

左光斗预感朝中发生了大事，他急忙答道："在下正是。"

汉子拿出一封书信："汪文言先生叫我亲手交到您的手中。在下任务完成，还要回去复命，告辞了。"说着，跨上马匆匆走了。

信是自己的徽州老乡汪文言写来的。左光斗打开一看，大惊失色。汪文言的信中只有一句话，即皇帝病重，恐将驾崩，请速回京。

皇帝前几天还来过圣旨，怎么说不行就不行了呢。皇帝今年五十八岁，自十岁登基，在位已四十八年。虽说在位时间不短，但五十八岁的年龄，并不算很大。按理说，皇帝的健康情况是朝廷的高级机密，不知这消息汪文言从何而来，但左光斗相信汪文言所说是真实的。汪文言神通广大，信息灵通，没有确凿消息断不会乱加妄言。

左光斗感到事关重大。历朝历代，每逢皇帝病重新君尚未登基之际，各种势力明争暗斗，文武百官人心惶惶，往往是朝局不稳乱象丛生之时，特别是别有用心者，往往趁此机会兴风作浪，达到不可告人的目的。他必须立即回京，以防不测。

左光斗命夫人袁采芑立即收拾一下，明天一早就回京。袁采芑从不多问什么，她知道丈夫说要回去，肯定是有急事。左光斗又将所有屯田事务委托卢观象通判暂时处理。第二天一早，一家人乘着一辆马车，向京师方向赶去。

第四章

帝国黄昏

一、老皇帝才走，新皇帝又不行了

按左光斗的意思，是要让顾翰林回家或者随他哥哥顾大武一起生活，但他说什么也不愿意。他振振有词地说，我是大人的书童，自然是大人到哪我就跟到哪。况且，这次还是回京师，他就更不愿意离开了。他说，我顾翰林长这么大还没有去过京师呢，还没见过皇宫呢，不知道皇帝长什么样呢！再说，只有到了京师，我才有机会成为一名真正的翰林。左光斗笑着说："你长这么大，是多大啊?"顾翰林说："七岁，不小了。"他的话把车上的人都逗乐了。

顾翰林说他还没有见过皇帝，又触动了左光斗的思绪。当京官这些年，他又何尝见过皇帝呢。不但他见不着，内阁重臣、六部堂官照样都见不着。皇帝根本就不见他的臣子，他只相信身边的太监。可这些话能和一个七岁的孩子说么。

马车一路狂奔，第二天就到了京师。晚上，左光斗来到汪文言家中。汪文言是门子出身，后到京师发展，曾在刑部当过书吏。他捐了个监生，游走于达官贵人之间，为人豪侠仗义，见多识广，很有谋略，在京师颇有人缘。汪宅从外面看毫不显现，里面却是一个大四合院。亭台楼阁，花木扶疏，远胜于一般百姓之家。见到左光斗，汪文言兴奋地说："哎呀，左御史，终于将你给盼回来了。"

左光斗问道："你说圣上病危的消息从何而来，可靠吗?"

"绝对可靠，是东宫太监王安告诉我的，他说皇帝头晕目眩症又犯了，这次很严重，御医看了也不见半点效果，已经有十来天基本没有进食了，耳朵听不见，话也说不清，看来去日无多。"王安是东宫大太监，德高望重，平日里侍奉太子朱常洛的日常起居，他的话是可信的。不过，王安平时深居宫中，不知道汪文言通过什么方式竟然和他攀上了关系，竟然打听到了如此私密的消息。人说汪文言神通广大，看来此言不虚。

左光斗说："你提供的消息很重要，文武百官都还蒙在鼓里呢，皇帝一旦驾崩，要确保太子朱常洛能顺利登基。唉，说句不敬的话，太子也是个没主见的人。我明天就去找阁臣方从哲，告辞了。”

汪文言说：“左大人，您难得到舍下来一趟，喝一杯再走不迟啊。”

见汪文言执意挽留，左光斗又坐了下来。厨下很快摆上几样精致的菜肴，两人边喝边聊。左光斗打量着汪文言的宅子，说：“你一个人住这么大院子，不显得空旷吗?”

“这套房子本是一个刑部郎中的住宅，他致仕回乡，就卖给在下了。本来我一个人也要不了这么多房子，可对方又不肯分开卖，索性就全部买了下来。你知道我是个好热闹的人，闲不住，那边有一个戏台，常请戏班子来唱几折。”汪文言顿了顿，又说，“青青有时也过来。”

提到青青，左光斗马上想起当初在玉熙宫门口偶遇的那个女子。青青是莳花阁老鸨买来的，买来时她才七岁，一直由冯妈服侍。冯妈和她很有感情，将她当作自己的女儿看待。可冯妈也很穷，没有钱将她从火坑里救出来。一次，汪文言和朋友到莳花阁去玩，听青青唱了一回戏，就喜欢上她了，出了一笔巨资将她赎了身。青青在莳花阁待惯了，就仍由冯妈陪着，在那里卖艺。汪文言连这些私事都告诉左光斗，说明已把他当作了知心朋友。

左光斗说：“看来老兄家道殷实啊，要是我，就是想买也买不起。”

“在下出自徽商世家，祖父和父亲都经商，我对经商不感兴趣，传到我手上时，产业都被我卖得差不多了。怎么说呢，我算是个败家子。我琢磨着，人活一辈子，整日为了些蝇头小利忙碌没什么意思，总想干番大事业，这才到京城来了。”

左光斗说：“你说的有道理，可你到京城来要干什么大事业呢?”

“和左兄说白了吧，就想谋个一官半职，好光宗耀祖。这次要是太子顺利继位，左兄就是拥立之臣，到时还请多多提携。”

左光斗心想，你一个监生的身份还是买的，没有科举的正途出身，要想踏上仕途，恐怕比登天还难。但他也不想打击汪文言的积极性，只是淡淡地说：“未当官的人，总觉得当官十分风光，想方设法往这个队伍里挤。汪兄，恕在下直言，官不好当啊，一顶官帽重于山，风光背后的东西，你看不见哩。”

汪文言又给左光斗添了一杯酒：“那是，那是。”他从抽屉里拿出一个小东西，递给了左光斗。左光斗问道：“这是什么?”

“鼻烟壶，象牙的，现在有钱有势的人都玩这个。”说着，他将鼻烟壶放在鼻下嗅了嗅，响亮地打了个喷嚏，显得舒服极了。

左光斗说："我不要这玩意儿。"

"我花五十两银子买的呢，你看这里，"汪文言说着，他指着鼻烟壶的外壁，压低着声音说，"这里还雕着个裸体女人呢，哈哈。"

左光斗正色说："那我就更不能要了，收起来吧，留着你自己把玩，这东西不适合我。"

"这么好的东西你都不要，可惜了。"汪文言东西没有送出去，有点扫兴。

第二天，左光斗与兵部给事中杨涟一道，到内阁去找首辅方从哲。内阁一般有辅臣三至七人不等，分为首辅、次辅和一般辅臣。首辅有票拟的权利。所谓票拟，即代皇帝草拟各种文书，对群臣奏章进行批答，拟出具体意见，然后交司礼监，呈皇帝批红裁决。目前，内阁仅有方从哲一人。内阁的办公地点位于午门内的文渊阁。按规定，为保密，非辅臣是不得进入内阁的。但情况紧急，左光斗和杨涟也顾不得许多了。他俩走进内阁，只见里面冷冷清清，连张纸掉在地上的声音都听得见。他们在值房内找到了方从哲。见到杨、左二人，方从哲明显很意外，他说："你们俩怎么来了？老夫一个人天天待在内阁里，闷死了，都快成了一只木偶了。"

左光斗说："方大人独撑危局啊，下官佩服。今天来有要事相告，外面传说圣上病重，有半个月不能进食了，此事是否属实？圣上病情到底如何？作为朝中重臣，你应该立即率领文武百官进宫问安。万一龙体不虞，宜早做周全考虑。"

方从哲皱着眉说："你不是不知道，皇帝是不愿见大臣的，更忌讳别人问他的病情，即使问他身边侍奉的太监们，他们也不敢说。"

杨涟质问道："北宋宰相文彦博询问宋仁宗的病情时，内侍们也是不肯说。文彦博说，皇帝的起居生活，你们不让宰相知道，莫非想图谋不轨不成，赶快交给中书官法办。大人您果真能一日询问三次，不一定要见到皇上，也不一定要让他知道，只需让宫里的人明白，朝中的大臣们在关注着圣上的病情，这就够了。皇上病重期间，您晚上都应该在内阁值宿，以防不测。否则，作为臣子，对皇上的病情不闻不问，是何道理？"

方从哲说："目前还没有什么事情啊？"

杨涟说："都什么时候了，身为阁臣，你竟然说没有什么事情？我问你，你对皇上的病情了解吗？"

"这……"方从哲一时语塞。

左光斗趁势说道："形势已经非常严峻了，太子听说皇帝病重，到乾清宫探望，内侍们竟然不准他进殿，太子只能在宫门外徘徊。有没有此事？"

听左光斗如此一说，方从哲才知道事态的严重性。太子朱常洛是朱翊钧与一位宫女偶然所生，因出身低微，朱翊钧并不喜欢他，出生后就备受冷遇和歧视。朱翊钧宠爱的是一位郑姓妃子。万历十四年，郑氏生子，即朱常洵，从此开始了长达几十年的国本之争，什么妖书案、梃击案，闹得沸沸扬扬。朱常洵出生没多久，郑氏即被封为皇贵妃，而朱常洛母亲的封号不过是恭妃，这让大臣们怀疑皇帝是不是要废长立幼。维护纲常和祖制的文武百官意图是高度统一的，即应立皇长子朱常洛为太子。可朱翊钧就是拖延着，对储位问题态度模糊，迟迟不予册立。后在太后的干预下，才不得不作出让步，立虚龄已二十岁的朱常洛为太子，封朱常洵为福王。王恭妃久居幽宫，以泪洗面，双目失明，已于万历三十九年离世。这场万历年间最激烈最复杂的皇储争议事件，涉及中央及地方官员达三百多位，其中一百多人被罢官、免职和发配。虽然朱常洛的太子名号确定了，但国本之争并未就此结束，他始终生活在郑贵妃的阴影之下。此次，苦熬了三十九年的他是否能顺利继位，仍有不确定的变数。

所以，当左光斗说太子朱常洛徘徊于宫门之外时，方从哲知道那意味着什么。谁敢不让太子进宫探望皇帝呢？必是郑贵妃无疑。郑贵妃为何在皇帝病重时阻止他们父子相见呢，答案不言自明。方从哲说："既然如此，本阁近日就召集廷臣进宫探望。"

左光斗说："此事一定要从速，不能再拖了！"

离开内阁时，杨涟还愤愤难平，方从哲如此昏庸颟顸，实在难堪大任。左光斗说："他是有名的和事佬，和稀泥是他的拿手好戏，不能光指望他，我们还是要找王安从中斡旋。"

左光斗迅速修书一封，委托汪文言立即转呈王安。在信中，左光斗指出，皇帝病危，太子还在宫门外徘徊，这绝不是皇帝的本意。此时，应当提醒皇上，立即召太子进宫在寝前服侍，尝药侍餐。王安回信说，他将尽力周旋。

几天后，宫中传出皇帝病危的消息。七月二十一日，方从哲始率英国公张惟贤、吏部尚书周嘉谟、户部尚书李汝华、兵部尚书黄嘉善、代理刑部尚书张问达、代理工部尚书黄克缵、礼部右侍郎孙如游等人，慌忙赶向皇帝居住的乾清宫。到了宫门口，他们果然看见太子朱常洛仍在宫门外徘徊。目睹此景，方从哲始感杨涟和左光斗所言不虚，自责来得太迟。

朱常洛见群臣来了，如获救星，他激动地说：“父皇病危，这，这该怎么办……众爱卿来了就好，来了就好！”

方从哲说：“太子，我们一道进去吧?”

朱常洛说：“内侍传话，说父皇不让进，让我在外面等着，我只好天天在这宫门外徘徊。”方从哲心知肯定是有人假传圣命，哪有父亲病危不见儿子的道理，他也顾不得许多了，说：“我们一道进去，给圣上请安，圣上要是怪罪，责任由微臣承担。”老实巴交的朱常洛这才敢跨进了宫门。

朱翊钧躺在床上，郑贵妃扶着他支撑着坐了起来。由于长年不见阳光，朱翊钧脸色苍白，没有一丝血色，由于病重，他已通体浮肿，整个人比平时大了几圈。他见太子和群臣来了，脸上的皮动了几动，想勉强挤出一点微笑，可硬是没有笑出来。

生命垂危的朱翊钧自感去日无多，他颁布了最后一道圣旨，着皇太子继位，望群臣与司礼监协心辅佐，遵守祖制，保固皇图。听到这里，太子和群臣都松了一口气，他们最担心的皇位承接问题终于尘埃落定。同时，朱翊钧还对自己造成的当前弊政如矿税、辽东军饷和官员缺额等问题，提出了具体补救措施。他吐出每个字时都很艰难，那些字好像也都浮肿了一般，体积比平时大了很多，躲在他的嘴里不愿出来。朱翊钧所说的，正是太子和群臣们早就盼望的。可是，为什么非要等到死亡来临之际才意识到问题的严重性呢。

朱翊钧接连喘了几口粗气，对朱常洛招了招手，朱常洛赶紧来到榻前。群臣知道朱翊钧有私密之事要交待太子。朱翊钧说：“太子，你母皇贵妃郑氏，侍奉朕多年，十分勤劳，辛苦有加，宜进封皇后。”朱常洛连连答应。

朱翊钧要封郑贵妃为皇后，这并不是什么新鲜话题，而是老调重弹，他此前已说过多次，每次都遭到群臣的反对。现在，他将此事作为遗命让太子朱常洛去办理，也算是在弥留之际对郑贵妃有了个交待。

当天，在位四十八年的神宗朱翊钧于弘德殿病逝，享年五十八岁。朱常洛开始正式行使皇帝的职权，传达先帝遗诏，颁发一系列新政，致力于扭转万历朝后期的一系列弊政，主要举措有：停止征收矿税，撤回派往各地的太监；发白银一百万两救济边民，补发辽东军饷；启用官员，补充缺官，并征召起用德高望重闲居乡里的旧辅臣叶向高。

朱翊钧去世的第二天，朱常洛就向群臣说明加封郑贵妃为后是先皇遗命，命礼部办理。因为朱翊钧已去世，郑贵妃拟进封的封号就由皇后相应变成了皇太后。

礼部右侍郎孙如游上疏表示反对，说历朝并无此先例。他进一步指出，您的生母王贵妃（王恭妃去世后追封为贵妃）并未进封为后，现在将郑贵妃进封为后，王贵妃若地下有灵，其心必不安，臣不敢以不忠事主，也期望殿下以大孝自居。孙如游的奏疏写得有理有节。首辅方从哲也支持孙如游的观点。朱常洛感到很为难，只得把孙如游的奏疏留中不发，既不表示造成，也不表示反对，暂时搁置起来。

朱常洛于八月一日登基，是为光宗，年号泰昌。从他继位前后短短数天内的所作所为来看，他似乎并非是一个碌碌无为的皇帝。泰昌朝正处处呈现出一种新气象，一切朝着好的方向发展。

每到黄昏时分，幽深的皇宫上空，总是飞翔着一群灰黑的蝙蝠。皇宫里藏着无尽的秘密，谁也不知道明天会发生什么。就像舞台上演戏一般，谁能料到，几天以后，刚刚登上皇位的朱常洛命运就开始发生戏剧性的变化呢？

一天晚上，天气闷热。左光斗坐在院子里纳凉，望着夜空中一颗挨着一颗金黄色的星星，他在想着，静海县屯田里的水稻该成熟了。这时，大门被砰砰砰地敲响了。左凡过去开门，汪文言一头扑了进来，说："左御史，不好了，出大事了……"

左光斗示意他坐下："别慌，慢慢说。"

汪文言压低着嗓音说："新皇帝又不行了。"

"你说什么？"左光斗大惊。

汪文言说："郑贵妃为了讨好皇帝，投其所好，送给了他大量珠宝……和八位美女。你知道，皇帝是好这一口的，他本就身体羸弱，加上这阵子登基前后事务繁忙，结果……就病倒了。太监崔文昇按郑贵妃吩咐，用了通利药大黄，新君病情不但没有好转，反而变本加厉，雪上加霜，一昼夜狂泻三四十次。听说人已虚脱，现在已无法起床……"

汪文言说得左光斗一愣一愣的，这实在让人匪夷所思。他用力捏着汪文言的胳膊，手在微微发抖："你说的是真的吗？"

"这样的大事，就是借我一百个胆子，我敢骗你吗？"

左光斗相信汪文说的是事实，这样的事情，就是编也是编不出来的。朱常洛由于长期受到冷落，郁郁不得志，平时就纵情酒色，以致疾病缠身。郑贵妃为了讨要皇太后封号，送给他珠宝和美女，也在情理之中。处在长期压抑之下的朱常洛突然获得释放，纵欲忘形，乐极生悲，像一辆跑散了架的马车，掏空了身子，累垮了。但崔文昇的献药就显得太可疑了。他原本是郑贵妃宫中的心腹太监，朱常洛继位后，提升他为司礼监秉笔太监兼掌御药房。大黄是泻药，作为一个掌管御药房的太监，他难道连这点药理常识都不知道吗？或者，他是否受了郑贵妃的指使而故意为之呢？

郑贵妃是个危险的女人。以前是，现在是，将来还会是。左光斗脑子里突然闪现出一个直觉。必须让这个女人远离皇帝。她献美女，进大黄，看似关心，实则居心叵测。她下一步还会做出什么对新君不利的举措呢，谁也无法预测。早在朱翊钧病重时，她借口侍奉皇上，住进了乾清宫。皇宫里的宫室很多，皇太后居住的地方叫慈宁宫，皇帝居住的地方叫乾清宫，皇后居住的地方叫坤宁宫，皇太子居住的地方叫慈庆宫，此外还有妃嫔们住的名称各异的宫室。宫室的主人身份都有严格的规定，不能错乱。朱翊钧病逝后，按理，郑贵妃应该立即搬出乾清宫。但秉性懦弱的朱常洛听任她继续住在乾清宫内，自己则住到了慈庆宫。左光斗认为，必须立即让郑贵妃搬出乾清宫，越快越好，让她远离皇帝。

住在乾清宫里，就是一种身份的象征。郑贵妃不会乖乖搬走的，左光斗决定倡议群臣展开一场行动，这场行动就叫移宫。俗话说，好男不和女斗，谁愿意去欺负一个女人呢，但她明明错了，而且错得很厉害，错了就要纠正，对错是不分男女的。

二、两个女人的如意算盘

皇宫天安门南边，是红墙围起一个封闭的“T”字形前院，这里就是皇城内的宫廷广场。东宫墙外是礼部、吏部、户部、工部、宗人府、钦天监等中央衙门，西官墙外为五军都督府、刑部、都察院、大理寺等武职衙门。

八月十六日上午，左光斗刚到都察院点卯，正打算到兵部去找杨涟。才出门，两顶轿子就停在了他的面前。从轿子各出来一个白发苍苍的老人。这两人左光斗认识，一个是皇长子朱由校的外公、已故的王才人父亲王国丈，一个是已故的太子妃郭元妃的父亲郭国丈。王国丈出轿时，差点跌倒，左光斗赶紧上前搀扶，问道：“两位国丈，你们怎么来了，发生了什么事情吗？”

两位老人老泪纵横，郭国丈说：“左御史，你听说了吧，皇上病情危重，这完全是太监崔文昇用药所致，不是用错了，而是故意为之，他是郑贵妃的人，居心何在，老夫不说你也知道。左御史，这事你们做臣子的一定要过问！”

王国丈说："新君继位才十几天，就病得下不了床，皇长子私泣说，父皇身体一向好好的，怎么突然变成这样了呢？你说老夫怎么回答他。郑贵妃心机深密，包藏祸心。左御史，皇上危险啊，你们朝臣要赶紧拿出良策，彻查此事！"

左光斗说："请两位国丈放心，有祸心的人必被祸心所害，我正打算去找同僚商量对策，没想到在这里碰上了你们。"

郭国丈说："那我们告辞了，我们要把这事告诉文武百官，宫中危机重重，千万不能再拖了，再拖要出大事！"

王、郭两家外戚遍谒朝臣，进一步证实了汪文言所说不虚，皇帝的确正处于危险之中，群臣要是再不进行干预，任其发展，后果实难预料。目前，最大的危险显然来自郑贵妃。送走两位国丈，左光斗快步如飞，来到兵部，找到了杨涟。左光斗将新君病危、两位外戚正在遍诉朝臣的事简要说了一遍。

杨涟性格火暴，他呼的一声站了起来，说："共之兄，我们现在就进宫去，就是赶也要将那个女人赶出乾清宫，让她远离皇帝！进药的崔文昇罪无可恕，要绳之以法，让他交待主谋！"

左光斗说："稍安勿躁，现在还没到那个时候，我们先礼后兵，我有一个釜底抽薪之法。"

"快说来听听。"

左光斗俯在杨涟耳边说："俗话说，解铃还需系铃人，这话有时也不准确，有时他人也是可以解铃的。"

杨涟说："快说吧，别卖关子了，都什么时候了！"

左光斗说："我们去找郑贵妃的内侄郑养性，声明利害，由他代他的姑母上一道奏疏，请求圣上收回进封郑贵妃为皇太后的成命，并命她搬出乾清宫。要是皇上同意，事情不就成了吗？"

杨涟先是一愣，接着连连点头："倒是个好办法，只要郑养性上了奏疏，皇帝一批准，郑贵妃就是哑巴吃黄连，没有退路了。"

左光斗说："这也是无奈之举。"

"可是，郑养性也不是好说话的人，他会听咱们的吗？上这样的奏疏，明明是代姑母做主，我估计他不一定同意。"杨涟不无担忧地说。

郑贵妃的内侄郑养性现为锦衣卫指挥使，正三品，品秩比杨涟和左光斗都高了一大截。凭杨、左二人去要求他写那样一封奏疏，肯定有难度，郑养性也不是傻子，他知道事情轻重，那意味着他让姑母这些年来的苦心经营化为乌有。

左光斗胸有成竹地说："仅凭你我二人去，肯定不行。要把六部尚书朝中重臣都叫上，向他施加压力，不怕他不答应！"

"事情宜早不宜迟，走，我们现在就去吏部，找尚书周嘉谟。"杨涟拉起左光斗，急匆匆地向吏部走去。

周嘉谟也认为左光斗说的办法可行，于是，他当即召集文武百官，几十人浩浩荡荡地来到锦衣卫衙门，寻找郑养性。

果然，周嘉谟刚刚说出让郑养性代他的姑母郑贵妃上一道请辞的奏疏，就被他断然拒绝。

周嘉谟厉声说道："你的姑母把持后宫多年，之前争国本十几年，全都是因为她，现在竟然还要进封皇太后，赖在乾清宫不走；新君登基，她又是送美女，又指使御医使用泻药，致使圣上病情危重，你们郑家到底有什么企图？"接着，周嘉谟抛出底线，他说，"你姑母之所以如此不择手段，不过是想长葆富贵罢了。今天，我们文武百官在此，要是你按我们说的去做，包你长久富贵；若还执迷不悟，一意孤行，不要说富贵，到时就是连身家性命能否保得住，都很难说！"

周嘉谟的一番话，像一记重拳，重重地打在郑养性的心上。他的脸色一阵红，一阵白，汗都下来了，内心显然在剧烈地斗争着。郑养性是一介武夫，别看体格健壮，力大如牛，实则外强中干，内心脆弱。左光斗趁热打铁，说："外面传言，你姑母的所作所为，你这个内侄是共谋，你能说和你无关吗，就算遍身长嘴你也说不清。现在，仅凭现有之罪，就足以判你郑家满门抄斩。你要是迷途知返，代上一疏，让你姑母赶紧移宫，一切还来得及，这是最后一次机会！"

郑养性彻底崩溃了。眼前的这些人，他们说的这些话，太让他害怕了，已经打乱了他的心性。他结结巴巴地说："好，好……我这就去写……"

郑养性的奏疏递上去后，朱常洛大喜，很快批准了。郑养性又来到乾清宫，将文武百官的警告原原本本地告诉了自己的姑母。郑贵妃眼见生米已煮成了熟饭，局面再也无法挽回，就是不搬也要搬了。她痛哭一番，于八月二十一日从乾清宫搬进了慈宁宫。这样，朱常洛才顺利搬进了原本属于他的乾清宫。

移宫看似只是搬了个地方，实际上远不是那么简单，它意味着某种特权的丧失。

可是，一波未平，一波又起，现在又突然出现了一个新情况。就在朱常洛以皇帝的身份搬进乾清宫时，由于他身体虚弱，有个姓李的选侍以照料为由，也一同搬进了乾清宫。朱常洛在太子妃于万历四十一年去世后，没有再册封太子妃，身边只有才人、选侍、淑女在旁侍候。选侍本来有两个，以她们的居处分别称为东李、西李。朱常洛宠爱西李。西李自己养了个女儿，却对养了皇长子的朱由校母亲王才人羡慕嫉妒恨。王才人不得宠，李选侍也欺负她，将她殴打折磨致死。王才人一死，朱由校的抚养权自然就归了李选侍。李选侍与郑贵妃关系密切，两人互相帮忙，郑贵妃为李选侍请封皇后，李选侍为郑贵妃请封皇太后。早在八月十日，朱常洛就传谕礼部，说李选侍抚育皇长子有功，要进封为后。礼部尚书孙如游列举了种种理由表示不妥，朱常洛也同意一步步地来，先进封皇贵妃。即使进封皇贵妃，时间上也还要迟一点，因为，两个太后和太子妃郭氏的谥号都还没来得及议定，哪能先行册封皇贵妃呢。但李选侍等不及了。

郑贵妃在移宫后，贼心未死，把最后一线希望寄托在李选侍身上。

现在，群臣们又遇到了新问题。他们本以为郑贵妃搬离乾清宫后，后宫乱象可以告一段落了。可是，在他们还未来得及喘口气时，又横空跳出来了一个李选侍。她步郑贵妃后尘，索要皇后封号。

八月二十三日，朱常洛自感再也好不起来了，他召集阁部和科道大臣进入乾清宫，左光斗也在被召之列。在乾清宫的丹墀上，他突然和一个太监差点撞了个满怀。定睛一看，此人身材魁梧，浓眉大眼，不正是在河间屯田时向自己索要戚畹皇庄的李进忠么？他不在东宫服侍皇长子，怎么会到了这里？左光斗心里有着一连串的疑问。但有一点很清楚，此人绝非善类。

朱常洛的御榻旁，放着一只球形的青铜香炉。炉盖上，镂空雕刻着五只飞翔的蝙蝠，拱托着盖顶中心的一个硕大的“寿”字。炉底部是一朵浮雕莲花，托着炉身。香烟缭绕，炉内燃着沉檀龙麝之类的胡地沉香，空气里混和着浓浓的香味。群臣在御榻前跪下了。朱常洛面色灰暗，眼神无光，整个人就像被抽去了骨头一般，瘫在床上。他摆了摆手，示意大家免礼，可没有谁站起来。

朱常洛吃力地眨了眨沉重的眼皮，说：“朕病不起，国家事赖卿等出力，为朕分忧……皇长子乃尧舜之君，卿等当共同协办辅佐。”

群臣听着就觉得有点不对劲了，怎么说辅佐皇子呢，这好像是在安排后事啊？朱常洛又问道：“朕的寿宫建得怎么样了？”

首辅方从哲没听清，以为朱常洛问的是先皇朱翊钧的寝陵。就答道：“先皇陵在有序建设。”朱常洛加重了语气：“我问的是朕的寿宫。”

方以哲将头重重地碰在地面上，哭丧着脸说：“皇上万寿无疆，为何突然说出此言？”朱常洛再三强调要抓紧建设。朱常洛的话让现场每个人的心里都变得沉甸甸的。先皇去世尚不及一个月，新君刚刚登基又病入膏肓。这大明国到底是怎么了？

御榻后的帷幔中，左光斗隐约看见李进忠正在对皇长子朱由校说着什么，朱由校连连摇头，肯定是不同意。这时，只见身着红衣的李选侍一把拽过朱由校，叽里呱啦和他说了一通。朱由校脸色大变，冲到父皇御榻前，大声地说："皇爹爹，要封皇后！"

这话既是对躺在御榻上的皇帝说的，也是对御榻前的大臣们说的。大家都心知肚明，知道索要皇后封号就是那个身着红衣的李选侍。礼部尚书孙如游说："皇上要封李选侍为皇贵妃，微臣不敢不遵命，立即拟具仪注。"已到帷幔后的朱由校又来到了前面，大声地说："不是皇贵妃，是皇后！"

"这……"孙如游愣了，他不知道该如何回答朱由校。此时，朱由校的话，明明是代李选侍而说，她是没有商量的余地的。李选侍如此明目张胆和鲁莽地索要封号，让在场的群臣们傻眼了，也彻底愤怒了。但是，毕竟皇帝在场，而且又是在重病中，他们就是有再大的怒火，也选择了集体沉默。

就在朱常洛接见群臣的当天，他先后服用了两粒由鸿胪寺官员李可灼进奉的红丸，于次日即九月初一日五更因病情加剧突然死去。所谓红丸，其实是红铅金丹之类，又称三元丹，由红铅、秋石、人乳、辰砂炮制而成。大黄性寒，红丸性热，两者同时作用于朱常洛本已虚弱不堪的身体，致使其一命呜呼。俗话说庸医杀人，即使贵为皇帝的朱常洛也不能幸免。

现在不是追究庸医罪责的时候，新君登基一个月突然驾崩，朝廷乱成了一锅粥。国不可一日无君，现在的当务之急，是要再次扶立新君。这个新君，自然是朱常洛的儿子朱由校。虽然朱由校未被封为太子，但他是皇长子，而且年已十六，完全可以继位。

朱常洛一死，李选侍也慌了神，她毕竟是一个女人。她现在要面对的，是朝中的文武百官，这些人的原则和脾气她是领教过的。皇上死了，朱由校将继位，她索要的皇后封号自然相应变成了皇太后。可是，没有了朱常洛撑腰，还有谁会为她说话呢？如果不能成为后宫的至尊人物皇太后，她余下的大半生，只能以先皇遗妃的身份，在冷宫里默默度过余生。这是她无法接受的。现在，李选侍的手中，只有一张王牌，那就是皇长子朱由校。她要牢牢控制住这个皇位的接班人，利用他和群臣们谈条件，搏一搏，逼迫他们答应。除了朱由校，还能给李选侍帮上忙的，就是身边的这几个太监了，江湖阅历丰富的李进忠自然成了李选侍的得力助手和智囊。

皇帝宾天，天亮以后，群臣们肯定要来宫中哭灵。乾清宫暖阁内，李选侍和几个内侍在紧急商议。气氛有点紧张，李选侍说："大臣们天亮后就要来了，我们该怎么办?"

李进忠说："奴才建议，不让他们进来，要让他们先答应进封太后。"

李选侍说："这……行吗，能阻止得了吗?"

"到时我带几个人，持棍棒守在宫门口，哪个敢进来就揍哪个，这帮人都是贱骨头，不打不行。不就是给一个封号吗，什么这个祖制那个规矩，说白了，就是不想给，他们要是答应了才放他们进来。"

李选侍一狠心："行，就这么办!"

就在李选侍几个人商议的时候，朱由校在一边专注地玩着他的小木偶。木偶是他亲手所做，精巧无比，胳膊和腿能行动自如。他正在让两个小木偶互相打架，打得难解难分。

三、小皇帝和小翰林

天刚亮，左光斗就听到宫内传出消息，说皇帝昨夜驾崩了。他立即换上孝服，要马上进宫哭灵。孝服是家人左凡刚刚从街上买来的，不太合身，明显大了很多。

夫人袁采芑帮他理了理衣服，说："官人，和你说个事，小翰林得知你要进宫，刚央求了我半天，说他到今天还没看过皇宫是什么样的，更没有见过皇帝，想和你一道去呢。"

左光斗一愣，这孩子的要求也太离奇了："他以为皇宫、皇帝是要看就看的吗?皇帝驾崩，乱成一团麻呢，还愁不够乱吗?不行。"

这时，顾翰林从后院里冲了进来，哇地放声大哭，鼻涕口水淋漓而下。原来他正在后院偷听着左光斗和夫人的对话，得知主人不愿带他进宫，他再也忍不住了，伤心地痛哭起来。

左光斗还从没见过顾翰林哭得这样伤心。袁采芑一边帮他抹着眼泪，哄着他，一边又对左光斗说："你看，孩子都哭成这样了，要不……"

"哭也不行，他去只会增加我的麻烦。"

顾翰林也不知哪来的勇气，大声地说："我就进宫看一眼，哪里也不去，就在你轿子边待着，有什么麻烦啊?”

袁采芑又劝道：“毕竟是个孩子，和侍卫说声，行吗?”

左光斗坚决不同意。袁采芑无奈地对顾翰林摇了摇头，见主人执意不肯带上自己，顾翰林这时也止了哭，到后院去了。

左光斗上了轿子，匆匆赶往皇宫。到了午门口，六部尚书等许多官员已等在那里了。左光斗从轿子里走了出来，没想到，顾翰林几乎同时从轿后也钻了出来。左光斗惊道：“你怎么来的?”

顾翰林指了指轿后。原来，他是藏在了座位下的小空间里跟来的。顾翰林见主人执意不肯带上自己，他早有防备，提前钻进了座位下面。现在，人都跟来了，就是让他回去也不一定认得路。左光斗说：“那你就在这附近待着，哪儿也不要去，小心跑丢了，我说不定什么时候才能出来呢。”

顾翰林说：“我哪儿也不去，就在这广场上玩，大人，您忙您的。”

一群蝙蝠呼地从午门上空飞过，空中刮过一阵阴风。杨涟骂道：“这帮畜生，大白天的怎么也出来乱飞。”

顾翰林轻轻碰了碰左光斗，低声说：“大人，我妈妈生前对我说过，蝙蝠是人的鬼魂变的，碰都不能碰。”

左光斗听到小翰林的话，打了个寒噤：“别瞎说，我们进去了。”说着，和一帮大臣从午门侧门进宫去了。

眼望着主人和群臣走进了高大的午门，沿着长长的御道向里面的大殿走去，顾翰林心里那个着急劲，就像油锅着了火。他知道，他们是见皇帝去了。他特别想知道皇帝长的是什么样子，是不是也像普通人一样，长着鼻子耳朵眼睛，两只手两条腿。但肯定也有与常人不一样的地方，不然，他怎么能当上皇帝呢。要看皇帝，就要过眼前这道高大的门，有好几个带刀的侍卫把守着呢。不过，他们看得并不严，有时还互相扎堆聊天。这时，一群太监抬着东西过来了，是几件家具，守卫们认得他们，也不盘查。顾翰林贴在一只箱子边，让它遮住了自己的小身子，顺利地钻进了午门。

身着孝服的文武百官急匆匆地向乾清宫走去。路上，左光斗提出，即将登基的小皇帝朱由校该由谁来照料。朱由校毕竟只有十六岁，尚是个少年，心智尚未成熟，身边没个得力的人照顾不行。可他的生母和嫡母都去世了，该由谁来照顾他呢?首辅方从哲说：“皇长子一直都是由李选侍侍奉的，自然还应该交给她。”

杨涟反对说：“不行，前天的情景你难道忘了吗，李选侍在皇帝的病榻前明目张胆地索要皇后封号，天下哪有如此卑劣无耻的女人，仅凭此一点，就不能将皇上托付给她！”

左光斗也说：“我也同意大洪的观点，皇上不能托付给这样的女人。”

方从哲撇开话题说：“皇长子还没有封号呢。”

左光斗说：“值此非常时期，还说什么封号不封号的？反正接位的非皇长子莫属，我们一会儿见到他时就直呼万岁，他就是皇帝了。”

群臣一路商议就来到了乾清宫门口，抬头一看，只见以李进忠为首的几个太监，人人手持一根粗长的木梃，正虎视眈眈地瞪着他们。那样子，好像他们不是群臣，而是一群前来抢劫的强盗。

杨涟和左光斗冲在最前面。杨涟骂道：“你们这帮阉竖，竟敢阻挡大臣哭灵，难道是吃了豹子胆不成？”

太监们说：“我们是奉命办事！”

“奉谁的命？”左光斗怒目以待，他指着李进忠的鼻子说，“阻挡百官哭灵，是对圣上不敬，第一个要杀的就是你！”

李进忠吓得一缩脖子，正在他愣神时，杨涟和左光斗左右开弓，将挡在门口的几个太监连连推开，他们哪里敢动，一个个悄悄地退回到暖阁去了。暖阁内，皇长子朱由校坐在李选侍身边，一群太监和宫女簇拥着，将他俩围在中心，一个个在嘀嘀咕咕。朱由校面无表情，专心致志地把玩着手里的一只木偶，和它说着只有他自己才能明白的话。

大殿中，文武百官们围着朱常洛的灵柩，跪成一圈，一齐放声痛哭起来。长号的，喊叫的，闷哭的，一时间，大殿里哭声震天，此起彼伏。

一时的嘈杂让暖阁内的朱由校皱了皱眉，他从绣墩上直起了身，悄悄从后门走了出来。这时，他看到了台阶下有一个孩子，手里正在玩着什么东西。他正是尾随着主人而来的顾翰林。

皇宫里是难得看到一个孩子的，长这么大，朱由校还没见过几个孩子呢，平时围在他身边的，不是太监就是宫女。见到顾翰林，朱由校心头一喜，他快步走下台阶，来到顾翰林身边，说：“喂，你是谁，我怎么没见过你呀？”

顾翰林抬头一看，眼前站着一个清瘦的少年，长得像根麻杆，大脑袋，细脖子，一件明黄的长衫空空荡荡，像没有躯体似的。顾翰林说：“我叫翰林……我也没见过你呀，你叫什么名字？”

“翰林，哈哈，哪有这么小的翰林啊？”朱由校不禁乐了。

“我家主人也这么说过。可我真的是叫翰林。”

“他们叫我哥儿，你也这么叫吧。”朱由校问道，“你家主人是谁?”

“左光斗，都察院的御史。”

“左，光，斗，”朱由校不停地念着左光斗的名字，朝中的文武百官太多了，他差不多一个也不认得。他的脑海里突然出现了一个独角兽的模样，想了起来，去年下雪那天，他在玉熙宫门前玩时，遇到过一个官员，官服的补子上，就绣着个獬豸。当时，他还以为那只獬豸也是木偶呢，是老太监王安纠正了他。

朱由校说：“我想起来了，你家主人我见过的。”

顾翰林惊喜地说：“真的啊，这么说我们有缘。”

“你今天到皇宫里来干什么?”

顾翰林大人般地四下看了看，说：“也没什么大事，我今天就是来见见世面的。”

“见什么世面?”朱由校问道。

“看看皇宫啊，看看皇帝啊。”顾翰林说，“皇宫好大啊，我都不知道怎么出去了。”

朱由校说：“你不要着急，我一会儿派人送你出去。”

顾翰林望着朱由校说：“对了，你是干什么的啊，怎么长得这么瘦，家里没吃的吗?”

朱由校挺了挺胸脯说：“你刚才不是说要看看皇帝吗，我马上就要当皇帝了。至于吃的，宫里多的是，就是什么也不想吃。”

顾翰林将朱由校上上下下又打量了几遍，摇了摇头说：“你不像个皇帝，你骗我的。”

朱由校急了，抵着顾翰林的脑袋说：“我没有骗你，我的皇爷爷死了，皇爹爹也死了，我是皇长子，他们都说该由我来继位。”

看朱由校说得很认真的样子，不像是在撒谎。眼前这个清瘦苍白弱不禁风的少年，和顾翰林想象中的皇帝差别实在太大了，他一时还适应不了。原来皇帝就是这样的，顾翰林不禁大失所望。

“实际上，我也不想当这个皇帝，我也当不来皇帝，我皇爷爷、皇爹爹都当不来皇帝。我皇爹爹本来活得好好的，偏要当什么皇帝，这不，才一个月就死了。如果他不当这个皇帝，肯定还活得好好的。顾翰林，你说这皇帝是人当的吗?”

顾翰林本来把当皇帝想成世上最惬意的事情，没想到眼前的哥儿竟然说皇帝不是人当的，当皇帝竟然还有生命危险。这实在让人匪夷所思了，他怎么也想不明白。他又问道：“哥儿，既然当皇帝这么危险，那你干吗还要当这个皇帝呢?”

“我也不想当啊，当皇上有什么好玩的，可他们都说我必须当这个皇帝，我是皇长子，不当不行，那样会天下大乱，我天生就是当皇帝的命。”

“那你会当皇帝吗?”

朱由校的头摇得像拨浪鼓一般。顾翰林突然同情起他来了：“真可怜，你看我多自由，要干吗就干吗。”

顾翰林的手里拿着一个陀螺，他的心里装着太多的疑问，感觉很憋闷。他将陀螺放在地上，狠狠地抽了一鞭子，陀螺快速地旋转起来。

朱由校拍着手大笑起来：“好玩好玩，这是什么玩具啊?”

“它叫陀螺，怎么，你都没有见过吗?”

朱由校摇了摇头，他没有见过这玩意儿，他平时玩的最多的就是木偶，要不就是用木头打制房子、各式家具、漆器、砚床、梳匣等。他从小就是个孤单的孩子，好在宫里一年到头都有工匠们在建大殿，他就跟在那些木匠师傅身后，学会了一手好木工活。

顾翰林示意朱由校过来玩一下，他示范着说：“将陀螺放到地上，然后狠狠给它一鞭子，要快，要是慢了陀螺就倒了。”

朱由校试了两次，很快，他学会了，将陀螺抽得飞也似的转着。他玩得越来越有滋味，用力啪啪地抽着。

这时，一个太监从后门里走了出来，大叫道：“哥儿，在干吗呢，快上来，娘娘叫你。”

朱由校拿着手里的陀螺，看了又看，怎么也舍不得将它还给顾翰林。顾翰林明白他的心思，大方地说：“哥儿，你要是喜欢，就送给你吧。”

“真的吗？太好了，我也送你一样东西，给——”说着，他从兜里掏出了一个木偶。顾翰林接了过来，这木偶雕得真好，是个胖娃娃，大脑袋大眼睛，憨态可掬。

朱由校说：“你摇一摇。”顾翰林摇了摇木偶，它的眼睛就一眨一眨起来，他看得呆了。

“它叫阿福，是我亲手雕的。”

“太神奇了，你真不愧是皇上！”顾翰林对朱由校打心眼儿里佩服起来。

朱由校意味深长地说：“当皇上比雕一只木偶难多了，木偶很听话，要它干吗它就干吗，它不会说谎，更不会骗你。当皇上就不是这么简单了，那是世上最难的事，最苦的活，最累的差事，皇上是世上最可怜的人，连一个玩伴也没有。我当什么皇上啊，我情愿和你在这玩陀螺。”

顾翰林说：“那你和他们商量商量，就不当这个皇上吧。”

“不行，”朱由校沮丧地摇了摇头，“我就像这只陀螺，他们每个人手里都有根鞭子，想什么时候抽就什么时候抽。”说着，他默默地转过瘦削的身子，慢慢地向宫门走去。

朱由校单薄的身子被宫门一口吞没了。望着高大的宫殿，顾翰林抽了抽嘴，有一种想哭的感觉。今天听哥儿这么一说，原来当皇帝是这样痛苦的一件事，这是他连做梦也没有想到的。他在台阶上坐了下来，轻轻地摩挲着手里的木偶。他在想着此时宫殿里的情景，哥儿说他们每个人手里都有一根鞭子，他们抽打他了吗，哥儿那么瘦，他们怎么能狠心下手呢。

四、左光斗愤怒了

乾清宫里，已乱成了一团。

群臣们在痛哭了一番之后，才发现皇长子朱由校并不在大殿里。朱由校是继位的必然人选，按理，他此时应该出来接见群臣，商议继位事宜。大家派人到他的居处慈庆宫去找，也没有找着人。这时，群臣才慌了。要是朱由校不见了，那麻烦就大了。于是，群臣一个个大声地叫着“哥儿，哥儿……”乾清宫内外，到处是叫喊哥儿的声音。

此时，朱由校并没有走远，他就在乾清宫内，被李选侍阻挡在暖阁里。暖阁门口，一群太监们在把守着。面对群臣焦急的呼唤，朱由校几次想出去，但都被李选侍阻止了。李选侍和朱由校被太监和宫女们一层层地围在核心，慌乱中的大臣们并没有发现他们，一个个像无头的苍蝇，在茫无头绪地找寻着。李选侍这样做，急坏了一个人，那就是秉笔太监王安。朱由校的父亲朱常洛登基后，就将自己的伴读太监王安升为司礼监秉笔太监。朱由校要顺利继位，此时不出去面见大臣怎么行呢。王安走到李选侍身边，轻轻地说：“娘娘，这样拦着不让哥儿和大臣见面也不是个办法。”李选侍说：“他们什么时候答应封我为太后，我就什么时候让他们君臣相见。”这明显是赤裸裸的要挟，王安心里也清楚，群臣不可能答应李选侍的要求。因为按照祖制，只有皇后才有资格被封为皇太后，一个普通的选侍怎么封为太后呢？在这节骨眼上，群臣们心里都憋着气，进封太后的事，是提都不能提的。可是，有什么办法让他们君臣相见呢？王安来到大殿中，大学士刘一燝问道："王公公，你怎么才来，皇长子呢？"

王安低声说："李选侍将他藏匿在暖阁内，不许他离开，要进封皇太后。"

"先帝驾崩，她不让我等顾命大臣应召请见，这个女人到底要干什么？"刘一燝朝暖阁内大喊一声，"谁敢隐匿新天子，意欲何为？"

王安再次走到李选侍身边，说："娘娘，群臣要是找不到哥儿，万一他们恼了，会生变化的，他们要是拥立皇次子继位那麻烦就大了。"王安说的皇次子就是朱由校的弟弟朱由检，他是朱由校的异母兄弟。

王安说的不无道理，李选侍明显有些动心了。但她还是紧紧地拉着朱由校的衣服，就是不松手。王安哀求说："娘娘，你松手啊，让哥儿和他们见一面就进来。"

李选侍的手明显松了点，王安一把拉起朱由校，向暖阁门口跑去。这时，李选侍又反悔了，她担心朱由校会一去不回，那自己就一无所有了。于是又命李进忠去将朱由校立即叫回来。李进忠去追朱由校，说："哥儿，娘娘叫你快回去！"王安见李进忠又来拉朱由校，眼见离暖阁门口只有几步路了，要是让李进忠拉住那就麻烦了，他力气大，王安远不是对手。王安急了，朝大殿里大喊一声："哥儿在此——"

群臣如获至宝，一拥而上，将朱由校围在了中心，然后立即叩头，山呼万岁。朱由校木然地说："不敢当，不敢当。"李进忠见此哪里还敢去拉朱由校。杨涟和左光斗亲自从外面抬进了一顶小轿，将朱由校扶进了轿内，英国公张维贤、内阁大学士刘一燝、吏部尚书周嘉谟和杨涟四人亲自充当轿夫，他们抬起轿子，向文华殿奔去。走了一段路后，轿夫们才赶了上来，换过了抬轿的大臣们。

群臣拥护着朱由校进了文华殿。进殿后，即请朱由校面南背北坐定，众人行了五拜三叩大礼。这就意味着，从即时开始，群臣认可朱由校是新天子了。接着，大家建议朱由校举行登基仪式。朱由校略一思忖，不同意当日登基，但答应了初六日举行登基大典。有人说，现在距初六日只有五天时间了，什么都还没有准备，还是推迟一些日子为宜。左光斗当机立断地说："没准备好没关系，只要皇上登基了就行，登基则人心安。"杨涟也赞成推迟日期，他说："安不安不在登基，只要我们事事谋划周密就行。"左光斗大怒道："杨大洪，你这什么脑子，你这样是要误大事的！万一事情要是有什么不测，你这百把斤肉够大家吃的吗？”

真是一语惊醒梦中人。左光斗的痛骂让杨涟突然醒悟了过来，他懂了，左光斗所说的事有不测，明显是指居心叵测的李选侍。夜长梦多，久则生变，宜早不宜迟。杨涟也立即改口赞成初六日登基。接着，群臣拥护着朱由校来到了他的住处慈庆宫。

明朝祖制，皇帝登基必须在乾清宫举行。现在，群臣们面临着一个严重的问题，乾清宫里还住着一个李选侍呢，这怎么举行登基仪式呢？朱由校必须入住乾清宫，不然，这个新皇帝怎么说都让人觉得憋屈。况且，李选侍还有什么理由占据着本来应该是皇帝才能居住的乾清宫呢。左光斗对群臣说：“李选侍无德，在皇帝登基前，她必须搬走，怎么能让她和皇帝同住乾清宫呢！”

当日是初一，初六日登基，给群臣们的时间还有五天。

黄昏时分，群臣告别朱由校。临走的时候，大家对王安千叮咛万嘱咐，让他照顾好小皇帝，一定要确保安全。走出午门，左光斗发现顾翰林果然老老实实地还待在轿边，他心想这孩子还真听话呢。又发现他手中拿着一只精致的木偶，惊道：“翰林，这是从哪弄来的？”

“是我用陀螺跟小皇帝换的。”顾翰林答道。

“跟小皇帝换的？”左光斗一时难以置信。

顾翰林把自己如何进宫又如何遇见朱由校的过程说了一遍，左光斗听得连连点头：“你这孩子，人小鬼大，这是御赐之物，你赚大了。”顾翰林乐了，他摇了摇木偶，木偶冲着左光斗连连眨眼，左光斗惊喜地笑了。接着，他的笑容渐渐没了，脸阴了，冷了。顾翰林问道：“大人，您怎么了？”左光斗没有吱声。作为一个皇帝，能制作出一只如此精巧的木偶，并不是一件好事。和天下百姓们一样，大家盼望的是大明朝能出现一个明君，而不是一个心灵手巧的匠人。顾翰林哪里懂得左光斗的心思呢。

就在群臣于文华殿拥立小皇帝的第二天，李选侍派心腹太监李进忠通知通政司：大臣们每天递上来的奏章，必须先送到乾清宫，李选侍看过之后，才能送给朱由校看。通政司是明代专门收受、检查内外奏章和申诉文书的中央机构，其长官为通政使。大臣们向皇帝上奏疏，都要送到通政司，再由通政司统一送进内阁票拟，最后送到司礼监由皇帝批红。批阅奏疏就是处理朝政，李选侍要看奏疏，显然不只是看看这么简单，她的意图很明显，即干预朝政。太后辅政的事前朝也是有先例的，神宗朱翊钧十岁登基，比现在的皇帝朱由校还小六岁。当时，就由他的生母李太后和嫡母陈太后辅政。可是，人家一是生母，一是嫡母，皇帝年幼，辅政名正言顺。李选侍只是先皇的一个选侍，连贵妃都未来得及进封，且和群臣的关系很僵，以这样的身份辅政，肯定会遭到文武百官的强烈反对。而且，她说奏疏先送乾清宫，再送小皇帝，言外之意她也是做好了长期占据乾清宫的准备。而乾清宫历来是皇帝的居所，李选侍俨然成了凌驾于小皇帝之上的女皇。

对于李选侍这些不切实际的妄想，老太监王安的心里是一清二楚，但是，朝中的大臣们不一定清楚。王安决定再次插身而出，揭发李选侍的阴谋。于是，他连夜写下了几十封揭帖，天明之后，派心腹遍投朝中重臣，揭发李选侍要仿前朝垂帘听政。

王安的揭帖在群臣中炸开了锅，反对声讨的奏疏雪片一般飞向宫中。其中最先上疏的就是左光斗。一天上午，李选侍刚刚用过早餐，只见王安手里托着一个奏疏，在宫门口请见。李选侍大喜，心想自己刚刚说要看群臣的奏疏，这么快就有人给她送来了。她正襟危坐，说："呈上来。"王安将左光斗的奏疏递到了李选侍的面前。李选侍伸出右手，缓缓打开了奏疏，看了起来：

内廷之有乾清宫，犹外廷有皇极殿，唯天子御天得居之，唯皇后配天得共居之。其他妃嫔虽以次进御，不得恒居，非但避嫌，亦以别尊卑也。选侍既非嫡母，又非生母，俨然尊居正宫，而殿下乃退处慈庆，不得守几筵，行大礼，名分乖舛。选侍事先皇无脱簪戒旦之德，于殿下无拊摩养育之恩，此其人，岂可以托圣躬者？且殿下秋十六龄矣，内辅以忠直老成，外辅以公孤卿贰，何虑乏人，尚须乳哺而襁负之哉？况睿哲初开，正不宜托于妇人女子之手。及今不早断决，将借抚养之名，行专制之实，武氏之祸再见于今，将来有不忍言者……

自看第一行字起，李选侍的脸色就在变，由红变白，又白变灰，疑惑、委屈、愤怒、绝望……她站了起来，将左光斗的奏疏狠狠甩了出去，差点砸在王安的脸上。奏疏在空中翻了几个跟头，落在了地上。李选侍快步走了过去，在奏疏上面死死地踩上了几脚。她的身体在不停地颤抖着，又气又怕，放声大哭。

泪水在脸上漫溢着，李选侍实在没想到，她看到的第一封奏疏竟是这样的内容。左氏奏疏，可谓字字锥心，让她抬不起头来。她感到一种深深的无奈，这封奏疏，让她看到了眼前矗立着一堵高大的红色宫墙，这堵墙太高了，哪怕她是一只鸟，也无法逾越。

从那些激烈的言辞中，可以看出左光斗已愤怒至极。他先是说李选侍既非圣上嫡母，也不是生母，居正宫名分乖舛；接着，指出她无德无恩，小皇帝已十六岁，内辅以忠直老成的内侍，外辅以重臣百官，要你一个女人何用，难道是要抱在怀中哺乳吗？况且，皇帝正在成年，更不能托付给一个女人。最后，他将李选侍之举称为“武氏之祸”，将她与武则天相提并论。“将来有不忍言者”，将来还会发生什么事，我都不忍心说了。

李进忠见状，出主意说：“娘娘现在住在乾清宫里，外面说不是的大臣很多，现在需要杀杀他们的威风，杀一儆百，奴才建议就拿这个左光斗开刀。”

李选侍沉吟片刻，银牙一咬，说：“我也想杀了他，恨不得剥他的皮，抽他的筋，才解我心头之恨，问题是怎样才能杀掉他呢？”

“奴才去宣他，就说娘娘召他进宫议事，娘娘让内侍们持木梃埋伏在宫门内，只要他一进来，就乱杖打死。这些臣子们，都是贱骨头，打死一个，就没人敢再说话了。”李进忠说道。

李选侍说：“好主意，你去召他来。”

李进忠骑上一匹快马，来到都察院。左光斗这个人的脾气，李进忠是领略过了，弄不好会碰一鼻子灰，宜软不宜硬。他找到了左光斗，瞅瞅四下无人，脸上勉强挤出点笑容，俯在他耳边说：“左御史，李娘娘派奴才来宣召您进宫议事。”

左光斗哈哈大笑。李进忠一愣，说：“你笑什么？”

左光斗义正词严地说：“我是天子法官，非天子召不赴，李选侍算什么东西，就她也敢宣我？”

李进忠仍不死心，说：“左御史，娘娘是真心宣你，事成之后，保你升官发财。”

左光斗说：“你回去给她带个话，叫她不要心存妄想，马上搬离乾清宫，你们这些内侍要是助纣为虐，当心尔等狗头！”

李进忠不仅没有请到左光斗，反而受了他一顿奚落，只好灰溜溜地离开了都察院。李选侍见他垂头丧气地回来了，就知道事情没办成，说：“哥儿又派人来传旨，要我搬走，他现在翅膀长硬了，也跟群臣一个鼻孔出气，不把我放在眼里了。下一步我们该怎么办呢？”

“娘娘，千万不能搬，一旦搬走，您可就什么也没有了。您就是拖着不搬，看他们能把您怎么样？”

一转眼五天过去了，明天就是初六，是朱由校举行登基大典的日子。首辅方从哲是郑贵妃的人，他知道李选侍的背后有着郑贵妃的支持，因此，他对移宫的态度是含糊的。群臣让他去催促李选侍移宫，他竟然说“迟点不妨”。

偌大的乾清宫内，李选侍心力交瘁，随着登基日期的临近，她也越发恐慌。她对李进忠说：“你去把哥儿请来，就说我叫他。”朱由校不在身边，李选侍心慌不已，她总觉得耳边不时传来左光斗“武氏之祸”的声音，而且一声比一声响亮。这声音让她日夜不宁。

李进忠匆匆来到朱由校居住的慈庆宫，没想到，杨涟和左光斗一边一个，像个侍卫般站在宫门口。杨涟见李进忠来了，问道：“姓李的，你来干什么?”

李进忠说：“娘娘叫我来请哥儿。”

杨涟怒道：“哥儿现在已经是天子，李选侍凭什么召他？她占据着乾清宫不搬，让皇帝移居别殿，岂有堂堂天子避让一个嫔妃之理？你们几个太监一天到晚在宫里蹦跶，皇帝现在已十六岁，一天比一天懂事，就算以后他不拿李选侍怎么样，你们这些太监能跑得了吗?”

左光斗也说：“李进忠，你来得正好，明天就是举行皇帝登基大典的日子，你去告诉李选侍，她在今天天黑之前必须搬离乾清宫。否则，我们文武百官就是轰也要将她轰出去!”见李进忠还要试图狡辩，左光斗大喝一声：“滚!”李进忠吓得跌跌撞撞地溜了。

李选侍自然是不会乖乖搬走的。天色渐渐暗了，群臣们集聚在乾清宫大门前。一群蝙蝠在快速地飞着，一会儿直坠而下，一会儿冲天而上，扰得人心烦意乱。暖阁内，亮着几盏昏暗的纱灯。李选侍一动不动地坐在一只绣墩上。外面群臣的吵嚷声清晰地传来，她的心里越发慌乱。她何尝不知道，凭她一个先皇选侍的身份，哪里有资格待在这乾清宫里呢？她不过是硬赖着罢了。后宫里，有一座专供嫔妃们养老居住的宫殿，叫鸾哕宫。只是，她实在不愿意从此在那里冷冷清清地过完后大半生，那和死有什么区别呢？在这皇宫里，没有权力和地位，你就连一只蝙蝠都不如。它们至少还能飞，还能选择离开。而她，哪里也不能去，就是死，也只能死在这宫里。

外面的声音突然大了起来：“李选侍还没有离开吗，难道真的要让武氏之祸重现我大明?”这是御史左光斗的声音。

“今天不搬也要搬，你李选侍除非斩老夫于列皇宗庙前，否则，今天要是不移宫，我绝不离开!”这是给事中杨涟的声音。

“不过是先皇一个普通的选侍而已，凭什么占着乾清宫不搬，这脸皮比皇城上的砖还要厚!”这是内阁大学士刘一燝的声音。

“早搬早安，不搬叫尔永无宁日！快搬!”这是吏部尚书周嘉谟的声音。

众人一起吼了起来：“移宫!”“移宫!”“移宫!”……

声浪一浪高过一浪，李选侍感觉自己被这股强大的声浪卷了起来，高高地抛向空中，又猛然被挟裹着坠入深谷，像片树叶一般，在浪里翻来转去，完全找不到方向。

两行清亮的泪水从她的眼里涌了出来。这几天，她一直给自己打气，极力装出镇定的样子。此时，她再也忍不住了，她实在没有料到，外面这些男人的反应如此强烈，他们一个个好像快要疯了，他们的愤怒就像烈火一般，快要将这乾清宫烧着了，将她烧着了，将太监们烧着了，将这夜烧着了。

看来，这座高大的宫殿的确不是她该待的地方，她突然发现自己错了，而且错得很厉害。这座宫殿是属于一个男人的，一个会比她更孤单更绝望的男人。住在这里的人毫无幸福和快乐可言，像一只木偶。有什么可留恋的呢，她本早该离开这里的。

声浪仍在呼啸着，太监和宫女们早吓得不知躲到哪里去了。此时，她反而平静了，收干了眼泪。她站起了身子，抱着自己的女儿，毫无留恋地健步走向宫门。

声浪戛然而止。那些男人们个个伸长着脖子，像不认识似的看着她。她跨出了宫门，走出一段路后，又转过身子，最后看了一眼夜色中的乾清宫，她突然看清楚了，它像一座巨大的棺材。她庆幸自己离开了。

第二天就是九月初六，朱由校顺利在乾清宫举行了登基大典。在商议先皇朱常洛的年号时，群臣又遇到了一个难题。按惯例，登基的次年称为改元的元年。但朱常洛从八月一日继位，九月初一去世，在位仅仅一个月，时间太短。朱常洛登基，年号泰昌，宣布次年为泰昌元年。朱由校九月六日登基，年号天启，按惯例次年是天启元年。这就与泰昌元年重复了。要是将万历四十八作为泰昌元年，无形中又将先皇朱翊钧的在位时间缩短了一年。有人甚至主张取消泰昌年号。左光斗力排众议，认为绝不可取消。泰昌皇帝本来在位时间就短，如果取消其年号，史书将失去记载，泰昌皇帝在历史上将湮没无闻。他建议，将万历四十八年的八月至十二月确定为泰昌元年。这样，既不会将万历皇帝在位时间缩短，也保证了泰昌皇帝的历史地位，天启皇帝的年号也不受影响，兼顾了三位皇帝的利益。经过廷议，朝廷最后采纳了左光斗的建议。

移宫案还有余波，在李选侍搬离乾清宫时，他身边的李进忠、刘朝、刘逊等太监趁乱偷盗乾清宫宝物。群臣上疏要求处理肇事太监，朱由校下旨抓了几个。左光斗上疏请将移宫案中过度活跃的太监李进忠斩首。参与盗宝的太监刘朝、刘逊等入狱，但狡猾的李进忠不仅没有获罪，反而受到小皇帝朱由校的倚重和宠幸，直至将大明帝国再次带入阉党专权的混乱时代。

五、想试一试自己的权力有多大

朱由校能够摆脱李选侍的束缚，顺利登上皇帝宝座，仰赖杨涟、左光斗、刘一燝、周嘉谟等大臣以及司礼监秉笔太监王安的联手努力。特别是杨涟和左光斗，移宫案之后，声誉大震，朝内外将他俩并称杨、左，朱由校对他们也信任有加。朱由校登基后，采纳群臣意见，开始启用多位在万历朝遭到排挤打压的官员，如叶向高、邹元标、赵南星、高攀龙等人，即将迎来天启初年“众正盈朝”的可喜局面。

早晨起床照镜子的时候，左光斗突然发现两边鬓发有几根已经白了。他吓了一跳，以前倒是从来没有留意过。自己也才四十六岁，就果真如东坡居士词中所写的尘满面鬓如霜了吗。回想自去年以来，经历了好多事情，特别是最近，在一个月左右的时间里，大明朝走马灯般地接连换了三个皇帝，朝局瞬息万变，人人的心悬在嗓子眼儿，真是亘古未有。左光斗常有力不从心之感，他有时真的觉得自己老了。他一遍又一遍地用梳子拨弄着那几根白发，犹豫着要不要将它们拔掉。最后还是决定不拔了，会越拔越多的，还是老老实实地接受老之将至的事实吧。那几根白发不过是引子，它们会在不知不觉中向中心蔓延，不断地扩大自己的地盘。最终，人的头颅会变成一座荒冢。

天津卫通判卢观象派人给左光斗捎了一袋新米。卢观象在信中说，今年粳稻丰收，屯童们在交上税粮后，家家尚有可观的余粮，除留下口粮外，余粮全部出售。武定侯自家丁郭熊被斩后，自觉无趣，也没有再来捣乱。现在，报名要求参加屯田的人踏破了军营门槛，明年，也就是天启元年，屯田面积达到五千亩没有任何问题。左光斗在给他的回信中说，一定要坚持水利为先，没有水利，屯田无法展开。

左光斗将米袋拎到了院子里，一手插进袋子里，抄起晶莹的米粒，看着，嗅着，兴奋得像个孩子，喜悦之情溢于言表。袁采芑面带微笑，在一边静静地注视着丈夫。左光斗发现了夫人在偷看自己，显得有点不好意思，指着米袋说："卢通判托人送新米来了，快来瞧瞧。"

袁采芑说："大半年来的辛苦总算值得了，民以食为天，有了粮食，民心就安了。今天我给全家人煮一顿新米饭。"

顾翰林走进了院子，左光斗招呼他说："小翰林，你也过来看看，这是你们河间产的新米。"

"我们河间的新米，太好了，我家里人终于有饭吃了！"顾翰林一把抱紧了米袋，使出吃奶的力气，想将它抱起来，可是米袋纹丝不动。

左光斗乐了，说，"你这是蚍蜉撼树，这一大袋米，比你还重得多呢。"

中午吃饭的时候，一家人饱餐了一顿新米饭。放下碗的时候，左光斗说："吃得好饱，好多年没吃过这样香甜的饭了。"

袁采芑用筷子挑着饭粒喂着还不到一岁的国材，说："这孩子也识味的，新米饭就是好吃，宝宝中午也吃了不少呢。"

左光斗说："把新米装一点，我一会儿给杨涟送过去，让他也尝一尝我左某人种的大米。不是咱吹牛，我左某人不是那些只会坐而论道只知吐唾沫星子的人，还是能做一点实事的。"

袁采芑善意地剜了丈夫一眼："还说不吹牛，这不是吹上了吗？"夫妇俩相视大笑。

这时，顾翰林拿着木偶，正在逗着国材玩。他不停地晃动着手里的木偶，木偶不断地眨着眼睛，小国材被逗得咯咯直笑。

望着顾翰林手里的木偶阿福，左光斗的目光又变得忧郁起来。阿福的脑袋又大又圆，额头上有一撮乌黑的桃形头发，淡淡的眉毛下面，是一双笑得眯成线的眼睛。再看阿福身上的衣服，红白绿蓝相间，色彩缤纷。谁能相信，这样一件精巧的木偶，出自当今圣上之手呢。朱由校的经筵上得迟，而且上上停停，极不正常，他的父亲朱常洛在世时自身难保，完全没有心思关心儿子的学业。虽说小皇帝年已十六，但心智远未成熟，还是一个贪玩的孩子。作为一国之君，他太让人担心了。

现实很快说明了左光斗的担忧不是空穴来风。朱由校继位不过十天，就颁旨封自己的乳母客氏为奉圣夫人，荫客氏的儿子侯国兴、弟弟客光先为锦衣卫千户。

御旨一下，满朝震惊。

这个客氏是个不简单的女人。她姓客，名巴巴，一名印月。原本是保定府定兴县侯二之妻，十八岁时生下儿子侯国兴后被选入宫中充任朱由校的乳母。按理，朱由校长大断乳后，乳母就应该离宫回家。可是，这个客印月却一直待在宫中，说明朱由校离不了她。客氏为人妖艳，常有秽闻传出，甚至有人传说她和朱由校有不正常关系。但类似的话，也只有私下偷偷传传而已，谁敢公开说呢。不过，有一点倒是事实，朱由校对这个乳母的宠爱程度，已远远超越了正常的情感。

不久，又传出朱由校任命李进忠为司礼监秉笔太监的消息。这又让满朝文武震惊不已。李进忠大字不识一个，如何能胜任秉笔太监，这不是笑话吗？况且他在移宫案中上蹿下跳，为李选侍出谋划策，让群臣极度不满。李进忠进了二十四内监之首的司礼监当了一名秉笔太监，他自觉已光宗耀祖，于是恢复原姓魏，改叫魏进忠了。幸好，小皇帝还是信任老太监王安的，任命他担任司礼监的一把手掌印太监。不过，王安坚辞不受。

近两三个月，群臣先后将目标对准了郑贵妃和李选侍两个女人，极力阻止了她们的欲望和野心，使皇权顺利交接，朝局也暂时稳定了下来。可是，在他们还未来得及喘口气时，没想到，半道上杀出了两个他们做梦都想不到的人物：客印月和魏进忠。就是这两个人，狼狈为奸，左右着天启朝的政局，掀起了一阵阵血雨腥风。

棋盘街位于皇宫前，是京城一处繁华场所，因状如棋盘而名。棋盘街上有家淮扬酒肆，做得一手地道的淮扬菜。淮扬酒肆的一间雅座内，汪文言请左光斗小酌。菜端了上来，只有四种，一道清蒸狮子头，一份文思豆腐，一个炒蝴蝶片，一小碟花生米。左光斗向来是反对大吃大喝的。汪文言叫了一瓶酒。左光斗一看，坛子上写着“刘伶醉”三个字，说：“不要这酒，换一种吧。”

汪文言说：“这是名酒呢，你尝尝看。”

“名酒我也不喝，我不喜欢刘伶这个人，酒鬼一个。他作了一篇《酒德颂》，说他一生‘唯酒是务，焉知其余’。”

汪文言说：“其实他也是有机会的，但他不愿做官，听说朝廷派特使请他当官，他赶紧把自己灌得烂醉，脱光衣服裸奔，特使见这人是个酒疯子，只好作罢。”

左光斗说：“这样的人做官也做不好，他在将军府当过参军，整天蓬头垢面，衣衫不整，喝得醉醺醺的。还魏晋名士呢，我不喜欢这样的人。”

“那我们总要喝点什么吧？”

“来坛金华黄酒吧，清淡一点的好。”

一坛金华黄酒端了上来，汪文言给左光斗倒了一碗，自己也倒上满满一碗。他也不招呼左光斗，端起来就一口干了。他呵了一口酒气，说：“酒是好酒，可惜是黄酒，一点不过瘾。”

左光斗端起碗，抿了一小口，笑着问道：“怎么，最近很窝心吗，也要学刘伶，借酒消愁？”

汪文言说：“你知道魏进忠是怎么当上司礼监秉笔太监的吗？说来话长，他挤掉太监魏朝，和客印月搞上了对食。为了巴结她，花二百两银子置了一桌酒席，客印月替他在小皇帝面前恭维了几句，一个大字不识的人，就这样当了秉笔太监。这不是让天下人耻笑吗？”

汪文言的消息一向都有来源，有事实根据，他不会乱说。所谓秉笔太监，是要代皇帝批阅大臣奏章的，处理国家大小事务。这样的事怎么能让一个大字不识的人去做呢！问题还不在于这件事本身，它还传递出一个极其恶劣的信号，即小皇帝朱由校可能是一个没有是非原则的人。尤其是后者，更让人担心，如果真是这样，那就太可怕了，会将国家带入万劫不复的深渊。

左光斗若有所悟地说：“难怪王安坚持不愿干掌印太监，这个司礼监一把手不好当，仅一个魏进忠他就可能对付不了。”

汪文言点了点头：“魏进忠天天陪着小皇帝变换着花样玩，投其所好，哄他开心，王安一个老头子做得到吗？没有小皇帝的支持，他这个掌印太监能当得下去？如果不干这个掌印太监，他在司礼监就待不下去，王安也很为难啊。”

左光斗一愣，汪文言说的完全有道理。要是王安离开司礼监，那群臣的损失就大了。王安为人正直，移宫案中，小皇帝能顺利登基，他从中帮了不少忙。要是没了王安，内廷就成了魏进忠的天下了。

汪文言说：“我昨天到王安私宅去了，他这些日子起码老了十岁，他说小皇帝整日里由魏进忠和客印月陪着，斗鸡走狗，什么正事也不干。他委婉劝过几次，反遭小皇帝一番训斥，叫他少管闲事。你说他待在司礼监还有什么意思？去又没地方去。客印月成了后宫里不是皇太后的皇太后，每日里由几十个太监宫女侍候着，打扮得像妖精一般，出入都是八抬大轿，稍不如意就将下人一顿臭打。王安说起这些，老泪纵横，说在宫里待了大半辈子，从没看过此等乱象。”

左光斗劝道：“也不用过分担心，外廷不是还有一帮正直的大臣吗，我等慢慢搜集证据，到时参他们一本。”

汪文言说："这对阉人妖女，有小皇帝罩着，恐怕就是参也没有什么用的。"

说到最后，两人都不想再多说了，只是你一碗我一碗地喝着闷酒。出门的时候，汪文言大声地吟着柳永的词："今宵酒醒何处，杨柳岸，晓风残月。"

左光斗平静地说："我也不想什么柳岸残月了，但愿我们酒醒的时候，还能幸福地躺在家里的床上，而不是身首异处。"

汪文言一个激灵，酒好像一下子醒了："共之兄何出此言?"

左光斗没有吱声，望着满天的星斗，他想起老家的乡邻们描述自己出生那天晚上看到的奇异景象。那天正好是九月九日重阳节，乡邻说那天晚上丑时，突然看到左家红光绕舍，以为是发生了火灾，赶紧上前扑救，没想到是左家又添了一枚男丁。大家都说这个孩子将来一定不是个凡人。他的父亲见空中月宿在斗，就给他取名光斗。自己不是个凡人吗，他倒是觉得自己平凡至极。今晚和汪文言的一番深谈，又增加了他对朝政的忧虑。

咸安宫是奉圣夫人客印月的住所。此刻，寝殿内，一张巨大的软塌上，客印月全身赤裸，玉体横陈，魏进忠在她身上不停地忙碌着。客氏三十多岁，正是如狼似虎的年纪，欲望强烈，魏进忠毕竟五十多了，这些年在宫内生活安逸，人也发胖了。一番忙碌下来，腰酸腿痛，他大张着嘴，呼呼地直喘着气。纵是如此，他还是一刻也不敢停，身下的这个女人脾气古怪，要是不把她弄尽兴了，她会一脚把你踹下床去的。终于，客印月一直紧绷着的身体瘫软了下来，她香汗淋漓，长长地舒了一口气，抚摸着魏进忠的胸膛说："没想到你没了男人那玩意儿，还能把我弄得这么舒坦。"

李进忠说："不都是跟宫里的老太监们学的吗，别看他们头发都白了，一个个比年轻人还生猛呢，小宫女们都喜欢往他们的怀里钻。"

客印月伸出一根手指，指着李进忠说："我警告你，不许你和那些小宫女打情骂俏，我发现一个，打死一个。"

"有你奉圣夫人在，我哪敢呢？说点正事吧，到底把那个老家伙怎么办?"魏进忠指的是王安。

"杀了他。"客印月轻描淡写地说，好像要杀的是一只苍蝇。客印月以前和太监魏朝是对食关系，认识魏进忠后，就抛弃了魏朝。两人又合谋将魏朝打发到凤阳去看守皇陵，并在途中将他杀死了。

"杀了他?"王安对魏进忠有恩，多次关照过他。还有，王安是先皇指定的顾命太监，小皇帝对他颇为倚重，杀了他会不会惹什么麻烦。魏进忠当然不希望王安任掌印太监，那就成了他的顶头上司，他们根本不是一路的人。当初乾清宫盗宝，作案名单就是这个老家伙提供的，其中就有魏进忠，不过，当时他还叫李进忠。幸亏他躲过了那一劫，刘朝、刘逊几个太监还关在牢里呢。

客印月说："郑贵妃、李选侍的下场你都看见了吧，和他多少都有些关系，这个老家伙往外面传话，那些臣子们都信他。留这样的人在身边，迟早要坏我们的事。要做大事，千万不能有妇人之仁。"

魏进忠说："多亏提醒，我知道该怎么做了。"

魏进忠首先要做的，就是将王安赶出宫去。王安资格比他老，先后侍奉过三代皇帝；职位也比他高，泰昌皇帝时，王安就是秉笔太监，现在又是掌印太监候选人。要将他赶出宫去，在小皇帝面前要有一个说得过去的理由。他暗中安排自己的同乡、给事中霍维华上疏弹劾王安，说他在二十四监广布眼线，控制内廷；更严重的是，说王安暗中支持白莲教徒闹事。朱由校哪里分得清真假，任由魏进忠将王安降为南海子净军。净军就是由太监组成的特殊军队，这支军队并不参与打仗，而是布列于皇宫和皇陵，承担看守、打扫、司香、司更等贱职。净军是宦官的最底层，宫中当势太监被贬斥，罪不至死的，就发配充任净军。

接着，魏进忠又将狱中当初参与乾清宫盗宝的太监刘朝放了出来，让他担任南海子净军提督。这样，刘朝反过来就成了王安的顶头上司，两人有仇，刘朝肯定不会放过王安。魏进忠使的是一招借刀杀人之计，他在社会上混迹多年，又经过宫里的政治历验，整人的套路用得娴熟。

魏进忠的住处，床后的角落里，有一张巨大的蛛网。上次，他的贴身太监李朝钦在打扫卫生时，差点将它扫掉了，魏进忠狠狠地踹了他几脚。蛛网上面，有一只硕大的狼蛛。这家伙不知从何而来，也不知道什么时间，神不知鬼不觉地在这旮旯里结了张网。有一天，当魏进忠早上睁开眼睛时，就发现了这张蛛网和待在蛛网中央的蜘蛛。他蹑手蹑脚地走了过去。这是一只灰黑的狼蛛，步足粗壮，全身是毛乎乎的刺。他数了一数，这家伙大大小小竟然长着八只眼睛。魏进忠感觉这不是一只普通的蜘蛛，它雄壮、凶猛、歹毒，虽然它现在静静地待在网上，像死了一般一动不动，但是，它一旦发动，必然会置对手于死地。魏进忠突然喜欢上了这只狼蛛，打算给它取个名字。对，就叫阿黑。这名字很好，阿黑，意味着它永远待在暗处，让对手无从发现，但对手的一举一动都在它的眼皮子底下。

南海子净军军营内，一个老太监须发皆白，他佝偻着身子，手里拿着一个大扫帚，正在专注地扫地。他就是王安。这时，有人通知他说，刘提督叫你去一趟。王安纳闷地想，自己刚来这里，也不认识什么人啊，更不认识什么刘提督了。但提督就是净军统领，是净军的一把手，人家有请，他也不敢不去。

进了提督衙门，守卫叫他径直进去，说刘提督等候多时了。王安进了提督房，只见偌大的案桌上，两只穿着厚底皮靴的脚在左右摇晃。王安轻轻地叫了一声：“刘提督，您找老朽？”

皮靴仍在晃个不停，像两只蹦来蹦去的大鸟，晃得王安眼都要花了。过了半天，皮靴才停止了晃动，在两只皮靴之间，出现了一只小脑袋，小鼻子小眼，像一只猴头。王安一看，吓了一跳。他又擦了擦昏花的老眼，没错，眼前的刘提督不是别人，正是他以前的手下，太监刘朝。虽然老眼昏花，但这个刘朝，就是烧成了灰，他也是认得的。

王安心里暗暗叫苦，刘朝平时手脚不干净，喜欢藏掖东西，为此，他没少吃王安的苦头。现在他小人得志，当了提督，肯定会变本加厉地报复。

刘朝说：“老不死的，认得本提督吗？”

王安说：“老朽眼睛坏了，看不清东西，更认不得人了。”

刘朝哈哈大笑：“你这个老不死的东西，到了这地方还给我偷奸耍滑，本提督姓刘名朝，曾经是你手下。你过去不是喜欢耍威风吗，现在你的威风呢？”

“祝贺刘提督升迁，老朽从来就没有威风过，不过是个太监，残缺的人了，都没脸见老祖宗，还威风个啥呢！”

刘朝脱下皮靴，啪啪啪地朝王安的脸上连抽了几十下，直到手抽酸了，才停了下来。“都什么时候了，还这样不知好歹，变换着花样骂本提督，大爷要将你这个老家伙剥皮抽筋。”

王安颤颤巍巍地说：“老朽知道……老朽当初太仁慈了，留下了祸根，老朽知道没几天活头了。”

“想死，没那么容易，”刘朝咬牙切齿地说，“老子要慢慢折磨你，从今天开始，伙房就给你停伙，饿死你这个老不死的。”

刘朝说到做到，停了王安的伙食，要将他活活饿死。为了防止他捡剩饭吃，他又派人日夜轮流看守着，不让他沾一粒米。

风雨交加，王安待在破烂的营房里，闭着眼一动不动，他已经整整三天没吃东西了。营房的帐篷已破了一角，雨水从里面灌进来，打在王安的脸上、身上。王安的衣服已经湿透，雨水有点凉，他不时地哆嗦一下。偶尔，他伸出舌头，舔舔打在脸上的雨水，润一润干渴的嘴唇。他已经饿得连腰都直不起来了。这些年待在宫里，生活还是比较优裕的，天下好吃的都吃遍了，就是没有尝过饥饿是什么滋味。现在他才明白，饥饿的滋味是苦的，因为当你胃里什么都没有时，就剩下胆汁在里面翻江捣海地折腾了。胆汁像一只疯了的虫子，它噬咬着你的胃，你的五脏六腑。甚至，当你饿到一定程度时，浓稠的胆汁仿佛会从胃里跑出来，糊得你满头满脸的。所以，饥饿的人脸都是铁青的，怎么洗都洗不干净。

就这样坐在破烂的营房里等死吗，王安不甘心，看这样子，这个刘猴子是不会轻易放过自己的，小人得志，天下大乱啊。怕什么呢，不就是个死吗，就是死也不能在这个小人面前低头，也要有个死样。想到这里，王安觉得身上仿佛有了点力气，他拄着根竹棍，支撑着站了起来。他饿得实在受不了了，决定到外面去找点吃的，吃点东西好有力气继续跟他熬。

王安拄着棍子，在雨里走着，一路走一路找寻。他的身后，跟着两个人，那是刘朝安排日夜监督他的人。雨水顺着王安的白发流淌下来。他吃力地眨着眼睛，希望能看见什么能吃的东西。他记得北边有一片菜地，就向北边走去。他走几步就要歇下来喘几口气，人饿到一定程度，连气都会饿断的，断成一截一截的，像枯枝，怎么都连接不上。前边出现了一边青色，王安心头一喜，菜地到了。

原来是一畦大白菜，一颗颗白菜喝足了雨水，青翠欲滴，可这玩意儿不能生吃。白菜那边的畦上长着什么，王安走近篱笆边，看清了，心里又一喜，是一畦萝卜。他将手伸进篱笆，一只苍老的手慢慢向前伸着，像几根老蚯蚓。够不着，他就在地上趴了下来，衣服上沾了泥，他也顾不得许多了。终于逮到了几根萝卜缨子，连日下雨，泥早被泡软了，他不费什么力就将萝卜拔了出来。这只萝卜有点小，但总比没有的好。他就着雨水擦了擦，放进嘴里大嚼起来。接着，他又接连拔了几根萝卜。后面监管的人并没有阻止他，刘朝说不许他吃饭，但并没有说不许吃别的东西。

吃了几根萝卜，王安心里一阵轻松，今天终于又可以挨过去一天。他每挨过去一天，就是向前又走了一步，那个刘猴子就要往后退一步。这样下去，会把他逼疯的。他比王安挨饿还要难受呢。他在盼着这个老头死去，盼着他来求他，可他偏偏不死，更不会去求他。他多活一天，刘猴子就多痛苦一天。

第四天又是个雨天。王安照例来到菜园边吃萝卜。可是，当他来到菜地边的时候，突然发现地里一根萝卜也没有了。好几畦长得旺盛的萝卜呢，他昨天还估摸着能吃十天半个月，怎么一夜之间就突然消失了呢？毫无疑问，又是那刘猴子使的坏。他也在着急呢，着急这个老头子为什么还不死。

没有了萝卜，总还要找点别的能吃的东西。穿过菜园，那边有一条水沟。王安的目光在水沟里搜索着。他发现了水里长着一丛小葱样的东西，心里一乐，这东西他认识，是野荸荠。他在泥里轻轻一捞，一只荸荠果子就在他掌心里了。果子尚未成熟，小而丑陋，像刘猴子的小脑袋。他的怒气上来了，将荸荠丢进嘴里，一咬牙，荸荠脑浆迸裂。

忽然，王安感受到身后有一股寒意，这寒意明显不是来自雨水。他回头一看，只见刘朝手里拿着一柄闪亮的绣春刀，正在咬牙切齿地盯着他。刀光闪亮，雨打在刀上，水珠四散奔逃。

王安笑了，刘朝终于等不及了，要亲自动手了。他如果再不动手，这样下去，总有一天，这个老头子会将他逼疯的。有祸心的人总是活得比常人痛苦得多。

刘朝说："死到临头了，你还笑得出来？"

"哈哈哈，刘提督，你要是早点杀了老夫多好，何必这么折腾呢！"

"现在杀你也不迟。"

王安说："刘提督，来，老夫告诉你一个秘密。上次乾清宫盗宝，李进忠偷的东西远比你多，你知道为什么他没事而你却进去了吗？"

刘朝正一直为此纳闷呢，现在王安提起这事，显然他知道内情。他把脑袋凑到王安嘴边，王安说："李进忠给了我二百两银票，让我把他名字抹了，把你添到了第一位……"

刘朝的眼睛变得血红，他在监牢里待了一个多月，每天比死还要难受，原来都是李进忠使的坏。他大叫一声，锋利的绣春刀扎进了王安的胸膛。

王安朝刘朝诡异一笑，由于痛苦，他的嘴明显歪了，露出了嘴里的几颗豁牙。王安倒下了，血涌了出来，雨水红了，血在雨水里挣扎着，转眼就被吞噬得干干净净。无数雨线射在王安的尸体上，像万箭穿心。

刘朝站在雨里，有些毛骨耸然，他想不通王安临死前为什么还要朝他笑一下，又怎么能笑得出来。这个老家伙太让人害怕了，死了也不让人安生，特别是那张长着豁牙的嘴，让他此后一想起来就要做恶梦。

至于王安临终前说的那个秘密，完全是他自己胡诌的，目的就是在刘朝的心里种上一根刺，让他不得安宁。

王安死后，在客氏的一手筹划下，司礼监掌印太监就由王体乾担任。魏进忠不识字，看不懂奏疏，更批不了字，此后文字工作都由王体乾按他的意思办理。

按理，掌印太监位居秉笔太监之上，但王体乾乐得居于魏进忠之下。说白了，他这个掌印就是个摆设，做主的还是魏进忠。从此，魏进忠在内廷扫除了对手，一呼百应，着重开始在外廷培植势力。

不久，京城里流行起一首歌谣，开头两句是：委鬼当朝立，茄花满地红。委鬼，合起来就是个魏字；茄，在北方话中与客字谐音。据说这首歌谣最初是从一个流落四方的邋遢道士嘴里传出来的，明显是指魏进忠和客印月。

第五章

巡按直隶

一、熊廷弼放羊去了

人都是有命的，再强悍的人，你都拗不过命。所谓命，就是当你向左时，命偏偏让你向右；当你向右时，命又偏偏要你向左。命和现实是反着的，虽然有一万个理由不愿意，但最后你还得乖乖地认命。

辽东经略熊廷弼就和命拗上了。万历四十七年，杨镐指挥十二万大军在萨尔浒惨败，危急之际，熊廷弼以兵部右侍郎兼右佥都御史的身份，代杨镐任辽东经略。他到辽东之后，坚持固守防御的理念，召集流亡，整肃军纪，造战车，治火器，浚壕缮城，辽东面貌大变。此后一年多时间，辽东局势稳定，努尔哈赤未能前后一步。但熊廷弼脾气暴躁，顿辄骂人，和朝中大臣关系普遍不好，参劾他的人一直不断。但神宗信任他，那些参劾者也未得奈他若何。小皇帝朱由校继位后，以冯三元、魏应嘉、张修德等为首的科道再次发起了对熊廷弼的参劾。理由主要有：出关一年，不思进取，军马不训，空吃皇粮，拥兵十万，弗击避征，兼养胡虏如虎添翼，等闲朝廷窥犹助贼……朱由校不知深浅，竟然把冯三元参劾熊廷弼的奏章发给大臣们传看。

熊廷弼在辽东苦心经营，耗尽心力，听说朝中不断有科道参劾自己，凭他那火药桶脾气，怎受得了此等委屈。他上疏自辩说："辽东现在转危为安，为臣却要由生向死了。"朱由校没有主意，经廷议，泰昌元年九月，刚刚继位的他不顾杨涟、左光斗等人的反对，竟然作出了一个糊涂的决定：免除熊廷弼辽东经略之职，以不懂军事的袁应泰接替他镇守辽东。结果，辽东再次遭致惨重败局。天启元年三月十二日，后金大军攻陷沈阳；十九日，再攻辽阳，二十一日辽阳陷落，袁应泰自杀。辽阳一直是辽东地区最高军政指挥衙门辽东都指挥使司驻地，是辽东战略中枢和九边重镇，辽阳一失，辽河以东地区大小七十余城在内的广阔区域，尽属后金。败局传来，举国震惊，人们这才想起了熊廷弼的镇辽之功。试想，如果不是草率换下熊廷弼，何以会有如此败局。震惊之余，朱由校决定再次起用熊廷弼，将当初参劾的科道官员贬官三级，并紧急下诏，将在湖北江夏赋闲在家的熊廷弼召至京城，准备让他再赴辽东，挽救危局。

熊廷弼虽是到了京城，也到兵部点了卯，可他并不在家，他在京城的宅子里只有一个老仆看门，谁也不知道他到哪里去了。皇帝派人召了他几次，可他就是神龙见首不见尾，老仆也是一问三不知。熊廷弼为什么会这样做呢？他既然答应了皇帝的宣召，没有理由躲着不见面啊。辽东军情紧急，一天也耽搁不得，朝廷上下都在寻找熊廷弼。

左光斗虽然也不知道熊廷弼去了哪里，但是他隐隐约约能猜到熊这么做的原因。朝廷虽然打算让熊廷弼再任经略，镇守辽东，可是，又拟让现任宁前道右参议王化贞担任辽东巡抚。王化贞率军驻守在辽东另一座重地广宁。他初到广宁时，手下只有一千弱卒，为了扩充实力，他广泛召集散兵流民，得到万余人。辽阳失守时，广宁首当其冲，成为后金的下一个重要战略目标，一时人心惶惶，担心河西地区不保。王化贞率领一支弱旅，把守孤城，斗志不减，一时声誉鹊起，得到了朝廷信任，特别是得到了东林官员的支持。

明末，以顾宪成、高攀龙为首的一批官员，在无锡东林书院讲学，讽议朝政，评论官吏，提出廉正奉公、振兴吏治、开放言路、革除积弊等口号。反对派将这些讲学者及与之有关系或支持同情讲学的朝野人士笼统称为“东林党”。王化贞是东林大佬叶向高的弟子，叶向高万历年间曾任内阁首辅，此次已被小皇帝朱由校下诏起用，即将返京，可能将再次出任原职。王化贞此次得到朝廷推举完全在情理之中。但熊廷弼了解此人，轻慢好战，不懂军事，不堪大用，特别是与他的固守策略背道而驰。他怎么可能不为此而感到烦恼呢！

熊廷弼显然是故意躲藏了起来，以此表达自己的不满。左光斗觉得，到了他应该出面的时候了，虽然熊廷弼这个人不大好打交道，但毕竟他们还是有些交情的。除了自己，左光斗想不出朝中还有谁能找出熊廷弼。

左光斗来到熊宅，和他家的老仆聊了一会。老仆说，几天前，主人让他到集上买了几只山羊，第二天，主人和山羊就都不见了。左光斗听到这个细节时会心一笑，他明白了，知道他去哪儿了。熊廷弼和香山于公寺的智愚长老是好友，熊少时家贫，替人放过羊，他十有八九是童心未泯，到香山放羊去了。

香山并不远，左光斗骑了匹快马，一会就到了。时令正是夏天，天气炎热，左光斗的长衫都被汗水湿透了。进入山里，凉爽的山风吹来，让人有心旷神怡之感。于公寺到了，这是一座古寺，殿宇栋栋，梵音袅袅。左光斗将马系在寺前的一棵松树上，然后沿着山中的小路找寻起来。走了一段路，在一条山泉旁，他果然发现了几只山羊。左光斗数了数，一共九只。只是，并没有见着熊廷弼本人。

左光斗望了望空中，只见最高峰俗称叫鬼见愁的地方，有两块巨石，云雾缭绕，烟岚腾腾，似有几炷高香在燃烧，香山由此而得名。这里真是块好地方，要是没有俗务纠缠，到此避暑几天，确能大快人心。左光斗四处寻找，仍没有发现熊廷弼的身影。难道他没有来这里吗？他在京城也没有几个朋友啊。左光斗灵机一动，捡起一块石头，朝一只山羊砸去。羊痛得大叫起来。这时，山林中的一块大石头上，一个黑铁般的汉子掀开盖在脸上的草帽，坐了起来。左光斗一见，乐了，那不是熊廷弼是谁！

熊廷弼一见是左光斗，也乐了，嗔骂道："操你奶奶的，老子躲到这地方，你还是找来了，就不能让老子清静几天？"

"苏武牧羊，是千古佳话，你这是在学苏武吗？老熊啊，你再这样清静下去，咱大明的辽东可就要全没了啊。"左光斗忧心忡忡地说。

"没了关我老熊什么事？朝中这么多文武大臣，难道这辽东就是我一个人的！你们一个个说起来头头是道，是骡子是马有种的你们到辽东去和八旗兵遛遛啊，老子保管一个个全吓得尿裤子！"

左光斗说："老熊啊，你还是这怪脾气，什么你们我们啊，同朝为官，难道还要分彼此不成？"

熊廷弼说："你们一个个看老子不顺眼，老子离你们远远的，不扰着你们坐而论道，也不扰着你们吃喝玩乐，还不够吗？"

左光斗走到熊廷弼身边，坐下了，说："老熊，辽东军情紧急，我们就不能说点正事的吗？"

一提到正事，熊廷弼的脖子都气粗了："你不说我老熊还不气，你一说就要把老子的肺都要气炸了。皇上让我再任辽东经略，可为什么又偏偏弄个不懂军事的王化贞当巡抚？王化贞和八旗军打过一次仗吗？他轻敌好战，妄想一举而胜，功成名就，你们都支持他。老熊我理解你们的心情，咱大明在辽东这地方窝囊得太久了，太需要一场胜利了，可口水不能朝天吐，那会溅自己一脸。你们都支持王化贞去好了，让他经略巡抚一把当了，我不去山海关做那个木偶。"

左光斗问道："依你之见，当下辽东应该如何布局？"

"固守，而不是轻言开战。我向皇上提出了三方布置策略，"熊廷弼拿起一块大石头，“一、集马步兵于广宁，牵制后金主力，”他一连又在地上放了三个小石头，又拿起一截长树棍，放在三块石头中间，“二、在天津、登州、莱州各驻水师，由三地巡抚统领，可乘虚袭击南边诸卫，达到收复辽阳的目的，”他又拿起一块石头放在自己身边，“三、经略驻山海关，节制三方，退可守，进可攻。还有，东面需联合朝鲜，从后方打击后金。为落实三方布置之策，我提出需饷二千万两，兵二十万人。请问，饷在哪里，兵又在哪里？朝中上下，有几个人支持我老熊？特别是兵部，把个王化贞捧上了天，要什么有什么，就差给天上的月亮了。你说，我当这个经略有什么意思，我不放羊还能做什么?!”说着，将刚刚在地上比画的几块石头“扑通扑通”地扔进了水里，将那根长树棍也折为两截。

左光斗也觉得小皇帝对王化贞的安排确实有问题，王化贞由于得到朝廷重臣的鼎力支持，趾高气扬的他肯定会对熊廷弼产生掣肘。更要命的是，他求胜的欲望空前膨胀，试图将后金军队一击而溃。王化贞已向朝廷夸下海口，只要给他六万兵力，就能一举荡平后金。这样狂妄的表态，朝中相信者大有人在。天下哪有如此容易的事？熊廷弼能打仗，可是，他不会处关系，群臣普遍不喜欢他。但大家对王化贞毕竟还有点不放心，此时不得不需要熊廷弼去压阵和主持危局。起用他，而又不充分依赖他，这就是眼前的现实。经抚不和，仗还未开打，自己的阵脚就已经乱了。但这些话左光斗不能说，他还要劝他以国家大局为重，尽快赶赴辽东。

左光斗说：“熊兄，圣上既然说要你再任辽东经略，说明还是充分信任你的。你就不要再怄气了，再这样怄下去辽东就要完了。”

“你是站着说话不腰痛，你知道我老熊的难处吗？今日经略和昨日经略已大不相同，昨日有先皇支持，我老熊说了算；今天无人支持，我这个经略就是个摆设。到时万一战局失利，追究起责任来，我老熊就是遍身长嘴也难辞其咎。这不是去指挥打仗，说不好听点，这是去替人家承担罪责啊，你们都当我是傻子吗？”

“情况没你说的那么严重，也许是你考虑得太多了。试想一下，如何你不去当这个经略，任凭王化贞一个人指挥，情况不是会更糟糕吗？”

“阿弥陀佛，”一个仙风道骨的僧人从林间小路上走了过来，“你们的谈话老僧都听见了，师傅当初赐我法号智愚，显然是要求弟子大智若愚，老衲当时还有点纳闷，既然大智，又何以会愚呢。老纳后来才明白了，此愚乃非真愚也，只是做常人不愿做或不屑做的事情而已。熊施主，天下的事情，无论别人怎么看，你只要尽到自己的心力就行了。你去吧，这里不是你待的地方。”

"智愚，你也劝我回去?"

原来这个和尚就是智愚。智愚说："万物有位，一个堂堂将军在这西山放羊，日后传出去叫老僧怎么做人？从来处来，到去处去，回去吧。"说着，他从背上取出一个小包裹递给了熊廷弼，里面估计是他的几件衣服。

"老和尚，你，这，这不是在赶我走吗?"

"阿弥陀佛，请熊施主原谅，这里留你不得了。"

熊廷弼一咬牙："罢，你们都让我去辽东，去就去吧，谁他娘的让我老熊就是这个命呢，我就是死也要死在那鸟不拉屎的地方。"

见熊廷弼答应回京任职，左光斗一喜，对智愚说："谢谢大师，您替天下百姓做了件好事。他还是听您的，您看您才说了几句，他就答应回程了。"

熊廷弼叮嘱说："老和尚，把我的羊看好了，说不定我哪天还会回来的。"

左光斗催促说："有回来放羊的心，哪里还能打好仗呢，忘了这里吧。"

天启元年七月，熊廷弼再任辽东经略，启程去山海关赴职。小皇帝赐麒麟服和四枚彩币，设宴于郊，派文武大臣为他饯行，并在京营派出五千名士兵护送他赴任。这是少有的礼遇，可谓给足了熊廷弼面子。但熊廷弼一点也高兴不起来，因为朝廷同时擢升王化贞为辽东巡抚。王化贞说只要六万兵力就足以荡平后金，朝廷却给了他十四万。他正踌躇满志，志在必胜。而熊廷弼手下只有五千老弱残兵。辽东的将来到底是福还是祸?

风起云涌，山海无声，没有人能够回答。

二、学政大人来点名

熊廷弼起身赴辽东那天，左光斗也参加了郊外送别。虽然小皇帝给了他足够的礼遇，可左光斗能够看出来，熊廷弼一直闷闷不乐。他所忧何事，左光斗当然知道。虽名为经略，但熊廷弼没有兵权，十四万大军都随王化贞驻扎在广宁。可以预测，得到朝廷支持的王化贞也不会听他的节制。虽然熊廷弼已奔赴辽东，可离别那天他那阴郁的面孔，一直在左光斗的眼前晃来晃去。熊廷弼在香山问他的几个问题，也一直响在他的耳边。熊廷弼说，饷在何处？兵在何处？辽饷一直在加，已不能再加；兵也一直在调，已无兵可调。历年用兵，连遭败局，国家元气损伤很大，可辽东形势却越发严峻。

朱由校顺利登基之后，左光斗本打算再赴天津屯田，可被吏部阻止了，说天津屯田事宜卢观象足以应对，朝廷对他可能另有安排。左光斗在移宫案中表现出色，应对得体，为皇权顺利交接和朝局稳定发挥了不可替代的作用，小皇帝对他很满意，他将受到重用也在情理之中。

圣意很快下来了，左光斗任钦差提督学政巡按直隶监察御史。明代在南北直隶设提学御史，十三省设提学副使或提学佥事，是一省学政的最高长官，大致三年一任，也有任期短的。左光斗是北直隶学政，主要职责是巡视学校，督查学官，考核生徒学业，组织主持岁试和科试等。

圣意下来的当天晚上，左光斗就自己动手，装订了一个本子。装好后，在封面上工工整整地写上了“人才录”三个字。他决定从即时开始，发现和培养人才，向朝廷推荐人才。袁采芑随手翻了翻，里面还是一片空白，就笑着说：“夫君，怎么上面一个人也没有，你要找的人才呢?”

左光斗说：“夫人莫急，韩退之说，世有伯乐，然后有里马。千里马常有，而伯乐不常有。可见，做伯乐远比做千里马更难。我现在是学政了，学政的要务就是要为国家培养和选拔人才。人才在民间，我从现在就要开始留意，力争做一个好伯乐。”

袁采芑说：“我在想着，第一个被你记到这本子上的，会是谁呢?”

“哈哈，夫人莫急，天机不可泄露，该来时自然会来的，现在连我也不知道他会是谁。”

针对国家连年战事灾荒频仍缺饷缺兵的现实，左光斗的心中，已有了一个大胆的设想。他要将在天津屯田好的做法在北直隶推广，但又有重要的革新，即大兴武学。明代在中央和地方都设有武学，有京卫武学，地方有都司卫武学、府州县武学，是专门为武职及其子弟设立的学校，目的是培养将才。但是，由于受长期重文轻武观念的影响，武学并不发达，各地发展也极不均衡，如北直隶八府，就有一半未开设武学。更不合理的是，朝廷武学是专为武职及其子弟而开设的，而武职身份又是世袭的，非武职人员及其子弟是没有资格进入武学学习的。若能将屯学与武学结合起来，打破地域和身份的限制，放开招生，每生授田百亩，忙时耕种，闲时读书习武，既能征收税粮，又能选拔优秀人才充实军队，一举两得。为此，左光斗向皇上连上两疏，即《地方兴化有机疏》《比例建立武学疏》，核心内容就是依托屯田，大兴武学。他的主张很快得到了批准。

左光斗首先来到保定，巡查办学情况。办武学，就要有武学教练，左光斗想到了有一身好武艺的顾大武。他修书一封，让顾大武安排好家里的屯耕事宜，然后迅速赶到保定与他会合。

左光斗有一个习惯，他巡查工作时，从来不提前打招呼，而是直接赶到被巡查的地方。这样，往往能看到真实情况。若提前通知，被巡查的地方往往弄虚作假，使巡查工作流于形式，难以了解到实情。保定府学位于保定城西大街，历史悠久，建于北宋熙宁四年。中为文庙，西为府学，东为文昌宫。府学前有石牌坊一座，额上题有“儒林”二字。府学前有一条学宫街，出售文房四宝，日用百货，十分热闹。

左光斗到保定时，顾大武已比他提前一天赶到。次日，左光斗带着顾大武、家人左凡和书童顾翰林，来到保定府学巡查。

走进府学，只见古树参天，殿堂学舍，布置合理，错落有致，环境清幽。左光斗连连称赞这里是办学的好地方。走了半天，奇怪的是，府学里既听不见读书的声音，也听不见讲学的声音，甚至连人影子都没有看见一个，只是偶尔听到几声驴叫。地面上落叶层积，看来好久没有打扫过了。顾翰林远远地跑在大家前面，他跑到一幢挂着“明伦堂”匾额的学舍前，伸头朝里面一看，惊喜地叫道：“你们快来看，好多驴!”

左光斗伸头朝堂内一看，只见几十张书案被胡乱地码放在一边，堂内关了起码有上百头驴。驴见人来了，也正一个个伸头瞪眼地瞧着。左光斗心生不悦，这明伦堂是学宫正殿，怎么关了驴呢，这不是瞎胡乱闹么!

没有人迎接，几个人只好一直往里走。后边有座“藏经堂”，里面好像有动静，大家加快了脚步。远远地，能听到驴的惨叫声。左光斗走到门口一看，里面果然有五六个人在忙着杀驴。一头驴刚刚被放倒，正在挣扎着，胡乱地蹬着腿，地上全是血水。几个人围着杀倒的驴指指点点，有的说这头驴肥，有的说这次准能卖个好价钱。左光斗几个在门口站了半天，他们也没有发现。

左光斗只好装作咳嗽了一声，里面几个这才发现来了生人。一个留着山羊胡子的瘦高个一边擦着手上的血水，一边走了过来，问道：“我们正忙呢，你们找谁?”言外之意是没事的话就快点走开。

顾大武说：“这位是朝廷新派来的钦差学政左光斗大人。”

瘦高个一愣神，脸上露出尴尬的神色，低声说：“原来是左学政，失敬失敬，下官是保定府教授兼府学山长王书翰，见过大人。”

左光斗说：“你一个堂堂府教授，虽说官职不甚显赫，但怎么说也是从九品的朝廷命官，你不带着生员讲学授道，怎么在这讲经堂里干起了杀驴的行当?”

王书翰叹了一口气：“这都不是被逼的么，下官虽说是从九品，但月俸只有三石米，而且并不是到月就能领到，拖欠是家常便饭，现在是七月，今年才兑现了两个月的禄米，这不是让人喝西北风么。也不瞒大人，下官有两个外号，一个叫王书，将我的名字王书翰的翰字干脆省了。王书，忘书也，意思不言自明；另一个外号叫快刀王，是说杀驴快，一刀毙命，绝不来第二刀。愧读了多年圣贤书，却不得不做起了粗活，与里巷人无异，惭愧啊惭愧。”

既然说是被生活所迫，左光斗也不好再责怪他，总不能叫人家饿着肚子传道授业。他指着刚才关着一群驴的明伦堂问道：“你们府学的学生呢，明伦堂里怎么关着驴?”

王书翰说：“保定府学共有学生一百五十名，其中廪生四十名，增生四十名，其他为附生。廪生说是官府月供米六斗，但老师禄米都没有保证，何谈学生？我们向保定府催讨过无数次，甚至也去衙门口绝食静坐过，都没用，知府方廷璋让我们自主经营，搞些副业，先生存下去再说。”明代的府、州、县儒学中有三种不同的生员：廪膳生员、增广生员和附学生员，简称廪生、增生和附生，统称生员。廪生和增生都有固定的数额，附生没有数额限制，后来凡是初入儒学的生员，统统作为附学生员，然后再经过考试去补充廪生与增生。廪生每月有定量廪米，增生和附生则没有。

这时，只见几顶官轿在学府门前停了，几位官员从轿上匆匆下来，向左光斗所在方向走来。为首者，正是保定知府方廷璋，后面跟着同知、通判等人。方廷璋得知朝廷新派来的钦差学政到了学宫，就匆匆赶了过来。

方廷璋矮短粗壮，胖乎乎的大脑袋，几乎看不见脖子，下巴上留着几簇长长短短的胡须，一看就没有修理过。见到左光斗，方廷璋满脸堆笑，说：“听说钦差学政大人来到鄙地视察，下官几个特地赶过来了，有失远迎，还望恕罪。”

左光斗呵呵一笑：“本官来之前本就没有通知你们，恕罪二字从何说起。不过，你来得倒是正好，本官正要找你呢，听说保定府长年拖欠府学师生供米，有这事吗?”

方廷璋马上变了脸色，一脸忧郁地说：“本府几个县连年旱灾，税粮实在收不上来，上缴朝廷的部分都要东挪西借才能勉强解报，百姓太苦了，也不能逼民太甚，本府就是爱民如子。”他指着自己和几个属官说：“不光府学师生，还有我、他们，哪一个不是半年以上才能领一个月禄米。下官无能，但也还望学政大人体谅实情。”

这么说，还能说些什么呢？貌似拖欠也有几分道理了。左光斗说：“请将全体生员名单拿来，立即通知他们，本官明天要在明伦堂点名。”

王书翰面露难色：“那下官立即就派人去通知他们，只是，只是……”

左光斗问道：“只是什么？”

王书翰大着胆子说：“他们现在各人做着各人的事情，有的还在县里，就是不知道明天能否召集得齐。”

“学政点名，焉有不到之理，除非真有特殊原因，否则，明天不能赶到的，一律除名。”左光斗严厉地说道，“现在立即将学舍里的驴清理出去，府学里不能留一头驴，生员们来了之后暂时就不要走了，从明天开始恢复讲课，保定府想办法立即供应一批拖欠的粮食。”

方廷璋说：“没问题，本府现在就派人将府衙伙房里的大米拉来，就算我们这些当差的人不吃饭，也要保证供应学宫。”

一时间，府学里热闹了起来，拉驴的拉驴，搬书案的搬书案，打扫的打扫，大家各司其职。那些接到通知的生员开始一个个夹着铺盖陆续奔向学宫。平时，除了岁考和科考，他们是不用来的。现在，他们人虽然是来了，可进门就开始抱怨，这手头上都还有着各自的生意呢，大家都是关了店铺或收了摊位来的，没人打理，停一天都是损失。

明伦堂里，此时乱成一锅粥，大家谈的都是生意上的事情，担心多久才能回去。左光斗、方廷璋和王书翰几人走了进来，堂内霎时安静下来。左光斗先是训话，他说，保定府拟于半月后举行院试，考试将按规定对全体生员分出等级，奖优罚劣，不合格的廪生将降为增生乃至罢黜，优秀的增生进入廪生，优秀的附生进入增生。他勉励大家要熟读经典，勤学苦练，不要为眼前的蝇头小利而放弃了大好学业。

训话结束，左光斗开始点名。当点到一个名叫“张果中”的生员时，他连叫了三次，无人应声。

这时，王书翰对左光斗耳语道：“学政大人，这个学生情况有点特殊，他性情孤傲，极不合群，与同学关系紧张，吵闹是家常便饭。他在学府街替人代写文书，昨天派人通知了他，他今天还是没来。”

“哦，学政点名，竟然不来，一个书生难道会孤傲至此？”左光斗不理解地问道。

王书翰说：“像这样的学生，也许是平时圣贤书读多了，食古不化，迂腐至极，学政大人不要与他一般见识。”

一百一十位生员，除了张果中，当左光斗点到魏良卿、傅应星二人名字时，也是连叫了三遍，一直无人应答。

这回连知府方廷璋也看不下去了，他支支吾吾，欲言又止。左光斗问道：“王知府，这两人又是什么情况，难道也是性情孤傲不成？”

方廷璋说：“这两个倒不是，只是这人呢……”他转问王书翰说，“王教授，这两个人什么情况，昨天派人通知了吗？”

王书翰眼望房顶：“这两个人的情况，大人您还不明白吗，他们什么时候听过学宫的通知？”王书翰声音不重，但明显话中有话。竟然还有人不听学宫的通知，天下还有这样的生员吗？

见左光斗的脸色变了，方廷璋赶紧打圆场说：“左大人，是捐纳的附生，素质不高，有点不知天高地厚。本府连年受灾，财政困窘，不得已才接收了几个捐纳的附生，也是仿照国子监的做法，无奈之举，无奈之举啊。”

左光斗说：“既是捐纳的附生，学宫更要加强管理，怎么能听之任之，放任自流？”

方廷璋唬着脸对王书翰说：“听见了吗，你身为府教授兼府学山长，对所有生员，特别是附生，要加强管理！”

王书翰毫不客气地说：“知府大人，这两个人年初是你亲自点名要下官收下的，他们两个，从不守学宫纪律，要来就来，要走就走，下官根本就没有办法，你说这怎么加强管理法呢？”

方廷璋见王书翰竟敢当着学政的面兜他的老底，又气又恼，但现在不是和这个迂腐的老夫子斗嘴的时候，还是把这个尴尬的场面应付过去才是上策。他转而对左光斗说：“左学政，这两个捐纳的附生，仗着家里有几个臭钱，不把学宫纪律放在眼里，本官马上派人通知他们，三天之内不到场，作罢黜处理！”

“哦，还要三天吗，”左光斗提高了声调，“本官今天就要见到他们，天下岂有学政无故见不着生员之理？”

方廷璋对王书翰说：“听见了吗，左学政说今天无论如何要见到他们！”

王书翰说：“下官立即就派人去传令。”

点名结束，左光斗到学宫客房去休息。他打算下午去会会那个给人代写书信的生员张果中。王书翰说他性情孤傲，自然有孤傲的理由，左光斗心里很清楚，大凡这些孤僻不大合群的人，往往有真才实学。

左光斗前脚刚离开，方廷璋就将王书翰拽到一边，低声问道：“魏良卿和傅应星二人现在哪里？”

“人倒是在咱保定城，可是，”王书翰说，“我派人通知了他们几次，他们理也不理。看来，要想他们来学宫一趟，还得你这个知府亲自去请。”

方廷璋说：“你说什么，还要本官去请他们？”

“下官是这么建议，至于请不请，还是知府您自己做主，只要您在左学政那里能交差就行。”王书翰淡淡地说。

方廷璋的脸黑得比驴屎还要难看，低声问道：“这两个蠢猪现在哪里？”

王书翰在他的耳边说：“红袖阁。”

“这不是胡闹吗，都什么时候了，还待在那种地方？这两头蠢驴，就晓得给本官惹事。快安排轿子，本官现在就跑一趟。”

方廷璋换了官服，穿上常服，坐上轿，匆匆赶往红袖阁。红袖阁在府学街的尽头，离学宫并不远，是一家专为喜欢寻花问柳的书生们开的妓院，连名字都取得很文雅。红袖阁的两位花魁名字也取得很有意思，分别叫子悦、诗云。两人都是二八佳人，听说略通文墨，会吟诗作赋。到了红袖阁，方廷璋手里拿着一柄纸扇，遮住了半边脸，低着头匆匆进了大门。

方廷璋步履匆匆，进门后差点和一个人撞了个满怀，此人正是红袖阁的老鸨。老鸨正要发作，一见是知府大人，马上转怒为喜，朝楼上一声尖叫：“姑娘们，快出来，来了贵客！”方廷璋低声提醒道：“别胡闹，我是来找人的。”

老鸨问道：“找谁？”

方廷璋对着她耳语了几句。老鸨一脸不悦地说：“那两个生员，也太会闹了，昨晚硬是闹了个通宵，非要在姑娘们背上题诗，把姑娘们都弄怕了，不过出手倒是很大方。”

方廷璋哪里有心情听她扯这些闲话，催问道：“别说了，他们现在何处？”

“现在诗云的房里还没起来呢，昨晚上非要睡在一起。”老鸨说着，捂着嘴咯咯地笑。她指了指诗云的房间，意思是让方廷璋自己上去。

方廷璋硬着头皮来到楼上一间雅阁前，敲了敲门，轻声叫道：“魏良卿、傅应星，你们在吗？”叫了几声，里面传出一声尖叫，肯定是一个女人醒了。方廷璋只好站在门外等着。一会儿，门开了，一阵香风扑来，方廷璋一个眩晕，两个女人头衫不整云鬓散乱地低着头跑了出来，迅速溜了。方廷璋深吸了几口气，想使自已镇定下来，可是越吸心里越乱，这青楼的风就是不一样，它在你的身上挠痒痒，挠得你浑身酥软，就想找个地方坐下来，找个温软的怀抱躺下来。可现在不是躺下来的时候，还有要事在身呢。

方廷璋这才推门进去，他不停地耸动着鼻子，香风就像两只软虫子，直往鼻眼里钻，往心眼里钻。他尖着嗓子朝内室叫道："魏良卿！傅应星！"叫了七八声，才听见里面的床上传出哼哼唧唧的回应声。

方廷璋一瞅床上，只见幔纱低垂，魏良卿和傅应星光着臂膀，睡得正沉呢。方廷璋叫道："都什么时候了，还在睡，快起来！"

魏良卿和傅应星一惊，顿时醒了，以为发生了什么事呢。见是知府方廷璋，魏良卿埋怨道："哎哟，方知府，你还让不让人活呀，这才睡下呢。"傅应星打了个哈欠："快出去，天大事的等爷睡醒了再说。"说着，两人闭上眼，又准备继续睡觉。

这要是睡着了，再想叫醒就难了。方廷璋急了，哀求道："两位爷，行行好，钦差学政来了，在学宫里挨个点名呢，好歹你们也去露个脸。"

魏良卿揉了揉眼，说："学政，多大的官啊，几品，没听过，不见。"

傅应星说："我只见两个人，一个是皇上，一个是俺舅。"

这两个人是谁呢，一个是魏进忠的侄子魏良卿，一个是他的外甥傅应星。魏进忠进了司礼监，成了小皇帝朱由校面前的红人后，觉得自己家族怎么着也应该通过科举正途出几个举人进士，这才安排侄子魏良卿和外甥傅应星，来到保定府学，两人通过捐纳弄了个附生名号。当然，指望这两个活宝通过正常考试考中举人和进士是不可能的，只能通过特殊手段。他俩只是来挂个名的，对进什么学宫没有半点兴趣，整日里只知道吃喝玩乐。方廷璋还指望着这两个家伙在魏进忠面前帮他说说好话呢，把他俩当爷似的哄着，半句重话也不敢说。他俩本来是河间府的人，按理应当在河间府学宫参加科考，可河间知府刘清丰是个软硬不吃的家伙，不是魏进忠线上的人，指望他不上。保定知府方廷璋是个见风使舵的人，将官场那一套玩得烂熟，他见魏进忠得势，早就投入了他的门下。魏进忠这才将这两个活宝寄籍弄到保定来了。

方廷璋见这两个家伙执意不肯去见学政，仍要继续睡觉，急了。今天要是不将这俩活宝请到学宫，是没法在左光斗那里交差的。他灵动一动，说："子悦和诗云的名头在外面传得很响，她本人本府刚才也看见了……"然后，他故意卖关子不说了。

魏良卿是个贪吃好色的人，他见方廷璋不吱声了，睁开了眼睛，问道："咋样，美吧？"

方廷璋故意不瞅他，他望着窗台上的一丛翠竹，伸了个懒腰说："盛名之下，不过尔尔。"

魏良卿呼的一声坐了起来："不许你这样说子悦和诗云！"傅应星也爬了起来，附和着她俩如何如何善解风情。

方廷璋说："我说的是实话啊，别的地方我不知道，这保定府你们还有我熟悉吗？保定府是京畿重地，名花如云啊，要论起排名，红袖阁的子悦和诗云，至多也只能排到十名以后。"

魏良卿立即穿衣起床，说："不会吧，子悦和诗云这么漂亮，这样的美女就是在京城里也难得一见，难道在保定还排不到前十？你快告诉我排名第一的是谁，我们现在就去。"见魏良卿起来了，傅应星也赶紧穿衣下床。

方廷璋略施小计，就吊足了这两个家伙的胃口。他说："现在你们随我去学宫见过学政，然后我再寻机会带你们去见她。"

魏良卿说："你不告诉我排名第一的姑娘叫什么名字，在什么地方，我们就不去。"

方廷璋说："好吧，不妨先就告诉你们，不过，地方可不能说，她也不是想见就能见到的，至少要提前十天半个月预约。她叫米香香。"

"米香香、米香香……"魏良卿嘴里不停地念叨着，念着念着眼里就迷乎起来，好像魂都不在身上了。他念了半天，突然扑哧一笑，说："好名字，肯定长得漂亮，这排名第一的姑娘就是不一般，连名字都有香味。走，我们现在就去见见那个学政，见完了好去找香香。"

当方廷璋带着魏良卿和傅应星来到学宫时，左光斗换了青衣小帽，带着顾翰林，到府学街寻访张果中去了。府学街代写文书的摊位基本都集中在一块，奇怪的是，有一个摊位前队排得老长，其他的摊位前反而没什么人。左光斗悄悄问了下，这前面正排着队的摊主就是张果中，他文字好，找他的人自然就多。左光斗也不急，静静地看着他在忙碌着。只见案子前，坐着一位瘦削的书生，每排到一位客人，他总和蔼地先问上几句，然后笔走龙蛇，有时中间也会停下来再问几句，最终一挥而就。他穿着一件旧长衫，肩头、两肘等处补着四五个补丁，虽然代写文书的生意不错，可看来他的经济状况并不好。王书翰说张果中性情孤傲，左光斗见他待客态度温和，怎么看也不像是孤傲之人。

排队的人终于都走光了，张果中这才抬起了头，微笑着问左光斗："这位先生，也要敝人代写书信么？"

左光斗摇了摇头："我是新来的学政，特地前来看看你。"

一听说是学政，张果中紧张得一个哆嗦，赶紧站起来躬身行礼。左光斗坐下了，示意他也坐下，说："别紧张，就是来找你了解点情况，你据实说就行。"

张果中说："大人尽管问就是，学生一定知无不言。"

"上午点名你接到通知了吗，怎么就不去呢？"

"接到通知了，学生不是不去，而是不敢去。"

左光斗一愣："这学宫就近在咫尺，怎么会不敢去，难道还有人拦着你不成？"

"大人有所不知，也不是学生自我吹嘘，前几次什么县考、岁考，学生文章都是案首，私下里，大家就议论，我有可能被学宫里选为今年的贡生，那就可能进入国子监读书。那班生员里面，以魏良卿和傅应星为首，不读书的人居多，有几个就嫉妒起来，他们见我软弱可欺，只要我一进学宫，就处处找我的碴，上来就是一顿暴打，也没人敢管他们。大人，您说我还敢进去吗？"

随着张果中的讲述，左光斗的眉头越锁越紧，他说："竟然还有这样的事？魏良卿、傅应星到底是什么人？"

"大人您还不知道吗，魏良卿是司礼监秉笔太监魏进忠的侄子，傅应星是他的外甥。这个来头，吓都能吓死人，谁敢惹他们？"

左光斗点了点头："原来如此，难怪他俩如此胡作非为，上午点名也没有到场，原来是有原因的。"左光斗又提醒他说："不久就要举行今年的岁试了，岁试不通过就不能参加乡试，你这样躲着不进学宫也不是个办法，不能错过这个机会啊，那会误了你的前程，总要趁早做点准备吧。"

张果中叹了一口气："也不用准备了，准备了也是白准备。也不瞒大人，生员间早就传出话来，这次岁试，魏良卿是第一名，傅应星是第二名。至于学生嘛，很可能是最后一等。"

左光斗说："这岁试还没考呢，怎么就知道结果？别信外面瞎传，有本官在此监督，要相信考试会是公正的，还是趁早做点准备吧，争取考个一等。"

"学生谨记，学生这就收摊看书去。"张果中说。

左光斗再次回到学宫时，知府王廷璋求见，说魏良卿和傅应星两位生员来了，正在门外等着学政大人训示。左光斗说人来了就行了，不必见了。王廷璋一愣一愣的，眼前这位学政，表面上平静如水，上午还说今天一定要见到魏、傅二人，现在人来了却又说不必见了，不知道他葫芦里的卖的是什么药。

三、谁是案首

明代由朝廷特派的学政主持的考试称院试，分岁试和科试两种。一般在学政三年任期内，第一年举行岁试，第二年举行科试。岁试中前四等生员，方可继续参加科试。科试中的优秀者，才有资格报考乡试，乡试考中者称举人。获得举人身份后，可继续参加进士科的会试和殿试。由于本次院试是左光斗任学政后对保定府生员的首次考试，并按规定对生员分出等级，因此考试结果非常重要。明代的“六等黜陟法”规定：评为一等者，如若廪生有缺，可依次充补；其次补增广生。一、二等皆给赏；三等如常，四等挞责，五等则廪生、增生递降一等，附生降为青衣，六等黜革。

一天，从京师方向跑来三匹快马，在保定府府署门口停住了。为首一人，头戴五梁冠，身着红色大氅，一看就是宫内大珰。此人正是南海子净军提督、魏进忠的亲信刘朝。后面两位太监身着青衣直缀，是他的随从。三人下马后，没有走进衙署大堂，而是径直走向后衙知府方廷璋的住处。

在知府的书房内，方廷璋悄悄将一张银票塞进了刘朝的手心，谄媚地笑着说：“刘提督亲自来鄙府指导，辛苦了。”

刘朝将银票塞进了袖内，瞟了眼方廷璋说：“魏公公有交待，这次院试，魏良卿必须是案首，至于傅应星嘛，自然就是第二名了。”

方廷璋紧张地朝门外扫了一眼，说：“刘提督，情况有变化。”

“有什么变化，分明是推诿，难道你一个小小的知府，连魏公公的旨令也不听了吗?”

方廷璋说：“刘提督，就是借微臣一百个胆子，微臣也不敢啊。您有所不知，这新来的学政左光斗是个六亲不认的家伙，院试向来都是由学政负责，录取定等都要他确定，微臣没那个权力啊。”

刘朝骂道：“真是个废物，堂堂知府，连一个学政都搞不定。”

“刘提督骂的是，下官无能。”被一个太监骂了，方廷璋一脸窘相。

刘朝说：“那这事就没有办法了吗，魏公公之命，只有遵行，没有不落实的理，否则，你我都吃不了兜着走。”

方廷璋悄悄耳语说："办法倒是有一个，这样操作……您看行不行？"

刘朝听得连连点头："行，有什么不行的，只要魏良卿第一、傅应星第二，什么办法都行！"

保定府院试中的首场岁试开考了。黎明前，保定府学的一百一十名生员，带着考篮，内装笔墨、食品等物，静静地站在考舍前，等候着学政点名。左光斗、王廷璋、王书翰等考官出现了，人群中出现一阵骚动。左光斗开始照着名册点名，生员们站在他的后面，点到名字的上前，再由三名做保的廪生确认无误。做保是为了防止作弊或冒名顶替，一旦考生出了问题，保人承担同等责任。

考生按卷上的座号入座，衙役用牌灯巡行场内，考题贴板巡回展示，考生们开始写作。此次考试共要考五场，第一场为正场，非常重要，第一场未通过者，不能考第二场，文章较差的可能会被淘汰。各场考试内容不外乎四书五经、试帖诗、诗、赋、策、论等，均限当日交卷。自第一场至末场，每场考试隔数日揭晓一次。

阅卷时，虽然总体上文章质量不尽如人意，但也不乏有几篇颇有文采和见地。左光斗坚持以质取人，分别圈定了第一名案首、第二名，也有两篇实在太差的，其中一篇没写完，一篇文理不通，左光斗也毫不留情地确定为六等。这两个确定为六等的生员面临着除名。因为试卷是密封的，左光斗在确定等级时完全不知道考生姓名。

三天后，除去弥封，准备登记发案，公布首场考试结果。让左光斗吃惊的是，名列案首的果然是魏良卿，名列第二的是傅应星；列为第六等的两名生员分别是方识文和张果中。在发案前，左光斗再次仔细核对了他们的考卷，确信没有问题，于是张榜公布。

那么，魏良卿和傅应星是如何分别取得名列第一、第二的好成绩呢？答案很简单，是找人代考的。刘朝从京城调来了两个八股文高手，至于做保的生员，事前都已经重金买通了。魏、傅二人平时就很少来学宫，认得他俩的人本就寥寥无几，所以很顺利地蒙混过关。左光斗哪里鉴别得出来呢！让左光斗还感到意外的就是张果中，那天在他代写文书的摊位前，他不是说自己的文章在这班生员中是出类拔萃的么，可这次怎么连一篇文章都没有写完呢？左光斗叫来监考老师，监考老师说，这个考生可能考前头天晚上睡眠不足，考试时竟然睡着了，他还提醒过几次，没多大用，一会又趴在桌上呼呼睡了起来。左光斗听了，大为恼火，如此重要的考试，竟然当作儿戏，看来此人不是性情孤傲，而是囊中无物，不堪重用。

到保定以后，顾大武发现，知府方廷璋常常夜间独自出府，行踪诡秘，遂自行决定悄悄跟踪，看看他到底在干些什么。方廷璋夜间常去的地方只有一处，那就是运河码头边的金凤楼。这是一家青楼，一开始，顾大武也以为方廷璋到此是为了寻欢作乐，之所以选择夜间来此，无非是为了避人耳目。跟踪了几次，顾大武发现事情可能不是他预料的那么简单。因为，他发现，每当方廷璋从侧门进入金凤楼之后，往往就会有几条黑影时进时出，像是传达什么指令。这些黑影是什么人，他们到金凤楼所欲何为？在事情没有一点眉目之前，为防打草惊蛇，顾大武一直在暗中观察，并未惊动他们。

一天晚上，顾大武跟踪方廷璋回程时，路过府学街的红袖阁，看见保镖从楼内拖出来一个客人，径直将他扔到了大街上。这个客人站在大街上大骂：“都说婊子无情，戏子无义，说得一点不假，把爷的口袋掏空了，就赶爷出门了。他奶奶的什么子悦、诗云，名字取得再好听，都不过是两个婊子，千人跨万人骑的臭婊子！”这个客人显然喝多了，站都站不稳，还在那里继续骂：“方爷我真是倒霉到家了，被学政除了名，又被两个婊子搜光了口袋……功名也没了，银子也没了，方爷我可还怎么活啊，怎么有脸回去见爹娘啊，呜呜呜……”哭着哭着，他解下腰上的裤带，套到了路边的树杈上，打了个套，看样子是要上吊。

顾大武一直在认真看着，这人显然是在前两天举行的院试中被左光斗除名的生员。他见此人要寻死，就暗暗捡了两块石子在手。当那位生员试图将脖子伸进绳套时，顾大武一弹手指，一块石子啪地打在他的头上。此人以为是青楼里的人还在纠缠，大骂道：“谁？臭婊子，方爷我死给你看，谁也别拦我！”说着，又将头往绳套里伸去。顾大武又一扬手，这次他用足了力，生员一声惨叫，脑袋被打得生痛，他坐在地上痛哭起来：“呜呜，连死都死不成，我这活着还有什么意思……”

顾大武走上前去，碰了碰他，说：“兄弟，干吗想不开呢，好死不如赖活着，留着这条命，说不定将来会有东山再起的一天。”

“刚才打我的是你吧，东山再起？你是站着说话不腰痛，我功名没了，银子也没了，凭什么东山再起？”

顾大武将他扶了起来：“功名没有可以再考，银子没有了，我支持你一点吧。”说着，从兜里拿出了两锭银子，有四五两的样子，递给了他。

这位生员就是院试中被黜革的方识文。接过银子，他仔细地打量着眼前这位好心的汉子，剑眉星目，鼻若悬胆，一脸英武。他说：“唔，想起来了，我见过你，你是学政大人的随从，难怪这么好心。”

顾大武点了点头，问道：“你会骑射吗?”

“骑射?”

顾大武说：“对，你要是会的话，这次机会来了，左学政马上要招武生，授水田百亩，忙时耕种，闲时学习骑射。”

方识文说：“要说别的，我不敢打包票，要说骑射，你还真找对人了，我在沧州待过一段时间，有点基础。”

“那太好了，等招生开始后，你再重新报名，做一名武生，同样可以参加武科举，一样能考取功名，报效国家。”

方识文说：“真的吗？难道我方某人真的时来运转了，那我就不死了，素不相识，老兄你待我这么好，我无以为报，真让人汗颜啊。”

“好好活着就好，一个大男人，动不动就上吊，你就是死了，有什么脸面去见地下的祖宗?”

方识文拍了一下自己的脑袋：“都怪我方某人一时糊涂，被那两个臭婊子搞昏了头，不提了不提了，从今往后，我痛改前非，重新做人。”

顾大武重重地拍了下他的肩头：“好，这就对了，你这个兄弟我交定了。”

“方某人真是太荣幸了，”这时，方识文好像想起了什么似的，他说，“顾兄，有个情况我想告诉你一声，不知对你们有没有用。今天晚上我在子悦、诗云房里玩时，说自己考砸了，被学政黜了名，她们笑话我太窝囊，说有人没参加考试都得了案首和第二名，我就问是不是魏良卿和傅应星，她俩支支吾吾，也没有明显否定。看来，魏、傅二人有可能是找人代考的。”

“哦，原来如此。”顾大武说，“当初拆卷时，左学政也对他们是否能写出那样的文章感到怀疑，可没有真凭实据，不能轻易否定，原来还有此等隐情。方兄，你说的情况太重要了，我要马上报告给左学政。”

顾大武将方识文所说的情况迅速向左光斗进行了报告，左光斗也大为吃惊。难怪说科举考试作弊防不胜防，现在竟然有人作弊作到了自己的眼皮子底下，而身为学政，竟然毫无觉察。左光斗叮嘱顾大武千万不要声张，当务之急是赶紧采取补救措施。

正在红袖阁中逍遥的魏良卿和傅应星二人很快接到了通知，说左学政明日中午要在府学明伦堂亲自设宴，为在院试中取得佳绩的他俩庆贺。魏、傅二人喜不自胜，心里美滋滋的，由堂堂钦差学政亲自设宴庆贺，这也太有面子了。

第二天上午，魏良卿和傅应星二人兴冲冲地来到了明伦堂。走进堂内，他们发现学政左光斗、知府方廷璋和府教授兼山长王书翰已经等在那里了。让人意外的是，那个已被左光斗黜革的生员张果中也恭恭敬敬地坐在一张书案前。明明说的是设宴庆贺，怎么没有酒菜的影子呢？见气氛有些不对劲，魏、傅二人才有点紧张起来。早知道不是吃饭，他们才不会来呢，可现在即使想溜也迟了。左光斗示意他们分别坐到书案前，说："今天召你们来不为别的事，只为单独测试，魏良卿和傅应星，请你们将那天作的文章根据记忆重写一遍，时间也才过去几天，自己作的文章总该还是记得的，只要大致不差就行。至于张果中，今天我也给你重新拟了个题目，你重做一篇文章。方知府和王教授今天也在场，可以做证，本学政没有别的目的，就要看看你们的真才实学。"

左光斗说完，张果中已埋头写了起来。魏、傅二人面面相觑，都傻了眼，他俩都是肚子里无货，根本没有认真念过一天书，哪里会写什么文章呢。再说，那两个代考者也根本没有告诉他俩写的是什么，他们又能凭什么把答卷上的文章重写一遍？魏良卿将笔蘸了浓墨，迟迟不敢下笔。他的手在微微发抖，笔上的墨太浓了，滴了一滴到考卷上。魏良卿一慌，用手揩了一下，一张考卷就污了。左光斗命人给他换了一张，可魏良卿的手还是不住地哆嗦，可哆嗦了半天，愣是没有一个字落到纸上。傅应星的情况比他也好不了多少，不过，他倒是写了几个字。他小时背过《三字经》，就在上面写了一行"人之初，性本善。性相近，习相远"，后面是什么内容，他也实在想不起来了，可眼下又无事可干，又把这一行字又连着写了几遍。

一个时辰过去了，张果中已经交了卷子。魏良卿和傅应星见张果中走出了明伦堂，两人再也管不了许多，如获大赦般地站了起来，风一般地逃走了。左光斗见状哈哈大笑说："真金不怕火炼，真的假不了，假的真不了。"他当场宣布，取消魏良卿和傅应星的案首和第二名考试成绩。

再看张果中的文章，文采飞扬，情理俱佳，和那天考试时完全判若两人。今天他精力旺盛，作文也是一气呵成，不要说睡觉，就连瞌睡也没有打一下。这是什么缘故呢？

左光斗将他叫到书房，细细询问，让他回忆考试当天有没有发现什么异常情况。张果中回忆说，有一件事让他觉得有点蹊跷，似乎预示着他将考试不利。那天进场前，他在一家熟悉的包子铺里买了两个包子，放在考篮内，准备当作早餐。

他身后一人，也买了两个包子。大家都向考棚走去，后面的那人高举着包子拼命地向前挤，好几个人都摔倒了，他也摔倒了，考篮倒在一边，两个包子从里面滚了出来。那人不知怎么跌倒在他身上，手中的包子也掉在地上。由于天色未明，看得不太清楚，他只记得那人从地上胡乱捡了两个包子就跑开了，剩下的两个，自然是张果中的了。在进考舍前，他吃了那两个包子，结果就头晕目眩，老是打瞌睡，他死劲地揪自己身上的肉也没有用，根本控制不住。

疑点可能就在这里了。左光斗问道："那人你认识吗，他有没有参加考试?"

张果中摇了摇头："他不是府学的生员，平时也没有见过他，应该没有参加考试。"

左光斗说："那人可能在包子上做了手脚，如撒了蒙汗药之类，在撞倒你时捡了你的包子，而将他的留下了，你在不知情的情况下，捡起并误食，导致临考时发作。"

张果中说："可是，学生不明白的是，这么做对他有什么好处呢?"

左光斗说："当然有好处，你名声在外，是案首的最有力竞争者，谁想夺得案首，你就是最大的威胁，自然要在你身上使点手段。"

左光斗分析得不错，那天撞倒张果中的人，正是奉魏进忠之命而来的净军提督刘朝。他偷梁换柱，神不知鬼不觉地换了张果中的包子。

左光斗经过调查和重新考试，宣布张果中为保定府当年府试案首。后来，又将他确定为贡生，准备到时候选送国子监深造。

四、武学办起来了

保定府文庙和文昌宫之间，有一片广阔的场地，这里是保定府学的射圃，也就是供生员们练习骑射的地方。今天，是左光斗亲自为保定府武学选拔学生的日子。保定是京畿大府，下辖三州十二县，人口众多。在考台前，府署官员，三州十二县的知州和学正、县官和教谕，坐了一长溜。射圃内，应试的考生，看热闹的百姓，一层又一层，黑压压地挤满了广场。人欢马嘶，弓弦声声，叫好和惋惜声交织。

武学和武举，有明一代，未能得到真正重视，一直是根据形势的需要，开开停停。明洪武二年，明太祖召国子监学生，询问他们平时是否学习骑射，得到否定的回答后，太祖于是宣谕儒生要“文足以经邦，武足以勘乱”，强调文武并重，才能出将入相，安邦定国。次年颁诏，要求国子监诸生及郡县学生都要学习骑射。建文帝时，在京卫设立武学。到成祖朱棣时，由于他自己就是以武夺权，故忌武生习武，后借口徒有虚名，又下旨取缔了京卫武学。及至英宗继位，诏告“天下卫所皆立学”。至正统六年，批准开设京卫武学，决定在两京各办一所，武学始兴。宪宗继位，他无法忘记土木之变的耻辱，加之当时盗贼蜂起，边患频仍，于是下诏颁布了明朝第一部《武举法》，武举自此开科，广纳和储养将才。但此后，由于根深蒂固的重文轻武观念的影响，武举在此后百余年内仅开过寥寥数科。连武举都不能正常开科，武学的情形也可想而知，大多数郡县并未真正设立武学，开设的也是徒有虚名，并未起到为朝廷培养和输送将才的目的。但朝野内外，兴办武学、开考武举的呼声一直不竭，特别是国家面临内忧外患时，这种呼声就更加强烈。

按照正德年间颁布的《武乡试条格》规定，武乡试共举行三场考试，即骑射、步射和策论。骑射即马上射箭，以三十五步为准；步射即徒步使用弓箭，以八十步为准；策论或考古代兵法，或问时务。当天因为是选拔武生，策论就省略掉了，只考骑射和步射。在各县选送上来的考生中，不管是军籍还是民籍身份，只要能射中五箭以上者，准许收入府学，能中七箭以上者，当场发给武生衣巾。而朝廷此前的武学招生，一律限于武籍子弟，民籍子弟是无资格参加的。左光斗此次在保定招考武生，打破身份限制，受到了空前欢迎。

在上次院试中被黜革的生员方识文，这次重新报考了武生。长长的考生队伍慢慢向前移动着，轮到他考试时，前面已淘汰了七八个考生。只见身材颀长的他敏捷地翻身上马，箭壶内，每个考生领到的箭矢数量是十支。方识文一次就抽出三支箭，搭在弓上，拉满弦，只听嗖嗖嗖三声弦响，三支箭呼啸而去，都应声中靶。再看骑射，他将马打到五十步开外，又如法炮制，三支箭再次中靶。箭壶内余下的四支箭已不用射了，方识文骑射顺利过关。场上欢呼声雷动。骑射能有如此佳绩，步射就不用说了，方识文十箭皆中。

这次，在场上监考的左光斗激动不已，他命顾大武拿过一套崭新的武生衣帽，亲自授给方识文。左光斗说：“识文啊，真没想到你还一身好功夫，看来你弃文从武是对的，今后继续刻苦训练，时机成熟时投身军营，上阵杀敌。”

方识文看着顾大武，想起了打算自尽那天晚上的事，不好意思地笑了，说：“回学政大人，学生现在入了军籍，就是一名大明军人了，我一定跟在顾大武老师后面好生练习，将来争取报效朝廷。”

左光斗连连点头。方识文穿上了鲜红的明军士卒服装，戴上红笠军帽，显得精神抖擞，站在场内，像一团火焰。左光斗亲自帮他理了理军服，拍了一下他的肩头说：“今年开设武学，能收到你这样的武生，本学政足矣！”

这时，只见一位身高八尺的魁梧汉子挤到考台前，对左光斗说：“学政大人，俺观察多时了，你是一个好官，俺也要报名，可俺不会射箭，俺有的是力气。”说着，他左右晃了一晃臂膀，挤在他两边的二十多个看热闹的人纷纷跌倒。此人有此等膂力，实属罕见，左光斗暗暗吃了一惊。

左光斗问道：“你是何方人士，叫什么名字？”

汉子说：“俺叫武顺，人称顺子，雄县人，有一身蛮力。”

顾大武见状对左光斗说：“大人，文昌宫后院放在一柄百斤重的大刀，上面锈迹斑斑，看来多年没有人碰过。顺子膂力惊人，何不让他试试？”

左光斗说：“好主意，你立即带几个人，将大刀抬来。”

很快，顾大武等人将一柄大刀抬到了射圃内。这是一柄精铁打制的青龙偃月刀，相传是永乐年间一位武将所用，由于太重，一直放在学宫后院内，没人动过，没想到今天派上了用场。

左光斗指着地上的大刀问武顺说：“顺子，你看好了，这柄大刀，你敢试一试吗？”

武顺朗声一笑：“哈哈，有何不敢？”说着，他大吼一声，像咆哮的狮子一般，那些正拼命向前挤着看热闹的人吓得纷纷后退，人群中空出了一大片场地。武顺脚尖一挑，刀柄随脚而起，再两手迅速接住，大刀离开地面，完全拿到了手中。人群中暴发出雷鸣般的叫好声。接着，武顺耍起了大刀，连做了劈、砍、撩、挂、斩、挑、刺等一系列动作，刚劲有力，干净利落，场中叫好声地动山摇。

左光斗连说：“行了行了，不要过度用力，防止伤着了。”武顺这才放下大刀，长舒了一口气，不慌不忙，神色自若。

左光斗对武顺说：“虽然你不擅骑射，但力气惊人，凭这一技之长，就无人可比。本官做主，允你进入武学，成为朝廷武生。”武顺的高兴劲自不用说。左光斗又对在坐的官员说：“今天本官实在太高兴了，才收了一个百发百中的方识文，现在又发现了一个大力士武顺，看来民间大有人才，我左光斗幸甚，朝廷幸甚。拜托各位，回到各自州县后，迅速把武学办起来，朝廷急需将才，各位要求贤若渴，为朝廷分忧。如此，何愁内忧外患！”

此次保定府武学招生，共选得武生八十名，附入府学，除了增配几个武职教师之外，并没有给朝廷增加多少负担。通过朝廷颁旨，以保定为榜样，京畿府县武学大兴。为了解决学宫供粮问题，左光斗又在京畿郡县推广天津屯田成功经验，对有种田特长的儒生，每人授屯田百亩，每亩每年缴纳税粮一石。于是，京畿又掀起了屯田热。

接下来，左光斗决定为保定府学聘请一位名师，此人就是容城名士孙奇逢。

孙奇逢今年三十八岁，年龄比左光斗还要小，但左光斗早闻得他的大名。他十四岁时，入邑庠拜谒老师杨尚宝。杨尚宝就是左光斗最敬佩的谏臣杨继盛之子。杨尚宝见孙奇逢气宇不凡，就问他说，假如一个人被围城中，内无粮草，外无救兵，应该怎么办？孙奇逢当即回应道“效死勿去”。此事一时被传为美谈。孙奇逢年纪虽不大，却满腹才学，他十七岁就中了举人。二十二岁时，他赴京应试，途中闻父亲过世，他依古制回乡庐墓三年。三年期满，不料又遭母丧，孙奇逢伤心之余，又为母亲守孝三载。如此一来，他的会试就被耽搁了六年。孙奇逢放弃科考倚庐六载的故事在乡里被广为传颂。后来，他见朝局动荡，官场黑暗，干脆放弃了科考，乐居乡里，躬耕之余，讲学不止，四方学子都闻名前来求教。孙果中就是他的学生，曾多次受教于他。

左光斗和张果中二人分别骑着一匹马，向容城县奔去。张果中带着左光斗来到了孙奇逢隐居的地方。这里是白洋淀边的一座古村落。时令正是秋天，满目皆是雪白的芦絮，白茫茫一片，煞是壮观。晴空碧蓝，不时有一两行秋雁飞过，在空中变换着队形。左光斗说：“这里真美啊，难怪你的老师孙奇逢舍不得离开家乡了。”

张果中说：“现在是很美，不过，左学政有所不知，这大淀也是脾气的，发起洪灾来可不得了，去年就发了一次洪水，淹了好多村庄，我老师家的房子都被冲倒了。幸好这样的坏脾气不是常发。”

“哦，那难为孙夫子了。”

张果中说：“我的老师是个怪人，他听说家被冲了也不回去救，反而忙着帮乡邻们搬家。有人问他怎么不回去看看，他说反正被冲没了还看什么呢，愣是没有回家。”

左光斗连说奇人奇人。二人边走边说，张果中将左光斗带到一间草庐前。左光斗见门扉紧闭，说：“糟了，今天来得不巧，孙先生出门去了。”

张果中说：“不会，他很少出门，八成是下田了。走，我们去看看。”

两人将马放在堤上啃草，然后一头钻进芦苇丛中。芦苇丛中有许多小路，张果中带着左光斗在里面七转八绕。左光斗问道："我头都转晕了，你对这里怎么这么熟悉?"张果中笑着说："左学政，说起来您可能不信，孙老师有个不成文的规矩，要想听他的课，是要帮他家做农活的。"

左光斗笑了："哦，还有这样的事？这个孙夫子很对我的脾气。"

"我们这些做弟子的，半日听课，半日下田，老师公开说，做我的学生，就要会种田，什么犁田打耙、插秧割谷的样样都要会，我孙奇逢不收书呆子。"

左光斗意味深长地说："要是所有的读书人都像孙奇逢就好了，人人自食其力，真要那样，天下哪里还会有饿殍呢!"

左光斗对张果中说："一会见到你老师，先不要急着说出我的身份。"

"那怎么行?"

"怎么不行，你看我的眼色行事，身份说迟点没关系，说早了反而会误事。"左光斗叮嘱道。

张果中说："好，我听学政大人的。"

野外，水稻金黄，农人们正忙着收割。两人走到一块大田边，田里，一男一女两人正弯着腰割稻。张果中叫了一声："老师——"

左光斗早已脱掉了鞋袜，卷起裤腿下了田。孙奇逢见状问道："这位先生是——"

左光斗说："哦，我是张果中的朋友，今天特地来看看先生。"

张果中也脱掉鞋袜下了田，两人都帮着割起了水稻。孙奇逢见状乐了，他一边捶着腰一边说："果中啊果中，你这个耍滑头的，知道老师种了几亩田，怎么也不早点来给我帮帮忙，这些日子可把我和你师娘累惨了。"

张果中说："老师，学生最近不是在忙着考试吗?"

"哦，我也听说了，听说你考了案首，很好，为师也感到骄傲。不过，你这次可要留下来住几天，帮为师把稻子收上来。"

左光斗抢着说："行，我和果中都留下来。"

多了两个人手，活自然干得快了起来。左光斗虽然熟悉农活，但毕竟不是常下田，忙了段时间，他就感到腰酸背痛，隔一会就得站起来休息一下，汗水将衣衫差不多湿透了。张果中担心他会累着，故意装作失口说："左学政……你休息一会吧?"

孙奇逢站了起来，追问道："左学政?"

左光斗知道瞒不住了，说：“在下是朝廷新派来的学政，最近在保定巡学，听说先生大名，今天特地让果中带路，来拜望先生。”

“哎呀，罪过罪过，果中，你怎么不早说啊，怎么能让学政替我孙某人割稻呢，这叫我怎么担当得起！”

左光斗说：“没事没事，是我叫果中不要说的。”

孙奇逢放下了镰刀，招呼说：“快停下来，我们都上去歇息吧，去喝口茶。”

左光斗说不累，坚持要把这块田割完，孙奇逢见状只好又弯腰割了起来。几个人加快了速度，直到把田里的稻子全部割完才回村歇息。

左光斗打量着孙奇逢的家，除了各式农具和几件简单的家具外，别无他物。坐下后，左光斗这才说明来意，延请他到府学任教讲学。

孙奇逢说：“承蒙左学政看得起孙某。自古有礼贤下士的，但还没听说过学政割稻为学宫求师的，今天要不是我孙某亲历，就是偶然听别人说起我也不会相信。本来到学宫教书也没有什么，我可以去，只是我孙某有副贱骨头，三天不下田干活就痒痒，可惜了我家白洋淀边的几块好田……”

左光斗不待他说完，就说：“你家也不过就几块田而已，告诉你，学宫里的屯田有几千亩呢，都是新开垦的，学生也有两百人，都在等着你这个能文能耕的老师去教呢！”说着，他把自己打破地域和户籍限制，依托府学和县学，开垦屯田兴办武学的做法简单介绍了一遍。

孙奇逢听了，拍案叫绝：“好啊，这才真正增养人才呢！文武并用，古今通义，这样办学，务使文成其为文，武成其为武，不能文不能武者黜之，这样的学校里不培养只知道之乎者也的书呆子。好，看来我想不答应都不行了，行，我孙某明天就到府学去报到。”

请来了孙奇逢，保定府学一时声望大增。

京畿附近的学宫，在左光斗的积极倡导下，大刀阔斧地改革以前一成不变的办学模式，开垦屯田，附设武学。在学宫里，儒生们除了读书学习之外，有的种田，有的习武，有的兼而有之，办学方向与朝廷的足饷强兵需求相对应，培养能文能耕亦能武的各类人才，受到朝野广泛好评。

第六章

铲除黑帮

一、神秘的米香香

魏良卿和傅应星被左光斗从府学除名，两人根本就无所谓，他俩本就不愿来保定入什么学府，是魏进忠硬逼着他俩来的，说是非要弄个读书人的功名，好光宗耀祖。他俩才不在乎这个呢，不过保定也是富庶繁华之地，好吃好喝好玩的地方不比京城少，让他俩最惬意的是在这里没有什么约束，逛青楼，进赌场，也没有人管着，他们乐得在这里再玩一段时间，玩够了再回京城不迟。

近几天，他们天天缠着知府方廷璋，要他说出米香香是哪家青楼的姑娘。上次，为了哄他们到学宫点名，方廷璋故意将红袖阁的花魁子悦和诗云贬损了一番，说米香香才是保定城的第一美女。没想到这两个家伙当了真，天天缠着要他交出米香香。方廷璋犯了难，说吧，又怕米香香责怪他；不说吧，显然又无法交差。魏良卿还放出话来，要是再不说，就要到他的大堂去闹了。方廷璋知道这个混家伙是说到做到的，只好说出了米香香所在的地点叫金凤楼。

府河码头是保定的水上交通枢纽，水运可直达天津，非常便捷。华灯初上，府河码头上，各类大大小小的船只沿河道一字排开，前不见头，后不见尾。上货的，卸货的，日夜不停，一片忙碌。魏良卿和傅应星才没有心情看什么河景，他们坐在轿内，不停地催促着轿夫直达金凤楼。

轿子终于停了，二人下了轿。抬头一看，这座金凤楼从外面看也没什么特别，就是地势较高，位于桥头，临河是几幢相连的小楼。最高的三层，要是站在楼顶，府河上的风景能尽收眼底。檐廊上，挂着几只凤形灯笼，这大约就是它最特别的地方。魏良卿和傅应星进入楼内，老鸨凤妈见这二人穿着华丽，亲自将他俩引进了雅间。

凤妈满脸堆笑地说：“二位客官是第一次来我家吧，我去将姑娘们叫来，你们看看可有中意的？”

魏良卿说："不用叫了，我们是来找米香香姑娘的。"

一听说到米香香，凤妈的脸色马上就变了。魏良卿这才发现，这个胖乎乎的妇人脸有点特别，笑起来是圆的，不笑时是长的，是张驴脸。她说："这里没有这个人。"声音不大，却很有分量。

傅应星说："扯蛋，知府告诉我们的，难道还有假不成？"

魏良卿说："这是嫌我们没钱呢。"说着，一抖袖子，五六片金叶子就落在了凤妈的面前。凤妈的脸马上又变圆了，她也一抖袖子，桌上了金叶子就不见了，全落进了她的手心里，手法比魏良卿快得多。凤妈说："客官有所不知，我家香香姑娘这阵子心情不好，谁也不愿见，更谈不上接客了。我这就去给你们问问，还不知道她今晚给不给我面子呢。"

听说有米香香这个人，魏良卿这才放了心，说："你快去说说，就说我们不是一般的客人，是京城来的。"

"哟，原来是京城来的，难怪出手这么大方，我这就给你们说去。"凤妈扭着身子，进内室去了。

凤妈半天没出来，魏良卿和傅应星等得急了，二人就拼命地喝茶，直到茶叶都喝淡了，才看见凤妈扭着腰来了。她说："哟，祝贺二位爷，老身说了半天，香香姑娘才勉强答应给你们弹一支曲子。"

魏良卿骂道："他娘的，五六片金叶子就听一支曲子吗，这谱也太大了吧，你这店还想不想开了？"

凤妈亲热地抚着魏良卿的前胸，让他消消气，说："爷，这样的事可急不得，香香姑娘就是这脾气，她今天能弹支曲子就是肯赏脸了。"

傅应星问魏良卿说："怎么办，听还是不听？"

魏良卿晃着大脑袋，把手里的纸扇戳了一下凤妈："听，怎么不听！前头带路。"

凤妈带着二人走进后院的一幢小楼，在二楼一间临河的雅室内，安顿好二人坐下了。二人隐约看见帘子后面坐着一位女子，由于隔着帘子，无法看得真切。魏良卿站了起来，要去掀那帘子，凤妈过来阻止。魏良卿怒道："给爷摆什么谱，爷什么样的女子没有见过，哪有你们这样开婊子院的？"

米香香抱着琴反而从里面出来了，说："妈妈，把钱还给客人吧，这样的生意我不做了。"说着，抱着琴走了。

魏良卿终于见到了米香香真容，一时痴了，竟忘记了正在发脾气。米香香十五六岁的年纪，身材高挑，一袭白裙，美若仙子。此时，她明明生气了，可脸上就是特别的平静，看不出一点生气的样子。尤其是那眼神，水一般清澈幽深，好像再大的风浪都见过。她低着头，掠都没有掠魏良卿和傅应星一眼，就在二人的傻望中径直走出去了。

傅应星碰了碰魏良卿，他才醒悟过来，拍了拍脑袋说：“难怪方廷璋说她是保定第一美女，果然名不虚传，今晚这几片金叶子花得值。”

傅应星说：“值什么值，手都没有碰到，现在咱们怎么办？”

“还能怎么办，人家都不理咱们了，改天再来，现在还是到红袖阁找子悦和诗云姑娘玩去。”说着，二人向楼下走去。

当天晚上，顾大武在跟踪方廷璋到达金凤楼时，他站在桥廊的阴影里，正好看见魏良卿和傅应星二人骂骂咧咧地从大门里出来。他一愣神，这两个活宝怎么也跑到这里来了？看来这金凤楼还真不是一家普通的妓院。

方廷璋也不用人引路，他在里面七转八绕，径直来到楼上，看来对里面的路径很熟悉。来到一间紧闭着的房门前，他轻轻敲了三下，一重两轻。门开了，开门的人正是米香香。

见到方廷璋，米香香的眼泪扑簌扑簌地直往下掉：“刚才来了两个混蛋，说是你介绍来的……他们是你的人，你怎么竟然这样，呜呜呜……”

方廷璋一把将她拥在怀里，说：“别哭了，别哭了，都是我的错，那天我也是一时失口，当时不过想哄哄他们，没想到这两个混蛋当了真。”

“下次再不许这样了，这不是把我往火坑里推吗？”

方廷璋说：“你放心，我让这两个瘟神早点回京城，他们留在保定只会给我添麻烦。”

米香香点点头说：“那最好。”

这时，有人送进来了几样精致的小菜，在方廷璋面前摆好了。米香香拿起酒壶，给他满满地倒上了一杯，说：“来，我们一起喝几杯。”

方廷璋酒量不大，喝了几杯后，就感到有点昏昏然。米香香扶着他向床塌走去。放下内室的帷幔，她问道：“这阵子还忙吗，你上次说的那批漕粮经过保定了没有？”

方廷璋说：“没有，要是过去了本府还有这么忙吗……那我就天天晚上有工夫来看你了。”说着，抱着米香香亲了一下。

米香香装作若无其事地说：“还没过去啊，真讨厌，那还要几天？”

方廷璋闭着眼躺在床上，伸出五根手指晃了晃："至多五天。"

米香香端着一只精致的小盏，递到了方廷璋的面前，说："这是我下午刚榨的新鲜石榴汁，快喝一点，醒酒的。"

"五天后就是十五日，可十四日是我的生日，到时你一定要来一趟。"米香香说。

方廷璋坐了起来："怎么赶到一块了，看情况吧，我争取来。这批漕粮数量不小，有二十万石，千万不能在我保定境内出事，这年头兵荒马乱的，年成也不好，不是旱就是涝，饿痨鬼太多了。谁瞅着粮食不眼红呢？"

米香香嘟着小嘴说："我不管，你一定要来，你要不来，那两个瘟神又要来欺负我，呜呜呜……"

方廷璋说："好，好，我来，行了吧。"

一直待在桥廊阴影中的顾大武发现，方廷璋离开金凤楼后，米香香就在临河的窗子前挂出一盏灯笼。灯笼是莲花形的，与金凤楼中的凤形灯笼明显不同。每次莲灯挂出去后，很快就会有一只小船悄悄地靠近了金凤楼，船上就会有人从临水的门里进入米香香的房间。他们在米香香的房里待的时间都不长。等他们神不知鬼不觉地离开时，米香香就会收起那盏莲灯。

顾大武有一种预感，这个神秘的米香香，似乎在预谋着干一件大事。

二、漕粮来了

保安府及其下辖州县武学办起来之后，身为学政的左光斗松了一口气，他打算近日离开保定，到京畿其他地方去督察，安排各府科试事宜。没想到昨晚顾大武向他报告了知府方廷璋的异常举动，左光斗也预感，保定可能要有大事发生，他决定再延迟数日离开，看看动静。他已听说山东等地，已有白莲教徒在异动，并向周边省份渗透，京畿肯定也是他们渗透的重点区域。左光斗叮嘱顾大武，在继续密切关注方廷璋动向的同时，也要留意魏良卿和傅应星二人的行踪，防止他俩滋事。这一说倒是提醒了顾大武，本来，他倒没有把这两个混蛋家伙放在眼里。

府河码头上，有一家规模颇大的酒楼，名叫快乐渔家。上面三层是酒楼，地下一层是赌场。在一间密室内，方廷璋已经在这里连赌三个晚上了。他白天在府署里装腔作势地当知府，天一黑就到这里来了，要一直玩到拂晓才回。在三楼一个房间里，漕帮帮主水上漂不停地抽着旱烟，瞅瞅天又快亮了，问身边的副帮主龙蛟说："那个狗官赢了我们多少银子了？"

龙蛟一琢磨，说："三个晚上下来，总数超过一万两了。"

水上漂使劲在桌脚上敲了敲烟灰，说："胃口真不小，一万两了还不收手。好了，到时候了，弄几个菜，再下去把他请上来，该和他谈一谈了。"

很快，十几个菜在桌上摆好了，什么清蒸白鳝、松鼠鳜鱼、荷包鱼、蜀香石锅鱼等，以鱼为主。水上漂又等了半天，才看见方廷璋一路打着哈欠上楼来了。水上漂招呼他坐下，给他夹了一块鱼肉，说："方知府，身体重要，这打牌也不能不吃饭啊。来，快尝尝，新鲜的鳝鱼，味道还是很美的。"

方廷璋将那块鱼肉夹进嘴里，大嚼起来，边嚼边看着桌上的菜，连连点头说："哎呀，不错，不错，本府就是喜欢吃鱼，尤其是快乐渔家的鱼，连年有余嘛，吉祥，吉祥啊。"

水上漂说："那是，今天你多吃点，吃鱼手气好。"二人相视哈哈大笑。

龙蛟故意说道："既然方大人兴趣这么好，那明天晚上继续来，咱们接着玩？"

明天就是米香香的生日，方廷璋这点倒是记得很清楚的，他明晚肯定要到她那里去。他故意打了个哈欠说："这次尽了兴，我看也玩得差不多了，明天就不来了，你刚才不是说身体重要吗，本府明晚休息。"

水上漂说："对，对，身体重要，等休息好了，咱们继续玩。"这时，他好像想起了什么似的，问道："对了，上次和大人说过的事还记得吗，后天漕船过来时，兄弟我摆下几桌饭，务必请黄千户和他手下的兄弟过来喝几杯，让我尽尽地主之谊。"黄千户是随船押送漕粮的漕兵头目，和方廷璋是熟人。

方廷璋说："你放心，本官早就和他书信联系过了，到了咱保定府，怎么说也要给本府一个面子，他要是敢不下船，本府就不让他过去。"

水上漂暗暗舒了一口气："那就好，这点面子黄千户肯定会给的，不就是喝杯水酒嘛。我们漕帮在水上讨食，今后仰仗黄千户关照的地方多的是。"

方廷璋站了起来，揉了揉困倦了的眼睛，水上漂扶着他上了轿子。方廷璋走后，水上漂也顾不上歇息，开始安排后天的接待事宜。后天押送的漕兵有两百人左右，至少要安排二十桌酒席。不过，按照规矩，他们不会一次性全部上岸，而是轮换着吃饭，毕竟看守漕船责任重大。这批漕粮共二十万石，从苏州府转运过来，是运往天津的军粮，不能出任何闪失。

魏良卿和傅应星自在金凤楼受了冷遇之后，一直对米香香恋恋不忘。次日晚上，酒足饭饱之后，两人决定再去金凤楼碰碰运气。到金凤楼，无论他们出手怎么大方，凤妈一口咬定米香香回乡探亲去了，就是不让他们上楼。二人没辙，只好气急败坏地走出金凤楼。走到桥头上，此时，晚风吹拂，明月升起，府河上渔火点点，不时有渔船从身下的拱桥上驰过。魏良卿文绉绉地说："如此良辰美景，却没有佳人相伴，让我们两个爷们形影相吊，这人生，实在是无趣得很啊。"

傅应星说："那个老鸨太欺负人了，我就不信香香不在家。"

"我也认为她是骗人的，要不这样，我们偷偷翻围墙，到香香房里去看看。"

傅应星眼前一亮："好主意，就是被发现了，也没什么关系，凭咱们的身份，说出来还不吓死他们，谅也不敢把咱俩怎么样。"

说干就干，二人偷偷来到金凤楼侧面，四处查看，找了处稍低矮些的墙头，开始爬墙。魏良卿踩在傅应星的肩上，他身体肥胖，动作笨拙，把身下的傅应星踩得龇牙咧嘴。傅应星说："魏哥，你行不行，不行你就下来，还是让我上吧。"

魏良卿正爬得气喘如牛，他不服气地说："谁敢说我不行，我宰了他!"

傅应星忙改口说："傅哥，行你倒是快点啊，香香姑娘正在房里等着你呢，别把黄花菜等凉了。"

还别说，傅应星这一急，魏良卿也不知哪里来了力气，他将臃肿的身子向下缩了缩，然后死劲一纵。身下的傅应星被踩得发出一声惨叫，魏良卿倒是爬到了墙头上。可下面黑乎乎一片，什么也看不见，他闭着眼向下一跳，"扑通"一声，没想到掉进了水里，原来下面是一个水池。魏良卿爬了起来，身上的衣服全湿了。这湿衣服粘在身上，行动更加不便，他灵机一动，干脆将湿衣服脱了，只留了一件短裤。反正这里是妓院，光着身子也毫不为奇。这时，傅应星在外面大呼小叫，吵着也要进来。魏良卿朝墙外扔了一块石头，傅应星不吱声了，静静地在外面等着。魏良卿这才蹑手蹑脚地朝米香香的住处摸去。

前院看守很严，后院倒是没什么人值守。魏良卿在暗影里顺利地来到了楼上米香香住处。他前几天来过一次，在内心里也温习过无数遍，路径自然是很熟悉了。窗户虽然被遮住了，但仔细看，仍能看见隐隐约约透出的灯光。魏良卿一喜，有灯光，就说明米香香在室内。但她不愿意见他，说明她今晚已有安排。也就是说，她的房里，可能另有他人。

魏良卿贴在门上偷听，里面果然有说话声。一男一女，女的自然是米香香，可这男的声音，虽然听不真切，好像也有点熟悉。他在门上四处寻找，终于找到了一条门缝。真是不看不知道，一看吓一跳，原来是知府方廷璋。看着自己仰慕的女人在他的怀里撒娇，魏良卿的心差不多都要碎了。他觉得自己要赶快离开，不然，说不定下一刻他会做出什么不理智的事情来。这个方廷璋，平时在自己面前装孙子，没想到背后还做着这等金屋藏娇的龌龊事。你藏娇也就藏娇嘛，可还偏偏藏着我魏爷喜欢的女子。是可忍，孰不可忍！魏良卿丧魂落魄地回到院子里，看到廊下的红灯笼时，他有了一个冲动的念头。他取下灯笼，将一条长帷幔点燃了。火光冲天，浓烟滚滚。魏良卿大叫一声："起火啦——"一时间，前院后院都惊动了，到处大呼小叫。衣衫不整的男男女女到处乱窜。趁着这股混乱，魏良卿轻松地走出了大门，没有一个人拦着他。

魏良卿掉了魂一般，拖着沉重的双腿，木然地挪着步子。傅应星过来了，一把将他拉到一边，说："魏哥，真有你的，你这招太绝了！"再一看，魏良卿神色不对，又问道，"魏哥，你怎么成了这个样子，你的衣服呢，保不成你和香香上床了？"

魏良卿啪地给了他一巴掌："还朝老子的伤口上撒盐，滚一边去。"傅应星见他真生气了，再也不敢吱声，他脱下了自己的长袍，披到了魏良卿的身上。

走了半天，傅应星还是忍不住问道："魏哥，你在里面到底发现了什么，发生了什么事，你倒是说说啊，我给你拿个主意，要是受了委屈，我给你出气！"

魏良卿这才把方廷璋和米香香在一起的事说了。傅应星说："哎哟，我的妈，我当是谁呢，一口嫩草，倒叫这个蠢驴啃了。魏哥别急，等咱回去，和俺舅说一声，把他的官帽拿掉，让他风流去。"

魏良卿使劲拍打着自己的胸脯说："可是，俺，俺心里憋着一口气，现在就是难受！"

傅应星说："还难受个啥呢，魏哥你今晚这把火放得太及时了，嘿嘿，我估计那姓方的还没入港，就被你那把火烧停了。"说着，捂着嘴哧哧地笑了起来。

魏良卿大怒，又踹了傅应星一脚，他哭丧着脸说："我警告你，绝对不允许你这样侮辱我的香香姑娘！苍天啊，我一定非香香姑娘不娶！"

傅应星傻了，看来这家伙中魔了，现在还是赶紧将他扶回去睡一觉要紧。别看他还现在要死要活的，有些事情，特别是女人的事情，一觉醒来，就什么事也没有了。

魏良卿和傅应星当天晚上的行动，基本都落入了在桥头上暗中观察的顾大武眼中。瞧着魏良卿呆头呆脑地离去，像被米香香勾去了魂一般，顾大武忍俊不禁。当然，他也没有把魏良卿非米香香不娶的誓言当回事，这些花花公子，不过是一时兴起说说罢了。

第二天中午时分，府河上，浩浩荡荡的漕粮船队抵达了码头。码头附近平时停放的各类船只早被清理开了。知府方廷璋和漕帮老大水上漂已在码头上等候多时。为首的指挥船缓缓靠近了码头，黄千户头戴插着一根雕羽的枪盔，身着绣有五品熊罴图案的军服，威风凛凛地站在船头上。为了保护漕运安全，保证南方各省粮食经运河顺利地输送至京师，朝廷成立了一支特殊的部队即漕兵，并在运河沿线设立卫所。管理这支部队的，就是漕运总督。黄千户是率领漕兵随船押送本次漕粮的将领。行行都有利，随船押送漕粮就是一项美差，捞油水的手段很多，可以夹带私货，给商人偷运货物，以及以损耗为名偷盗漕粮等，不一而足。

黄千户在两个漕卒的搀扶下，趾高气扬地上了岸。方廷璋上前一把握住了他的双手，说："黄千户，兄弟们辛苦了，本府在这里等候多时了，快上岸歇息歇息。"

黄千户摇了摇脑袋，好像在展示他枪盔上那支好看的雕羽，说："方知府，还是您体恤我们漕兵们，船上闷死了，啥玩意儿也没有，漕兵苦啊。"

水上漂也拱手道："多谢黄千户和漕兵兄弟们赏光我们保定漕帮，在下略备水酒和薄宴，今天咱们一醉方休。"

黄千户咂巴咂巴了嘴唇："那我们就不客气了，请头前带路。"

黄千户在前，在他身后，跟着百余个漕兵。本次押送的漕兵共有两百人左右，也就是说，下来了一半人，他们是轮换着吃饭的。当黄千户带着他们走进快乐渔家的时候，在漕船上值守的那些漕兵，也一个个羡慕地伸长着脖子，有的还发起了牢骚。谁不想抢先下去吃大餐呢，可没有黄千户的命令，他们又不敢擅离岗位。

酒席上的菜肴都是精心准备的。水上漂了解过了，这批漕兵大都来自南方省份，所以他准备的都是淮扬菜，有蟹粉狮子头、红烧肘子、盐水鸭、碧螺虾仁、太湖三白、梁溪脆鳝等，每一桌都摆得满满的。酒是河北名酒刘伶醉，每张桌边都摆了四大坛。有人拍开了泥封，一时间，酒楼内，菜香、酒香扑鼻。那些漕兵在河上漂了十几天，都是饱一顿饿一餐，哪里吃过这样的大餐，也顾不得什么颜面了，个个像饿痨鬼一般，一番大块朵颐，吆三喝五地喝开了。

因为只下来了一半漕兵，不过坐满了一半的桌子，余下的一半仍空着，但也都摆上了酒菜。大厅里热火朝天，吃到一半时，望着仍空着的那一半桌子，水上漂说："黄千户，你看，这边桌子上的菜都凉了，您就发个话，让船上那些兄弟也都下来吧，他们肯定也都饿了。”

方廷璋也说：“是啊，一半人吃，一半人在守着，在咱保定府，能出什么事呢，出了什么事，有本府负责。”

黄千户说：“这么说，那让他们都下来吗？”

方廷璋、水上漂应道：“都下来！”

黄千户喝得有些高了，舌头有点不那么灵便了，他手一挥说：“既然你们都说一道吃，那就一道吃吧。吃饱喝足……好赶路。”说着，他叫手下去把看守漕船的那部分漕兵叫过来一道吃饭。

很快，守船的兵丁欢天喜地跑进了酒楼。酒楼里更热闹了，人声鼎沸，气氛达到了高潮，热浪一浪高过一浪。

瞅着天渐渐暗了，水上漂俯在黄千户的耳边说：“黄千户，今晚不走了，就住在咱保定，我给你找个好玩的地方消消遣，听听曲。咱保定的姑娘，那可不是吹牛，是要多俊有多俊，要多水灵有多水灵。哈哈。”

黄千户已是醉眼迷离，听说一会儿还有姑娘玩，心里早就痒痒得不行，却故意说：“这不好吧……本官有公务在身。”

水上漂说：“黄大人，你们当兵的，怎么一点也不爽快？那你今天晚上还打算睡船上吗，你要实在坚持我也不拦你。”

黄千户睡了十几天船板，全身骨头早睡得酸痛了，他哪里愿意睡船板呢，只不过是没有办法而已。他说有公务在身，不过是做做样子。说完，他就瞅着方廷璋，心里巴不得他也来劝劝他，他好就坡下驴。

方廷璋当然懂黄千户的心思，就说：“本府看，黄千户歇一晚就歇一晚吧，反正离天津不远了，误不了事的。”

黄千户端起一碗酒说：“那好……本官决定，今晚就在保定歇息了。来，咱们接着干！”

“这才对了嘛，”水上漂压低着声音说，“咱们这就去红袖阁，弟兄们吃饱喝足之后，回船睡觉，我们玩我们的。”

黄千户摇摇晃晃地站了起来，对正在大吃大喝的漕兵们说：“兄弟们吃好喝好，然后回船看漕粮去，今晚我们就在保定歇一晚了。我，我可说好了，你们不许乱跑，小心本官收拾你们！”

借着酒兴，漕兵们也起哄说：“黄千户也不许乱跑！”“黄千户上船睡觉！”“黄千户禁赌禁嫖！”一时间，酒楼里笑声如雷。

黄千户说："本官，本官公务在身，去去就来……"说着，在方廷璋和水上漂的簇拥下，上了轿子，直奔红袖阁而去。

到了红袖阁，子悦和诗云已在房中等候多时，水上漂提前一天就已预订好了这两位花魁。在将黄千户和方廷璋送到楼上后，水上漂叮嘱了子悦和诗云一番，就借故离开了。

第二天，天刚蒙蒙亮，在快活渔家酒楼内，几个率先醒来的漕兵发现，他们没有睡在漕船上，而是就地睡在了酒楼的地板上。酒楼内到处是睡着了的漕兵，他们一个个横七竖八地歪倒着，丑态百出。有人仔细地回忆着昨晚的情形，虽然他们昨晚上喝得不少，但也不至于人人都醉得不省人世，竟然忘记了回到船上。先醒的陆续叫起了仍在沉睡的人，可这人虽是醒了，但一个个浑身无力，身子像散了架一般，站都站不稳。大家只好互相搀扶着，踉踉跄跄地来到了河边。突然，有人一声尖叫，大家朝河里一看，人人吓得魂飞魄散：水里漂着几具船夫的尸体，船仍在，可是船舱空了，二十万石漕粮已不翼而飞！

两百漕兵再次个个瘫倒在码头上，这是他们从未遇到过的怪事，谁有能力在一夜之间将几十只船上的二十万石漕粮搬得干干净净呢，难道它们长了翅膀飞上天了不成？他们实在百思不得其解。但现在船舱是空的，这漕粮明明白白是丢了。当务之急是找到他们的统领黄千户。有人回忆起来了，昨晚上，黄千户是和知府方廷璋以及漕帮老大水上漂一道离开酒楼的。问题是，他们现在在哪里呢？

三、武生出手

漕粮被窃，很快轰动了保定城，府河边挤满了看热闹的人。人们议论纷纷，说什么的都有。黄千户和方廷璋闻讯后，惊慌失措地来到府河码头，望着空空的漕船，黄千户手握剑柄的手在止不住地颤抖。他瞪着方廷璋说："方大人，你，你昨晚不是打包票说，漕粮在你的地盘上是绝对不会出事的吗？"

方廷璋狡辩说："这……这些漕船上昨天有漕粮吗，本府也没有登船查验。"

"现在说什么也没有用了，丢了漕粮，你我都难逃干系。现在还是赶紧想辙找回来才是正经，这样也许我俩还有一条生路。"黄千户说。

方廷璋的目光在人群中四处搜索，叫道："水上漂呢？"连叫了几声，都没有看见他的身影。

黄千户说："别叫了，再叫他也不会来的。昨晚上自和我们在红袖阁分手后，他就不知道到什么地方去了。"

方廷璋压着嗓音说："你的意思是，水上漂有嫌疑？"

"没有嫌疑，他人呢，无缘无故的为什么跑了？本官现在回忆昨晚的细节，一环套着一环，好像是一个精心设计的局，将我们漕兵往里面引。"黄千户盯着方廷璋说，"对了，昨晚上你可也帮了不少忙。"

方廷璋质问道："你这叫什么话，难道你连本府也要怀疑不成？"

黄千户说："不是我非要怀疑你，水上漂是你的人，昨天要不是你的邀请，难道我堂堂一个千户还会和一个码头上的混混打交道不成？再说，昨晚上你也帮他说了不少话。这事到底和你有没有关系，现在还不好说。我现在也不想和你争辩，漕粮是在你的地盘上丢的，你身为知府，有义务帮我找回来。否则，我们朝廷上见！"

黄千户一番话，让方廷璋的心吊到了嗓子眼，这家伙虽然咄咄逼人，但说的似乎有点道理。这么看来，丢了漕粮，自己的责任似乎比他还要大一些，这可是要杀头的大罪。现在水上漂人间蒸发，到什么地方去找他呢？再仔细一想，自己连水上漂姓甚名谁都不知道，他的家在哪里，是否有家人，他都一概不知。这家伙太神秘了。想到这里，方廷璋出了一身冷汗。现在怎么办呢，谁有本事能找回漕粮？二十万石漕粮，毕竟目标很大，一般的人，就是想藏也藏不住，这事不能再拖了，越拖会越糟糕。望着眼前脑袋挨着脑袋看热闹的人群，方廷璋眼前一亮。对了，去找左光斗，他是钦差学政，也是直隶巡按，现在保定出了这么大的事情，他就置身保定，多多少少也是有点责任的。想到这里，方廷璋大叫道："快，备轿，去学宫找左大人！"

说曹操，曹操就到，左光斗和府教授王书翰突然出现在了人群中。方廷璋像抓住了救命稻草一般，惊喜地说："左大人，您来得正好，漕粮失窃，事关重大，您可要帮帮本官。"

左光斗说："本官早就到了，现场已经踏勘结束，这里不是说话的地方，宜早不宜迟，走，我们立即到府署去商量对策。"

一行人匆匆来到了保定府署，方廷璋将昨晚的经过简单讲述了一遍。左光斗说："方大人，我问你，在这保定城内，除了官府，还有哪个组织，有能力在一夜之间让二十万石漕粮消失得无影无踪？"

方廷璋仔细想了想，摇了摇头说："以前只听说过有少量漕粮失窃，那估计是内鬼串通水匪所为。这次二十万石全部失踪，断不是普通水匪作案。本府实在想不出哪个组织有这个能力。漕帮也不行，不错，他们是有百余条船，但都是小船，要想在一个晚上搬走二十万石漕粮，恐怕他们也没有那个本事，根本没那么多人手。”

左光斗说：“要是他们得到某个大型组织的帮助，或者说，两个组织联手呢?”

方廷璋说：“左大人，您怎么越说越让我感到害怕，会有哪个大型组织帮助他们?”

左光斗一字一顿地说：“白、莲、教!”

方廷璋说：“不可能，绝对不可能，本府还从未听说过保定有白莲教徒活动。再说，他们怎么知道漕粮什么时候到达保定，又怎么能顺利偷取漕粮，又将漕粮运向了哪里?”

左光斗陡然提高了声调说：“方廷璋，难道你现在还不明白，他们费尽心机设置了一个局，引诱你们往里面钻吗?”

黄千户说：“左大人，自漕粮失窃，我就看出来了，方知府还不信!”

自听左光斗说出白莲教三个字，方廷璋的脸就吓得惨白，白得像刮了毛的猪皮。他当然知道这三个字的分量。白莲教是唐宋以来流传于民间的一种秘密结社组织。本朝自永乐年间起，就不断有白莲教徒组织起义。万历年间，蓟州人王森自称闻香教主，秘密传教，教徒达百万之众，遍布北南直隶、山东、山西、河南等省。万历四十二年，王森在京师传教时被捕，后来不明不白地死于狱中。王森死后，听说他的弟子继承师业，仍在各地秘密活动。在官方眼里，白莲教无异于造反的代名词。听说白莲教徒已经渗透到自己的地盘上，而且参与了盗窃漕粮，而身为知府的他却浑然不觉，这怎能让他不感到害怕。一旦左光斗所说属实，他方廷璋就算有十条命这次也难逃一劫了。

左光斗说：“据本府揣测，保定漕帮大多已加入白莲教，且已被白莲教所控制，这次他们之所以将目光瞄准了漕粮，动机不言自明。”

方廷璋问道：“他们，他们要干什么?”

“白莲教组织庞大，教徒数量有上百万之众，这么多人要吃饭啊，他们之所以急着要将这批漕粮据为己有，肯定是为下一步举事做准备。也就是说，这批漕粮一旦落入他们手中，后果不堪设想。当务之急，我们要赶紧行动，夺回漕粮，千万不能落到他们手中!”左光斗说。

黄千户说：“现在我手下只有两百人，昨晚上酒里肯定下了蒙汗药，他们现在无法行动。调兵也不及了，等兵调来了，漕粮也不知被运到什么地方去了。左学政，事情迫在眉睫，你赶快想个办法！”

左光斗胸有成竹地说：“不要着急，我早已布置下去了。”

这下轮到方廷璋和黄千户傻眼了：“什么，你布置下去了，怎么布置？”

王书翰说：“左大人听说漕粮出事后，在第一时间将府学三百多名学生全部派出去了，沿府河下游追击，并已经派人通知了下游沿县的容城、安新、易县等县的知县和教谕，立即带领各县学武生，沿河查看船只，发现可疑货船，一律暂扣！”

左光斗说：“本官听说漕粮被盗，也感到有些匪夷所思，不管作案的元凶是谁，追回这批漕粮才是当务之急。试想一下，漕帮盗得漕粮以后，会往何处去？二十万石漕粮，恐怕要装满百余只小船，这么多的粮食往何处掩藏？往上游吗，可能性不大，而且行船速度太慢，很容易被追击。所以，本官判断，他们肯定会将漕粮运往下游。”

方廷璋说：“下游河道有好几条，有黄花沟、金线河、漕河等，谁知道他们往哪一条河道跑呢？”

左光斗说：“他们哪一条都不会去。”

黄千户说：“你怎么能如此断定，万一我们的追兵跑岔了可不是小事！”

左光斗说：“他们之所以选定在保定动手，本官判断，就是因为府河下游的藻杂淀。他们无论在哪里动手，得手后漕粮都无法掩藏，但一旦进入了藻杂淀，情况就不一样了。藻杂淀方圆数百里，河道四通八达，芦苇密集，那些盗粮的船入淀后，就像是鱼儿进入了大海，掩藏和运输都极为便利。”

黄千户焦急地说：“那千万不能让他们进入大淀，否则就完了！”

左光斗说：“我已安排顾大武、方识文和武顺几个，带着一批武生，直扑淀口段堵截。幸亏我前段时间办武学时买了一批马匹，这次派上大用场了。好在事发时间不长，不过才一个晚上，且船又是满载，谅他们也跑不了多远。走，我们现在到淀口去看看，武生们应该截击上了，我们去接应他们。”

左光斗、方廷璋和黄千户骑着快马，直扑府河下游的淀口段。他们的后面，紧跟着保定府内的所有衙役和尚能行动的漕兵。

在府河下游的安新县淀口段，一场混战正在进行。左光斗预料得一点不错，仅凭保定漕帮，要想打这批漕粮的主意，是不现实的，他们既没有充足的人手，也没有足够的胆量。早在半年前，白莲教组织就在暗中笼络漕帮高层，特别是帮主水上漂和副帮主龙蛟。经过他们的鼓动，漕帮成员大半加入了白莲教。为了下一步的举事，他们需要大批粮食作为贮备粮，这才将目标瞄准了这批路过保定的漕粮，精心谋划了这次行动。眼看着大功告成，没想到，却在离藻杂淀一二里地的地方，遇到了一群秀才。本来，他们也没将这群秀才放在眼里。秀才么，不就是又酸又迂手无缚鸡之力的文人么，可是，这群秀才似乎不一样，要么手持弓箭，要么拿着刀枪棍棒，看样子来者不善。水上漂让大家做好准备，防止这群秀才捣乱。

顾大武、方识文和武顺带着一群武生足足追赶了两个时辰，终于将盗粮的漕帮船队赶上了，他们是又喜又忧。喜的是终于追上了盗贼，忧是的眼前离一望无际的大淀只有一二里地，凭他们先期赶到的几十个武生，如何拦得住这支庞大的船队，况且漕帮行走江湖，人人心狠手辣。顾大武立即安排一人回去报信，请求支援。然后几个人一番合计，商量对策，要极力阻止船队前进。漕帮水手们显然也发现了他们，人人拿出长刀，准备作战。

顾大武安排善射的武生在堤上埋伏下来，专射正奋力划船的桨手。这些武生天天练习骑射，已练了好几个月，对弓箭的使用已得心应手，今天终于派上了用场。因此，人人又紧张又兴奋。河道不宽，桨手离他们不过二三十步远，比他们平时练习的靶子距离还要近。随着顾大武一声令下，只听一阵弓弦响，船上发出一声声惨叫，不时有桨手中箭。桨手受伤后，船舱里立即就有人上来替补，继续划船，于是武生再射。这样一折腾，虽然不能完全阻止船只前进，但速度已明显慢了下来。

顾大武见堤上有许多树木，计上心来。他将绳子在树干上系好，再牵过马匹，系到马的身上，然后在马屁股上狠狠地抽了一鞭子。马一声长嘶，将一棵树连根拔起。顾大武命武顺过来，他的惊人膂力派上了用场。只见武顺将一棵大树拎在手上，使劲向河中心抛去。河水并不深，一棵大树落水，树冠在水面上还露出一大截。这时，又有几棵大树被拔了起来，武顺不断地将它们扔向河中。河中的大树越来越多，河床眼看着越来越狭窄了。

水上漂本来没有将这群生员当回事，现在看来不是那么简单，不时射来的箭矢已经让他们吃了亏，现在又来拦阻河道，而他们的人都在船上，完全处于被动状态。再不采取措施麻烦就大了，眼看着就要功亏一篑。水上漂命令龙蛟说："带几个兄弟下去，将这些可恶的书呆子杀掉几个，将他们赶得远远的！"

龙蛟带着十几个水手，人人手持长刀，单独乘一条小船向岸上驰来。龙蛟站在船头上大叫道：“此事和你们无关，书呆子们，快滚开，杀啊——”人人凶神恶煞般喊了起来。

这些武生哪里见过这等阵势，一个个吓得面如土色，收起弓箭就要逃跑。顾大武沉着地指挥说：“别怕他们，快放箭，不要让船靠岸！”武生们拈弓搭箭，嗖嗖嗖几声弦响，小船上又有几名漕帮水手被射中了。龙蛟大喝一声：“跳！”余下的水手将刀衔在嘴里，一个个跳到水中，奋力向岸边游来。在这节骨眼上，又有一批武生闻讯后赶了过来。远处，不断有人陆续赶到。大家捡起石头，奋力砸向水中。一时石如雨下，打得龙蛟等人摸不着北。他们见人越来越多，形势对他们越来越不利，不敢再上岸，又从水里爬回到了船上。

龙蛟哭丧着脸问水上漂说：“老大，他们人越来越多了，怎么办？”

望着就在前面不远处的大淀，水上漂大怒道：“他奶奶的，真是半路上杀出个程咬金，哪里来的这些书呆子，坏爷们的好事，老子要杀光他们！”

龙蛟说：“老大，快想个办法吧！”

水上漂说：“老子有什么办法，又没有长翅膀飞！那个骚娘们到哪去了？”

龙蛟说：“恐怕还在金凤楼里睡大觉。”

水上漂用力捏着手里的刀柄，骂道：“她叫我们抢粮，她倒是躲着远远的，雨不淋日不晒的，吃亏的是我们，妈的，没一个好东西。”

“老大，你看，好像是知府方廷璋赶过来了。”龙蛟指着正在跑过来的几匹快马说，“怎么办，我们快逃吧，再不逃就来不及了！”

“哼，是来了好几个当官的。逃就来得及吗，爷不走了，杀一个是一个，大家拼个鱼死网破！”水上漂恶狠狠地说。

龙蛟“扑通”一声跳进了水里，说：“老大，要拼你拼吧，兄弟我逃命去了，后会有期！”

水上漂朝水里狠狠吐了口唾沫，骂道：“窝囊废！”

岸上的人越来越多，连昨晚那些喝了蒙汗药的漕兵们都赶了过来。漕帮的人这才慌了，水手们一个个问道：“老大，怎么办？”

水上漂说：“他妈的，他们不让老子好过，老子也不让他们好过，来啊，将漕粮全部推入水中，然后驾空船进入大淀！”

水上漂已是穷途末路，做着最后的挣扎，水手们一个个从舱里钻了出来，准备将一包包粮食推进河里。左光斗已经赶到，他一直在观察着漕帮的一举一动，现在见他们要推粮入水，他大叫一声：“快放箭！”此时，武生的人数已经倍增，附近县学的武生都陆续到达了，大家早已做好了准备。左光斗一声令下，只见箭矢如雨，飞向船上，漕帮的人纷纷中箭，惨叫声一声接着一声。大家再也顾不上推粮，争相跳入水中。漕帮个个是弄潮好手，他们潜入水中后，转眼就看不见了。

身边的人都逃光了，指挥船上仅剩下水上漂一人，他见大势已去，将刀衔在口中，也准备跳水。左光斗对身边的方识文说："快，水上漂要逃！"

说时迟，那时快，方识文拈弓搭箭，嗖的一声，箭矢像带着风声向水上漂飞去。此时，水上漂双脚已离船，上半身已落入水中，那支箭就像长了眼睛一般，射在了他的后背上。只见水上漂身子一歪，倒入水中。水面上，一股殷红的血正慢慢扩散开来。水上漂虽然中箭，但仍潜入水中。黄千户大叫："快抓住水上漂，走了他无法向朝廷交代！"方识文继续拈箭在手，眼睛紧紧盯着水上漂潜入的水面，一路向下游搜寻着。黄千户沮丧地嚷个不停："水上漂呢，水上漂呢……"

方识文继续在水面上寻找着，他刚才那一箭的力度较大，正中水上漂的后背，他有一种预感，水上漂可能逃不了。这时，他发现河中央阻拦河道的树冠旁，有一处水面突然红了。方识文拉满弓弦，朝那泛红的水面下射去。只听啊的一声惨叫，一个人影从水下冲天而起，正是水上漂。纵使身中两箭，水上漂仍不甘束手就擒，只见他脚尖轻点水面，像燕子点水一般，仍向大淀方向逃去。可水面上就远没有水下安全了，加上身上有伤，动作比平时慢了许多。黄千户扯着嗓子吼道："快射他，快射他，一定要抓住他！"

不待方识文再次动手，别的武生已接连向水上漂放了几箭，暴露了目标的他成了活靶子。水上漂再也支持不住，重重地栽倒在水里，痛苦地挣扎着。黄千户说："快别射了，抓活的！"有人拿来长竹竿，七手八脚地将水上漂捅到了岸边，将他五花大绑起来。水上漂虽然被逮，但仍双目怒睁，目光在众人的脸上一一扫过，栽在这群酸秀才手里，无论如何他不服，也想不通。

左光斗好像看透了水上漂的心思，来到他的面前，指着数百武生说："水上漂，你仔细看看，他们果是一般的秀才？他们是本官培养的武生，今天算是小试牛刀，我对他们的表现很满意。说起来，还要感谢你们漕帮提供了这个机会呢。"

水上漂不服气地说："我死不足惜，漕帮实力仍存。等那一天到来时，就会天下大乱，你们全都无路可逃！"

左光斗怒道："你死到临头了还嘴硬！"

这时，顾大武惊道："糟了！"

左光斗知道他话中有话："快说，怎么了？"

顾大武在左光斗耳边低语了几句，意思是大家忙着追查漕粮下落，将米香香忽视了。她在得知这边的动静后，可能早已逃脱。

左光斗说："你带几个人，迅速到金凤楼去看看。"

黄千户见漕粮失而复得，一直悬着的心这才放了下来，今天要是找不回漕粮，他和这些漕兵个个小命难保。他指挥着漕兵们赶紧将漕粮重新装船。然后，将案子留给左光斗，也不管结果如何，扯起风帆，箭一般地去了。

四、最后的挣扎

当顾大武带着方识文和武顺等人赶到金凤楼的时候，金凤楼大门紧锁，早已人去楼空。顾大武后悔来得太迟，要是及时安排人手，将米香香控制起来就好了，都怪自己一时疏忽。现在可以肯定的是，米香香和漕帮的这次行动有关，不然，她为什么要跑呢？顾大武突然想起昨天晚上来此的魏良卿和傅应星，他们现在在哪里呢，说不定他们知道米香香的行踪。顾大武太了解魏良卿了，他要是看上了哪个女人，会日夜缠着她，米香香逃脱不了他的视线。现在，要是能找到魏良卿，说不定就能找着米香香。

魏良卿和傅应星在保定的住处叫悦来客栈。顾大武等赶到客栈，伙计说魏、傅二人天刚蒙蒙亮就收拾好行李离开了，说是回京。顾大武又打听二人离开客栈时的具体细节。伙计说两人昨夜一夜未归，天刚亮时回到客栈就催促结账，说要回去，像是有什么急事，还让伙计给雇了一辆马车，说要带个女人。顾大武又问女人的长相，伙计说他没有看见人，只是听两人说起而已。

客栈伙计提供的情况很重要，顾大武将打听到的情况报告给了左光斗，左光斗命他们三人立即追赶，务必要带回米香香。魏、傅带着辆马车，谅也走不快，完全是可以追上的。米香香一旦进了京城，他们要想再过问此事，那就难了。

米香香为什么突然答应愿意跟魏、傅二人回京城呢？其实，米香香的真实身份是白莲教总坛派来的白莲圣女，专门以美色接近和拉拢权势人物，打听重要情报。保定知府方廷璋就拜倒在了她的石榴裙下。米香香此次来保定的一个重要任务，就是指使已经加入了白莲教的漕帮盗取漕粮。昨天夜里，魏良卿和傅应星二人翻墙直接进入她的房间，向她表明了身份。米香香吃惊不已，她没想这两个混混竟然和宫内大珰魏进忠有关，一个是他的侄子，一个是他的外甥。魏良卿信誓旦旦地向她表白非她不娶。要是通过魏良卿这根线，和魏进忠攀上了关系，那对白莲教来说，就有了重要靠山。米香香决定利用魏良卿对她的痴情，假装答应，并同意随二人回京。她在离开保定时，并不知道已经到手的漕粮又失手了。

顾大武、方识文和武顺立即策马扬鞭，踏上了通向京师的驰道。三人一气奔驰了四五十里地，果然看见魏良卿和傅应星二人一前一后地伴着一辆马车缓缓而行。

顾大武纵马跑到了他们前面，一带缰绳，马匹拦住了路。魏良卿停住了，说：“顾大武，你不过就是个小小的保定府武学教练，就凭你，也敢拦我吗？”

顾大武说：“左学政有令，要将米香香带回保定审问！”

魏良卿擦了下红鼻头，轻蔑地说：“左大人？你是说那个学政吗，多大的官啊，不过才正七品。我叔那才叫大官，司礼监秉笔太监，皇上身边的红人，比内阁首辅还要牛，动动小指头就能要你的狗命。”

顾大武故意尖着嗓子，装着女人样说：“你叔牛是不假，可那也只能在宫里管管太监，还能管得了我不成？我们也不是要为难你们，只要你放下马车，爱到哪到哪去。”

魏良卿说：“米香香犯了什么法，你们非要带她走？”

顾大武说：“她和这次漕粮案有关。”说着，他把漕粮失而复得的事简要说了一遍。

听说本来已被漕帮顺利窃取的漕粮又失手了，水上漂被生擒，坐在马车内的米香香脸上是红一阵白一阵，身体禁不住微微颤抖。没想到事情竟然变得这样糟糕，她太害怕了，不仅任务没有完成，自己能否全身而退都很难说了。

魏良卿说：“太好笑了，漕粮不是有糟兵看管么，丢了活该！你们凭什么冤枉一个女人，她已经同意嫁给我了，就是我的女人。你们和她过不去，就是和我过不去，就是和我叔过不去！”

顾大武说：“有没有冤枉她，一会到了保定府就知道了。我们几个是奉命办事，对不起了，带走！”

顾大武一声令下，方识文和武顺掉转马车的车头。魏良卿和傅应星想上来阻止，虎臂熊腰的武顺对他们一瞪眼，二人吓得就不敢动了。米香香从车窗里探出头来，大叫着说：“魏、傅二位哥哥，快来救救我！”

傅应星对魏良卿说：“咱们和他们拼了！”

魏良卿说：“怎么拼，好汉不吃眼前亏，我们不是他们的对手。不急，我们跟着他们，看看他们到底要怎么办。”

顾大武几人将米香香押回了保定，关进了官牢里。魏良卿和傅应星二人也在官牢附近住了下来，送吃送喝，并暗暗想办法搭救。

在关押着水上漂的牢房内，大夫正在给他拔下箭矢，清洗伤口，并小心地敷上药物。水上漂身上中了八支箭，他体格强健，换个人恐怕早就一命呜呼了。大夫在治疗的时候，水上漂不时痛得大叫。左光斗站在一边看着，不时叮嘱着医生小心点，躺在床上的水上漂不时看他一眼，眼前这位抓他的左大人显然并不是故作同情，他心里十分感动。

大夫终于处理好了所有的伤口，开始收拾东西。左光斗问道：“大夫，他身上这些伤，很严重吗?”

大夫说：“大人放心，他虽然身中数箭，但都没有伤在要害处，伤得也不深，不会影响他性命的。”

左光斗点点头说：“那就好，记得按时来换药。”

水上漂说：“左大人，我，我都是要死的人了，还治疗个啥呢?”

左光斗说：“大夫刚才不是说了吗，你的性命无虞，安心养伤。”

“唉，养什么啊，养好了又有什么用，还不是要被你们给杀了!”

“那是另一回事，你有多大的罪，就要受到多大的处罚，先治好你的伤再说吧。”

水上漂说：“我不想治了，你们现在就杀了我吧，来个痛快的，反正是一死。”

“你这人怎么如此不珍惜自己的生命呢，先别想太多，治好身体再说吧。”左光斗安慰他说。

水上漂喘着粗气说：“治好了又能如何，也不过多活几天，无所谓。大人，感谢您看得起在下这条贱命，你要是有什么要问的，我索性都告诉你吧。”

左光斗命人拿来纸笔，水上漂将他如何奉了白莲圣女米香香之命，利用知府方廷璋帮忙，下药麻翻漕兵，然后盗取漕粮的经过详细叙说了一遍；并交代说方廷璋欲壑难填，先后收取或变相收取漕帮贿银约三万两。写好口状，水上漂签字画押。左光斗小心地将供状收了起来，反复叮嘱水上漂好好养伤。

第二天，左光斗刚刚起床，顾大武匆匆跑来报告说，关在牢房里的水上漂死了。左光斗大吃一惊，说：“昨天大夫明明说他的伤无大碍的，怎么会突然死了呢?”

顾大武说：“我一早听见有人在议论，听说他是昨晚上箭伤复发而死。”

左光斗说："走，我们快去看看！"

来到牢房里，只见水上漂脸色铁青，平躺在床上，他身上的几处箭伤，绷带已散开，药也散了，但并没有多少血流出来。左光斗一试鼻息，果然已经死了。左光斗叫来值班的孙牢头，问道："昨晚上有人进入过水上漂的牢房吗？"

孙牢头说："没有，昨晚小的一直在值班，没人来过。"

"那你发现水上漂有什么异常没有，比如大声叫喊什么的？"

孙牢头说："也没有。"

"那是谁认定他是箭伤复发而死的？"

孙牢头说："小的今天早晨巡房时，发现水上漂死了，就报告给了知府方大人，方大人说，是箭伤复发而死，并叫小的对外也这么说。"

左光斗说："这就奇怪了，既然是昨晚上箭伤复发，怎么着也该叫几声啊，怎么可能不声不响地就死了呢？"

孙牢头说："这个小的也不知道了。"

左光斗在牢房里仔细地查看着，在床上床下反复寻找着什么。又来到墙根边，东瞅瞅，西望望。孙牢头紧张地看着他的一举一动。这时，左光斗忽然从地上捡起了一个什么东西，孙牢头一看，是一小块鸡骨头。

左光斗怒视着孙牢头说道："大胆牢头，昨晚上明明有人来过，你竟敢对本官撒谎！本官问你，这块鸡骨头从何而来？"

孙牢头面如死灰，"扑通"一声跪在地上说："大人恕罪，大人恕罪，昨晚上方知府来过，带来了一只烧鸡，说陪水上漂喝几杯。他不让小的说，小的也不敢说啊！"

"水上漂吃了烧鸡之后就死了吗？"

孙牢头说："这个小的不敢说，反正早晨查房时发现他死了。"

"昨晚上还有没有别的人来过他的牢房？"左光斗厉声质问道。

"除了方知府，绝对没有了，他是朝廷要犯，小的就是有天大的胆子，也不敢私自放人进来探视。"

现在情况基本清楚了，明显是方廷璋怕水上漂揭了他的老底，这才动了杀机。水上漂如果是箭伤复发，伤口肯定会流血不止。明明是有人在他死后再解开绷带，制造箭伤复发的假象，所以伤口处才没有什么流血。现在去找方廷璋对证，他是断然不会承认水上漂是他下毒致死的。幸亏自己昨天录下了他的口供，不然，这真叫死无对证了。

出了监狱，左光斗问顾大武说："米香香现在关押在哪里?"

顾大武指着监狱的北边说："在女囚那边，有个单独的牢房。"

左光斗说："水上漂死了，现在唯一掌握内情的就剩下米香香了，下一步方廷璋会不会对她下手，我们要早做防备。"

顾大武说："我看方廷璋不敢打她的主意，现在魏良卿口口声声说米香香是他的人，他要敢加害于她，第一个放不过他的人就是魏良卿。"

左光斗说："有道理，你在暗中留意观察，以防不测。"

自米香香被关进监狱，魏良卿就像是掉了魂一般，寻思着将她解救出来。这事看来只有找方廷璋帮忙。魏良卿惧怕左光斗，甚至他下面的那些武学师生都让他感到害怕，但他不怕方廷璋，方有求于他，这事情就好办了。

魏良卿在酒楼里订了一桌酒宴，宴请方廷璋。自从左光斗命人将米香香带回保定，方廷璋就犯了愁。方廷璋认识她时间并不长，那还是在两个月前，水上漂请他吃饭，席间米香香作陪。水上漂说米香香是他的表妹。这个女人年轻漂亮，并不像一般的风月中人那样轻佻，他不能自持，从此就成了她的相好。当然，他也利用知府的权力，为她和漕帮做了不少事。但方廷璋做梦也想不到漕帮竟然加入了白莲教，他甚至隐隐感觉到，米香香也是白莲教的人。他不敢深想，这一切太让人害怕了。现在，他好不容易让水上漂一命呜呼，可米香香又被抓回来了。方廷璋巴不得她现在离他越远越好，最好远走高飞，从此从人间蒸发。但他还没想好对策，现在魏良卿请他赴宴，一想到这个混球儿，他心头一喜，有办法了。

方廷璋刚刚落座，魏良卿就迫不及待地说："方知府，你赶紧下个令，把米香香放出来，她是金枝玉叶，关在那种地方，一天都受不了。"

方廷璋故意卖关子说："魏爷，别急，我们先喝几杯，你看，这么多菜，不吃太可惜了。"

魏良卿哪有心情喝酒，他凑到方廷璋跟前，说："你下个令，怕啥，有什么事我叔兜着，天掉下来也不怕。"

方廷璋说："这个令我不能下。"

魏良卿急了："难道我魏爷的话你也敢不听，你不想当这个知府了，不想提拔了吗?"

"魏爷，瞧您说的，我怎么不想，我做梦都想呢。我说不能下放人的令，是说有比这更高的招。"方廷璋说，"要是我下令把米香香放了，那个左光斗马上就要来找我的麻烦，这人是他抓的，他还要审问，说不定还要动刑呢。"

魏良卿呼的一声站了起来："他敢，我和他拼了!"

方廷璋说："魏爷，稍安勿躁。我有一计，叫英雄救美，包你既能赢得香香姑娘的好感，又能抱得美人归。"说着，对魏良卿耳语了几句，魏良卿转怒为笑，连说了几个好字。

方廷璋讨好地笑着说："我已经尽力了，你俩要是连那两个老狱卒都对付不了，那就只好让香香姑娘等着接受审判了。"

魏良卿拍着方廷璋的肩膀说："哈哈，没问题。你放心，事情成功之后，等我回去，在我叔面前美言几句，给你连升两级。"

当天晚上，方廷璋故意安排了两个老弱的狱卒值班。天刚黑，魏良卿和傅应星俩拎着个食盒，来到女囚门口。魏良卿给了两个狱卒一人一锭银子，就顺利进了女囚。一个狱卒打开了关押着米香香监牢的门，趁他开锁的时候，站在他身后的傅应星从食盒里拿出块方砖，给了他狠狠一击。那个狱卒眼前一黑，一头栽倒了。另一个狱卒听见响动走了过来，刚到米香香监室门口，还没看清发生了什么事，又被魏良卿从身后举肘猛击，当场就将他打晕了。魏良卿一把拉起米香香说："快跑!"三人从监牢里迅速跑了出来，跨上早就备好的马匹，打算逃跑。

没想到，一条街道还没跑到尽头，三人就被两人拦住了。魏良卿抬头一看，我的妈呀，一个哆嗦，惊得差点从马上摔下来，来者正是他最惧怕的顾大武和武顺。顾大武说："左大人预料得不错，果然有人要打米香香的主意，你们竟敢劫狱救人，真是狗胆包天。将米香香留下!"

魏良卿说："二位兄弟，你们打下马虎眼，放我们过去，多少钱，你开个价。"

"哈哈，睁开你们的眼睛看看，我们是那样的人吗?"顾大武大笑着说道。

傅应星说："那你们打算怎么办?"

顾大武说："你们俩滚开，以后再追究你们的劫狱之罪，把米香香留下，随我到学宫去见左大人。"说着，武顺牵起了米香香坐骑的缰绳，他和顾大武俩一前一后，将她押走了。魏良卿和傅应星无可奈何，只好眼睁睁地看着米香香哭哭啼啼地离去了。

魏、傅二人连夜来到府衙后院，找方廷璋另想办法。方廷璋听说米香香又被左光斗安排的人截走了，也是又气又恼。天亮后，方廷璋来到府学寻找左光斗，打探情况。没想到，左光斗已在书房里等候他多时了。

左光斗说："方大人，你来得正好，本官正要派人去找你。"

方廷璋问道："左大人，听说米香香被带到府学里来了，本官想问一句，不知道大人打算如何处置此人？"

"本官昨晚审了她一夜，她把该说的都说了。"说着，左光斗冷冷地扫了方廷璋一眼。方廷璋听说米香香把该说的都说了，两腿一软，身子差点瘫了下来。他问道："她，她说了什么？大人切不可轻信她一派胡言。"

"哦，本官透露她说了什么内容吗，你怎么就轻易断定是一派胡言呢？"

"这……"方廷璋无言以对，敷衍道，"本官是怕她情急之下冤枉好人。"

左光斗说："你放心，本官不会冤枉一个好人，但是，也不会叫任何一个作奸犯科之人成为漏网之鱼！"

左光斗明显话中有话，方廷璋心里越来越虚，他说："左大人，你，你这话是什么意思？"

"本官什么意思，你难道还不懂吗？"左光斗对外面叫道，"来人啊，脱去方廷璋的官服，将他与米香香一道押送到京城，交刑部议处！"

方廷璋最担心的一刻还是到来了，他的脸唰地白了，争辩道："左大人，本官犯了何罪，你千万不要冤枉好人！"

左光斗拿出了两份供状，一份是水上漂的，一份是米香香的。他将两份供状在方廷璋面前晃了晃，说："看清楚了吗，这上面都交代得清清楚楚。"

囚车都在外面备好了，顾大武将米香香和方廷璋押了进去，锁好了门。魏良卿和傅应星二人见知府都被押入了囚车，知道营救米香香无望，灰溜溜地回京另想办法去了。

左光斗修书两封，一封给已从故里回京担任内阁首辅的叶向高，一封给刑部尚书黄克缵。他在信中详细叙说了白莲教徒和保定漕帮犯下的罪行，以及保定知府方廷璋的贪腐罪状，请刑部依律议罪。然后，他将书信交给顾大武，并安排了二十名得力武生，即日押送二人进京。

五、风雪之夜，发现史可法

处理好漕粮案之后，左光斗也收拾行礼，准备回顺天府举行童试。保定府教授兼府学山长王书翰、武学教练顾大武领着张果中、方识文、武顺等一班生员和武生们，给左光斗送别。

临行的时候，王书翰将一包东西放到了左光斗的马车上。左光斗问道："王教授，包里是什么？”

王书翰答道：“这是一百两银子，学政到地方巡学和院试结束，地方上都要赠送例银。现在知府出了事，这例银自然由我们府学来置办了。”

左光斗将那包银子拿了出来，塞在了王书翰手中：“学政到地方巡学和举行院试都是分内之事，怎么能收例银呢？学堂里本就不宽裕，这些钱你拿回去！”

王书翰说：“大人，这也是我们地方上的一点心意。况且，以前的历届学政都是这么收的，你不收不妥吧，他们会不会说你坏了规矩？”

左光斗说：“不错，我就是要坏了这样的规矩，这样的陋习早该改一改了！”

见左光斗执意不收，王书翰只好作罢。左光斗依依不舍地告别了相处几个月的生员和武生们，坐上马车，踏上了回京的征途。

时令已是冬天，北风呼啸，天寒地冻。赶车的左凡用一件破上衣将头包得严严实实，只露了两只眼睛在外面。马车上烧了一个火盆，比外面暖和多了。顾翰林坐在火盆边，小脸烤得通红。见主人正在打量自己，顾翰林瞟了左光斗一眼，嘟着嘴说：“那么重的一包银子也不要，多可惜。”说着，大人般叹了口气。

左光斗乐了：“你一个孩子知道什么呀，那银子不能收，不是自己的东西绝对不能要。”

“可王教授非要给咱啊，咱不偷不抢的，有什么不能收的？王教授还说了，以前别的学政都收了，不是我说你，就你傻。”顾翰林振振有词地说。

“这是陋习，早该改一改了。地方上为什么要送例银，还不是让学政多关照点，这会坏了规矩，坏了官场风气。哎呀，我和你一个孩子说这些干啥，说多了你也不懂，反正这钱不能收，明白了吗？”

“唉……”顾翰林又叹了口气说，“还是有点不大明白。”

左光斗又笑了：“你现在还小，等你大了就明白了。”

一路上，左光斗都在回想着发生在保定府这桩离奇的漕粮案，好在失而复得，有惊无险。要不是武生们及时参与进来，事情的结果会怎么样，是否会顺利夺回漕粮，实在难以预料。他深感人才的重要，暗暗思忖着，在接下来的督学生涯中，一定要事必躬亲，严加甄别，仔细考察、选拔和培养更多的人才，让那些有才学、有胆识或有一技之长的人能为朝廷所用，为国效力。

回到家，袁采芑惊喜不已，亲自忙着从马车上搬行礼。左光斗说：“夫人，你就歇歇吧，这四五个月，你一人在家带着两个孩子，已经够辛苦了。”

袁采芑说：“我年轻，身体好，有的是力气，哪里辛苦呢。”

左光斗环顾着书房，一架书，一张书案，几把椅子，一架他亲手制作的七弦琴，几盆花草，简单而温馨。左光斗发现袁采芑的手上有好几处生了冻疮，还有好几道皴裂的口子，心疼不已，说："夫人，你还说不辛苦，瞧你的手都冻成这样了，我们家该雇一个女佣了。"

"不用雇不用雇，没那个闲钱，我能行的。"这时，袁采芑从柜子里拿出一件貂皮大衣，披在了左光斗的身上，说："你在外面当官，踪迹不定，这么冷的天，没有一件保暖的衣服怎么行。我寻思着很久了，决定给你添一件皮衣。可家里没有多余的钱，我也不瞒你，这大半个冬天，我都在街道洗衣铺里给人家洗衣，这才挣下的。"

"哎哟，夫人辛苦了。这么贵重的东西，要不少银子吧？"左光斗轻轻地抚摸着袁采芑的手，内心激动不已。

"整整四十两银子，是忒贵的，不过，东西真好，值这个价。"

这件貂皮大衣乌黑发亮，貂毛很厚，柔软顺滑，加绒的内里，穿上身后一会儿就感觉暖和了。左光斗将它脱了下来："收起来吧，我舍不得穿呢。"

袁采芑又将它披在丈夫的身上，说："穿上穿上，哪有人在受冻，反而让衣服乘凉的呢。"左光斗这才没有坚持脱下，他轻轻地摩挲着衣服上的貂毛，说："我活到今年四十七岁，还是第一次穿这么贵重的衣服，四十两银子，能管一个家庭一年的生活费用呢，下次千万别买这么贵重的东西了。"

袁采芑说："你呀，也是穷惯了，从来就没穿过一件上档次的衣服，就别心疼了，下次就是想买也不一定买得起呢。"

顺天府辖地包括整个北京城区，以及宛平和大兴两县，府学位于城东的府学胡同内。后天就要进行童试了，下午，左光斗带着府教授罗文甫，训导曹司牧等人，最后一次检查考棚。左光斗见考棚内干净整洁，桌凳摆放有序，非常满意。检查完最后一间考棚，天忽然下起了大雪。

北风呼呼，阴云密布，左光斗等人走出府学。大家不停地搓着双手，呵着热气，个个缩着脖子，鼻尖都冻得通红。左光斗还好点，穿着崭新的貂皮大衣，基本上感觉不到天气如何寒冷，看来这貂皮就是御寒。曹司牧望着漫天的大雪说："瑞雪兆丰年，后天就要考试，这是好兆头，祥瑞，祥瑞啊。"

左光斗说："天这么冷，宛平和大兴两县的童生都来了吗？"

罗文甫说："应该都到了，他们都住在府学附近的客栈里。"

"冰天雪地，殷实人家的子弟倒没有什么，可苦了贫寒人家的学子了，他们不一定买得起棉衣，住得起客栈呢。几场童试考下来，要半个月，连吃带住，要花好几两银子，那些贫寒人家连一日三餐都成问题，又到哪里去弄考资?”左光斗担忧地说。

曹司牧答道：“这种情况肯定是有的。”

罗文甫说：“左学政，你看，天这么冷，我们找个地方喝几杯御御寒，我请客。”

左光斗望了望城外方向，说：“不急，我们到城外几个寺庙里去看看。”

罗文甫不解地说：“这么冷的天，天色也不早了，我们改天去烧香拜佛也不迟啊?”

曹司牧笑了，他指着罗文甫说：“罗教授啊，你出身在富裕人家，自然不理解左学政的一片苦心了。你以为左学政要去烧香拜佛吗，他是要寻访寄居在寺庙里的贫苦学子呢。”

罗文甫恍然大悟，他不停地拍着脑袋说：“哎哟，你看我这脑子，反应就是迟钝，老朽啰。”

三人骑着马，很快出了崇文门，来到了城郊。他们不去那些知名的古寺，专门寻访山野之中的小庙。左光斗说：“那些贫寒学子一般都不会去那些规模宏大的寺庙，大寺庙香火旺盛，香客众多，易受干扰，相反，那些位于郊野的小庙环境清幽，更适合读书。寒门出学子啊，不少出身贫寒的名人都有寺院读书的经历，白居易参加科考前，曾在长安华阳观闭户累月研读；范仲淹也曾寄居长白山醴泉寺读书，每日划粥而食，足不出户，手不释卷。”

罗文甫说：“踏雪访学，也堪称我朝佳话了，左学政如此心系贫寒学子，让我等深为钦佩。”

左光斗笑着说：“这有什么啊，都是学政的分内之事，本官盼的是能为国家发现一二人才，才不冤枉经受这一场寒冷呢。”

三人边走边说，来到了一座不知名字的小山前。左光斗抬头一看，山半腰有一座小寺，他翻身下马。罗文甫见天色越来越暗，说：“左学政，你看这时辰也不早了，还要上去吗?”

“来都来了，上去看看吧，说不定里面借住着考生呢。”左光斗说着，将马系到了路边的树上。

曹司牧说：“上山吧，不过，我们这一上一下，说不定天就黑了。”

左光斗说：“实在天黑了也不要紧，我们就向老僧借住一晚，也体验一把寒门学子寺院苦读的滋味，哈哈。”

上山的时候，风雪扑面，几个人的脸都被打得生痛，大家都不再说话，全心爬山。积雪有点滑，他们在崎岖的山路上艰难前行着，等赶到寺庙门口时，天差不多完全黑了。寺庙规模不大，只有两幢房子，一幢大殿，一幢僧舍。大殿的门半掩着，里面亮着灯。左光斗示意大家小心，他率先向门口走去。

他看见供桌边果然有一位书生，不过，此时他趴在案上，看不见他的长相，明显是睡着了。桌子的左边，放着一叠书；右边，是几页摊开的文稿。为了避免惊醒他，左光斗蹑手蹑脚走了进去，轻轻拿起了这位书生刚写的还散发着墨香的文稿。看着看着，他被冻僵的脸上浮现出温暖的微笑。他边看边点头，一直将几页文稿都看完了。书生的文章写得相当不错，议时局独有见地，谈问题鞭辟入里，而且文采飞扬，看来此人是个难得的人才。都说寒门出学子，看来此言不虚。看完后，左光斗将文稿放回原处。此时，书生仍熟睡着，根本不知道有人在他身边。左光斗又瞧了瞧他的身上，在这漫天风雪的寒冬，他竟然只穿着一件单薄的长衫。长衫洗得发白了，上面还有好几块补丁。左光斗心头一紧，缓缓解开了身上的貂皮大衣，轻轻地披到了书生的身上。然后，他仍蹑手蹑脚地走了出来。出门时，又小心翼翼地带上了门。

左光斗来到僧舍里，里面坐着一位老僧。他向老僧打听这位书生的情况。老僧说，他叫史可法，大兴县人，到顺天府参加童试的，因家境贫寒，住不起客栈，就临时寄住在这寺院内。左光斗暗暗记下了他的名字。

外面，风雪更大了，虽然身上没有了貂皮大衣，可左光斗一点也不觉得寒冷。他终于在这座不起眼的荒郊野寺里发现了一位奇才，他感到热血沸腾，周身被一种温暖包围着。

在接下来的童试中，史可法充分展示出了他的才华，发挥出色，左光斗将他署为顺天府童试案首，也就是俗称的第一名秀才。史可法幸遇恩师，这一年，他刚刚二十岁。一天，史可法来到老师的家中。左光斗让他拜见自己的夫人袁采芑。左光斗对夫人说：“我的几个儿子天资平平，将来继承我志向的，就是此人啊!”袁采芑也称赞不已。左光斗经常将史可法叫到家中，亲自辅导学业，悉心栽培。史可法家境贫寒，家中尚有老母，左光斗经常接济他钱物，帮他家渡过难关。

一天晚上，左光斗打开他初任学政时亲手制作的那本《人才录》。在第一页，他工工整整地写上了“史可法”三个字，接着，他在下面依次写上了张果中、顾大武、方识文、武顺等人的名字。

第七章

风云激荡

一、哀莫大于心死

天启二年正月，明军在辽东再次遭遇惨败，广宁失陷，京师震动。

在沈阳、辽阳失陷之后，天启元年九月，朝廷无奈之下再次紧急起用熊廷弼任辽东经略，王化贞任辽东巡抚。王化贞已经投靠了以魏进忠为首的阉党，他又是现任内阁首辅叶向高的弟子，因此，他得到了阉党和朝臣的双重支持；相反，脾气火暴和动辄骂人的熊廷弼却鲜有人缘。这种状况导致的直接后果是，王化贞手握重兵，不可一世；熊廷弼形同虚设，孤掌难鸣。熊廷弼向朝廷提出的“三方布置策略”受到冷遇，无法落实，他只好率五千老弱残兵镇守着山海关。王化贞向朝廷夸下海口，愿领六万精兵出击，一举荡平后金。

经抚不和，让努尔哈赤看到了战机，他再次挥师来犯，战争爆发。五万八旗军在进攻西平堡受阻后，转而进攻振武堡。担任前锋的孙得功是王化贞的亲信，战前已秘密投降。两军刚一交锋，孙得功的兵马立刻四散而逃，大喊：“兵败啦！”王化贞不明就里，无法把握战局，明军一片慌乱，互相踩踏，死伤惨重。孙得功奔入广宁城，大呼军民剃发迎降，准备生擒王化贞献降。实际上，此时，八旗军尚在百里之外。吓破了胆的王化贞不辨真假，兵败如山倒，一溃千里。熊廷弼闻讯大惊，急率五千士兵从山海关匆匆出发，接应广宁溃军。正在逃命的王化贞在大凌河上遇到熊廷弼，放声痛哭。熊廷弼笑道：“你不是说率六万精兵一举荡平后金吗，怎么落到此等地步？”王化贞无言以对。此时，关外尚有大片领土仍在明军手中，王化贞问策熊廷弼如何防守。熊廷弼认为广宁一失，关外已是守无可守，他叹息一声说：“晚了！事到如今，只能护着百姓进关了。”他下令焚毁所有辎重粮草，主动放弃了关外大片土地，护送着百万逃难的辽东百姓进入山海关。两天之后，孙得功才将八旗军迎进广宁城。

十几万明军连一场像样的防御战也没有打，就像一盘散沙一样坍塌了。广宁失守，义州、西兴堡、锦州、大小凌河、松山、杏山、十三山驿、塔山等四十余座城堡全部陷落，从辽河到山海关的大片土地易主。明军失地丧师，无数辽民被掳被杀，损失之惨重，超过当年杨镐之败。军事物资上的损失更是惊人，仅粮食一项，后金统计超过五十万石，明廷报告的数字更为惊人，总量超过百万石。此外还有大量军饷、布匹、战车、盔甲、器械，仅丢失的战马就有两万匹。二月，王化贞被捕入狱，熊廷弼罢职听勘。三月，王在晋取代熊廷弼担任兵部尚书兼右副都御史督辽；不久改由兵部尚书孙承宗兼任辽东经略。

广宁失陷带来的损失是空前的。表面上看是经略和抚臣失和，内在原因非常复杂，是朝廷的战略误判和内部斗争的结果。但没有谁敢公开这么说，如果承认了这种说法，就等于说兵部有责，内阁有责，司礼监有责，皇帝有责。惨败之后，熊廷弼和王化贞等候着朝廷的严厉审判。意味深长的是，朝廷在对待二人的态度上，再次折射出了内部的矛盾。

又是春天了，汪文言家的院子里，花团锦簇，什么紫茉莉、雁来红、千日红、凤仙花、羽叶茑萝等都一股脑儿地开了。舞台上，莳花阁的头牌青青担任主演的昆剧《邯郸记》正在上演。该剧是汤显祖的《临川四梦》之一。说的是一个穷途潦倒的名叫卢生的书生，在邯郸的一个小客店遇到仙人吕洞宾，卢生抱怨自己命运不济，吕洞宾给了他一个瓷枕，卢生入睡。他在梦中经历了一连串宦海风波，五十余年起起落落，一梦醒来，店小二为他们煮的小米饭尚未香熟。

熊廷弼被革职听勘，在他回江夏老家之前，汪文言特地请他到家中看戏，并邀请了杨涟和左光斗作陪。这曲戏也是熊廷弼点的。他来看戏的时候，还特地带了个瓷枕，和戏中卢生用的瓷枕一模一样。此时，他的右肘正搁在瓷枕上，专心地看着戏。这时，一个老生登台了，只见他捋着长髯，开口唱道：

踏破冰凌海浪，撞开积石河梁。马到擒王，旗开斩将，袍花点尽风霜……

熊廷弼一边听着，一边摇头晃脑地轻声哼着，看得出，他对这台戏很熟悉。唱着唱着，他又突然站了起来，目望长空，眼中泪光点点，显然剧情又引发了他对时局的感慨。所谓听勘，就是听候勘问和审讯。生死未卜，这段日子反而是最难熬的。熊廷弼坚持认为广宁之失，罪在王化贞不懂军事，冒功贪进，自己是无罪的，但朝中有几人认可他的观点呢？况且，他在朝中向来人缘不好，得罪的人很多，会审时又是否会有人替他说话呢？他为自己的命运感到忧虑。这些日子，他想了很多，也看空了，他需要一只卢生那样的瓷枕，哪怕只是短暂的一枕黄粱。他想好了，如果要坐牢，他要将这只瓷枕带到牢房里去，夜夜枕着它入眠。

戏唱完了，几个人都陷入沉默，默默地喝着汪文言从老家歙县带来的新茶黄山毛峰。青青卸了妆，也静静地坐在一边的一个小杌子上。

还是杨涟忍不住，说："听说参加会审的人选已经确定，主要有刑部尚书王纪、左都御史邹元标、大理寺卿周应秋等人，主审是邹元标。"

熊廷弼苦笑道："三法司堂官都齐了，朝廷还是看得起我熊某人的。可是，我熊某人何罪之有呢？"

杨涟说："熊经略，我还是叫你经略，你当时怎么就放弃了关外的土地，怎么不带兵上去争一争呢，当时不是还有几万兵么？"

熊廷弼长叹一口气："哀莫大于心死，我的心早死了，我熊某人被朝中的大臣们折腾死了，气死了，至少都死了十回了，哪里还有半点斗志！如今，朝堂之上，全不知兵，都是坐而论道，纸上谈兵，焉有不败之理？朝中上上下下都相信他王化贞，视我熊廷弼为瘟神，结果如何，是我错了还是他错了，还是支持他的那些人最终错了？"

左光斗也说道："辽东事关国家安危，在那关键时刻，岂能斗气和计较个人恩怨？身为经略，要寸土必争，你主动放弃关外四十余座城堡，这失地之责恐怕难逃啊！"

熊廷弼说："你不了解辽东，不了解后金大军的厉害，失了广宁，关外再也无险可守，根本守不住，只是徒增伤亡而已。"

左光斗说："还有，当时不过是孙得功诈称兵败，率军夺了广宁，你完全可以组织人马再从他手上夺回城池，努尔哈赤的八旗军是两天后才进城的。"

熊廷弼说："我当时哪里知道这些情况呢，从前方来的溃军一个个都说广宁已失陷，拼着命逃跑，谁又知道是被孙得功夺了献城呢？"

杨涟重重地叹了一口气："现在说什么也没有用了，痛哉，百年基业毁于一旦，我大明从此没有辽东了。"

熊廷弼说："怨不得我啊，万历四十七年萨尔浒惨败，本人奉命督辽，当时没有人掣肘，辽东还不是固若金汤，他努尔哈赤哪能前进一步！"

杨涟还要说，青青一直在看着他们谈话，她扬起了小手，说："容小女子插句嘴吧，你们就别争了，现在说什么也没有用了。智者着眼未来，不管有罪无罪，依我说，熊经略还是找人疏通疏通，毕竟事在人为，尽量往好的方面努力吧。"

别看青青年轻不大，说的话却句句中听，杨涟和熊廷弼都不再争辩了。汪文言也说：“青青说的有理，熊经略还是早做防备的好，现在朝中局势微妙复杂，稍有不慎就可能惹祸上身。”

熊廷弼自嘲说：“管他是生是死，随他们怎么审吧，我熊某人已做到心中无愧。老夫明天就到香山放羊去了，上次去辽东前买的几只羊还寄放在智愚老和尚那里呢。”

左光斗说：“唉，都什么时候了，你还有心思说放羊？”

熊廷弼说：“心死了，还在乎这具臭皮囊吗？不放羊又能怎么样？放几天羊，然后再回江夏老家不迟。”说着，他又唱起了《邯郸记》中的唱词：“踏破冰凌海浪，撞开积石河梁。马到擒王，旗开斩将……”

二、有人要诬熊经略通敌

四月，经过刑部尚书王纪、左都御史邹元标、大理寺卿周应秋等三法司堂官会审，认为熊廷弼刚愎之性、虚骄之气牢不可破，将河西拱手相送，竟以一逃结局，身为封疆大臣，比之杨镐更多一逃，比之袁应泰反欠一死；王化贞本不知兵，自己心腹战将竟为敌所用，敌尚在百里之外而弃广宁如敝屣，匹马宵遁。二人均罪无可恕，判处辽东经略熊廷弼、巡抚王化贞死刑。熊廷弼从湖北江夏老家被解送进京，与王化贞同时被关进刑部大牢。按常理，判决结果下来后，二人都应当按时被执行死刑。可奇怪的是，对他们判决的执行却旷日持久地拖延了下来。

说起拖延的原因，也并不复杂，无非是朝中重臣大都想保王化贞不死，以魏进忠为首的阉党也不想杀他，但又断无可释放的理由。既然不杀王化贞，就更没有理由先杀熊廷弼。毕竟论起罪来，王化贞的程度肯定比熊廷弼要严重些。二人就这样一直在刑部大狱里关押着。既然拖延不杀，就有释放的可能，两家家属也各显神通，打点关系，为他们争取着一线生机。论起关系网，熊家就完全不及王家，求救无门，找不到得力的人替他说情。

熊廷弼长子熊兆珪见汪文言有些活动能力，熟悉朝中人事，就找到他的府上，拜托他为其父打理关系，争取能免死出狱。汪文言仔细想了想，要想让熊廷弼不死，找一般的人没有用，找就要找在皇帝面前能说得上话的人。此人非魏进忠莫属。汪文言决定先去找他探探口风。

此时的魏进忠已深得皇帝的信任，很多事情完全交给他去办理，他也常常借机矫诏擅权。天启二年，朱由校赐魏进忠名忠贤。忠贤，既忠又贤，从这赐名就可以看出对他的信任。魏忠贤在东厂胡同有一幢私宅，他白天服侍皇帝，一般晚上隔三岔五地回私宅。魏忠贤和客印月私下约定，他俩不能同时出宫，必留一人在皇帝身边。表面上说是服侍，实质上是监督，以防生变。

一天晚上，汪文言来到魏府门口，一打听，他还没有回来。于是，汪文言就在胡同口的一个茶摊上坐下了，一边喝茶，一边等着魏忠贤回府。

良久，一阵杂沓的脚步声从前方传来。一时间，只见灯火如昼。一行人簇拥着一挺十六抬的大轿风风火火地过来了。按规定，朝中一品大员都只能坐八抬大轿，可魏忠贤就是喜欢僭越，处处显示自己高人一等。进屋坐下后，已等候多时的十多个婢女拿着热毛巾、鼻烟壶、茶水、水果、点心等鱼贯而入。魏忠贤拿起鼻烟壳，放在鼻下深深吸了一口，闭住，人像僵了一般一动不动，脸渐渐憋得通红，然后响亮地打了个喷嚏。忙完这些，他的贴身太监李朝钦对他耳语了几句，告诉他汪文言求见。

汪文言这人魏忠贤认识，说起来也算是宫里故人了，老太监王安还活着时，魏忠贤看见过他俩打得火热。那时，魏忠贤还是东宫典膳，也就是给皇长子做饭的，不说外面没有人巴结讨好，就连宫里的小太监都不待见他。现在自己今非昔比，姓汪的也来投怀送抱，虽然迟了点，但毕竟还买他的账。魏忠贤想都没想，说让他进来吧。

汪文言进来后，给魏忠贤磕头请安，递上了礼单，上面写着千两纹银。汪文言说："些许薄礼，不成敬意，给魏公公赏人。"千两纹银，对魏忠贤也许不值一提，但对汪文言来说，也算是一笔巨款了。有钱或有权的人都有个通病，就是眼皮子重，他们眨眼的力气都不肯去费。魏忠贤当然也是这样，他连眼皮也没抬，淡淡地说："起来吧。"汪文言一听，浑身顿时就起了鸡皮疙瘩，几个月没见，魏公公的嗓子更尖了，娘娘腔更重了。

魏忠贤说："晚上皇上非要拉着我陪他看什么傀儡戏《三宝太监下西洋》，洒家都看过多少遍了，把瞌睡虫都看来了，皇上非不许老奴离开。这不，弄到洒家现在才回府。"表面上看来，魏忠贤是在解释回来迟了的理由，实际上是在显摆他和皇上的关系。汪文言是个机灵人，当然懂他的意思，回道："皇上现在哪离得开魏爷您啦，离开了您吃饭看戏都没有滋味了。"

魏忠贤的右手捏着左手腕，左手腕不停地扭动着："可不是，这也是洒身的荣幸，多少人想服侍皇上还没机会呢。你我也不是外人，说吧，来找洒家有什么事?”

汪文言对着他耳语道：“想请魏爷出面，救一个人。”

“救谁?”

他轻轻说出了“熊经略”三个字，声音低得只有魏忠贤听得见。

魏忠贤突然瞪圆了眼睛，目光如电，汪文言吓得一缩脖子。魏忠贤站了起来，咂了咂嘴说：“他的情况洒家不说你也知道，这个人可不好救啊。”

汪文言说：“我只知道这天下就没有魏爷您办不了的事。”

魏忠贤向来喜欢戴高帽，他大笑了一声，说：“也是，事情虽然是难了点，但只要洒家出面，还是没有问题的，就看熊家有没有诚意。”

汪文言心头一喜：“魏爷，您说，要多少诚意?”

魏忠贤伸出了四个手指，意思是四万两。

汪文言吃了一惊，在来之前，他也想到了魏忠贤会狮子大张口，但没想到他一开口就是四万两。熊家能不能拿出这些钱，他心里没底。在别人看来，辽东经略是个肥缺，但汪文言听说，熊廷弼为官清廉，两袖清风，他在辽东不拿一银，不受一礼，所以深受军民爱戴。

汪文言说：“在下受熊经略长子熊兆珪所托，求魏爷在圣上面前说句话，放熊经略一条生路，在下回去后立即将魏爷的意图转告给他，让他速备诚意送进魏府。”

“那行，洒家暂时就保熊经略待在牢里不死。”

次日，汪文言即将魏忠贤索要四万两的开价告诉了熊兆珪，熊兆珪一听就傻了眼，说家中实在拿不出这么多银子，加上东拼西凑，顶多就万把两银子。这和魏忠贤的开价差距太大，汪文言自然不敢再去魏府讨价还价，事情就这样拖了下来，不了了之。

可没想到，汪文言这边了了，魏忠贤那边可还没了，他一直惦记着这事呢。一段时间后，魏忠贤见汪文言再没有上门来，就断定是他从中作梗，坏了他的财路。魏忠贤是绝对不相信熊家连四万两银子都拿不出的。他府中养着一大批下人，还要时常送礼巴结客印月，日常开销很大，正想着从熊家榨点油水呢，没想到汪文言不声不响地没了音讯，放了他的鸽子，这不是拿他魏公公开玩笑么!

魏忠贤恼了，好，既然你熊家做了缩头乌龟，就不要怪俺魏公公不客气了。既然你熊廷弼不想活，洒家只要略施小计，就能成全你上西天，到时让汪文言陪葬。

朝内外皆知王化贞的罪行比熊廷弼要重，要想熊廷弼先死而王化贞安然无恙，并不是一件简单的事。魏忠贤在思考着一个两全其美的办法。

一次，汪文言在与左光斗闲聊时，把熊兆珪委托他找魏忠贤说情的事告诉了他。左光斗大惊，说："你这不是瞎胡闹吗，找人竟然找到魏阉头上，难道你还不了解他，这和送上虎口有什么区别?"

汪文言说："当时也是情急之下，找不到坟包乱磕头，谁知道他胃口那么大，开口就是四万两。"

"他不会善罢干休的，"左光斗说，"我有一种预感要出事。"

汪文言忧郁地说："那怎么办，我这真是引火烧身!"

左光斗说："邪不压正，静观其变吧，着急也没有办法。"

一天，刑部大狱门口，来了个探监者。此人身材高大，皮肤黧黑，长着双铜铃豹眼，肩上斜背着个包裹，风尘仆仆，一看就是赶了很远的路。他点名要看望熊廷弼，自称是他在辽东时的属下。当天值班的牢头名叫管万。管万说熊是要犯，没有刑部堂官的批准，任何人不准探监。此人倒是很懂规矩，塞给了管万一锭沉甸甸的银子，说见一面就走。管万这才放他进去了。

与一般探监者不同的是，此人在距熊廷弼的牢房还有一段路时，就一路急切地大叫着："熊经略，我来看您了！熊经略，您受苦了！……"听这口气，此人好像和熊廷弼很熟，对他也特别关心。

管万领着他来到了熊廷弼的牢房门口。一见到熊廷弼，此人就扑到栅栏上，不停地拍打着，一副痛心疾首的样子，他哭着说："熊经略，小的看您来了……"

熊廷弼正在闭目养神，他睁开眼睛，扫了一眼，说："他娘的你是谁，老子不认得你!"

此人从怀里拿出一封书信，又拿出一只厚囊囊的牛皮纸信封，递给熊廷弼说："熊经略，您怎么会不认得我呢，是孙将军叫小人来的，一则看望您，二则表达感谢。"

熊廷弼问道："哪个孙将军?"

"您真是贵人多忘事，"来人低声说道，"就是您的好朋友，孙得功将军。"

一听说孙得功的名字，熊廷弼像突然被马蜂蜇了般从地上一跃而起，瞪着来人骂道："他妈的，那个叛徒，老子要将他千刀万剐！他是王化贞帐下的人，老子不认得他!”

广宁惨败，与孙得功有直接关系，正是他战前已被努尔哈赤收买，做了后金的内应，开战后不仅不杀敌，反而散发谣言，祸乱军心，甚至要抓王化贞献俘，这才直接导致了大军的溃败。孙得功被王化贞视为心腹，一直在他帐下听令，熊廷弼自然是认识他的，但从来和他没打过交道，兵败后对他痛恨至极，更不想与他有什么瓜葛，这才说不认识他。

见熊廷弼并不挪身，来人扬着手中的书信说：“熊经略，孙将军派我看看您……”他大声地叫着，惹得周围牢房里的囚犯一个个都伸着脖子看热闹。

熊廷弼吼道：“滚!”

一直站在旁边的管万不知道孙得功是谁，也不知道熊廷弼为什么发这么大的脾气，他对来人说：“既然熊经略不愿见你，你还是走吧。”

可来人就是不依不饶，不停地对熊廷弼扬着手里的东西：“熊经略，孙将军给您写了信，您看看啊!”还在厚囊囊的信封上拍了几下，说，“这个，是表达感谢!”

熊廷弼见此人纠缠不休，恼怒不已，“啪”地一巴掌，将他手中的东西打飞了。只见牛皮信封里的东西散了出来，是一叠银票，全落在了熊廷弼的牢房里。来人见熊廷弼生气了，说：“熊经略，您再看看那封信，小人这就回去向孙将军复命。”说着，迅速跑出了监狱。

熊廷弼冲着他的背影大叫道：“东西带走！他娘的，哪个狗娘养的叫你来的，老子不认得你……”可那人已经跑远了，无论他怎么喊也没用。熊廷弼恼怒不已，将银票还有那封未拆封的书信捡了起来，扔到了牢房的走道上。管万见状将东西收拾了起来，交上去了。

刑部尚书王纪拆开了那封信，这是一封感谢信，已投降了后金的叛将孙得功在信中说，感谢熊廷弼和他配合默契，拱手相让关外大片土地，给努尔哈赤送上了一封大礼。为表达谢意，特奉上银票一万两。

孙得功投降后，由于献城有功，努尔哈赤命他仍担任游击将军之职，将他编入镶白旗，他成了一名标准的旗人。如果孙得功在信中所说属实，熊廷弼就有通敌之嫌。朝中有不少人一直对熊廷弼在王化贞失利后不组织反击，而是主动放弃关外大片土地心存质疑，孙得功在信中这样一说，这些质疑就得到了很好的解释，原来熊廷弼也被后金暗中收买了。

由于事关重大，王纪立即将信和银票送给大理寺卿周应秋和左都御史邹元标过目。三人在合议后初步认定，熊廷弼有通敌之嫌。尽管他矢口否认，但有书信和银票为证，他是哑巴吃黄连，一时跳进黄河也洗不清。

三、作伪高手浮出水面

汪文言信息灵通，他很快就知道了监狱里发生的事。他将事情经过告诉了左光斗，左光斗也大吃一惊，这事太诡异了，难道仅凭一封来历不明的书信和一叠银票，就妄下断论，说熊廷弼有通敌可能吗？保不成是有人要陷害熊廷弼呢。如果熊通敌，那么王化贞兵败就有了合理的解释，罪行就会大大减轻，此事一旦坐实，获益最大的就是王化贞。熊廷弼现在很被动，他现在就是解释都没人相信。如果通敌，就不仅仅是他个人生死的问题了，而是要诛九族的大罪。

问题是，说熊廷弼有通敌之嫌，左光斗是无论如何也不相信的。熊的为人他很了解，虽然脾气臭点，说话粗鲁点，也不会与朝中大臣搞好关系，但他忠君爱国、有正气和骨气是不容置疑的。他要是通敌的话，早在万历末年第一次督辽时就可以实施了，何必要等到二次督辽呢，况且还是和孙得功这样一个五品游击相勾结？更让人不能理解的是，孙得功根本不在熊廷弼身边听差，他一直是王化贞的亲信。

左光斗觉得其中疑点重重。他来到邹元标处，说出了自己心中的疑问。邹元标已派人找来了一封孙得功过去的手迹，与这封神秘的感谢信相比较，笔迹高度相似，一时还真难以看出真假。左光斗主动请缨，请邹元标给他一段时间，他一定要将这件事情弄个水落石出。邹元标是东林重臣之一，对左光斗在天津屯田取得的成功高度赞赏，他在去年春天回京任职路过天津时，见到处禾苗青青，他称赞说："三十年前，京都人不知道稻草为何物，现在到处都种植水稻，农民感受到了种水田的好处，这都是左光斗的功劳啊。"邹元标正在为这封信的真假发愁，不知如何处置，现在左光斗主动请缨，对他来说，正是巴不得的好事，他相信左光斗的办事能力。

左光斗带着孙得功的两封书信，随汪文言一起来到了地安门书画街。地安门一带，全是卖古董文物和书画的，真真假假，让人莫辨。地安门俗称后门，这一带出来的东西，有个专门名词叫"后门造"，可见假货之多。汪文言找了几个熟人，有说两封手迹是同一人所写，也有说感谢信有造假嫌疑。说来说去，把左光斗都弄糊涂了。看来要鉴定这封信的真假，还不是一时半刻之功。行行都有道，左光斗嘱咐汪文言，找熟悉内情的人暗暗打听京城书画作伪高手，要是能弄清这封感谢信的源头，事情就好办了。

回到家中，晚上，左光斗对着孙得功的两封手迹苦思冥想。书童顾翰林见主人在比画来比画去，问道："大人，你在干啥呢？"

左光斗说："在比较这两封书信是不是同一个人所写。"说着，将两封信递给顾翰林看。

顾翰林不屑地努了努嘴说："这字写得真差劲。"

"还真被你说着了，武人嘛，哪能写出什么好字。"

顾翰林歪着脑袋左看右看。左光斗问道："看出什么来了吗，是不是一个人写的？看不出来吧，给你看了也是白看。"

顾翰林指着那封感谢信说："这封是假的。"

左光斗一喜，装作不动声色地说："你是怎么看出来的？"

"直觉，直觉太重要了。"顾翰林装作大人样的倒背着手说。

左光斗说："搞了半天，你还是瞎蒙的。"

"我怎么是瞎蒙呢，你看，这张胡麻纸上写的信是真迹，那么，这张写在宣纸上的就是假的，原因就是太像了。即使是同一个人，在不同时间写的字，笔画也不可能那么像的。"

左光斗点了点头，顾翰林说的还真有点道理。俗话说童言无忌，他们是有什么就说什么，再看这两封信，字迹笔画确实是太像了，太像了反而是疑点。不说这两封信的书写时间间隔有好几年，就是在同一时间段内写的字，也会因外因、心情等因素不同而有差别。但这种怀疑并不能作为证据，要说明那封感谢信有问题，还要找人重新鉴定。

找谁呢，左光斗反复地想着。忽然，他眼前一亮，想起在保定给人代写书信的张果中。他长期从事书写行业，说不定熟悉其中的道道。左光斗修书一封，派史可法跑一趟保定，让张果中速来京城帮忙。

第二天黄昏时分，张果中就和史可法一道赶到了左光斗宅中。张果中说："老师，这事你找我就找对了。"

左光斗说："难道你干过这样的事？"

张果中说："我代写书信多年，平时以此为生，什么样的事没经历过。"他拿起两封信，稍加分辨，指着那封感谢信说："这封是假的。"

左光斗纳闷地问道：“你怎么如此肯定呢？”

张果中说：“孙得功是一个武人，平时很少写字的，他笔力浮滑，结构松散，字迹粗鄙，俗不可耐。你再看这一封，书者虽极力模仿他，把字写得像他一样糟糕，但此人毕竟是一个文人，用笔的力度和技巧怎么藏也藏不住，破绽百出。”

左光斗大喜：“你说的有道理。果然熊经略是冤枉的，我就不信他会通敌。”他又意味深长地说道，“这么说来，是有人要陷害他啊，会是谁呢……”

好事一桩接着一桩，就在左光斗为熊廷弼感到庆幸的时候，汪文言来了。进门后，汪文言咕嘟咕嘟连喝了几碗茶水，说：“哎呀，渴死我了。”左光斗见他眉飞色舞的样子，应该有什么好事。汪文言喝够了水，捋了一下胡须，才慢条斯里地说：“共之兄，有好消息！”他压低着嗓音，继续说道，“你叫我这几天暗暗打听京城作伪高手，你知道我打听出谁来了吗？”说到这里，汪文言故意卖起了关子。

左光斗着急地问道：“谁啊，快说啊？”

“原吏部书办金鼎臣，就是当初您查办的制作和出售假印假公文案的主犯，行业内公认是京城头号造假高手，他自案发后潜逃，一直没有归案，现化名金成。”

左光斗说：“他人在哪里，我立即通知兵马司将他逮捕归案。”

汪文言说：“他就在地安门书画街，跑不了。在逮捕他之前，是不是先请他鉴定下孙得功那封感谢信的真假。”

“不行，此人潜逃已久，必须立即逮捕归案。那封感谢信我已知道是假的了，不过，将金鼎臣抓捕归案后，可以让他看一看。”左光斗说道，“你现在到书画街街口等我，我立即通知兵马司王仪带几个人过去与你会合。”

汪文言说：“行，抓起来也好，免得夜长梦多。”

金鼎臣很快被抓进了刑部大牢，自假官案案发后，他一直化名潜伏在书画街，平时深居简出。可是事情就是这么奇怪，他作伪手段高超，几可乱真，远胜同行，哪怕他不出门，名声还是越传越响，找他的人也越来越多。尽管他化名金成，可毕竟也还是有极少数人知道他的底细，被信息灵通的汪文言打听到了，这次就没那么幸运了，乖乖地锒铛入狱。

在刑部大牢牢头值班室里，管万将金鼎臣押到了左光斗面前，瘦长脸，三角眼，皮肤苍白，腰身佝偻，此人正是金鼎臣。左光斗说：“金鼎臣，你还认得本官吗？”

金鼎臣点了点头。为进一步证实张果中的判断不虚，左光斗将那两封书信带来了，摆开在桌上。他指着两封书信对金鼎臣说：“你过来看看，这两封书信是不是同一个人所写?”

金鼎臣上前只扫了一眼，就退回了原位，一声不吭。左光斗就纳闷了，难道就这么扫了一眼，他就知道结果了不成?真要有这样的本事，那就太让人不可思议了。见金鼎臣半天不说话，左光斗倒是按捺不住了，问道：“是不是同一个人所写，你怎么不说话?”连催了几遍，金鼎臣就是不表态。

左光斗估计金鼎臣心里肯定有了结果，他之所以不说，可能是有所顾忌。左光斗看透了他的心理，说：“你不用担心什么，只管如实说来，要是说的有理，本官为你做主，可以将功抵罪，减轻处罚。”

金鼎臣这才指着那封宣纸写的感谢信，轻声说道：“这封信就是十天前有人拿来了一封孙得功的手迹，找我仿写的。”

“此人是谁，你还记得他的长相吗?”左光斗惊喜不已，现在离真相只差一步了。

“我虽不认识他，但通过他的声音和言行举止，可以断定是宫里的人，是个太监。至于他背后的主子是谁，我不知道，更不敢乱说……其实，大人应该能猜得到的。”

事情终于清楚了，果然是有人要置熊廷弼于死地。宫里来的，还能是谁呢，谁得想得出如此龌龊的毒计并付诸实施，他不是魏阉还会是谁?

左光斗将近日调查的情况向主持熊案的左都御史邹元标进行了汇报，说有人试图通过伪造叛将感谢信的方式，栽赃陷害熊廷弼，达到不可告人的目的。左光斗说，熊廷弼有多大罪就治多大的罪，不能无中生有，乱扣帽子。他还举了一个例子说，南宋时，张浚和曲端不和，曲端以金军势力强大为由，保存实力，不听张浚节制。后曲端在富平之战中失利，张浚借曲端的诗句“不向关中兴事业，却来江上泛渔舟”大做文章，借题发挥，说他讥讽皇帝无能，以谋反罪将他杀了。这都是历史教训。邹元标基本认可了左光斗的调查结果和意见。由于幕后主使者牵涉宫里，邹元标阻止了左光斗进一步追查下去，他认为事实已基本清楚，再节外生枝已没有多大必要。

假信案的幕后主使者就是魏忠贤。他见施计未成，反白白失去了“感谢”熊廷弼的一万两银子，因而对揭穿真相的左光斗和汪文言更加暗恨于心。但此时，朝中大权尚由正直大臣掌控，叶向高担任内阁首辅，赵南星担任吏部尚书，高攀龙任光禄寺少卿，孙承宗任兵部尚书兼东阁大学士，邹元标任左都御史，等等，东林势盛，众正盈朝。叶向高很看重汪文言的能力，他在请示天启皇帝之后，授予他内阁中书舍人之职。中书舍人就是内阁里的秘书，从七品，虽说官不大，但毕竟受到了体制的正式接纳。汪文言与朝中大臣接触的机会也更多了。

魏忠贤像一条潜伏着的毒蛇，在等候着时机，同时，他也积极开始在外廷布局，将听命于自己的大臣安插进重要部门，如将顾秉谦和魏广微安插进内阁，同时，他四处笼络亲信，时刻准备反戈一击。

四、汪文言案初发

天启三年，由于政绩突出，左光斗在提督学政任满后擢升为大理寺左寺丞，正五品；同年又进升为大理寺少卿，正四品。天启四年春，左光斗任都察院左佥都御史。

天启皇帝对魏忠贤的信任与日俱增，这一年，魏忠贤担任了东厂提督。从此，他又多了一个称呼“厂臣”或“督主”。东厂设立于明成祖于永乐十八年，权力在锦衣卫之上，监察官员和百姓，只对皇帝负责，不经司法机关批准就可随意监督缉拿臣民，是明朝宦官干政的发端。魏忠贤提督东厂之后，打着皇帝的旗号，大肆干政，排挤忠良，制造系列冤狱，一步步走向罪恶的深渊。

天启四年，魏忠贤决定选择汪文言作为突破口，以此打击朝臣。

说起来，这事还和左光斗的老乡阮大铖有关。左光斗和阮大铖同是安徽桐城县人，天启初年，阮大铖由行人一职升为户科给事中，后任吏科右给事中。不久，就回乡丁忧守孝去了。天启四年春天，吏科都给事中出缺。六科之中，吏居第一，而工居最末，吏科都给事中排在科道言官之首。按照成例，六科的迁转以年资为序。轮年资，有望接任吏科都给事中的有三人，依次是：刘弘化、阮大铖、魏大中。可刘弘化父亲病危，他马上也要回乡丁忧，这个职位按理应由阮大铖接任。左光斗注重同乡情谊，一面向吏部尚书赵南星积极推荐阮大铖，一面修书一封，让阮迅速回京。阮大铖回京后，信心满满，认为自己资历尚深，补吏科都给事中应该没有问题。没想到，赵南星并不看好阮大铖，认为他轻躁不可用，安排魏大中出任吏科都给事中，让阮补了工科给事中。魏大中年资比阮大铖浅，但赵南星选择他是有理由的，魏大中是高攀龙的弟子，清廉正直，狷介刚毅，品行和官声都远比阮大铖要好。

阮大铖不仅没有重用，反而被安排到了工科，但最让他难以接受的还是赵南星对他轻躁不可用的评价。赵是朝中元老，名望极高，他说出的话就是一言九鼎，这样的评语无异于给他的前程判了死刑。

没有受到朝廷重用，反而声名扫地，受了一肚子冤枉气，阮大铖因此寄恨于左光斗，认为是他从中使坏，至少没有给他出力。阮大铖是小人，小人的特点是心理阴暗，锱铢必较，有仇必报。挑来挑去，他选择了汪文言，试图将他作为突破口，以此打击报复。选择汪文言有这样几个理由：他身份复杂，毕竟是做门子出身；官职较低，打击难度相对较小；最重要的是，他游走于廷臣之间，可以利用他牵涉和株连几个东林官员，如左光斗、魏大中等人，这才是重要目的。

即使选择了汪文言，阮大铖自己也不直接出面，这就是小人的精明之处，他永远躲在暗处。他唆使自己的好友刑科给事中傅櫆上疏弹劾汪文言，捏造了一个莫须有的罪名，说汪和左光斗、魏大中等人互相勾结，招权纳贿，谋取私利。魏忠贤接到奏疏后，非常高兴，立即拟诏逮捕汪文言，关进了北镇抚司监狱。

明廷负责侦缉刑事的锦衣卫机构是南北镇抚司，其中北镇抚司审理皇帝钦定的案件，拥有自己的监狱——诏狱。主管汪文言案的是北镇抚司指挥使刘侨。进来一个人，出去一堆骨，进入镇抚司监狱的人，不死也要掉一层皮。镇抚司里有五种常备刑具——械、镣、棍、拶、夹棍。五种刑具依次施用，就是受“全刑”。《明史·刑法志》记载：“五毒备具，呼暴声沸然，血肉溃烂，宛转求死不得。”汪文言受过全刑，被折磨得气息奄奄，可是，说起傅櫆弹劾他招权纳贿的事，怎么用刑都不承认。

这个案子是魏忠贤关注的，事关重大，刘侨决定亲自审一审。镇抚司大堂内，汪文言被带了上来，身上到处是瘀青和血痕，特别是前胸和后背，散发出焦糊味，显然被烙铁烫过了。纵是如此，到了堂上，他仍站得笔直，举止从容，行礼参见，语声响亮，看不出受过刑的样子。刘侨暗暗佩服他是条汉子。

刘侨问道：“汪中书，不是本官为难你，你还是将招权纳贿的事情老实招来，免得再用刑。”

“回大人，都是几个小人在背后蓄意栽赃。说我纳贿，何人所纳，贿有多少，现在何处？大人可以安排锦衣卫到小人家里去搜查。”

实际上，汪文言家中，刘侨已经安排锦衣卫反复搜查过了，除了院子大点，家里还真没有多少值钱的东西。

刘侨又问道：“有人说你收了熊廷弼长子熊兆珪的四万两银子，勾结左光斗和魏大中，替熊开脱出狱，有没有此事？”

汪文言心里咯噔一下，四万两银子是魏忠贤愿意出面为熊廷弼说情的开价，此事只有他和魏二人心知肚明，刘侨又是从何得知？无疑是魏忠贤告诉他的。魏忠贤以小人之心度君子之腹，他以为汪文言撇开了他，将熊兆珪说情的银子独吞了。此事本就是因为熊家拿不出钱而不了了之，魏忠贤却将这笔账记到了他的头上，利用此次傅櫆的弹劾旧事重提，借题发挥。汪文言感到这个梁子结得太大了，魏阉心狠手辣，他一旦插手过问，自己就难逃一死。好在自己并没有收熊家的银子，当下，他平静地答道："熊廷弼虽贵为辽东经略，但他不受一礼，不贪一银，此事辽东军民人人皆知。熊家又到哪里去弄四万两银子，显然是有人蓄意栽赃陷害。"

"据你所知，左光斗和魏大中有没有招权纳贿的事？"

汪文言答道："这二人都是极清贫的官，左光斗巡视辽东、督学京畿，连可以收的答谢例银都不收，又怎么会受贿？魏大中奉敕封代藩，不收馈金，他说，此番须让他们知道中原有不受金钱之人；他还婉拒了福王赠银五百两，并书谏福王资助边饷。刘大人，您说，这样的人会受贿吗？"

汪文言一番话说得刘侨无言以对，他本就不信这三人有受贿的事，现在确信无疑。可是，定不了罪，自己在魏忠贤那里该如何交代呢！

正在刘侨发愁如何结案的时候，魏忠贤的侄子魏良卿求见。

这个瘟神，他来准没好事，但还不能不见。魏良卿见到刘侨，狠狠地白了他一眼，意思是都没有到外面去迎接他。

魏良卿四处望了望，说："你这地方阴气太重了，听说诏狱四周都住着等候投胎的鬼魂，本来我也不想来，可我叔非要我过来问一下案子审得怎么样了。"

"不做亏心事，不怕鬼敲门。回魏爷，案子还在审。"

"哼，我叔说了，这个案子很大，有几个好事的御史搅在里头，这次要不给他们点颜色看看，将来还不知道要怎样折腾呢？"

"案情基本清楚了，弹劾奏疏中说三人招权纳贿，查无实据。"

魏良卿又白了刘侨一眼："这就叫清楚了？哼，我看是你糊涂了。"

"魏爷，我们办案要有真凭实据。"

"你们镇抚司都是吃干饭的，给我狠狠地打，不怕他不说，要打成铁案，天掉下来都翻不了的铁案！"说着，魏良卿气呼呼地站了起来，掸了掸衣襟，头也不回地出门去了。

出门的时候，魏良卿忽然看见一个绝色女子，手里拎着个食盒，往监狱那边去了。肯定是去牢里送饭的。魏良卿什么气也没有了，就一路跟在那女子后面。女子直接进了监狱，牢头就像没看到一般，却将跟在她后面的魏良卿挡住了。魏良卿说："你光顾着拦我，怎么不拦她？"

牢头说："她给了钱，按次数总算，你给了吗？"

魏良卿从口袋里掏出一大锭银子，递给了他，拍了拍他的肩膀，说："兄弟，那女的是谁，她什么人关在里面？"

牢头对着魏良卿耳语道："她叫青青，莳花阁的头牌，里面关着他的相好汪文言。都说婊子无情，可这女人不一样，天天来送饭。"

魏良卿大失所望："原来是个妓女。"

"哎，哥们，她可是卖艺不卖身。听说，万历皇帝在世时常将她接到宫里唱戏，不过，就算是皇上，也只是听听曲子而已，都没有挨着边。"

连皇帝都没有挨着边？魏良卿兴趣大增，眼睛望着黑洞洞的牢房，嘴巴接连咂巴了几下，使劲咽了几口口水，喉结兔子般上下乱窜着。牢头见状笑道："怎么兄弟，有想法？不过，这个青青可不好上手，你就是有再多银子也没用，她不爱钱。"

魏良卿又掏出一锭银子塞进了牢头手心，拍了拍他的肩膀说："你提供的情况很重要。"

魏良卿走后，刘侨正呆坐着发愣，这时，门卫来通报，一个名叫黄尊素的御史求见。

黄尊素进门就笑道："刘兄，看你这脸色，正为案子的事情苦恼吧？"

"可不是，魏良卿刚走。"

"我就是来提醒你一下，魏阉这招狠啊，这可不是件普通的案子，处理不好会惊天动地啊。"黄尊素说道。

"会有那么严重吗？"

"魏阉使的是一石多鸟之计，别看汪文言是个小人物，他一旦犯事，受牵连的人就多了。他的内阁中书一职是从哪里来的，还不是首辅叶向高给的，听说他已因此事向皇上递交了辞呈；还有熊廷弼、杨涟、左光斗、魏大中等，他们平时与汪都有往来，这些人为人如何，同朝为官，你心里也清楚。一个汪文言不足惜，如果祸及缙绅，这事就大了。"

黄尊素一番话，说得刘侨汗都下来了。他当即作出决定，将汪文言杖击一百，剥夺内阁中书一职，然后释放出狱，不牵连任何人。

得知这样的处理结果，魏忠贤大发雷霆，此后寻了个机会，将办案的刘侨撤职，将自己的亲信许显纯擢升为锦衣卫佥事，接替刘侨。许显纯是武进士出身，性情残忍，从此忠于魏忠贤，充当马前卒，按他的意图制造冤狱，大兴杀戮，在仕林掀起血雨腥风。

汪文言出狱后，叶向高、左光斗和魏大中等朝臣都纷纷去他家看望，大家都佩服他是一条汉子，没有屈打成招，更没有胡乱牵涉他人。汪文言在朝野一时声名大震，每日来看望他的人络绎不绝。

第八章

涿州进香

一、坏人上香，好人遭殃

小皇帝朱由校就像一个傻子，傻玩、傻忙、傻乐。他是天启元年大婚的，一转眼四个年头过去了，可惜子嗣不旺。去年，张皇后生下皇长子，可一着地就是个死胎。去年底，一个姓范的贵妃替他生下了皇二子，朱由校很喜欢这个孩子，可惜他天性胆小，易受惊吓，老是生病。朱由校很是发愁，魏忠贤说涿州有个娘娘庙，那里的碧霞元君很灵验，眼看着四月十八日碧霞元君的生日就要到了，他要代皇上去给皇二子上香，保佑孩子健康成长。朱由校大喜，夸赞魏忠贤忠心可嘉，当即批准了。

于是魏忠贤开始斋戒，大肆采购香烛，他要代皇帝进香的消息就在京城里传开了。魏忠贤真的这么关心皇帝的子嗣问题吗，实际上并不是，他才没这么好心呢。说起来，这事还和魏忠贤青年时代的一个许诺有关。那时，为了躲避赌债，他四处逃命，一个风雪之夜，流落到涿州娘娘庙，在偷吃供品时，被一个人称谷真人的道士发现了。谷真人不仅没有责备他，反而同情他，并将他留下了。一段时日后，魏忠贤离开时，当着谷真人的面，他向菩萨许诺，将来如有出人头地的一天，一定给碧霞元君重塑金身，重修道观，如若不然，天打雷劈。现在，魏忠贤已经飞黄腾达，他认为是碧霞元君保佑的结果，常常想起早年的那个誓言。因此，他才借口给皇二子上香，实际上是去兑现早年的那个承诺。这是魏忠贤心底的秘密，除了谷真人，再也没有第二个人知道。

晚上，左光斗正在灯下读着《杨忠愍文集》，这是他最常看的一套书。杨忠愍就是杨继盛，“忠愍”是他的谥号。嘉靖三十二年，他上疏揭露严嵩“五奸十大罪”，遭诬陷下狱，两年后遇害，死时仅四十岁。临刑前，他作诗一首：“浩气还太虚，丹心照千古。生前未了事，留与后人补。天王自圣明，制作高千古。生平未报恩，留作忠魂补。”

左光斗正在感叹与惋惜的时候，学生史可法走进了书房，愤愤地说："老师，您知道吗，街上都在传魏忠贤要代皇帝进香，都在夸他的忠心呢。"

左光斗放下书："哦，依我看，夸他的都是他们的人吧，看来，魏忠贤要好好利用这次机会，向天下人表明他对皇上的忠心。"

"原来老师也知道了。坏人上香，好人遭殃，依学生看来，魏阉八成没安什么好心，谁知道他葫芦里卖什么药？"

左光斗说："有一点可以肯定，他是不会关心皇上子嗣问题的。去年，张皇后产下一名死胎，有人说是不喜欢张皇后的奉圣夫人客印月暗中使了手脚；还有性格直爽的张妃，不买魏、客的账，他们就将她关在一个死胡同内，不给饭吃，致使其活活饿死；还有位姓胡的贵人，痛恨客氏专权，常与人谈论，魏忠贤就派人将她杀害，然后说是暴病而亡。总之，外面关于后宫的传言很多，都是魏、客二人在联手作恶。试问，这样的人怎么会突然发了善心呢？"

史可法说："学生有个请求，让我远远地跟踪进香队伍，看看他们到底要干什么，请老师批准。"

左光斗想了想说："你一个人去不行，为师不放心。这样，我也去，你再去通知一下顾大武，我们三个人一道，扮作香客，就安全多了。"

"好，这次我倒是要看看魏阉到底是何居心。"史可法兴奋地说。

进香的日子到了，一天清晨，魏忠贤率领着庞大的队伍向涿州进发。从前一天开始，一队队快马就从京城到涿州沿线通知，地方官和百姓要净水泼街，黄土垫道。魏忠贤身着金色的蟒衣，骑着一匹纯白的高头大马，走在队伍中间。仪仗和护从队伍绵延数里，锦衣卫人人着飞鱼服，佩绣春刀。武进士出身的指挥使许显纯，此次负责安全保卫，刚刚得到魏忠贤的信任，他信心满满，趾高气扬。

左光斗装成香客模样，史可法和顾大武装着他的随从，三人悄悄地尾随在进香队伍后面，也跟着向涿州方向驰去。

经过一上午的奔驰，很快就要进入涿州地界了。涿州路口有座驿亭，名叫枫香驿。魏忠贤命令在到达枫香驿时休息一会儿，然后再进城。快到驿亭时，许显纯报告魏忠贤说："督主，前面驰道旁跪着一人，口口声声要求见督主，小的见他摆着好多酒菜果品，这才没赶他走，标下请示，见还是不见？"

跑了一上午，魏忠贤正觉得有些口渴，听说有吃的，就说："什么人啊，这么鲁莽，给他个面子吧，前面带路，咱们去看看。"

在驿亭前的驰道边，果然跪着一人。再看驿亭内，酒菜果品摆了满满一大桌。

跪着的人见魏忠贤来了，赶紧膝行几步，朗声叫道：“小人冯铨，涿州人氏，给九千岁请安!”

魏忠贤一喜，我是九千岁吗，还从来没有人这么叫过自己呢，怎么听上去比喝了参汤还要受用呢。眼前跪着的分明是一个书生模样的年轻人，看来这小子聪明，知道在这地方等自己，还知道叫九千岁。当下，他装作不动声色，问道：“年轻人，你等着本督主有什么事吗?”

冯铨放声大哭，眼泪哗哗地往外涌，一个大男人，也不觉得寒碜，他说：“九千岁，我们父子俩都被东林党整惨了，小人是来求九千岁给我们做主。几前年，家父在河南布政使任上，因不愿归附东林党，被他们找了个借口上疏弹劾，结果罢了官。他们不待见家父，自然也不待见我，我冯铨只好随父回籍。想我十九岁就中了进士，也算饱读诗书。可这些年我们父子屈居乡野，度日如年，呜呜呜……那些东林党官员，个个冷漠无情，动不动就弹劾好人，呜呜呜……”

几年前，冯铨的父亲冯盛明由于贪污受贿，被弹劾削职，冯铨也在朝中待不下去，只好随父回故里闲居。前不久，他得知魏忠贤即将来涿州进香，感到自己咸鱼翻身的机会来了，决定碰碰运气。虽说投靠一个阉人不怎么光彩，但总比待在这乡下和村夫野老混日子要强一百倍。于是，他从几天前就开始精心准备，天不亮就带着家仆守候在这里，终于把魏忠贤给盼来了。

魏忠贤一听说冯铨父子都是吃了东林党的亏，又见他跪于道旁迎接自己，感到此人可用，他现在缺的就是忠心耿耿的人。魏忠贤在桌子旁坐下了，冯铨亲自献上茶水，刚才哭得太伤心，他的脸上还挂着泪水。

魏忠贤吹了吹茶水上的浮沫，说：“你以前在朝中担任何职啊?”

冯铨答道：“翰林院检讨。”

“你回去收拾收拾，马上回京，官复原职。”魏忠贤淡淡地说。

就这么简单吗，好运来得太突然了，冯铨更没想到魏忠贤如此爽快，轻描淡写的一句话就改变了自己的命运，他“扑通”一声跪在地上，又激动得哭了：“九千岁，您就是小的再生父母，从此以后，小的这条狗命就是您的，肝脑涂地，在所不惜……”

“嗯，很好，跟着洒家好好干，”魏忠贤点了点头说，“洒家要去进香了……”

冯铨说：“恭送九千岁，碧霞元君保佑九千岁福如东海，寿比南山!”

许显纯扶着魏忠贤跨上白马，又向位于涿州北关的娘娘庙进发。到了北关山下，涿州知府楚召南早就率领着大小官员在道旁等候，众香客已被清场，只能站在远处观看。

到了关下，魏忠贤下马。数百道士沿山道一字排开，一时间，鼓乐齐鸣，诵经之声回荡，“魏督主代皇上进香啦!”呼喊声沿路传递，声震山壑。

来到正殿碧霞宫前，魏忠贤站住了。就是这座小道观，还和万历皇帝的母亲李太后有关。李太后年轻时，从老家往京城方向逃难，到涿州娘娘庙时，一家四口盘缠用尽，又累又饿，亏得庙中老尼收留，赐予茶饭，并留宿了一晚。李太后被封为太后之后，传谕发帑金三千两，重修了碧霞元君观。如今，四十余年过去了，这座道观还是显得很寒碜。魏忠贤想起自己欠赌债时被人追打，落难到此地，日潜夜出，靠偷吃供品度日。要不是这座道观，要不是当时的谷道长收留了他，还不知道有没有自己这条命呢。想起昔日的情景，魏忠贤的眼眶红了。

道观的吕道长递给了魏忠贤三炷高香，魏亲自将香点着了。然后，他在碧霞元君香案前的绣墩上跪下了，嘴里喊道：“奴才代皇上给碧霞元君进香啦，请元君保佑皇二子平平安安，保佑皇上多子多福，保佑大明江山万年永固!”说完，将烟插在了香炉里，恭恭敬敬地叩了几个头。魏忠贤对跟班太监李朝钦说：“宣。”李朝钦扯着嗓子叫道：“皇上赐涿州碧霞元君道观纹银万两，魏督主赐纹银九千两，重修道观，给娘娘重塑金身!”听到赐了这么多银子，吕道长率领众道士叩头谢恩，一个个将头在砖上碰得闷响。

接下来，魏忠贤暗示吕道长屏退了左右，他还有一桩心愿要了结。魏忠贤问道：“吕道长，三十多年前，这里有一位姓谷的道士，人称谷真人的，不知现在还在不在这里?”

吕道长并不知道魏忠贤当年在娘娘庙的经历，只道是他打听故人，他仔细想了一想，说：“本观姓谷的道士倒是有一个，有七十多岁了，不修边幅，形容邋遢，平时喜欢胡言乱语。不知此人是不是督主要找的谷道人?”

魏忠贤惊喜地说：“那你叫他出来看看!”

很快，一个穿着破长衫头发散乱的老道被领了进来，一股难闻的气味直冲魏忠贤的鼻子。他眉头一皱，还是忍着用拂尘柄拨开了老道的头发。就在魏忠贤准备打量老道的长相时，老道一偏头，突然目如电射，狠狠地剜了魏忠贤一眼。魏忠贤脊梁骨一凉，吓了一跳。这老道的眼光太瘆人了。不过，虽然三十多年未见，魏忠贤还是一眼就认出此人就是当年的谷道长。谷道长显然也认出了他。只见他将脏乱的头发捋到一边，不咸不淡地说道：“哟，这不是当年的小李子吗?”

魏忠贤干咳了一声，从嗓子眼里挤出四个字：“见过道长。”魏忠贤自发达后，不管是有意还是无意，要是有人提起他姓李，不亚于挖了他的祖坟。李是他继父的姓，说他姓李，等于是提起他童年时代那一段屈辱的历史。现在谷老道叫他的小名小李子，魏忠贤已有点不悦。谷老道将他上下一打量，斜着眼说："哟，瞧你小李子，当年瘦得皮包骨头，天天在娘娘庙里偷馊包子吃，记得吗，你第一回来偷东西吃时，还被庙里的狗咬了。嘿嘿，现在你发达了，人模狗样了……"

许显纯用刀柄抵了一下谷道长的腰："不许胡说!"

谷道长"哎哟"一声惨叫，也不管他是什么身份，掉过头就啪地扇了许显纯一个耳光，扇完了还说："打死你这个没大没小的东西。"许显纯正要发作，瞅了瞅魏忠贤，魏一瞪眼，他哼了一声，生着闷气，后退了几步。

谷道长接着说道："小李子，你今天来干什么，还想偷吃供品吗，你要是敢再偷，我打断你的狗腿!"谷道长猛地提高了声调，"你还记得不，那些索要赌债的人连夜找到山上来了，打得你哭爹叫娘，老道我狠狠心把庙里的一口铜钟卖了，才替你补上了窟窿眼。唉，多好的一口钟啊，糟蹋了，老道对不起碧霞元君了。"

这回连吕道长也听不下去了，他阻止道："好了好了，你这个谷疯子，还在这里胡言乱语，快走吧。"

谷老道刚才在说着魏忠贤当年糗事的时候，魏一直垂着眼皮，脸上黑一阵白一阵，一句话都说不出，恨不得找个地缝钻进去。要不是吕道长替他解了围，这个臭老道还不知要说到什么时候。幸好大殿里此时没几个人，要不然，这叫堂堂魏督主颜面何存。

眼前的碧霞娘娘，披着一袭红色的道袍，法相庄严，慈眉善目。魏忠贤认为，碧霞娘娘是能够救人于苦海的。别的人不说，就说他自己，怎么偏偏在落难的时候就流落到这里了呢？他认为，并不是谷道长，而是碧霞娘娘收留了他。而且，自从吃了这里的供品，那些馊了、坏了的水果和点心之后，他就渐渐走上了好运。还不是一般的好运，而是一人之下、万人之上的大富大贵之运。今天，他当然要极尽所能，为碧霞娘娘做点事。

魏忠贤问吕道长道："道观里还有什么困难吗？"

吕道长指着门外的众道士说："道观里现在有近百道士，但没有一亩田产，就是吃粮不够，盼督主和府县协商一下，能不能给小观弄点寺观田。"

魏忠贤说："这是小事，包在本督身上。还有别的事吗？"

吕道长又跪下，高声道："多谢督主，寺观田解决了，本观再无难事了。"

魏忠贤对吕道长耳语道："以后本督要是有什么人故去了，到时我派人送个名单来，他们都是些孤魂野鬼，还请道长作作法事，替他们超度超度，让他们早点上天。”

“没问题，包在本道身上。”

魏忠贤长长地舒了一口气：“那好，本督就告辞了，以后要是有空，我还会再来的。”

众道跪送，齐声道：“恭送魏督主！”

涿州知府楚召南已在山下恭候多时了，他将魏忠贤一行领往城中，他们要歇息一晚才回京。

二、学田之争

魏忠贤一行晚上住在官驿内，官驿住不下的，才安排到城中的客栈里。左光斗三人也在官驿附近找了家客栈住下了。

吃过晚饭，许显纯走进魏忠贤的房里，说：“督主，白天那个谷老道在大殿里胡言乱语，我当时要宰了他，您怎么不同意？”

“你们这些武人啊，就晓得打打杀杀，半点沉不住气！”魏忠贤批评道，“那种地方，那种场合，能杀人吗？谷老道再不是，毕竟也是本督主的恩人，你要是杀了他，叫洒家今后还怎么做人？”

许显纯悻悻地说：“我当时也是一时之气，倒也没有考虑许多。但是，此人留不得，他要是日后再这么胡说，有损督主的声誉。想当年太祖当了皇帝后，不也是把他小时的那帮玩伴都杀了吗。”

魏忠贤说：“你说的有理。天就要黑了，去换身便装，我们马上出发。”

许显纯疑惑地问道：“督主，到哪去？”

“你们武人就是笨，长了个榆木疙瘩脑袋，我哪有许多闲工夫天天点拨你？”魏忠贤见许显纯仍不明白，才说道，“自然是再去会会那个死老道。”

许显纯茅塞顿开：“哎呀，奴才终于明白了，我去换衣，马上就出发。”

驿站离北关并不远，两人骑马一会儿就到了。两人将马系在树上，快步向山上走去。满天繁星，光线并不是很暗，两人不像白天那样大摇大摆地上山，而是一路躲躲闪闪，走在树影里，尽量避免被人发现。谷真人的住处魏忠贤白天已打听过了，他单独住在一间半倒塌的寮房里，离大殿和僧舍有一段距离。

魏、许二人蹑手蹑脚地走近了谷真人住的那间寮房。寮房朝北的那面墙已倒塌了，露出了堆放着的柴草，里面一片漆黑。魏忠贤正在想着谷真人在不在里面的时候，背后突然传来一个声音说："来了吗?"

魏忠贤掉头一看，舒了一口气，声音正是谷真人发出的。此时，他正坐在一棵矮松树上。魏忠贤说："你跑到树上做什么?"

"我这不是在等你吗?"

"你怎么知道我要来?"

"哈哈哈……"谷真人发出一阵大笑，把林间的鸦雀都惊得飞了起来。

魏忠贤说："人说你疯疯癫癫，我看你是装疯卖傻，今天在大殿里，你明明是故意羞辱洒家的，你是存心要出洒家的丑。"

谷真人从树上跳了下来，像一个鬼影，嗖地冲到魏忠贤的面前，怪笑着说："你都看出来了？不错，贫道是故意的，想不到你变成了这样的人，魏督主，哈哈哈……可惜了当年那些供品，都喂狗了。"

"本督主这次来，本来是要打算报你当年收留之恩的，给你的一千两银票都准备好了……可是，没想到，你真的疯了。"

谷道人说："我会要你的银子吗，你的钱从哪来的？本道还是要提醒你一句话，留一点善根吧。"

魏忠贤瞪着眼说："善也罢，恶也罢，谁知道呢?"

谷道人说："你知，我知，碧霞元君知，天知地知。"说着，不再理会他，钻进草堆里睡觉去了。

一直在一边看着他们谈话的许显纯早等得不耐烦了，他的左手一直握在刀把上，他催道："督主……"

魏忠贤走到他身边，将他的左手从刀把上拿开了，说："要解决得不露痕迹。"

许显纯说："奴才明白了……"

白天谷真人在碧霞宫里公开羞辱魏忠贤的情景，躲在暗处的顾大武看得清清楚楚。晚上，他在客栈里眉飞色舞地说着当时的场面。左光斗听着，忽然叫了一声："哎呀，谷道人有危险!"

顾大武说："老师，您是说，魏忠贤会杀了谷道人吗?"

"谷老道抖出他的那些陈年往事，还一再地叫他小李子，明显是故意为之，是为了公开羞辱他。魏忠贤现在是什么身份，又是何等卑劣的人品？试想，他会善罢干休吗？白天在大庭广众之下，他不会有什么行动，晚上可就说不定了。娘娘庙离这儿不远，走，大武，我们去看看。”

左光斗和顾大武匆匆来到北关山上，找到了谷道人住的寮房。顾大武叫了几声，没人应声。两人四处寻找着，轻声叫着谷老道。左光斗看到寮房前的矮松上有个人影，叫道：“大武，在这边！”

顾大武走近一看，只见谷道人吊在矮松上，身子已经冰冷僵硬。他将谷道人放了下来。左光斗痛心疾首地说：“我们来迟了……”

次日，娘娘庙的吕道长正在碧霞宫里静坐参禅，突然，他好像听见了什么异常的响动，只见一把匕首嗖地从窗外飞了进来，咚的一声钉在大殿的柱子上。吕道长吓了一跳，再一看，匕首上穿着一张纸，上面写着三个字：谷道长。这是什么意思？吕道长左思右想，他突然想起魏忠贤昨天临走时的嘱托，让他替几个故人超度超度。他突然明白发生了什么事，眼前一黑，赶紧又坐到蒲团上，双手合十，嘴唇控制不住地哆嗦着：“太上敕令，超汝孤魂。脱离苦海，转世成人……”

次日，为了方便了解魏忠贤的动态，顾大武装成一个驿卒，手里拿着大扫帚在驿站里假装扫地，站岗的锦衣卫也把他当成驿站的人。顾大武一边扫着，一边观察着驿站里的动静。没多久，顾大武就看见涿州知府楚召南被匆匆召了进来。他知道肯定有情况，就慢慢靠近魏忠贤住的客房后偷听。

原来，魏忠贤一直惦记着给娘娘庙帮忙弄些寺观田的事，就派人把楚召南叫了过来。楚召南这几天没日没夜地忙着接待，事无巨细，生怕出什么差错，忙得焦头烂额。他是万历年间的进士，一个典型的读书人，对魏忠贤的专权和猖狂一直很是反感，但又不敢得罪他。他到了官驿，魏忠贤说：“昨天的事你也在场，本督主答应了吕道长，给娘娘庙调济一百亩寺观田，你是地方官，这事你尽快给落实了。”

楚召南说：“回督主，涿州境内的好田，早就被瓜分殆尽，都是皇亲国戚和达官贵人的庄田，不要说调济，就是有银子都买不着。”

楚召南说的也是实情，魏忠贤也知道这些情况。但田地再紧张，凭他一个堂堂知府，调济个百把亩，应该是没有多大问题的，没想到楚召南一口就回绝了，这明显是不把他当根葱。魏忠贤有点不悦，语气明显就重了：“谁说买了，这是给庙里的功德田，不是买，而是白送！你楚召南说没田，公事公办，难道你还让本督主做一个言而无信的人不成？”

“下官实在没有办法。”

魏忠贤恼了：“本督再问你一次，行还是不行？”

楚召南的汗都下来了，但是，一百亩田，是一笔巨款，不要说魏忠贤不给钱，就是给钱一时还不一定能买得着。这事他确实没有办法。他想了想，还是硬着头皮说：“督主，下官确实无能为力。”

魏忠贤大怒：“你一个小小的知府，真是天大的胆子，竟然连本督的话都敢不听。来人啦，将楚召南拉出去，重杖八十，削职为民！”

许显纯闻声带着两个锦衣卫走了进来，将楚南召拖到官驿大门外，啪啪啪地打起了军棍。楚召南是一个有骨气的人，他趴在地上，尽管被打得鲜血淋漓，他仍坚持一声不吭。在一边看着的顾大武不禁暗暗佩服这个看似文弱的读书人是条汉子。楚召南挨打的时候，驿站门口围满了看热闹的百姓，许多百姓暗自垂泪，都称赞知府是个好人。百姓一个个自发地替楚召南大声求饶：“魏督主，饶了楚知府吧，他是一个好官！”“快饶了知府吧！”……魏忠贤见状更加生气了，他说：“打，给我狠狠地打！”并命锦衣卫驱散了百姓。

打完了军棍，楚召南一时再也站不起来，被两个衙役搀扶着送回去了。虽然重重地惩罚了楚召南，魏忠贤出了一口恶气，可是，寺观田的问题还没有解决，自己今天必须要回去，这事无论如何要在自己离开涿州前落实。否则，对吕道长没法交待。现在的问题是，知府都被自己革职了，得找谁去解决这个难题呢。魏忠贤烦恼极了，在室内像一只困兽般地转来转去。

这时，许显纯进来报告说，涿州府教授吴直求见，说有办法解决寺观田的事。还有人自告奋勇来帮助自己，魏忠贤大喜，命赶紧叫进来。

吴直须发都白了，他早年在县里任教谕，后来到涿州府学当山长，再后来任府教授，大半辈子都和儒生们打交道，穷官一个，他早就厌透了，苦于一直没有时来运转的机会。刚才，他正在书房里之乎者也地读着诗文，被老伴大骂了一顿，要他找人借米去。吴直娶了两房小妾，有七八个孩子，家里吃饭的实在太多，常常断炊。他出门时，正好碰见楚召南被衙役搀扶回府。简单了解事情的原委后，吴直喜上心头，觉得自己一直苦苦盼望的机会终于来了，也顾不得老伴借米的话，就直接奔官驿来了。

见到魏忠贤，吴直扑通就跪下了，叫道：“涿州府教授吴直参见督主！”

魏忠贤说：“听说你有办法帮本督弄到百亩水田？”

吴直说：“去年，左光斗任北直隶提督学政时，为解决府学贫困生员的学资和生活问题，曾在涿州发动富绅捐款，置下了八百亩学田。下官认为，从这八百亩学田中匀出一百亩来，不就解决了问题吗？”

魏忠贤问道：“你说的那个左光斗，是不是曾担任过监察御史的桐城人左光斗？”

吴直答道：“正是此人。”

魏忠贤大喜，心想，真是不是冤家不聚头，几年前，左光斗在天津屯田。当时，他向他索要戚畹田庄，被他严词拒绝，那时他还人微言轻，被拒后也无可奈何。没想到，这报复的机会说来就来了。想到这里，他对吴直说：“吴教授，本督改变主意了，现在不是一百亩，而是将这八百亩学田全部改为娘娘庙的寺观田，道士比那些臭书呆子重要多了，少几个咬文嚼字的人，耳根子会清静些，天下会太平些。好，就这么定了！”

吴直一愣，心想坏了，八百亩学田全没了，回头和置办这些学田的左光斗以及府学生员们没法交差，不过，可以把责任全部推到魏忠贤身上。他皮笑肉不笑地说：“督主一言九鼎，您说是八百亩，那自然就是八百亩了。”

魏忠贤又问道：“学田的田契呢，你知道在何人手里吗？”

吴直从怀里掏出一叠田契，双手递给魏忠贤说：“在下官手里，我全部带来了。”

魏忠贤拿过田契，快活地翻看着，又将眼光转到吴直身上：“吴教授，本督主看来，你比那个楚召南会办事多了，也懂事多了，本督主需要像你这样的聪明人。这样吧，从现在开始，就由你接替楚召南，担任涿州知府一职。”

吴直再次“扑通”跪倒在地：“下官感谢魏督主提携之恩，愿肝脑涂地，效犬马之劳！”

吴直喜不自胜地走了。魏忠贤将吴直给的田契放在了床头的一个木匣里，打算叫吕真人来拿回去。

官驿里发生的这些事，顾大武在暗中都看得清清楚楚，现在，他觉得必须把这里发生的事情马上报告给左光斗。在离开这里之前，他还有一桩事情要办。

官驿后院里系着魏忠贤的白马，顾大武溜进马棚，解开了它的缰绳，然后拿出匕首，狠狠地扎在马屁股上。白马一声长嘶，冲出马棚，在官驿里拼命地奔跑起来。魏忠贤、许显纯和锦衣卫们见马突然狂奔起来，一个个赶过来看发生了什么事。趁着这阵子慌乱，顾大武溜进了魏忠贤的房间，偷走了他放在床头匣子里的田契。

顾大武回客栈后，将刚刚发生的事情原原本本地告诉了左光斗。左光斗感到痛心疾首，当初，为了让涿州府学贫困生员顺利读书，他发动了当地富绅捐款，自己也捐了一个月薪俸，好不容易才置下了这八百亩学田。从学田置办以来，每年都有众多涿州学子从中受惠。万没想到身为府教授的吴直官迷心窍，竟然主动将这些学田向魏忠贤拱手相送。好在顾大武能见机行事，将学田田契拿到了手中，这就为以后的据理力争争取了主动。想到这里，左光斗决定去看望一下被罢官的楚召南。

左光斗、顾大武和史可法三人悄悄来到涿州府衙后院。楚召南宅内，他正拖着带伤的身子收拾东西，准备返回故里。这时，他听到了敲门声。都这光景了，还有谁会来看望自己呢，就不怕受到牵连吗？楚召南打开门一看，见是一身常服的左光斗等三人，明显很意外。他眼圈红了，激动地说："左大人，原来是您，您怎么来了？"

左光斗说："楚兄，我们也是故人了，本官也不瞒你，我们就是想看看这个阉首要干什么勾当，看来此行不虚，果然动静不小。让你受委屈了。"

楚召南刚刚得知吴直向魏忠贤献田的事，他说："左大人，当初您带着我们好不容易才置下的八百亩学田，就这么没了，下官无能，没能保护好。"

左光斗说："这事不能怪你，你已经做得很好了。你暂时不用回乡，待我回京参他吴直一本，到时让你官复原职。"

楚召南说："谢谢大人的好意。可如今，阉党当权，宵小得志，下一步情况可能会更糟，召南已心灰意冷，还是决意回去，种我的一亩三分地，终老此身，倒也落个清净。"

左光斗一时语塞。史可法说："楚知府，面对此等情况，我们有识之士更应该群起而攻之，如果我们一味退让，最终吃亏的还不是天下黎民苍生！"

左光斗指着史可法对楚召南说："他是我的学生，姓史，名可法。"

楚召南称赞说："年轻人有志气，老夫老朽了，国家的将来就靠你们年轻人了。"

左光斗说："天理昭昭，乾坤朗朗，岂能正义不伸。你暂时回去居住一段时间也好，养好身子再说，我一定将你的遭遇奏明首辅和皇上，给你一个交待。"说着，他将八百亩学田的田契拿了出来，让楚召南代为保管。

楚召南将田契小心地收了起来，说："田契还在，我就放心了，对生员们也有个交待，我还是不急着回去吧，等这边的事情有个着落再说。"

左光斗等人告别了楚召南，赶在魏忠贤一行的前面，向城外赶去。他已得到消息，说又有官员在官道上等候着迎接魏忠贤。他要赶过去一看虚实。

娘娘庙的吕道长接到魏忠贤的通知，说寺观田的事已经办好，让他到官驿去拿田契。吕道长屁颠屁颠地来到官驿。魏忠贤伸手一摸木匣，发现里面是空的。他大为恼怒，将木匣子狠狠地摔在地上，大叫道："田契呢，谁偷了本督主的田契?"

驿站站长、驿卒和锦衣卫跪了一地，一个个大气也不敢出，谁也不知道田契怎么会不翼而飞。许显纯低声对魏忠贤说："督主，我们马上要回京城，这丢了田契的小事，还是交给新任知府吴直去办吧。"

魏忠贤想也只有这样啊，还是自己找个台阶下是明智的选择，他命人将吴直叫来。吴直听说田契丢了，担心刚到手的官位不保，吓得跌跌撞撞地来到驿站。吴直哆嗦着说："督主，听说田契丢……丢了?"

"涿州地界很不太平啦，偷东西竟然偷到本督主的床头上来了，"魏忠贤摸了摸自己的脖子，"这要是哪天说不定会偷了本督的脑袋。"

吴直趴在地上，身子在微微发抖，一个劲地说："下官有罪，下官该死……"

魏忠贤说："起来吧，本督要回京去了，皇上还等着洒家复命呢。这田契的事，就交给你了，你要是找不回来，就让娘娘庙的道士们到你家吃饭去。"

说着，也不等吴直回话，就上了院子里的马车。魏忠贤的坐骑白马被顾大武刺伤了，返程时，他坐上了由四匹快马拉着的羽幢青盖乘舆，庞大的队伍开始向城外出发。

三、叩马献策

魏忠贤到涿州进香，就为那些有意投靠阉党的官员带来了机会。毕竟他平时主要待在皇帝身边，要想接近他，基至说上几句话，都不是件容易的事。现在他走出大内，机会就大得多了。翰林院检讨冯铨拦马痛哭，成功官复原职，让另两位一直在途中观望的官员信心大增。这两人一位是徐大化，一位是阮大铖。徐大化原任刑部员外郎，因为品行不端，在天启三年的癸亥京察中遭到赵南星驱逐。他是万历十一年进士，科举正途出身，混了一大把年纪，岂能甘心从此退隐田园?他一直试图接近魏忠贤，苦于找不到机会，此次魏涿州进香，他也一直尾随在后，暗中观察，伺机接近。阮大铖谋求吏科都给事中一职，结果被吏部尚书赵南星打发到工科，还落了个“轻躁不可任”的评语。阮大铖深感颜面扫地，决意和东林党官员决裂，投靠阉党。他有一种预感，虽然叶向高、赵南星、高攀龙等这些东林官员仍在朝中身居要职，但用不了多久，他们都会被魏忠贤各个击破，扫地出门。因为皇帝朱由校过于信任魏忠贤，将朝中大事都委托于他办理，且开口闭口都是“朕与厂臣”，将自己与一个阉臣相提并论，亘古未有。

徐大化和阮大铖都在枫林驿等着魏忠贤路过，两人同朝为官，虽也认识，但由于没打过交道，彼此了解并不深。现在，两人同病相怜，惺惺相惜，都要投靠同一个主子，今后很可能就是一个阵营里的人了。但魏忠贤会不会收留自己，两人心里并没有底。徐大化比阮大铖年长，阮大铖尊称他为徐先生，让他站到了自己前面。

很快，魏忠贤的车乘过来了。徐大化和阮大铖跪在道旁，分别大声叫着：“原刑部员外郎徐大化求见魏督主!”“工科都给事中阮大铖求见魏督主!”

魏忠贤大喜，示意停舆。来涿州的时候，得到了一个冯铨，现在返程的时候，一下子来了两个。眼下正是用人之际，投靠的人是越多越好。这趟香上得值，碧霞元君果然在暗中保佑着自己呢。魏忠贤走下乘舆，到枫香驿中坐下了，让他们俩一个一个地晋见，魏要看看他们有什么高见，他也不是什么人都收的。

先进来的是徐大化。徐大化先是奉上了一张银票，只有一千两，他很穷，前些年一直担任刑部员外郎。员外，顾名思义，就是正员之外。他也没单独办过什么案子，捞油水都没地方。魏忠贤的跟班太监李朝钦接过了银票，瞟了一眼，一撇嘴，意思不言自明，自然是嫌少了。好在魏忠贤并不计较这些，他说：“你跪拜道旁，求见本督主，难道有什么冤情不成?”

徐大化痛哭道：“督主，微臣在朝中一直谨小慎微，去年京察，我并无过错，赵南星等人却完全凭个人好恶，将微臣削职为民，我与东林党有不共戴天之仇!微臣冤啊!”

“那你打算如何找东林党的麻烦呢，你有什么好的主意没有?”

“微臣一直关注朝中大事，上次汪文言一案，开始时动静颇大，让人以为是大案要案，可最后竟不了了之，汪文言平安出狱，这有损镇抚司的威信，反而助长了姓汪的声名。”

提起汪文言，魏忠贤就恨得牙痒痒，他深更半夜地跑到自己家里，求他为熊廷弼说情，此后一去杳无音信，将他撂了挑子，这是完全不把他放在眼里。他本指望着收拾汪文言，顺带着揪出几个动辄喜欢上疏弹劾的言官，没想到主持办案的刘侨并不配合。结果汪文言只不过受了点皮肉之苦，免去了内阁中书一职，此后依然行走于公卿之间。现在徐大化提起汪文言，明显是说这个案子办得有点窝囊。

魏忠贤问道：“那依你之见，汪案应该怎么办才好？”

徐大化故意卖了个关子：“这个，小人不敢说。”

“但说无妨，本督主不怪罪于你。”

徐大化这才斗着胆子说：“大狱不动则已，一动岂有平安出狱之理，这叫镇抚司威严何在？汪案完全有更大的操作余地，要问成大案，熊廷弼贵为经略，那些与他交往的朝臣，都有受贿之嫌。只要取得汪的口供，就是铁案，那些受牵连的东林党官员断无全身而退的可能。”

魏忠贤问道：“那汪要是不招供呢？”

徐大化神秘地说：“只要进了大狱，招也是招，不招也是招，全凭主审者行事。”

魏忠贤明白了，看来这个徐大化不简单，看来自己的心肠还不够狠毒，手段还不够残忍，这才让汪文言顺利出狱，东林党那些爱管闲事的言官一个个也毫发无损。魏忠贤对徐大化的献策感到很满意，说：“回京后，你要常到本督府中参谋参谋，有什么好的想法，要及时报告。”

这就是主子愿意收留自己的意思了，徐大化跪下谢恩：“微臣一定竭尽全力，不打败东林党，我誓不为人！”

魏忠贤让徐大化先回京听命，然后又命人将阮大铖叫了过来。阮大铖见到魏忠贤，就像见到救星一般，“扑通”一声跪倒了：“微臣参见督主！”

“你拦本督的车驾，难道也同徐大化一样，受了什么委屈不成？”

魏忠贤一语戳在了阮大铖的痛处，他强忍着眼泪，喉头里发出哽咽的声音。魏忠贤说：“别伤心，你慢慢说来，真要是有什么委屈，本督一定会给你一个公道的。”

阮大铖说：“吏科都给事中出缺，按资历应由我接替，可东林党不守规矩，任人唯亲，把这个重要的职位给了高攀龙的弟子魏大中，将我打发到了工科。我与东林党誓不两立，求督主为微臣做主！”

“哦，原来如此，这些东林党徒，实在太可恶了。”

“现在，东林党官员把持朝政，水泼不进，朝中大事、官员任免都由他们说了算，这种局面必须改变，要将他们分批罢黜，全部换成督主的人。这样，您才真正是一人之下，万人之上。”

“嗯，说的有道理，分批罢黜，好，你再说说，如何个分批法？”

阮大铖从怀里拿出一幅卷轴，打开了，原来是一幅《百官图》。摆在最上面的，是首辅叶向高，排在第二行的，是吏部尚书赵南星和左都御史高攀龙；再往下，是杨涟、左光斗、袁化中、魏大中、周朝瑞、顾大章等人。阮大铖心细如发，他知道魏忠贤不识字，所以每个人名旁边都配有一幅此人的头像，画得还很像，魏忠贤看头像就大致猜出他是谁。列入《百官图》上的官员，达到一百多人。

魏忠贤吃惊地说：“这么多人都是东林党的吗？”

阮大铖说：“是！他们人多势众，一呼百应，声势浩大，左右舆论，让人真假莫辨。”

魏忠贤说：“没想到他们如此强大，他们都是本督的对头，这样看来，本督恐怕不是对手啊！”

“非也，督主莫忧，他们不是您的对手。”

“你何出此言？”

阮大铖说：“别看他们人多势众，可是，只要铲除领头的几个，剩下的就是一盘散沙，可以各个击破。”

“领头的是谁？”

阮大铖指着排在最上面的人说：“首辅叶向高。”

魏忠贤点了点头，神色严峻起来，阮大铖说的有理，这个叶老头自进入内阁以来就不断强化内阁的权力，司礼监要是改了他的票拟意见，他都要和你理论个没完。要想扳倒他，并不是件容易的事，他曾辅佐过万历皇帝，在朝野极具声望，朱由校都很信赖他。阮大铖看出了魏忠贤的迟疑，说：“要除此人，不宜正面进攻，宜旁敲侧击，让他自己萌生退意，事情就好办了。”

魏忠贤又看了看阮大铖，越看越觉得他是一个人才，他对这些朝臣研究得太透了。得此人才，不愁东林党不破，魏忠贤大喜，说：“你现在回京待命，就凭你这幅《百官图》和今天这番话，本督主答应你，吏科都给事中一职非你莫属。”

阮大铖没想到魏忠贤是一个如此爽快的人，他将头在地上碰得咚咚响：“微臣感激督主的大恩大德，祝督主千岁千岁千千岁！”

左光斗、顾大武和史可法三人，此时正在枫香驿附近的一座小山上，他们在树林中悄悄地观察着山下的动静。徐大化和阮大铖向魏忠贤叩马献策的情景，他们是看得清清楚楚。昨天一个，今天一下来了两个。很明显，三人都投靠了魏忠贤。他们都是进士出身，饱读诗书，为了所谓的功名利禄，不惜投身于一个目不识丁的阉人，做牛做马，甘为驱使，实在是丢尽了天下读书人的颜面。

史可法说：“我瞧昨天和今天这三人，形容猥琐，鬼鬼祟祟，肯定不是什么好人，他们投靠阉党，下一步还不知要做出什么龌龊的事来。”

左光斗叹了口气：“本官当学政三年，尽心竭力，人说我培养人才无数，像冯铨、徐大化、阮大铖之流，都是科举正途出身，特别是冯铨，十九岁就中了进士，可谓少年得志。结果如何呢，像他们这样的‘人才’，反而是黎民之害、国家之祸。”

史可法说：“老师，学生以为，这并不是读书的错，而是他们品性本就如此恶劣，就算他们一字不识，也不会是一个好人。”

“说的有道理，心术不正，利欲熏心，圣贤书也救不了他们。”左光斗说。

顾大武瞧着魏忠贤的队伍早走远了，说：“我们也回京吧，老师今后还要多加小心，防止这些小人施害。”

左光斗意味深长地说：“难啊，防不胜防。”

四、第一个受梃杖的官员

回到京师后，左光斗立即将涿州知府楚召南的遭遇向叶向高进行了汇报。叶向高对魏忠贤任意任免地方官员也感到恼怒，他命楚召南官复原职。而吴直身为府教授，为了个人升官，竟然将八百亩学田拱手相送，品性恶劣，这样的人根本不配担任学官，命将其削职为民。魏忠贤虽然对叶向高的做法有些反感，但又因吴直一直没有找回丢失的田契，也就没有再为他说话。吴直偷鸡不成蚀把米，卷起铺盖回家养老去了。

由于魏忠贤的帮助，冯铨得以官复原职，可是，一个小小的翰林院检讨根本满足不了他的欲望，他还有更高的目标。冯铨很清楚，自己的命运完全掌握在魏忠贤的手里，当务之急就是设法取得他的信任。魏忠贤现在已掌握东厂，他身边现在不缺武夫，最缺的反而是高参，也就是出谋划策的人。而这恰恰是冯铨的长处。

魏忠贤自涿州进香回来，没多久，朱由校的皇二子因为宫里群猫嚎叫而受惊过度，不幸夭折了，去世时只有七个月。朱由校十分伤心，接连好多天，木工活也不做了，戏也不看了，闷闷不乐。

就在皇二子去世的前两天，正在督办泰昌帝陵建造的工部屯田司郎中万燝上了一道奏疏，请求用内务府废铜铸钱。由于皇陵工程浩大，经费奇缺，万燝打听到内务府废旧铜器堆积如山，早在几个月前，他就以工部的名义移文内务府，请求将废旧铜器拨给宝源局铸钱，以充实陵工资金。内务府里的东西是皇帝私产，魏忠贤对万燝打内务府的主意十分恼怒，当时压根就没理他。万燝的那封公文自然是石沉大海。执拗的万燝又上了一道奏疏，摆出一副不达目的不罢休的架势。魏忠贤大怒，拟了一道中旨，将万燝臭骂了一顿。

万燝大怒，要和魏忠贤算总账，他对魏不满已久。他再上一疏，名字有点吓人，叫《陵寝工费用甚紧，权珰故意延迟疏》。在此疏中，万燝除了对魏忠贤反对启用废旧铜器铸钱表示不满外，还揭露他品性恶劣、口衔天宪、乱荫子弟、掌握生杀予夺大权、自制陵墓如同皇陵等诸多问题。最后，他得出一个结论，“内廷外朝只知有忠贤，不知有陛下”，并反问朱由校：这样的人能留在左右一天吗？

魏忠贤接到万燝的奏疏，又惊又怕。这样的奏疏是万万不能让皇帝看到的，可是大臣的奏疏不给皇帝看又不行。魏忠贤决定将万燝的奏疏暂时压一两天，待想好了对策再交给朱由校。

晚上，魏忠贤回到私宅，又是砸东西又是骂人。早等在他家的冯铨一看就知道主子有了烦心事，就凑到跟前说：“督主，别为些许小事气坏了身子，有什么事说给奴才听听，保管一二三就给您解决了。”

魏忠贤一瞅冯铨，乐了，对啊，你小子不是自诩聪明吗，自投靠本督主以来还一点贡献没有呢，兴许有什么好点子。于是，就将万燝上疏弹劾他的情况大致说给他听了。冯铨说：“督主，奴才以为是什么事呢，不过是一封奏疏而已。想他万燝不过是一个小小的正五品郎中，也敢来弹劾您？此事不能简单处理，要大做文章。”

魏忠贤心想，这小子果然不简单，肚子里的坏水比我还多。他问道：“能简单平息了最好，怎么宜大做文章呢？”

“督主，恕小人直言，今后，类似弹劾您的奏疏会越来越多，这种情况能任其发展下去吗？必须杀一儆百，用梃杖立威，打得他皮开肉绽，直接要了他的小命，让那般文臣知难而退，不敢再说您半个不字。”

“可是，他万爆毕竟是朝廷命官，仅凭一封奏疏，怎么说也罪不至死，皇上会同意杀他吗，本督看有难度。”

冯铨说：“只要运作得当，把握时机，奴才以为还是可能的。皇上最近不是正为皇二子的夭折伤心吗，您看，这样……”

冯铨对着魏忠贤一番耳语，说得他心花怒放。魏忠贤再次仔细打量了下冯铨，这小子长得眉清目秀，齿白唇红，可谓玉树临风，但办事果断，手段毒辣，很对自己的胃口。要是有他在身边出谋划策，无异于如虎添翼，扳倒东林党那班官员胜券在握。当下，他对冯铨说：“皇帝还缺一名经筵讲官，从下月起，就由你充任吧。”

冯铨赶紧跪地谢恩，皇帝的经筵讲官，就是堂堂的帝师啊，将来有可能出任显职。而自己不过是动动嘴皮子，这幸福来得太快了。

魏忠贤拿着万爆的奏疏，去向朱由校报告。魏忠贤瞅准了时机，他趁朱由校正在给夭折的皇二子上香，就说：“皇上，屯田司郎中万爆有事上奏。”

朱由校头也没抬，说：“什么事?”

魏忠贤避重就轻，说：“他听人挑唆，说内务府有大量废铜器，请皇上拨给宝源局铸钱以补陵工，老奴去看过了，内务府明明没有，可万爆就是不依不饶，纠缠不休。老奴以为，这些文臣丝毫不体恤圣上丧子之痛，拿这些鸡毛蒜皮之事聒噪不休，不给他们点颜色看看，会越闹越不像样子！老奴建议杖一百，削职为民。”

朱由校说：“朕知道了，你去办吧。”

于是魏忠贤命司礼监秉笔太监王体乾拟旨，说万爆在皇子薨逝期间僭言渎扰，狂悖无礼，命锦衣卫拿至午门梃杖一百，革职为民，永不叙用，以儆效尤。

旨意一下，满朝震惊，怎么会处理这么重？午门梃杖是奇耻大辱，非重犯不施，本朝已有几十年未用过了。况且梃杖一百，一个孱弱文人哪里承受得起，弄不好要出人命。首辅叶向高急忙上疏营救，工部尚书陈长祚不忍自己属下受苦，也上疏说情。可朱由校一概不予理睬。

第二天，大雨如注，施刑如期进行。数十太监拥到万爆家里，万爆的妻子和一双未成年的儿女不知道发生了什么事，一个个吓得发抖。万爆对妻子方氏说道：“我得罪了阉首，断无生路，我死之后，你带着孩子回老家，好生抚养，读书成才，总会有天清气朗的一天。”他摸着儿子的头说：“吾儿当承父志。”又摸着女儿的头说：“吾女当嫁忠良。”方氏含泪从容说道：“官人，你自放心去吧，孩子们交给我，你说的话都会实现。”太监们将万燝从家里揪了出来，人人都知道他得罪了魏忠贤，都争着要替主子出一口气。从万燝家到午门有三四里路，一路上，太监们对万燝横拖竖拽，拳脚相加，将他打得伤痕累累。

到了午门，万燝一看阵势，心知今日必死无疑。大雨中，秉笔太监王体乾亲自监刑，锦衣卫指挥佥事许显纯陪坐，锦衣卫百人执棍而立。见万燝到了，王体乾站起身子，大喝一声：“行刑！”他的双脚脚尖慢慢向内移动，呈内八字。锦衣卫们都懂得这个暗示，意味着将受刑人往死里打。

可怜万燝被按倒在地上，锦衣卫每敲一杖即大喝一声，环立的锦衣卫则应和一声。为防止行刑的锦衣卫体力消耗，导致杖击力度不足，因而每打五棍，就换一行行刑人。

锦衣卫的梃杖重重地落在万燝瘦弱的身躯上，他已抱定必死之心，当梃杖落下，他一声接一声大叫：“阉党弄权，天诛地灭！阉党弄权，天诛地灭……”

血从万燝的身下源源不断地流了出来，随着雨水四处漫溢。血水成河，整个午门广场都红了。万燝一动不动，他的身子，就像躺在一片红色的花丛里。

王体乾、许显纯和百名锦衣卫也死了一般呆立不动，雨水像鞭子一般抽打在他们的身上。午门上空，万燝的叫喊声仍在回荡：“阉党弄权，天诛地灭……”

万燝从午门被抬回家不久就咽了气，他死得太惨了，群臣纷纷到他家中吊唁。万燝的家里，挂满了挽幛、挽诗和挽联。左光斗自然也参加了，他作了挽诗一首《哭万元白工部》，挂在了万燝灵堂的显眼位置，诗云：“黄雾四塞遮蓟北，浮云满天蔽白日。道上狐狸走入宫，壮士闻之声栗栗。西江万公真人杰，手揽斧柯伐三蘖。上疏直数中官罪，一时群小皆咋舌……”

涿州娘娘庙，谷道长正在蒲团上闭目打坐，忽然，他又听到了走廊中响起了熟悉的声音，这声音让他毛骨悚然。他睁开眼睛，只见一把雪亮的匕首划过窗纸，嗖地破空而来，当的一声稳稳地钉在柱子上。再看穿在匕首的纸条，上面赫然写着两个大字：万燝。

谷道长打了一个哆嗦，嘴里大声地念起了超度经：“太上敕令，超汝孤魂。脱离苦海，转世成人……”

万燝死了，此后一段时间，再敢上疏指责魏忠贤的人少了许多。可那些正直的群臣们对阉党的仇恨却更深了，双方兵戎相见的一天迟早会来临。魏忠贤觉得冯铨的主意就是管用，对他的信任也与日俱增。很快，他将冯铨擢升为礼部尚书兼文渊阁大学士，进入内阁，此时的冯铨还不到四十岁，这么年轻的内阁成员，他是本朝第一人。冯铨进入内阁，标志着魏忠贤在掌控特务机构东厂之后，又开始在朝廷中枢安插党羽，试图进一步控制朝政，野心越发膨胀。

第九章

扬州缉贪

一、竞拍扬州瘦马

一天，左光斗正在值房值守，忽然接到左都御史高攀龙派人捎来的通知，说有事找他。左光斗来到高攀龙值房，高示意他坐下，关上了门，然后从抽屉里拿出一叠信件，对左光斗说："你看看，我们都察院出了败类。"

左光斗拿起那叠信，大致翻看了下，都是扬州政商两界揭发两淮巡盐御史崔呈秀的举报信。崔呈秀是都察院御史，去年九月被派到淮安和扬州两府巡察，如今快满一年，还有一个来月应该就回来了。扬州是盐业重地，富甲天下，这些举报信中揭发的崔呈秀贪污腐化的事实，可谓触目惊心。如霍丘知县贪污，崔呈秀得知后打算弹劾他，却故意透露信息，该知县以一千两黄金贿赂他而获免，然后再献上一千两黄金，即受到他的推荐。还有人举报他勾结盐务总商大肆贩卖私盐，中饱私囊；生活腐化，娶娼宣淫，无所顾忌。揭发内容大抵如此，毫无原则和节操可言。

高攀龙说："我们都察院派出御史巡视地方，本就是监督别人的，而不是到地方上去搞腐败。打蛇要打七寸，这些信中所揭发的事情，有待进一步核实，我们需要有充分的证据。找你来，就是将这个任务交给你，你到扬州去跑一趟，详细了解下崔呈秀在地方上的作为。时间紧迫，你要快去快回。"

左光斗说："行，那微臣明天就出发。"

高攀龙又叮嘱道："不要惊动他，要悄悄调查。"

"这个自然知道，何须总宪吩咐。"左光斗说。

第二天，左光斗带着顾大武和史可法，三人装扮成商人模样，雇了一条快船，星夜向扬州驰去。

三天后，他们到了扬州。到达的时候，已是傍晚时分。三人在淮扬客栈里住下了，客栈就位于两淮盐运司衙门附近，崔呈秀平时就住在衙门里。住下后，顾大武和史可法分头到街上打探情况去了。很快，顾大武回来了，说晚上在天仙阁内有一场竞拍扬州瘦马的活动，许多重要的盐商都会参加。左光斗说：“这倒是个好机会，说不定其中大有玄机，你和宪之（宪之是史可法的字）去看看情况吧，那种地方，为师就不去了。”

天仙阁位于扬州最繁华的街道之一彩衣街中段，是一幢精致的多层阁楼，欢声笑语不时从里面传出来。一个个锦衣华服的盐商，三五成群地鱼贯而入，边走边小声议论着。顾大武和史可法跟在盐商后面，进了阁楼大厅，找了个偏僻的位置坐下了。

扬州瘦马是指在扬州一带，出现了大量经过专门培训、预备嫁与富商做妾或卖入秦楼楚馆的年轻女子，这些女子以瘦为美，因此被称为“扬州瘦马”。从事此项生意者，一般先出资将贫苦人家中那些面貌姣好的小女孩买回后调习，教授礼仪和才艺，长大后售出，从中牟利，这就是所谓的“养瘦马”。这种现象与扬州经济发达有关。天仙阁今天要竞拍的瘦马名叫柳含烟，小名宝儿。

这时，只见一位管家模样的男子走上前台，说：“各位请静一静，竞拍卖活动马上开始！各位都知道，我们天仙阁的宝儿今年正值二八年华，天姿国色，琴棋书画，诗词歌赋，无一不精。姑娘大了，我们天仙阁就是想留也留不住。宝儿名声在外，不光是我们扬州盐商，就是京城里的那些达官贵人，都打招呼让给他们留着。这姑娘到底归谁呢，我们天仙阁的洪姨不得已才想出这个法子，公平竞拍，价高者得！”话音刚落，下面发出一阵哄笑。

大门口，两个看大门的伙计在议论。一个说，你不知道吧，听说这个宝儿七岁被买来时，才花了五两银子；今天的底价听说是一千两。另一个伙计说，这下洪姨赚大了，咱们扬州盐商有的是银子。

洪姨满面春风地扶着宝儿走上前台。宝儿身姿婀娜，面含浅笑，眉宇间却笼罩着一层淡淡的忧愁。全场安静了下来。很快，称赞声、惊叹声和议论声四起。

洪姨说：“请大家静一静，搬张琴过来，先让姑娘弹一曲。”

宝儿在古琴前款款坐定，纤手轻抚琴弦，乐声行云流水般倾泻而出，在厅内回旋。她轻启朱唇，唱道：“有美人兮，见之不忘。一日不见兮，思之如狂。凤飞翱翔兮，四海求凰。无奈佳人兮，不在东墙……”

众盐商纷纷赞叹。一个盐商说：“这声音真好听，莺声燕语、银瓶乍破、大珠小珠落玉盘……都像，又都不像，声如天籁，绕梁三日，绕梁三日啊！”一曲歌罢，宝儿在众人灼热的目光中，又被丫鬟扶进了内室。

管家再次上台，说："刚才，宝儿姑娘的芳容和才艺各位都已经耳闻目睹，这样的人才，真是可遇而不可求啊。她到底花落谁家，在座的各位，谁能抱得美人归，这就要看缘分了。现在开始竞价！底价：一千两！每次加价不得少于一百两。"

众盐商开始竞价：

"一千二百两!"

"一千四百两!"

"一千六百两!"

"一千七百两!"

"两千两!"

……

场面热烈，数字在快速上升着。当突破两千两大关时，全场不约而同"啊"地惊叫了一声。

在众人争着报价的时候，场中一位中年盐商轻轻摇着纸扇，一直含笑不语。他膀大腰圆，满脸横肉，不时用余光瞟着场内动静。顾大武见此人不是一般盐商，就向邻桌轻声打听，得知他就是盐务总商黄鲲鹏。

当听到报价达到两千两时，黄鲲鹏这才缓缓站了起来，一伸右手，大声说："两千五百两!"黄鲲鹏一加价就是五百两银子，全场鸦雀无声。过了一会儿，场中也站起一人，大声说："三千两!"

黄鲲鹏说："三千五百两!"

随着两人较上了劲，全场不断发出"哇、哇、哇"的惊叫声，气氛越来越紧张。

全场再次陷入静默。过了一会儿，那人又大声报价说："四千两!"

话音刚落，黄鲲鹏马上毫不犹豫地说："四千五百两!"他报价迅速，不给对方喘息之机，咄咄逼人。

顾大武又向邻桌盐商轻声打听，得知现在和黄鲲鹏竞价的盐商名叫吴道春。邻桌还告诉他说，这个吴道春并不是真要买宝儿，他就是要和黄鲲鹏斗气，要让他多花点银子。人群中议论纷纷，有人骂道，为了一个女人，不要命地砸银子，把我们盐商的脸都丢尽了；有人说，不知道吧，黄鲲鹏为什么对宝儿志在必得，听说他五十寿辰要到了，要将她作为自己的生日礼物。有人骂道：这还有人性吗，也太过分了吧。这时，坐在他们旁边的一位盐商神秘地说：两位说的都不对，黄鲲鹏要买宝儿并不是自己享受，听说是要送给崔御史做小妾，他来两淮巡盐将要结束，马上要回京了。

二楼宝儿的室内，陈设雅致，墙上悬挂着竹菊梅兰条屏。宝儿呆呆地坐在窗前，手里拿着一个旧荷包，粉泪点点，喃喃自语："罗峰，你……你在哪里?"

丫鬟从外面兴冲冲地跑进来，边跑边喊："小姐，小姐，已经四千五百两了!"宝儿面无表情，就像是没听到一般。见小姐正在伤心地哭泣，丫鬟不吱声了。宝儿打量着手里的荷包，上面用红色丝线绣着两个字：宝儿。字迹都褪色了。宝儿自语道："爹，娘，当初你们为什么狠心要卖我呢?"

她瞅着"宝儿"两个字出神，又说道："你们给我起名宝儿，说明你们是爱过女儿的是不是，就凭这点，女儿不怨你们。爹，娘，你们当初一定是陷入绝境，不然，你们也不会狠心卖女儿的对不对?"说完，她站起身，擦干泪水，走进内室，将一条白绫扔过房梁，打好了结。又搬来一张凳子，站了上去。她对着窗外平静地说："罗峰，我们来世再见了!"说完，闭上眼，将头伸进了系好的套内。脚下一蹬凳子，凳子发出响亮的倒地声音。

正在这节骨眼上，一个书生状的男子匆匆上楼，他正是宝儿暗恋着的扬州画家罗峰。罗峰边跑边喊道："宝儿，我来了!"罗峰"哐啷"一声推开了闺房的门，张目一望，没看见人。他提高音量叫道："宝儿，你在哪呢?"

进入内室，罗峰看见了已悬梁的宝儿，迅速冲过去，一把抱起她的双腿，试图把她从绫套内取下来，他朝着门外大叫道："快来人啊，出人命啦——"罗峰将宝儿抱了下来，带着哭腔埋怨道："宝儿啊，你怎么这么傻啊，为什么要自尽呢!"丫鬟从门外冲了进来，目睹小姐自尽，花容失色，踉踉跄跄地向楼下大厅里跑去。

大厅内，黄鲲鹏刚刚报价五千两，再也没有人敢跟他竞争了。大厅里一片肃静，众人面面相觑。丫鬟一口气到了大厅门口，一声惊叫："洪姨，不好啦，小姐悬梁自尽啦!"

所有的人都吃惊地站了起来，"啊"地叫了一声，议论开了：

"死了？多可惜!"

"多好的姑娘，没了。"有人摇头苦笑。

"五千两银子打了水漂了。"

"谁肯要个死人啊，快走快走!"

大厅里的盐商纷纷向门外挤去。洪姨疯了一般向楼上跑去。顾大武紧跟在她后面也上了楼。罗峰抖落着怀里的宝儿，又是拍脸，又是掐人中。他一边拍一边说："宝儿，快醒醒！宝儿，我是罗峰啊，快醒醒！"

折腾了半天，他怀里的宝儿终于发出一声娇喘，醒了过来。罗峰大喜："宝儿，你终于醒啦，感谢上天！宝儿，我再也不许你想不开了！"正在此时，洪姨冲了进来，她也一把抱住宝儿，泪水都下来了："宝儿啊，我的宝贝疙瘩，你可不能死啊，你死了我可怎么活啊！"

宝儿轻轻地叫了一声："对不起，娘……"

罗峰冷冷地说："你是心疼银子吧？"

洪姨神色大变，厉声说："放下小姐，你是什么身份，也配抱着小姐的千金之躯！告诉你，我们小姐就是一根汗毛也值好几两银子。"

罗峰气得脸色煞白："洪姨，你真是财迷心窍！"

"你说得好听，我知道，你喜欢我们小姐，可是，喜欢值几两银子？你拿出银子来，小姐你现在就可以带走！"罗峰没有银子，蔫了。

宝儿心疼地说："峰哥。"又对洪姨说："妈妈，你就别为难他了。"

洪姨对罗峰说："你现在拿出一千两银子来，不，一百两，一百两你总能拿得出来吧。你拿出来，我现在就把小姐交给你，绝不反悔！"

罗峰一巴掌拍在了头上，他没有银子。

洪姨一咬牙，伸出一只手："五十两！"

罗峰双眼紧闭，表情就像是要哭了。五十两他也没有。

洪姨鄙夷地说："我的峰哥，我的大画家，你还是走吧。"又骂丫头说，"死丫头，快把小姐扶到床上去，要是着了凉可了不得！"

罗峰起身，丧魂落魄般地走了。这时，洪姨才发现楼道里站着一个陌生的男人，他正是跟着罗峰上来打探情况的顾大武。洪姨问道："你是谁，看什么热闹，这里是你待的地方吗？"顾大武赶紧溜了。

晚上回来后，顾大武和史可法将晚上看到的情况向左光斗进行了报告。左光斗说："这场竞拍确实荒诞，大概也只有在奢靡的扬州才会发生。我们要继续关注此事，看看总商黄鲲鹏买下宝儿到底意欲何为，是不是真的献给崔呈秀？"

史可法说："崔也是进士出身，一个堂堂正正的读书人，没想到会堕落成这样。"

左光斗说："佛经上说，财色之于人，譬如小儿贪刀刃之蜜甜，不足一食之美，然有截舌之患也。这样闹下去，我看他崔某人不仅是有截舌之患，还有性命之虞呢！”

二、一本特殊的账簿

罗峰晚上从天仙阁回家后，气愤难抑，他无法入睡，头脑里全是崔呈秀、黄鲲鹏、洪姨等人狰狞的嘴脸。他铺开宣纸，拿起秃笔，唰唰唰，一幅厉鬼图赫然出现了。画中的厉鬼张着血盆大口，嘴里是痛苦挣扎着的男男女女。罗峰还不解恨，继续笔走龙蛇，什么饿死鬼、吸血鬼、罗刹鬼、吊死鬼、穷渴鬼、痨病鬼、红毛鬼……一幅又一幅厉鬼图出现在他的笔下。罗峰整整画了一夜，第二天清晨，他将这些厉鬼图拿到画摊上出售，以图换点米资。没想到，他的厉鬼图顿时轰动全城，人们都说厉色辟邪，争相购买，几十幅厉鬼图被抢购一空。罗峰家的门外，求购的人排起了长龙，他在日夜忙活着，应接不暇。

两巡盐御史察院的书房内，挂着一幅贪食鬼图，这是总商黄鲲鹏昨天买来送给崔呈秀的，说全扬州的有钱人都在疯抢这玩意儿。画中的贪食鬼，挺着个大肚子，嘴里大口地吞着金银珠宝。这幅画很对崔呈秀的胃口，当时就留下并挂在了书房内。

此时，他身着御史官服，在摇头晃脑地读着鲍照的《芜城赋》：“当昔全盛之时，车挂轊，人驾肩，廛閈扑地，歌吹沸天。孳货盐田，铲利铜山。才力雄富，士马精妍……扬州，真是个好地方啊！”说完，他好像突然想起了什么，命人将黄鲲鹏叫来。

黄鲲鹏急匆匆地在察院大门口下马，三两步跨过台阶，进了大门，匆匆向崔呈秀书房走去。崔呈秀在室内来来回回地踱步，显得烦躁不安。见黄鲲鹏进来，便目不转睛地盯着他。黄鲲鹏小心翼翼地走到他身边，说：“大人……”

崔呈秀问道：“上次我叫你关注吴道春的事，现在情况怎么样了？”

“大人，小人一直在关注着这事呢。前阵子，吴道春广泛联络，打听咱们盐商谁谁谁买了多少私盐，送了多少礼金，他都一笔一笔地登记下来了，听说还建了一个账簿。他还联络几个盐商写了一封联名信，听说要上京城告御状。”

崔呈秀目光突然凶险起来：“本官看他是不想活了！你替我看紧点，有什么动静，及时来向我报告！”

黄鲲鹏说："大人您放心，生意上的事我暂时放一放，近日我专管这事，保证不出岔子！"

盐商吴道春宅内，他和妻子张氏、女儿吴沛涵，还有鲍管家等人在交谈。吴道春对鲍管家说："这家里生意上的事，就拜托你了，你跟了我几十年，交给你我也放心。"

鲍管家说："主人，生意上的事你就不用挂念了。我是担心你啊，我们生意人，以经商为本，告状的事，依老朽看，还是算了吧，我们斗不过他们当官的。"

吴道春站了起来："怎么能算了呢？你以为我是为个人吗，我这是替我们两淮大大小小的几千盐商说话呢，这个状是一定要告的！告不倒这个狗官我誓不为人。天理昭昭，我就不信天下没有我们说话的地方！"

吴沛涵也说："爹，女儿也支持你进京告状。"吴道春一把将女儿拥进怀里，感动得热泪盈眶。

在他们说话的时候，一个黑衣人从外墙跳入，进了宅子。黑衣人悄悄来到客厅隔壁，从窗缝里偷看。

吴沛涵走到吴道春身边说："爹，这千里迢迢的，你一个人，我还是有点不放心。"

"有什么不放心的，爹一生走南闯北，习惯了。你在家里照顾好你娘和弟弟。"吴道春拿出一块方布，将盐商的联名告状信夹进了账簿里，然后仔细地将账簿一层层地包裹了起来。

吴沛涵说："爹，明天就出发吗？"

"是的，说好了，就明天。几个好友同道坚持要到运河边送行，送就送吧，反正我此去，压根就没打算回来。"

吴沛涵担忧地撞了吴道春一下："爹，你一定要回来，你不能丢下这一大家子人不管啊！"

吴道春无奈地说："好，好，乖女儿，我回来，回来，好吧？"

黑衣人悄悄退了出去，沿街拣暗影一路狂奔，进入了黄鲲鹏府中。黄还没有睡，在灯下一箱箱地查看着家里的珠宝。这时，黑衣人在外面轻声地敲着门。他关好箱子，出来了。黑衣人对着黄鲲鹏耳语了几句。黄鲲鹏说："快，备马，我要去一趟察院。"

巡盐御史察院的后院，一名眉清目秀的歌女，抱着琵琶，正在咿咿呀呀地唱着曲子："江南好，风景旧曾谙；日出江花红胜火，春来江水绿如蓝……"崔呈秀闭着眼睛，正在摇头晃脑地听曲，边唱边用手指在椅子扶手上轻敲着。茶几上，摆着几样精致的点心。这时，有人悄悄走到他的身边，耳语了一句。他突然睁开眼睛，说："让他到书房等着！"歌声和音乐突然停了，歌女自觉地退了出去。

黄鲲鹏在书房内焦急地等候着，来来回回地走动，不时朝书房门口张望。见崔呈秀来了，黄鲲鹏一喜，对着他耳语了几句。崔呈秀问道："消息可靠吗？"

黄鲲鹏说："就是借我十个胆子，也不敢欺骗大人您啊。"

崔呈秀走到窗边，瞅着运河上闪闪点点的渔火，说："在这节骨眼上告本官的状，是要本官性命啊，你们这些盐商，这下手真够狠的。"

"大人，要不明天带人把他拦下来？"

崔呈秀挥了挥手，故作淡定地说："不要，脚长在他的身上，你拦得住吗？你今天拦住了，他明天还会去的。"

黄鲲鹏一愣："那怎么办？"

崔呈秀说："办法你自己想去。本官勤政爱民，两袖清风，难道还怕人告状吗？不过，本官倒是听说他有一本账簿，上面都写着你卖了多少私盐，这要是查出来，你们黄家恐怕是要一锅端啊。"

黄鲲鹏吓得一缩脖子，他眼放凶光："小人知道怎么做了，告辞！"

崔呈秀说："本官什么也不知道，今晚就当是你没到我这里来过。"

晨光熹微，运河僻静处，一艘小船泊在岸边。十几位盐商簇拥着吴道春，一边走一边交谈。到了船边，吴道春拦住他们说："我要上船了，大家就不要再送了，你们的心意我吴某人心领了！"盐商们说着最后的嘱托："吴兄，两淮盐务有没有希望，就全靠你了！"

吴道春站在船头再次向大家行礼："谢谢诸位的关心，请大家放心，吴某此去，不扳倒那群贪官，势不为人。各位回吧！"在众人的注目中，小船在水面上渐渐驰远了。直到看不见了，众盐商才转身返城。

运河僻静处，芦苇丛中，隐蔽着一条小船。盐枭龙一手持大刀，和几位同伙静静地守候着。一名刀手蹲在船首，目不转睛地监视着河面上。当吴道春乘坐的小船驰过来时，他惊喜地说："大家注意，目标来了！"

瞅瞅河面上暂时没有别的船只，龙一说："靠上去，动手！"龙一的船只迅速靠近吴道春乘坐的小船。船老大看见几个人手持凶器，正向自己的小船靠近，慌恐地对坐在船舱中的吴道春说："吴总，快……快看！"

吴道春伸头一看，脸色大变，说："快跑，离他们远点！"

船老大几乎用哭腔说："没用了，他们过来了，看样子是冲着我们来的，这可怎么办啊，我家上有老下有小的。"

吴道春安慰他说："别怕，他们不是找你的，有什么事我一人承担。"

龙一的船只靠上了吴道春的船。他们几个人故意将大刀扛在肩上，大摇大摆地跨上了吴道春的小船。龙一的嘴里叼着半截芦苇，他一口将芦苇吐进了水里，乜斜着眼睛说："东西呢？"

吴道春毫不畏惧："什么东西，你们是什么人？"

龙一望着几个同伙发出一阵狂笑："哈哈，他问我们是什么人——死到临头了还问我们是什么人！兄弟们，你们说我们是什么人？"几个同伙发出一阵狂笑。

这时，吴道春似乎看出了点端倪："你……你们是飞龙帮盐枭？"

龙一说："算你还长着一双狗眼，快将东西拿出来！"说着，一只大手向吴道春背上的包裹抓去。吴试图阻拦，但他哪里是龙一的对手，包裹被龙一夺了过去。

吴道春过来争抢，嘴里骂道："你们这帮私盐贩子，勾结官府，盗卖私盐，杀人越货，你们……你们一个个都不得好死！"龙一一刀向吴道春的胸口刺去，鲜血顿时涌了出来。吴道春跌倒在船舱里，手抚伤口，血从指缝间流了下来。

龙一在吴道春的包裹里一抖落，果然发现了一本册子，他不识字，递给一个同伙看，问道："是账簿吧？"同伙接过来一看，封面上写着两个字：账簿。又翻了翻说："就是这东西。"

龙一将账簿揣进了怀里，望着躺在血泊里的吴道春，试了试他的鼻息，估计他很快就不行了，招呼同伙回到自己的船上，扬长而去。

见龙一他们走远了，吓得缩成一团的船老大这才跑到吴道春身边，使劲摇着他血肉模糊的躯体说："吴总，醒醒，快醒醒！"

昏迷中的吴道春吃力地睁开眼睛，用手指了指身下的夹板。船老大懂了，他拿起夹板，下面藏着的正是账簿。原来吴道春早有防备。他将账簿放进怀里，对船老大说："快……快送我回……去！"

船老大将船靠在码头上，将吴道春背上了岸。这时，吴道春发现了正好在运河边洗衣的宝儿，他示意船老大将她叫来。宝儿来到吴道春面前，吴道春吃力地说："那天竞拍会，实在抱……抱歉，本来，我是想将你救下来的，可……可黄鲲鹏志在必得，对不起了，宝儿姑娘。"宝儿这才知道，原来吴道春和黄鲲鹏竞价是为了不让自己落入火坑，当下大为感动。她搀扶着吴道春坐了起来，吴从怀里拿出染血的账簿，说："宝儿姑娘，我，我知道你是一个好人，拜托，将这个交给我的小女吴沛涵，让她代父告状……"说完，头一歪，死了。

宝儿来到吴道春家中，将账簿交给了吴沛涵，并叮嘱说这是她父亲的遗物，千万要小心收好，不能落入歹人之手。

得知正义盐商吴道春要进京告状，可还没出扬州就让人在运河上杀了，左光斗大为震惊，他带着顾大武和史可法，以客商的身份来到吴家吊唁，打探情况。到吴家时，左光斗看见灵堂里聚集了不少盐商。左光斗上前问道："这光天化日之下行凶杀人，这到底是何人所为，你们报案了吗?"

吴沛涵说："已经向盐运司衙门报案了，不过，我估计就是报了也是白报。家父前脚刚出门，后脚就在运河上被人杀害了，这是何人所为，答案不是很明显吗?"

左光斗说："你的意思是说，你知道凶手?"

吴沛涵说："明显是家父疏于防范，走漏了风声，这才被狗官派人杀了。"

由于是暗中调查，左光斗现在不便暴露身份，说要过问这个案子。他只好问道："那你下一步打算怎么办?"

吴沛涵说："谢谢各位前辈的关心。家父在临终前托人带言，要小女进京告状，不管结果如何，小女子就算是拼了这条性命，也要和那群狗官搏一搏。我就不信，天下就没有我们盐商说理的地方!"

左光斗暗暗佩服吴沛涵的勇气，可是，凭她一个弱女子，人生地不熟的，京城里会有人接她的状子么？左光斗决定到时助她一臂之力，况且，她本就是扬州官场腐败的重要人证。

这时，只见一列盐卒手持兵刃，杀气腾腾地来到吴道春家门口，中间一位官员，骑在马上，正是崔呈秀。见来了官兵，吊唁的盐商纷纷退出，远远地观看着。为避免被崔呈秀认出来，左光斗赶紧低下头，随着盐商们退到了外围。

崔呈秀指挥着盐卒将吴家团团围了起来，大声地说："本官现已查明，盐商吴道春暗地里贩卖私盐，听说他今天在贩私途中被黑道盐枭龙一所杀，这是一场黑吃黑的仇杀。现在，本官宣布：对吴家进行抄家，将他这些年的贩私所得悉数充公!"

一群兵丁凶神恶煞地冲进吴家，开始翻箱倒柜地查找起来。吴沛涵冲到崔呈秀面前，指着他的鼻子说："狗官，家父尸骨未寒，你到底干什么，非要赶尽杀绝才肯罢休吗？"

崔呈秀根本不理她，再次说："吴道春勾结飞龙帮盐枭长年贩卖私盐，他今天被杀是罪有应得。本官命令，将吴道春家人全部抓起来，家产充公！"兵丁们将吴沛涵、她的母亲和弟弟等人全部抓了起来。另一部分兵丁在忙着往外搬运东西。

吴沛涵哭着说："你们还让不让我们盐商活啊，我们吴家什么时候贩卖过私盐？"

崔呈秀大声说："全部押走，打入大牢！"

巡盐御史察院的书房内，黄鲲鹏将从吴道春包裹里抢来的账簿递到了崔呈秀面前。崔一翻账簿，大惊失色地问道："你这是从哪弄来的东西，这是账簿吗？"

黄鲲鹏翻着账簿说："这明明是账簿啊。"

崔呈秀说："这是账簿不假，可这是吴道春家售盐的普通账簿，根本不是我要的东西。"

黄鲲鹏傻眼了："他奶奶的，好狡猾的吴道春，我一定去把真的给找出来！"

崔呈秀瞅着桌上的那本假账簿发呆，自语道："真账簿绝对没有离开扬州，本官估计，它应该在吴宅内，要在他家仔细搜查，就是挖地三尺，也要给我找出来。"

崔呈秀进一步安排道："吴道春贩私的事，一定要坐实。你去找找龙一，让他写封书信，是写给吴道春的，谈的是贩私交货的事。有了这封信，他吴道春贩私就是铁证如山。"

黄鲲鹏说："大人考虑周全，小人马上就去办。"

要不是今天亲眼所见，左光斗是无论如何也不会相信眼前发生的这些戏剧性变化。吴道春被人暗害，作为巡视地方的御史，不去追查凶手，反而颠倒是非，借机敛财。这明明是挖了一个巨大的坑，不明就里的吴道春眼睁睁地往里跳，陪上了自家性命不说，还连累了家人，祖上几代积累的家产眼看就要付诸东流。不过，吴道春案为左光斗查找崔呈秀贪腐证据提供了一个契机，他对顾大武和史可法两人进行了简单的分工，顾大武负责查找谋杀案的幕后真凶，史可法装成盐商，查证吴道春私盐案的真相。

三、追查真相

崔呈秀在查抄了吴道春的家产后，还不满足，盐商们大都置有田产，吴家世代业盐，自然也不例外。崔呈秀得知，吴道春在江都等地就置有大量田产，要是将这些田产变卖，会得到一笔巨资。盐业是一本万利的行业，扬州的盐商群体庞大，个个富得流油，不薅他们的羊毛薅谁的羊毛呢。还有一个来月就要回京了，今后怕是再也找不到这么好的捞钱机会了，打瞌睡就有人送枕头，吴道春自己撞上门来，怨不得谁。吴家家大业大，崔呈秀决定这次来个搂草打兔子，将吴家家资刮个干干净净。他决定将吴道春的女儿吴沛涵放出来，限她在一月之内变卖掉所有田产。

吴沛涵被带到了崔呈秀的书房，她质问道："崔大人，欲加之罪，何患无辞？我吴家业盐已经三代，什么时候卖过一两私盐，有何凭证？"

崔呈秀说："你一个姑娘家知道什么，俗话说无奸不商，不奸从哪里赚钱去，你父亲生意上那些见不得人的勾当，会告诉你吗？"

"俺爹堂堂正正，根本不是那样的人！不就是俺爹要进京告你们这些狗官吗，你们害怕了，这才派人杀了俺爹。老天啊，你为什么不开眼！"

"别在这儿大呼小叫的。你们吴家贩私盐多年，按大明律法，家产要全部充公，限你在一月之内，变卖田产，缴纳五万两贩私所得，只要钱交齐了，就将你母亲和弟弟放出去。记住了，一个月，一个月过后，你母亲和弟弟是不是还好好的，本官就不敢保证了。"

吴沛涵回到了家，家中已空无一人，一片零乱。她一身重孝，一个人在空荡荡的堂屋中坐着。想起往日家中热闹的场景，又想起惨死的父亲，以及尚关在狱中的娘和弟弟，她悲从心来，默默地垂泪。她不知道该怎么办，进京告状，营救亲人，哪一样事她都觉得难于上青天。她想出门散散心，一个人沿运河边走着。才走几步，就听见船夫们在谈论着她家的遭遇，一个个露出惋惜的神情。吴沛涵站在河边，表情木然，她悲从心来，突然感到无比的绝望。她大叫一声："爹，你死得好惨啊，女儿无能，不能为你报仇，女儿现在就随你去了——"说着，她双手抱头，"扑通"一声，跳入翻滚着的河水中。

好在很快就有人发现了她，好几个人在大声呼救："救人啊，有人跳水啦——”

史可法正好到吴家来打探情况，听到呼救声，他迅速冲到河边，瞧见水中有个人影在挣扎，就跳入水中，奋力向落水者划去。史可法水性很好，他在水中一把抱住了吴沛涵，将她的脑袋托出了水面。已有船家向他俩划来了船只，他们和史可法联手将吴沛涵弄上了船。

史可法一看落水者，有点眼熟，可吴沛涵不认识他。吴沛涵连连咳嗽，一连吐出了好几口水。史可法关切地问道：“姑娘，你没事吧？”

吴沛涵不仅不谢一声，反而埋怨说：“你为什么要救我上来，你让我去死吧！”说着，又要往河里跳。

史可法将她紧紧地按住了：“姑娘，为什么要寻死呢，天下总有会说理的地方；再说，你就这样死了，岂不是便宜了那些要坑害你们的人？”

吴沛涵说：“可是，我不死行吗，我没有活路了啊，我们全家人都没有活路了，死了好解脱！”

史可法看着她的眼睛说：“有，我能帮你。”

吴沛涵将信将疑地说：“你？可你为什么要帮我，我们非亲非故的。”

史可法说：“路见不平，拔刀相助，这就是我们读书人应该做的。我现在正在搜集崔呈秀贪腐的证据，一旦证据齐全，就将他绳之以法。”

“你真有那么大本事？”

史可法轻声地说：“不瞒你说，我的恩师是京城都察院官员，只要有了证据，就可以向皇上上疏弹劾他。”

吴沛涵不停地扑闪着大眼睛，将史可法左看右看，眼前这位清瘦的书生，不像是一个坏人，他说出的话，让她有了信任感，可现在她还不能完全相信。她决定再观察几天，进一步了解，如果所说属实，就可以将父亲的账簿和盐商的联名告状信交给他。

将吴沛涵送到家中，史可法看到她家的地面上，到处扔着一张张方形的票据，案几上还码着一大堆。他捡起几张一看，原来是盐引。盐引是盐商到盐运司支盐的凭证。明初实行开中法，要到边境纳粮才能领到盐引，以盐引采购食盐，贩运盈利；后来折银纳税，领取盐引。但两淮盐法混乱，发放盐引过多过滥，远远超过了盐场的生产能力，导致盐商手中有大量积压盐引无法兑现。

史可法说：“沛涵，你家怎么有这么多盐引？”

吴沛涵说：“一年积压一年，越积越多，等同于废纸。听我父亲说，特别是崔呈秀来了之后，盐引就更没有用了，不给他送礼，有引也没用；礼到了，没有引一样可以支到盐。”

“那两淮盐业不是乱套了吗？”

“岂止是乱套，巧立名目，各种摊派，盐商们都没法活了。不然，我父亲怎么会放着好好的生意不做，而冒着生命危险去京城告状。”吴沛涵说。

望着大摞的盐引，史可法琢磨着，要想了解崔呈秀是不是像外面风传的那样敲诈勒索和巧夺豪取，还要亲自去实际体验一回才好。他对吴沛涵说：“沛涵，我有个想法，我们拿着这些盐引去盐运司支一次盐，看看情况如何，我要了解真实情况。”

吴沛涵说：“我不是告诉你了吗，支不到盐的。”

“那要是我们也送礼呢？”

“送礼当然可以。”

史可法摸了摸身上的荷包，说：“我身上还有几两银子，够吗？”

吴沛涵扑哧一声笑了：“你呀，一看就是个书呆子，不撞南墙是不会回头的。好吧，我就帮你一回，希望能收集到崔呈秀贪腐的证据。”

史可法也笑了，心想这到底是你帮我还是我帮你啊，不管谁帮谁，收集到了崔的证据就是成功。两人商量好了，第二天上午去盐运司支盐。

第二天上午，史可法拎着一捆盐引，约一万引，和吴沛涵一道，向盐运司走去。路过一家当铺门口的时候，吴沛涵让史可法等她一会儿，她进了当铺。她出来的时候，手里拿着几张银票，史可法发现，她身上的首饰全没了，惊叫道：“你把首饰当了啊，这怎么使得？”吴沛涵：“怎么使不得，给你这个大盐商做生意用啊，你赚了钱再帮我赎回来。店主黑心，压本小姐的价，好几样贵重货，才给了三千两银票。”史可法接过银票，手有点哆嗦，他是贫寒家庭出身，还从来没见过这么多钱。他说：“对不住了沛涵，这趟生意无论如何也要赚他几个，让你物归原主。”

史可法和吴沛涵兴冲冲地拎着盐引走进了盐运司大门。一个盐吏拿出一本厚厚的盐纲大簿，找到了吴道春的名字，名下写着五十万引。没想到，他将纲簿合了起来，说：“吴道春的旧引今年支不到盐，要支盐只有花银子缴税买新引。”

吴沛涵看了史可法一眼，那意思是说，我没说假话吧，支不到盐。她指着盐引说：“这旧盐引以‘圣德超千古，皇风扇九围’十字编为册号，今年支盐的就应该是‘千’字号册子上的盐商，我爹的名字明明在上面，怎么支不到盐呢?”

盐卒说：“小姐，你对我们盐法还懂得不少呢。”

史可法也凑上去说：“不懂盐法我们还能来支盐吗，快给我们办手续。”

盐卒傲慢地说：“小姐，你知不知道，轮到你家支盐也不行，这盐引上必须要盖崔御史的官印，你到察院找崔大人理论去，我们是奉命办事。”说完，盐卒烦了，收起了盐册，挥挥手让他们离开。

这时，盐商黄鲲鹏也带着盐引走了进来。吴沛涵对史可法说：“这个人我认识，是我们两淮的总盐商，名叫黄鲲鹏，为人奸诈，俺爹在世时常提起他。”

史可法拉着吴沛涵，站在门边偷偷向里面观看。

见黄鲲鹏来了，那名盐吏马上站了起来，点头哈腰地说：“哟，黄总商，来支盐啊。”

黄鲲鹏说：“我刚从崔大人那边过来，把我那两万引先行支了。”

盐卒拿起纲册一翻，说：“黄总商，你的大名排在‘围’字号纲册内，这……”

黄鲲鹏马上向盐卒手心里塞了一锭银子，满脸堆笑地说：“放心吧，我不会让你们这些办事的人为难的，崔大人已经批过了。”

盐卒马上改口说：“那好，那好，批了就行，我马上给您办手续呐。”

史可法说：“难怪我们支不到盐，是因为没有行贿。走，我们到察院找崔呈秀去。”

到了巡盐御史察院，史可法看见这里门庭若市，进进出出的都是盐商。出了察院大门，有些胆大的盐商就开始骂骂咧咧。这个说，盖个破印，几千两银子就没了；那个说，每趟来都会添加个名目，这次又加征运耗，连运银子的钱都要我们盐商出，杂课比正课还多，儿子大于老子，这生意怎么做下去……再看他们的腋下，每人都夹着一幅卷轴。

史可法和吴沛涵老老实实地排着队，等了半晌，终于被叫进了崔呈秀的书房。史可法第一眼就看见书桌背后的墙上挂了幅贪食鬼图。见吴沛涵带着个人进来支盐，崔呈秀问道：“吴小姐，本官放你出去，是让你变卖田产，早日交齐赃银，好让你的家人重获自由。你呢，放着正经事不做，却拎着一摞盐引来干什么?”

史可法主动地说：“崔大人，我是她的表哥，我们正安排人手在紧急变卖，请大人放心，一个月之内一定如数缴清。”

听说“赃银”能够缴清，崔呈秀非常高兴：“小伙子年纪轻轻，办事雷厉风行，你要是早点过来帮助吴家打理就好了，说不定血案也不会发生。”

史可法拎过盐引，说要兑盐。崔呈秀翻来覆去地抖落着盐引，说：“今年盐场减产，官仓里无盐可兑，本官很为难啊。”

史可法说：“崔大人，能不能通融通融，我们不是为了赚钱，而是支盐变卖后缴纳‘赃银’呢。”

崔呈秀说：“那也不行，本官打听过了，吴家家道殷实，变卖田产缴清‘赃银’绰绰有余。”

史可法扫了一眼崔呈秀身后挂着的厉鬼图，画中的贪食鬼肚子奇大，但仍不满足，张着大口，满嘴金银珠宝。史可法又瞅了瞅崔呈秀，越看他越像画中的贪食鬼。看来银票不出手是不行了，史可法将两千两银票捏在手心里，另一千两留着支盐。他将银票塞给崔呈秀，没想到，他一把挡住了史可法的手，说：“本官自担任两淮盐官以来，从不搞这一套，你在两淮打听打听，本官清廉的名声，那是有口皆碑啊。”

史可法一愣，只好收取银票：“唐突唐突，崔大人，那我们就告辞了。”出了大门，史可法一脸困惑地说：“沛涵，这崔呈秀不像是外面传说的那样贪腐啊？”

吴沛涵说：“应该是我们送礼的方式不对，此事一定另有诀窍。走，我们去问问曾在我家管事的鲍管家，我家出事以后，他就回去了，他家离这儿不远。”

两人找鲍管家一打听，才明白了崔呈秀受贿的玄机。崔玩的是雅贿，察院隔壁有家画廊，名叫得一斋，是崔呈秀的人开的，姓董，送礼的人只需用重金购买一幅书画作品，然后再找崔办事，自然有求必应。史可法想起进察院大门时，看见那些盐商腋下都夹着一幅卷轴，顿时明白了。

史可法和吴沛涵来到得一斋，只见墙壁四周挂满了画，有人物、山水、花鸟等。史可法转了一圈，被这里的画吓了一跳，这里待售的基本都是宋画，有范宽、郭熙的，甚至赵佶、米芾的都有。他吃惊的原因是这些画笔法粗劣不堪，画技拙劣，全是赝品。

这时，有个掌柜模样的人走到史可法身边：“在下姓董，客官是第一回来吧，要买画吗？”

史可法说：“是打算买一幅。”

董掌柜说：“我这里出售的都是北宋名画，件件都是珍品。”

史可法指着一幅画问道："范宽的这幅《雪景寒林图》怎么卖?"

董掌柜笑着说："不多，只卖两千两银子。"

史可法轻轻咳嗽了一声，说："还有没有便宜点的?"

董掌柜说："没有了，本店的画最低价都是两千两银子，那边赵佶、米芾的价位更高。"

史可法咬咬牙说："就范宽那幅寒林图吧，我要了。"董掌柜将画卷好了，递给了史可法。舍不得孩子套不住狼，史可法虽然舍不得，还是狠狠心将银票付了。

再次到崔呈秀书房时，他就像换了一个人，很爽快地在盐引上盖上了巡盐御史的官印。拿着用了印的盐引，两人顺利地支到了盐。史可法让吴沛涵赶紧找人将这批盐销掉，凑足"赎金"，尽快救母亲和弟弟出狱。

晚上，史可法又将白天的经历讲给老师左光斗听。左光斗说："机关算尽，实则是自欺欺人，丢尽了朝廷的脸面。杨继盛《言志诗》云：读律看书四十年，乌纱头上有青天。男儿欲画凌烟阁，第一功名不爱钱。"

史可法说："第一功名不爱钱，杨公说得多好啊，这首读来让人热血沸腾，荡气回肠，吾辈当以此诗自励。"

一天，吴沛涵拿出了他父亲的遗物，那本染血的账簿，交给了史可法，说："通过这两天的接触，我发现你是一个值得信赖的好人，这本账簿上面，有家父生前调查的崔呈秀受贿证据，现你转交给你的恩师，一定要扳倒那个贪官。"说着，恭恭敬敬地对着史可法行了一个礼。

史可法翻了翻账簿，大为感动："这本账簿太宝贵了，沛涵，你放心，姓崔的一定会被绳之以法，还两淮盐业一个清明。"

史可法小心翼翼地收好账簿，回到客栈，将它交给了左光斗。左光斗大为欣喜，说："有了这本账簿，我们就不虚此行了。"

四、将计就计，生擒盐枭

顾大武奉命暗中追查杀害吴道春的凶手和幕后主使，虽然左光斗也知道吴很可能是被崔呈秀指使的盐枭龙一所杀，但揣测毕竟是揣测，办案要讲证据。要想找到龙一并不容易，顾大武毫无线索。接受任务后，顾大武不分白天黑夜地四处打探，暗地里观察崔呈秀和黄鲲鹏的行踪，以便顺藤摸瓜，找到龙一。左光斗也已经做好了准备，一旦找到关键人证龙一，他们就立即带着他返京，此行任务就算圆满完成了。

一天晚上，顾大武跟踪着黄鲲鹏，一跟就跟到了巡盐御史察院。眼见着他进了崔呈秀的书房，顾大武悄悄地潜到书房的窗子边，躲在一株芭蕉树后偷听。

只听崔呈秀说："本官还有半个月就要回京了，承谢你的美意，花了五千两银子买下了宝儿，可是，她拒绝和本官一起回京，这如何是好？"

黄鲲鹏说："全凭大人吩咐，你说咋办就咋办。"

"这人是你买下的，你就是她的主人，她把你这个主人放在眼里了吗？"

黄鲲鹏说："大人放心，小人就是绑也要把她绑到京城。"

"混账，"崔呈秀说，"这种野蛮的方式行不得，本官要她乖乖地听话。"

黄鲲鹏说："这丫头性子倔，动不动就寻死觅活的，要她听话怕是很难……"

"难道她就没有什么软肋吗？只要她是人，就有软肋；有了软肋，就能逼她就范，这不就乖乖地听话了吗？"

黄鲲鹏转动着小眼珠，嘴里喃喃地说："软肋，软肋……有了，大人，听说她喜欢一个穷画家。"

"这不就行了吗，你去想想办法，什么办法我不管，本官只要宝儿到时乖乖地跟我回京就行。"

听他们这么一说，顾大武心想，罗峰肯定要遭殃，黄鲲鹏心肠狠毒，什么手段都使得出来，他不能见死不救。但这事还不能和罗峰说破，说破了他那书呆子还不一定相信，只能暗中助他一臂之力。

罗峰在街上摆摊卖画，几个人站在摊前观看。罗峰介绍说："你们看我画的竹子，用笔洒脱，秀逸多姿，形神俱备，一幅只要一两银子。"几个看了看，摇摇头，走开了。罗峰也摇摇头苦笑："唉，这么好的画，怎么就碰不上识货的人呢？"

顾大武装作买画的样子，在他的画摊前打量来打量去。罗峰说："先生，要买画吗？"顾大武说："你的厉鬼图不是卖得很好吗，怎么又不画了？"罗峰说："那些买厉鬼图的人，要么是有钱人，要么是当官的，甚至拿我的画去送礼，他们买画的目的不是欣赏艺术，而是辟邪。这对一个画家来说，是莫大的耻辱。所以我不画了，能挣钱也不画。"顾大武打量着罗峰，暗暗佩服他有些骨气。

这时，一个衣着华丽的瘦高个来到画摊前，他四处一打量，见没有什么异常，这才装模作样地看起罗峰的画来，边看边点头：“好画，好画。”

罗峰问道：“先生，你要买画吗？”

瘦高个说：“不是我买，是替我家主人买，你这些画我全要了。”

罗峰惊喜地说：“全要了？”

瘦高个说：“对，这些画我全要了，全收起来。”这是一笔大生意，罗峰忙不迭地卷画、收画，装了满满一大布袋。瘦高个说：“背上啊，跟我去拿银子，有点远啊，在河边。”只要有生意做，哪在乎多跑点路呢，罗峰说：“没关系，就是送到城外去也没关系。”

一直站在暗中观察的顾大武知道此事必有蹊跷，哪有买画这么买的呢，罗峰又不是什么名画家。而且此人鬼头鬼脑，一看就有点不对劲，罗峰可能要吃亏。顾大武不远不近地跟在他们后面，看看这个瘦高个到底意欲何为。

罗峰背着画，紧跟着瘦高个，在人群里穿梭着。七转八绕的，走了很长一段路，才来到河边。这里远离闹市，放眼一望，看不到一个人影。河边停着一艘船，船舱里码着一包一包的货物。瘦高个说：“走，跟我上船。”

罗峰问道：“还要坐船吗？”

瘦高个说：“对，我家主人就在船上，他要和你面谈，谈妥了就付银子。”

罗峰犹豫了一会儿，抱紧了怀里的画，上了船。船划动了，慢慢驰向河中央。顾大武一看傻眼了，没法跟着了，只好伏在柳丛里，静观其变。

罗峰进入船舱不久，又出来了，出来时身边多了一个人，一位身材魁梧留着络腮胡子的男子拥着他的肩头。顾大武大惊，暗叫不好，此人正是盐枭龙一，他的画像就挂在顾大武床头，就是隔着几十步的距离，他也能一眼认出来。现在，他突然和罗峰搅到了一起，明显是要要什么花招。龙一一手抱着罗峰的肩头，一手在那些货物上拍着，还从其中一个袋内抓出什么东西给罗峰看。罗峰的身子扭来扭去，明显是要摆脱龙一搭在他后背上的那条手臂，可他抱得很紧，怎么扭也摆脱不了。

这时，河面上忽然驰来了一只快船，船头上站着几名盐卒，为首一人，正是总商黄鲲鹏。只听他大叫道：“快抓私盐贩子！”盐卒们手持兵器，一个个跟着大叫着：“活捉盐枭龙一啊——”

这明显是盐运司的缉私船。一听见叫喊声，只见龙一和瘦高个子“扑通”“扑通”两声跳进了水里，一瞬间，全不见了。缉私船靠上了罗峰所坐的船。盐卒们冲了过来，一把将罗峰按住了，送到了黄鲲鹏面前。

黄鲲鹏故意大声地说："快查一查，船上所载是何物啊？"

盐卒用刀接连砍破了多包货物的包装袋，白哗哗的盐粒滚落了下来。盐卒大声答道："回总商，全是上等的私盐。抓到私盐贩子一名！"

黄鲲鹏故作吃惊地打量着罗峰说："这不是我们扬州的画家罗峰吗，你从什么时候起贩起了私盐，竟然和龙一合伙，生意做得不小哇！"

罗峰用大声争辩说："黄总商，我不是私盐贩子，他们说要买画！"

"谁要买画，龙一要买画吗？"黄鲲鹏问那些盐勇说，"你们信吗？"

盐卒们发出一阵狂笑。罗峰说："我真是来卖画的，你们抓错人了，私盐贩子跳水跑了！"

黄鲲鹏说："你卖画会卖到这河心里来吗，哄三岁小孩呢。你说私盐贩子跳水跑了，你怎么不跑？现在人赃俱获，就算你遍身长嘴也说不清了。来啊，将私盐贩子罗峰带回盐运司，交给运使大人发落！"说着，押着罗峰上岸走了。

龙一突然意外露面，让顾大武惊喜不已，真是得来全不费工夫。他一时再也顾不得罗峰了，紧盯着附近水面上的动静。龙一和瘦高个潜水逃走，但他们不会总是待在水下的，一会儿肯定要露面。果然，顾大武看见不远处的苇丛中出现了一条船，就像约好了似的，龙一和瘦高个突然从水下冒了出来，两人上了船，向瓜州方向驰去。

顾大武哪里会放过这个机会，他决定将计就计，生擒龙一。他紧跟着那条小船，船在水里行，他在岸上跑。船上的人根本没有想到会有人跟踪，船行得并不快，顾大武跟得很轻松。船到了瓜州码头一僻静处，龙一等下了船，进了一幢临水小楼。这里是盐枭的老巢，顾大武无意中跟到此处，完全是意外收获。他就此潜伏下来，等候合适时机，不出手便罢，出手就要一击而中。否则，惊动了这帮歹人，他就很难再有第二次机会了。

再说黄鲲鹏，设了个局，顺利将宝儿的意中人罗峰弄进了班房。控制住了罗峰，事情就成功了一半。他哼着小调，来到察院向崔呈秀报告。崔正在书房内画着牡丹，望着黄鲲鹏得意的样子，他笑着说："我的黄总，事情办好了？"

黄鲲鹏凑到他跟前说："本人亲自出马，还有办不成的事吗，估计他做梦都想不到怎么突然成了私盐贩子。"

两人相视大笑。崔呈秀说："本官就弄不明白，他姓罗的不过是一个穷画家，真不知道宝儿看上了他哪一点？再看本官，科举正途出身，官居七品，长得虽不说玉树临风，倒也风流倜傥，怎么就不能赢得宝儿的芳心呢？"

黄鲲鹏说："我看主要是宝儿没有见过您，让那个穷画家占了先，她要是见过大人，保准一眼就会喜欢上您。"

"哈哈，但愿如此，把消息散布出去，这回看宝儿上不上吊，让她早早对罗峰死心。"崔呈秀说。

宝儿的丫鬟在外面听到了罗峰被抓起来了的消息，她慌慌张张地跑进宝儿的闺房，边跑边喊："小姐，不好了，不好了，罗峰被抓起来了！"

宝儿惊呆了，她使劲地摇着她的胳膊："你说什么，峰哥被抓起来了？你从哪里听来的消息，有没有搞错？"

丫鬟说："没有错，大家都知道了，说是罗峰为了挣银子赎你，用自己的画去采购私盐，被盐卒抓了起来，关进了大牢，听说可能要判死罪呢。"

两行清亮的泪水从宝儿的脸上滚落了下来，为了她，罗峰一时糊涂铤而走险是有可能的。她内疚地说："峰哥，你怎么这么傻呢，怎么能做出这样的事呢……"都是自己害了他，她不能见死不救。宝儿泪水淋漓地走到了洪姨面前，跪下了，说："求妈妈帮我把罗峰放出来，只要能放他出来，妈妈让我做什么事都成。"

洪姨故意拿腔拿调地说道："哎呀，这件事可有点不好办啦，罗峰这次的罪可大了，贩卖私盐，那是个死罪啊，他可都是为了你啊。"

宝儿一听更急了："都是我该死，害了罗峰。要是罗峰死了，我也不想活了。求妈妈想想办法，救救罗峰。"

洪姨说："那你同意跟崔大人一道到京城去吗，并且保证乖乖地听他的话。"

宝儿说："我同意，只要能救出罗峰，任凭妈妈要我做什么都行。"

话都说到这份上，洪姨觉得再端架子也没什么必要了。再说，要是不答应救出罗峰，万一宝儿真的赌气寻死，那损失可就大了。想到这里，洪姨装作无奈地说："好吧，我就到察院去走一趟吧，去求求崔大人。"

察院书房内，崔呈秀和洪姨在轻声交谈。崔呈秀说："宝儿都同意了？"洪姨说："你将人家的心上人抓了起来，她能不同意吗？"

崔呈秀说："呵呵，同意就好，女人嘛，非要逼，一逼就乖了。"

洪姨催促道："快把罗峰放出来吧，也别把事情做绝了。"

"放出来可以，但是，话要说在前面，如果宝儿什么时候不听话了，我们还是随时可以将他再抓起来。"

洪姨说："不会的，这次这小妮子是彻底乖了。"

监狱内，罗峰绝望地靠在牢房的墙上。狱卒将牢门打开，对罗峰说：“快滚!”一会儿抓自己，一会儿又释放，罗峰自己都弄糊涂了，他对狱卒说：“我说我没有贩卖私盐吧，说你们弄错了你们还不信，我完全是被冤枉的。”这时，过道两边的监室里，伸出一张张形容枯槁的脸，一个个大叫道：“我们都是冤枉的，我们不是私盐贩子，快放我们出去吧——”

狱卒大骂道：“喊什么喊，都给我老老实实地待着!”罗峰吓得一缩脖子，飞一般地跑出了监狱。

罗峰来到天仙阁宝儿闺房的墙根下，想给她报个平安，他像往常那样学了几声鸟叫。叫了半天，丫鬟伸出头来，说：“峰哥，你现在还……还跑来干什么?”

罗峰说：“倒了八辈子霉，一个人要买画，叫我跟他坐船去拿银子，结果他们跑了，我被当成私盐贩子抓了起来。我从牢里才出来，小姐呢?”

丫鬟一撇嘴说：“还小姐，要不是小姐，你能平安出来吗?”

罗峰惊道：“怎么，这次是小姐救了我?”

“当然了，小姐去求妈妈，妈妈又找了崔大人，这才将你放了出来。小姐答应了人家，过两天就要随崔大人到京城去了，你走吧，就别再想着咱们小姐了，你们无缘。”

罗峰绝望极了，蹲了下来，双手抱头，欲哭无泪。天快黑了，罗峰跌跌撞撞地回家，铺开宣纸，准备画画。他感到一阵阵锥心的疼痛，剧烈地咳嗽了几声，哇地吐出了一口鲜血。血落在了洁白的宣纸上。他拿起画笔，唰唰唰地在纸上勾了一幅厉鬼图。落血的位置，正好画作了厉鬼的大嘴，红得触目惊心。

罗峰望着纸上的厉鬼出神，那厉鬼成了崔呈秀，转眼又成了黄鲲鹏、洪姨，最后又成了来买画的瘦高个……

再说顾大武，在夜间顺利擒住了盐枭龙一，点了他的麻穴，他暂时昏迷了。顾大武将他塞进了个袋子里，驮到淮扬客栈向老师左光斗复命。左光斗大喜过望，他命将龙一捆了个严严实实，并雇了条快船，准备星夜回京。

就要离别这座古城了，在运河上，史可法望着城中璀璨的灯火，这些天的经历，让他感慨万千。他说：“多么美丽的一座古城，却让几个歹人弄得民不聊生，实在可叹可恨。”

左光斗说：“宪之不必伤感，区区几个蠹虫，不足挂齿，也成不了气候，两淮盐业很快会恢复一片清明的。”

史可法说：“千里之堤，溃于蚁穴。蠹虫虽小，危害却大。”

顾大武笑道："我看宪之是舍不得吴沛涵小姐吧？"

史可法并不否认，说："舍不得又能如何呢，人生中不舍的东西太多了，有过一段愉快的交往，我也知足了。不过，将来若能安家扬州，实在是人生幸事。"

左光斗亲切地看着他的两个爱徒说："做一个乐于箪食瓢饮的陋巷布衣，又何尝不是为师的追求呢。当是此时，国家有难，民生多艰，大丈夫又岂能满足于一隅之安？安心回京吧，好好读书，将来朝廷需要你们的地方还多着呢。"

几天后，扬州城运河码头上，两淮巡盐御史崔呈秀巡视结束，他雇了一条大船，也告别扬州回京复命。崔呈秀站在船头上，向码头上送别他的盐商们挥手告别。此行，他可以说是满载而归。后舱内，放着大大小小几十个箱子，每个箱子都上了把崭新的铜锁，至于那里面放着什么东西，只有他自己清楚了；前舱内，是宝儿和他亲自挑选的几名使女。

船开了，宝儿在弹着古琴。琴声悠扬，水波荡漾，崔呈秀喜上心头，摇头晃脑地吟起了诗："江南好，风景旧曾谙。日出江花红胜火，春来江水绿如蓝。能不忆江南……"

五、认贼作父，逃避惩处

左光斗到了京城后，将在扬州打探到的情况报告给了自己的上司、都察院左都御史高攀龙。高又命刑部对盐枭龙一详加审问，龙一自然是竹筒倒豆子，将黄鲲鹏如何买凶暗杀吴道春，以及其他为非作歹的事和盘托出。高攀龙大为震惊。崔呈秀身为都察院派出的巡盐御史，其职责是代天巡方，然而，他到地方后却利用御史特权大肆捞钱，生活腐化，在淮扬造成了恶劣影响。高攀龙决定自揭家丑，他亲自草拟一疏，名为《纠劾贪污御史疏》，揭露崔呈秀巡按淮扬地区时的种种不法行径，公开弹劾，并请皇帝给予严惩。高攀龙还和吏部尚书赵南星进行了会商，赵南星经过复查，认为崔呈秀贪污事实清楚，证据确凿，建议将崔呈秀革职戍边。按理，这起由赵南星和高攀龙两位重臣合办的案件，崔呈秀就算有天大的本事，这次也插翅难逃。

然而，这帮东林大臣普遍存在一个不足之处，就是保密工作做得很不够。也许，他们是正人君子，根本就没将那班宵小放在眼里，觉得没有严加防范的必要。但是，小人之所以称为小人，除了品性恶劣之外，还是缺乏道德底线的极为阴险奸滑之徒。为了逃避惩处，他们机关算尽，手段用尽，可以说是无所不用其极。崔呈秀尚未回京，关于高攀龙弹劾他以及可能会受到何等处罚的消息就已经在朝中秘密传开了。

几天后，崔呈秀的大船抵达了通州运河码头。早在从扬州出发之前，他就已经修书一封，命管家崔虎雇好十来辆马车，到通州码头迎接。可是，船靠了码头，半天没看见崔虎的影子，崔呈秀心里有点不悦。

舱中的宝儿满面愁容，秀眉紧锁，心情灰暗到了极点。这几天，在船上，她以多人共处一舱不便为由，处处远离崔呈秀，没让他占到半点便宜。可现在，船已到码头，她也很快就要被接入崔府，从此羊入虎口，再没有半点自由，她怎么高兴得起来呢。望着窗外的河水，她真想一头扎进去死了算了，可一想到自己死了，会让罗峰更加伤心，只好打消了寻死的念头。喜欢一个人，却连见一面都是如此艰难。茫茫人海，能看得见许许多多形色各异的人，可就是看不见你喜欢的那一位。想到这里，宝儿不禁泪珠洒落。

崔呈秀没有等到崔虎，就来到舱中，见宝儿望着窗外垂泪，以为她没有见到接应的人而不开心呢。他来到宝儿身边，要帮她擦拭泪水，宝儿一歪头，躲开了。崔呈秀说："宝儿，别不开心，管家崔虎马上就到。嘻嘻，开心点，今晚是我们成亲的大喜日子。"

没想到，宝儿的泪水却更多了。崔呈秀说："哭啥呢，到了我崔府，穿金戴银，锦衣玉食，包你天天快活。女人一辈子图个啥呢，不就图嫁个好人家么，虽是做小，你也该知足了。"

宝儿说："崔大官人，你以为你很懂女人么，奴家虽是身份卑微的瘦马，却也还是一个堂堂正正的女人。奴家纠正你一点，女人，图的是嫁个好人，而不是你说的嫁个好人家。"

崔呈秀说："对，对，嫁个好人，本官就是一个好人啊。"

宝儿撇嘴轻蔑地一笑："你是个人，却谈不上是个好人。"

崔呈秀嬉皮笑脸地对着宝儿的耳边说："你就如此评价即将与你同床共枕的官人吗……等晚上到了床上，你就知道我是个好人还是坏人了，哈哈……"

宝儿呼的一声站了起来："请你放尊重点，再这样我现在就死给你看！"

崔呈秀见她动起真格，语气顿时软了下来："好好好，我错了，宝儿莫生气好吧。"

崔呈秀又来到船头上，四处张望着。这时，一个衣衫褴褛的乞丐在船下叫道：“老爷……”

崔呈秀正在气头上，叫道：“滚!”那乞丐不但不滚，反而又叫道：“老爷，是我，我是崔虎。”

崔呈秀低头一看，这乞丐虽蓬头垢面，可基本能辨认出面目，正是他的管家崔虎。崔呈秀大惊，心知必有其故，他匆匆走下船来，来到崔虎身边，低声问道：“你怎么成了这个鬼样子?”

崔虎四下瞅了瞅，见没有人注意他们，就将高攀龙上疏弹劾、赵南星要将他革职流放的事择要紧的说了一遍。原来崔虎故意装成一个乞丐，是为了避免有人认出自己。崔呈秀从扬州满载而归，财色双收，正在兴奋头上，突然听说此等变故，一时哪里接受得了，好似被人当头打了一棒，顿时觉得天上的太阳突然不稳了，开始晃动起来，而且越晃越厉害，他眼前一黑，骨头一软，站立不稳，一下子瘫倒在码头上。

崔虎赶紧抱起了他，死死地掐着他的人中穴，嘴里低声地叫唤着：“老爷，老爷……”

抖落了半天，崔呈秀才醒了过来，他两眼一闭，嘴里不停地说着：“完了，完了……”

见崔呈秀说个没完，目光呆滞，表然木然，像是傻了一般。崔虎说：“老爷，得罪了。”说着，啪啪地接连扇了好几个巴掌。崔呈秀一个激灵，像是被打醒了。崔虎说：“老爷，我们没完，快想个办法，此地不宜久留。”

崔呈秀说：“唉，这次死定了，没办法了。”

崔虎说：“有！你去找找你的同年冯铨冯大人，他现在都进了内阁了。”

崔呈秀说：“那又怎样，就凭他，也挡不住高攀龙的弹劾啊。”

“他会有办法的，现在当务之急，是去找他讨教讨教。”

崔虎一席话倒是提醒了崔呈秀，是啊，自己好不容易混到今天，难道就这样坐以待毙吗，就是蹦跶也还要蹦跶几下吧。况且这次从扬州还搜刮到了一笔巨资，疏通关系也有资本。想到这里，他命崔虎赶紧去雇几辆马车，但千万不能暴露身份，先把东西悄悄运回府中再说。

崔呈秀决定把船上的女人们打发走。她们是留不住了，自己有没有命都还难说呢，留下她们只会增加一项罪证。多迷人的宝儿，还没来得及享受呢，就要和她分手了。可在生死面前，这些情色之欢都变得不重要了。崔呈秀定了定神，可不能让宝儿看出破绽来。再次回到舱中，崔呈秀拿出了几锭银子，对宝儿说：“强扭的瓜不甜，本官改变主意了，宝儿，带着这些银子，你还是回扬州找罗峰去吧，几个使女你也一道带走。”

宝儿正在悲伤之中，一时像是没听懂崔呈秀的话，崔又说了一遍，她这才明白了。她叫过使女们，恭恭敬敬地给崔呈秀磕了几个头。她说：“奴婢谢谢崔大人手下留情，宝儿去了，祝大人官运亨通、长命百岁。”

宝儿带着使女们走远了，崔虎雇着马车也到了。这时，崔呈秀已脱了官服，换上了一身常服，用包裹装了几件金银器皿，又揣了一叠银票在怀里。他让崔虎将船上的东西搬回府中，他暂时不回府了，去找冯铨紧急商议对策。

崔呈秀与冯铨是同年同科，两人于万历四十一年一同进士及第，平时关系很好，以兄弟相称。崔呈秀比冯铨年长几岁。崔呈秀找到了冯府，他不敢走正门，怕被人认出来，也会连累冯铨。也算崔呈秀运气不错，冯铨正好在家。

见到冯铨，崔呈秀也顾不得面子了，“扑通”一声就跪下了，痛哭流涕，嘴里不停地叫着：“冯兄救我，冯兄救我……”任凭冯铨拉了半天，他就是不起来。

冯铨说：“崔兄，你先起来，我尽全力救你就是。”

见冯铨答应救自己，崔呈秀这才站了起来，说：“崔某现在是戴罪之人，人人避之不及，冯兄在此非常时期接见愚兄，足见冯兄是极重情义之人，这次你要是不答应帮忙，那崔某是死定了。”说着，将带来的礼品和银票递给了冯铨。

冯铨本是贪心之人，故作客套地推辞了一番后，就收下了。他说：“崔兄不必多虑，东林党那班人，劳心费神地搜集证据，声色俱厉地上疏弹劾，可还是百密一疏，无甚大用，不足为虑，他们要是安排人手，等在通州码头，一旦你崔兄回京，将你当场捉拿归案，那真是插翅难逃了。”

“话虽是这么说，但赵南星和高攀龙二人都是皇上倚重的老臣，他们的话皇上不可能不听，”崔呈秀哭丧着脸说，“看来我崔某注定难逃此劫啊。”

“不过，崔兄啊，不是我说你，你在地方上还是粗心了点啊。”冯铨告诉他，高攀龙安排左佥都御史左光斗带人到淮扬搜集证据，不仅找到了他索贿的账簿，而且连买凶的人证盐枭龙一都带回来了。

崔呈秀一听面如死灰，“扑通”一声又跪倒了，嘴里叫着：“左光斗杀我！左光斗杀我！冯兄救我！冯兄救我……”

冯铨说：“算你崔兄命大福大，高攀龙的弹劾奏疏前几天才到内阁，被我压了两天，但凭我是压不住的，昨天就已送司礼监批红。”

送司礼监批红，按常规，司礼监就要呈皇上过目，并征求处理意见。这些基本程序崔呈秀当然是明白的。他说：“那崔某不是死定了吗?”

冯铨说：“现在，只有一个人可以救你。”

崔呈秀好像看到了救命稻草，问道：“谁?”

“魏督主。”

崔呈秀一拍脑袋：“哎呀，你看我真是急糊涂了，怎么把魏督主给忘了呢，幸亏冯兄提醒。可是，崔某和督主并不熟悉，这样的大事，不知道他肯不肯帮我。”

“我带你一道去，看在我俩同年同科的情谊上，督主怎么说也会给点面子的。到时你就说东林党公报私仇，怎么找借口打击你，督主是一提东林党就来气。不过……”

“不过什么?”崔呈秀见冯铨又卖起了关子，心急如焚。

冯铨说：“不过你这次的事情犯得委实也大了些，又证据确凿，革职、流放，沾上一样前程都完了，要想毫发无损，我倒是有个主意，不知崔兄同不同意?”

当崔呈秀听冯铨说到“革职、流放”这些字眼时，感觉脑袋被打得一晕一晕的，又听冯说能毫发无损，他哪里还有什么不愿意的，就是将这次淮扬所得全部交出，甚至叫爷爷叫祖宗都是小事。他表态说：“只要能毫发无损，保住现职，要我做什么都行，冯兄你就别卖关子了!”

“好，有你这种态度，就没什么办不成的事。”冯铨对着崔呈秀耳语了几句。冯铨的意思是，让崔呈秀做魏忠贤的干儿子。只要做了魏的义子，魏就可以名正言顺地保护他，投鼠忌器，别人也就不敢对他怎么样。可是，作为正途出身的朝廷命官，一个堂堂的读书人，却要做一个太监的干儿子，会对不起列祖列宗，传出去也会让天下人耻笑，在朝中也无法抬起头来。崔呈秀迟疑半晌。冯铨看中了他的心思，说：“你是要命还是要名声，你考虑好了，多少人想做督主的义子还做不上呢。”崔呈秀听了连连点头，脸上转忧为喜。冯铨给他出谋划策说：“咱们分两步走，今晚先到李永贞府上去，叫他先把高攀龙的奏疏压下来，暂不告诉皇上知道，再禀报督主。”李永贞是司礼监秉笔太监，是魏忠贤的心腹，负责日常文书打理。就这样说定后，冯铨离开冯府，悄悄从后门溜回家。他一再告诫家人，千万不要声张，就说自己在扬州还没有回来。

天黑后，冯铨带着崔呈秀，来到李永贞府中。崔呈秀呈上了一千两银子的礼单，李永贞客套一番后收下了。李永贞答应帮忙，说明天就到司礼监，把弹劾的本子压下来，并透露魏忠贤后天晚上回私宅，要崔呈秀速去拜见，再迟就难以挽回了。

崔呈秀白天不敢回家，在偏僻处找了间客栈躲藏着，晚上才敢偷偷地溜回去。他精心准备了一份厚礼，魏忠贤是个贪心的人，礼轻了根本打不动他，更不用说请他出面搭救了。好不容易等到了第三天晚上，天黑后，崔呈秀就差人挑了礼品，由冯铨带路，直接从后门进了魏府。魏忠贤还没有回来，两人就在魏府等着。

差不多等到半夜时分，才将魏忠贤等回来了。崔呈秀见到魏忠贤，就像见到救星一般，磕头如捣蒜，不停地说着：“督主救命，东林党要害我……”

冯铨对着魏忠贤耳语了几句，魏忠贤说：“事情本督已经知道了，李永贞告诉我了，你先起来吧。”

冯铨识趣地退出去了，崔呈秀呈上了礼单。魏忠贤不识字，小跟班李朝钦轻声读给他听：

五色倭缎蟒衣二袭	夔龙脂玉带一围
祖母绿帽顶一品	汉玉如意一握
金杯十对	玉杯十对
金珠头面全副	银壶二执
花绉四十端	锦缎四十端
绫罗四十端	白银一万两

尽管魏忠贤胃口一向很大，但面对这份沉甸甸的礼单，连他也说道：“哎哟，礼太重了。”

崔呈秀说：“些许微礼，不成敬意，求督主帮忙。”

这时，冯铨又不失时机地进来了，对着魏忠贤又耳语了几句，意思是说崔呈秀要拜他做干爹，并对崔使了个眼色。崔呈秀再次跪地，说：“干爹在上，孩儿崔呈秀给您磕头了，这点薄礼是孩儿孝敬您的，求爹爹笑纳。”

魏忠贤笑着说：“起来吧，礼太重了，我收几样吧。”

崔呈秀说：“爹爹要是不全收下，孩儿就不起来了。”魏忠贤见他诚心实意，这才叫李朝钦全收下了。

魏忠贤说："行，事情不大，孩儿你先回去等我的消息。"

崔呈秀说："孩儿打算在爹爹府中待上几日，侍奉起居，端茶送饭，尽些孝心。"崔呈秀这么一说，魏忠贤就明白了，他这是怕被东林党找上门来，想在自己府中躲避几日，不敢回家。魏忠贤说："行，孩儿就住两日吧，爹爹明日就进宫，包你没事，仍照原职当差。"

由于魏忠贤从中作梗，高攀龙弹劾崔呈秀的奏疏如石沉大海，没了消息。高攀龙又听说崔呈秀做了魏忠贤的干儿子，如再继续上疏弹劾，就等于是和魏忠贤对着干了。魏仗着有皇上撑腰，目前仅凭一己之力，扳倒他完全没有把握，弄不好还会打蛇不成反被蛇咬。高攀龙对朝政失望透顶，但一时又无可奈何。

第十章

舍命一搏

一、东林名臣纷纷遭黜退

再说左光斗，他刚回到京城，就听到了一个惊人的消息，在他去扬州调查崔呈秀贪赃罪证期间，首辅叶向高辞官归里了。

那还是在七月间发生的事。御史林汝翥巡视京城时，看见有两个太监公开抢夺财物，便对二人轻施责罚。两个太监回宫后向魏忠贤哭诉，说被巡城御史揍了一顿。魏忠贤大怒，打狗还要看主人，一个小小的御史，竟敢惩处自己的徒子徒孙，就命太监们去找林汝翥算账。林汝翥担心自己会不明不白地被太监们打死，闻讯后逃到城外躲了起来。太监们找不到林汝翥，气没地方出。这时，有人说林汝翥是叶向高的外甥。于是，这群太监借题发挥，来到叶向高寓所，将他的住宅围了起来，诬蔑他是幕后指使，大声谩骂索人。

叶向高气愤至极，这些太监仗着有魏忠贤撑腰，根本就没有将他这个首辅放在眼里。他早就看出来了，皇上信赖魏忠贤远甚于朝臣，任由他胡作非为，自己深居宫中，只以游戏为乐，他对朝局深感失望。此前，他已上书二十多次请求致仕，回乡安度晚年。由此，他再次上书皇帝，说大明建国二百年来，从没有太监如此嚣张，竟敢包围阁臣私第，臣遭此奇耻大辱，若再不卷起铺盖回家，有何面目见于士大夫？朱由校仅对他好言慰留了几句，并未处理当日闹事的太监。林汝翥见事情闹大了，主动回来了，他说逃出城外是因为不愿受阉党私刑，他甘愿接受处罚。事情闹到这种程度，魏忠贤仍下令将林汝翥梃杖一百，但好歹留了他一条小命，算是给了叶向高一点面子。

但此事对于叶向高来说，无异于受了奇耻大辱。经此事件，叶向高知道，由于皇帝的支持，阉党势力已经坐大，朝臣已无法与其抗衡，还是早点告老还乡为好，还能剩一把老骨头。上个月，也就是六月份，副都御史杨涟弹劾魏忠贤二十四大罪。当时，叶向高认为，凭外廷的势力，并不能轻易除掉魏忠贤，一旦公开对决，将会造成无所谓的牺牲。因此，他还从中斡旋，希望能调和魏忠贤与群臣的矛盾。后来的事实也证明，杨涟的弹劾奏疏被魏忠贤在朱由校面前断章取义，巧妙化解，没有起到任何效果。没想到，现在连自己也成了阉党的攻击目标。叶向高去意已决，回乡去了。叶向高离开后，魏忠贤让自己的党羽顾秉谦做了首辅，加上此前已经入阁的魏广微、冯铨，内阁已完全被魏忠贤控制。

一天早晨，左光斗在起床的时候，对着铜镜梳理头发，他忽然发现自己又增添了好多白发。他用手扒了扒头发，发丛中白发更多。袁采芑见丈夫梳着头发，梳着梳着却停下来发愣，就问道："怎么了呢？"

左光斗黯然地说："我老了。"

袁采芑莞尔一笑："我以为是什么事呢，老了也正常啊，你今年正好五十岁，年已半百了。对了，大清早的，你怎么突然感叹自己老了呢？"

左光斗没有直接回答，而是问道："你有没有发现我头上有了白发？"

袁采芑扑哧一笑："早就发现了啊，岂只是鬓发白了，你看后面还有不少呢。"

"那你怎么不告诉我一声？"

袁采芑说："我看你天天这么辛苦，忙不完的朝中事，告诉你不是徒增你的烦恼么，还是让你自己发现的好。再说，告诉你又有什么用，白发还能变黑不成？"

左光斗想想也是，不过，当天早晨的白发让他突然感觉老之将至。不管你承不承认，首先，你是被岁月打败了。他有一种一事无成前途未卜的感觉。这个早晨的白发让他感到头颅如此沉重，白发皓首，首如飞蓬，自己距这一天不远了。

袁采芑见左光斗打算出门，问道："你今天干吗去啊？"

左光斗说："到魏大中家去，他今天离京，去送送。"

袁采芑心里一沉，魏大中不会无缘无故地离京，肯定发生了什么事情。她虽在家中，但对朝中的大事亦有所耳闻，近几个月，发生了太多的不测，不断有正直大臣遭到黜退甚至遇到生命危险。袁采芑还是没能忍住，担忧地问道："共之，发生了什么事吗？"

"阉首找个了碴儿，将他降官三级，贬出京城。"左光斗不想再细说，头也不回地出门了。

袁采芑半晌不语，她看得出来，阉党在一个一个地驱逐正直大臣，她太为丈夫感到担心了。丈夫与阉党是势不两立水火难容的，如今阉党势大，与其坐等被扫地出门，不如主动提出辞呈告老还乡的好，眼下这个官是没法做了。她决定晚上等丈夫回来后劝劝他。

说起魏大中被削职的原因，事情并不复杂。十月初一，朝廷在太庙举行颁历和冬祭仪式，皇上与百官都到齐了，而身为大学士的魏广微却迁延不至。直到颁历仪式结束，冬祭开始时，魏才姗姗来迟，仓仓皇皇地入班朝拜。如此严肃而隆重的场合，身为大学士的魏广微没有理由迟到。魏大中认为他有意傲慢无礼，上疏弹劾。两人的梁子由此结下了。适逢山西巡抚出缺，吏部推举官声很好的太常寺少卿谢应祥出任。魏广微鸡蛋里寻骨头，说魏大中是谢应祥的学生，暗中指使御史上疏揭发，纠缠不休。吏部尚书赵南星出面表态，说推举谢应祥是他的主意，与魏大中无关，而且谢正直谦和，恬淡无欲，足以胜任巡抚一职。

按理，有吏部尚书公开表态，此时应该就此结束。可魏忠贤矫旨，指责魏大中欺负皇上年幼，利用职权，以公报私，降官三级，贬出京城；指责赵南星有心偏袒，结党营私。赵南星失望至极，知道自己这个吏部尚书是当到头了，于是提出辞呈。此举正中阉党下怀，魏忠贤立刻传旨让他引咎回家。

左都御史高攀龙是赵南星的学生，他见老师被逐，又气又恼，对懵懂无知的朱由校深感失望，为了声援赵南星，他也上疏辞职。魏忠贤正巴不得如此，矫旨说赵、高二人利用师生情谊相互庇护，上下其手，应立即离朝回家。

叶向高走了，赵南星也走了，高攀龙又走了，他们都是名满天下的东林重臣，却在短短的数月间接连被无理黜退，以魏忠贤为首的阉党气焰，像一场大火，铺天盖地地烧了起来。下一步还会发生什么事呢？一时间，正直的朝臣人人都有一种暗无天日和大厦将倾之感。

左光斗今天是来给魏大中送别的。到达魏家的时候，副都御史杨涟和好友汪文言已经先于自己到达了。魏大中在京当官，两间房子是租的，他的家眷仍留在老家嘉善，平时由从老家带来的两个老仆负责烧火做饭。

魏大中的租房本来就不宽敞，现在一下子来了好几个人，房子就显得更挤了。左光斗问道：“魏兄，你下一步到哪里任职？”

魏大中自我解嘲说：“谢谢兄弟们来看望鄙人，阉党给我降官三级，我给自己来个一搂到底，彻底不干了，回家种田去。我走之后，各位兄弟，你们多多保重，好汉不吃眼前亏，兄弟劝你们一句，暂时不要招惹阉党，不是咱们怕他们，而是招惹不起，他们就是一群疯狗，谁招惹谁倒霉。”

汪文言警惕性较高，他见窗外不时有闲人在晃来晃去，大喝一声道：“什么人在外面偷听？”有两个人影果然一阵风般跑了。汪文言骂道：“你们这些不得好死的东厂探子！”

杨涟说：“东厂探子像附骨之蛆，京城里到处是他们的眼线，可谓无孔不入。”

魏大中说：“好在我马上要离开了，能远离这帮厉鬼了，他们就算要监督我，也不会跟到嘉善乡下去的吧。”

左光斗说：“阉党的人如此猖狂，还让不让人活啊？”

杨涟说：“连说话也要监听，说明什么呢，说明他们害怕，做贼心虚。他们越是猖狂，我们越是不能退让，否则，他们会得寸进尺，越发嚣张。”

左光斗拿出了一锭银子，足足有四五两，塞进了魏大中的手心里。魏大中说：“左兄，你这是干什么，你也是一个穷官，我怎么能收你的钱？”

左光斗说：“收下吧，兄弟清寒至此，怕是到家后连马车费也付不起呢。”杨涟和汪文言也分别拿出一些银两，魏大中含泪收下了。

几个人目睹着魏大中带着老仆上了马车，马车在视野中消失了，几人仍站在原地，谁也不愿说话。

风刮了起来，焦黄的梧桐叶漫天飞舞，几个人的脸色和那些梧桐叶看上去没什么区别。

二、三十二条当斩之罪

一天晚上，左光斗在书架上整理书籍，忽然，从书中掉下一封信函。他捡了起来，原来是老父的家书。那还是在今年初，他被擢升为左佥都御史时，向远在桐城老家的父母报喜，这封家书就是当时老父的回信。他打开信，父亲在信中说，得知他擢升的消息，十分高兴，但不知道此官能计差给假否？左光斗掐指一算，父亲今年正好八十岁，母亲七十六，他持信的手微微颤抖起来，昏暗的烛光中，他仿佛看见了年迈的父母站在左家宕的黄土岗上盼他归来的情景。自己有四五个年头没回家探望父母了，每次收到家书，老父都说家中一切甚好，他知道那是怕他担心，好让他安心为官。身为人子，父母高龄却不能在身边尽孝，他的心中有了太多的愧意和不安。

窗外，秋风萧瑟，寒虫唧唧。这个晚上，他萌生了退意。

第二天一大早，好友汪文言来了。汪文言自受了梃杖之后，右腿落下了残疾，走路有点跛，要不是有事，他也不会大老远地跑来找左光斗。果然，一进门，他就气呼呼地坐下了，大口大口地喘着粗气。左光斗给他泡了一杯茶，说："汪兄，别生气，有话慢慢说。"

"太气人了，昨天，傅櫆在淮扬酒家大宴宾朋……"汪文言一字一顿地说。

"不就是吃顿饭吗，能气成这样？"

"你听我说完，"汪文言说，"你知道他为什么请客吗，他和东厂理刑官傅继教结为兄弟，举行结盟仪式，阉党的狐朋狗友都送礼祝贺，每个人的礼金都在百两以上，听说酒席摆了十几桌。你说，他们这么闹是什么意思，意欲何为？"

傅櫆现任刑科给事中，投靠了阉党，年初弹劾汪文言，并试图牵连杨涟、左光斗等人，就是受了魏忠贤的指使。东厂除了提督外，属官有掌刑千户、理刑百户各一名，由锦衣卫军官担任。傅继教就是理刑百户。傅櫆和魏忠贤的外甥傅应星已经是结拜兄弟了，现在，他又明目张胆地和傅继教结为兄弟。身为朝廷言官，如此公开地拉帮结派，结党营私，又是要针对谁呢？

左光斗说："叶向高、赵南星、高攀龙、魏大中，还有朝中一大帮正直的大臣都走了，当初的众正盈朝，如今云流星散，各奔东西。我家中尚有年迈的父母，本来也萌生了退意，可听你这么一说，我还是要参他们一本，不管有没有效果。成事在人，谋事在天，我们做臣子的，总要尽到自己的力，我左某人眼里揉不得沙子！"

汪文言说："唉，我也是气愤难平，看来这京城里是待不下去了，左兄，要是你也走了，我也回徽州老家去，重操旧业，做生意混一口饭吃，总比待在这里受罪强一百倍。"

"可我们要是都走了，就任由这帮阉党闹下去了吗？我们暂时都不要离开，事情还没到那种程度，到万不得已时，我请镇守辽东的孙阁部回来兵谏，宰了这阉首！"

左光斗说的孙阁部就是指兵部尚书、辽东督师、东阁大学士孙承宗。孙承宗与东林官员关系密切，天启二年二月，他在熊廷弼王化贞丢失广宁后督师辽东。左光斗对他的军事才干非常赏识，他在推荐的奏疏中提出，"朝廷既得救时之人，当竟救时之用”，为他兼任兵部尚书请命，得到了朱由校的批准。孙承宗到辽东后，营建关锦防线，辽东局势一度稳定下来。孙承宗帐下的重要谋士鹿善继是保定府定兴县人，鹿太公鹿正之子，左光斗当初在保定兴办武学时，就得到过鹿正的支持。有这些关系，到了关键时刻，只要左光斗修书一封，陈述朝中之危，请孙承宗回来兵谏是完全可行的。阉党势力已经坐大，舍此无法清除。

汪文言大喜，说：“此主意极好，但要高度保密，要是被阉党得知，有了防范，那就会功亏一篑。”

左光斗说：“你放心，此事只有你我二人知道。”

送走汪文言后，左光斗立即起草了一封奏疏，指责傅櫆结交厂卫，挟逞私心，有辱士大夫身份，此风不可长，应予切责。左光斗上疏后，傅櫆也紧接着上疏自辩，并得到阉党成员的附和，一时竟占了上风。左光斗见皇上对阉党过于纵容和庇护，深表失望，他又上一疏，请求辞官归里。没想到，皇上不同意，认为他“向来忠直”“以清望挟持风纪”，命他照旧供职。左光斗去意已决，一连上了四封奏疏请辞，可朱由校每次都对他赞赏有加，就是不同意他辞官。皇上的厚爱又让左光斗倍加感动，可这阉党一手遮天的朝局，他是一刻也待不下去了。

擒贼先擒王，左光斗决定弹劾魏忠贤。

这并不是他的一时冲动，而是深思熟虑的结果。从大的方面说，与阉党妥协，是不负责的表现，是置社稷安危和天下苍生幸福于不顾；从小的方面说，也不符合自己的个性，有负刚踏入仕途时立志干一番事业的初心。至于弹劾魏忠贤的后果，他不是没想过，轻则被革职削籍，重则有性命之虞，甚至有可能给左氏家族带来一场灾难。他想起自己夫人戴氏的祖父戴完，不也是冒着生命危险参劾权臣严嵩吗？他又想起了曾祖父左麒和家仆左恩冒死为民请命的故事。

那还是在成化年间，老家桐城的芦税很重。年关，左麒交税回来，妻子朱氏发现他闷闷不乐，就问他怎么回事。左麒说，今天交税时，我发现那些交不起税的乡邻，不仅要受到鞭笞，有的还被抓去坐牢，到腊月三十都没法回家过年。左麒感叹地说，想想我们一家算是幸运了，还能在一起过个团圆年。朱氏慨叹地说，家里还有点银子，你去替他们交上，让他们回家过年吧。可事情远非朱氏想象的那么简单，救了这个乡邻，那个乡邻又来求援。左麒为了营救乡邻，花光了家里的余钱，然后又借高利贷、卖田产，替乡邻们交税。可第二年怎么办呢，事情还是如此。于是，左麒萌生了一个大胆的想法，到京城敲登闻鼓为民诉冤，请求朝廷减税。可按《大明律》规定，百姓直接到皇城午门敲登闻鼓告状，首先要对诉冤者梃杖五十，然后才予以受理。不少告状者因此送命，更多的人畏而却步。左麒抱了必死之心，带着家仆左恩进京为民请命。主仆二人风尘仆仆地来到京城，找一间客栈住下了，准备第二天到皇城告状。为了救下主人，第二天天未明时，家仆左恩拿着芦税材料，瞒着主人到午门去敲了登闻鼓，结果被梃杖重伤而死。但朝廷受理了左麒的诉状，桐城芦税由此减少十分之三，以后一直照此标准执行。左麒舍命为民，仆人舍身救主，主仆二人的义举一时成为朝野佳话。

晚上，左光斗义愤填膺，心绪难平，一气写下了《魏忠贤三十二条当斩之罪疏》。为避免给家人带来意外的伤害，在上疏之前，他决定让袁采芑带着两个孩子以及家仆左凡回桐城老家，本来在一家私塾就读的书童顾翰林也让顾大武领回去。家里还有一个仆人，名叫福生，京城人氏，烧锅做饭有他就足够了。让左光斗万万没想到的是，这个貌视老实的福生已被东厂探子收买，让他监督主人，发现异常情况及时报告。正是由于他的告密，左光斗上疏弹劾和稍后请孙承宗兵谏都被魏忠贤及时知悉，巧妙化解，让他的种种努力化为乌有。

一天晚上，夜深人静，妻儿已睡熟，左光斗正在灯下草拟弹劾魏忠贤的奏疏。突然，他看见一个黑色的人影向自己压了过来。他一愣，定睛一定，原来是家奴福生。福生拎着一个陶壶，说："主人，是我，我来给您添点水。"

"哦，那添吧。"左光斗说着，并随手拿了一本书将拟稿盖了起来。福生向放在案上的茶碗里续水，他一个哆嗦，手一抖，水洒在了盖着拟稿的书上。福生赶紧拿起书，抖落着水，又拿袖子来擦，眼光向拟稿上瞟了几眼。左光斗说："你下去吧，这里我来处理。"福生退了下去，左光斗拿起拟稿，上面的字迹被水洇糊了。

十一月初一，通州码头，袁采芑恋恋不舍地带着孩子们进了船舱。两个孩子国林八岁，国材五岁，孩子不懂事，听说回老家，一个个兴高采烈。左光斗失魂落魄般地站在码头上，袁采芑来到他身边，问道："妾想再问你一次，此疏非上不可吗?"左光斗劝道："无为在歧路，儿女共沾巾。别哭了吧，我意已决。"

袁采芑的泪水涌了出来。她知道，就此一别，说不定就是生离死别。

船划动了，渐渐离开码头，袁采芑不断地朝岸上的左光斗挥动着手臂。船渐渐远了，越来越小，直到消失在天际。

送别妻儿，左光斗准备明天正式向朝廷呈交《魏忠贤三十二条当斩之罪疏》。此疏一出，又必将震动朝野。在家中，左光斗将反复修改的奏疏进行最后一次誊写。

可让他做梦也没有想到的是，自他草拟弹劾魏忠贤的奏疏时起，就被家奴福生看在眼里。今天一大早，左光斗送别妻儿，福生知道，主人这是要向朝廷递交弹劾奏疏了，他立即报告给了东厂探子。

魏忠贤接到报告后，大喜，让东厂重赏了福生。好险啊，左光斗是三朝元老，特别是在移宫案中，为朱由校的顺利继位立下了汗马功劳，深得他的信赖。从他前不久四上辞呈都被挽留就可以看出，皇上对他仍是非常器重的。上次，左副都御史杨涟弹劾他二十四项大罪，魏忠贤趁朱由校在忙着做木工活时汇报，事前又和掌印太监王体乾商量好了，让他避重就轻，跳着字句读，把杨涟指责他虐待后宫嫔妃的内容读得尤其仔细，好引起朱由校的反感。朱由校果然上当，说杨涟多管闲事。虽然杨涟的弹劾最终不了了之，可也让魏忠贤吓出了一身冷汗。现在，左光斗又来了个三十二斩罪疏，虽然没有看到具体内容，可就是这题目，也足以让魏忠贤吓得心惊肉跳。三十二斩罪，也就是说，他魏忠贤足以死三十二次，只要皇上信了其中任何一条，他可能就没命了。这实在是太可怕了。

现在有什么办法能立即阻止左光斗上疏呢？魏忠贤思来想去，想不出个头绪。这时，冯铨来到他的值房，见他愁眉紧锁，就问道：“督主，什么事让你不快？”

魏忠贤将左光斗要弹劾他的事说了一遍。冯铨年纪轻，脑子灵活，说：“督主，不必烦恼，此为小事，微臣有一计，保管你毫发无损。”

魏忠贤大喜：“快说来听听。”

冯铨说：“他左光斗上次不是连上了四封辞呈吗，您拟个旨，就说皇上改变主意了，同意他回家，将他的官职免了，他的奏疏自然就成了废纸。”按朝廷规定，被削职为民的官员是没有上奏资格的。

魏忠贤说：“妙，妙，实在是妙。”

于是，魏忠贤来个釜底抽薪，假拟了个将左光斗削籍的圣旨，派王体乾到左光斗宅中去宣旨。

当天下午，左光斗誊好了奏疏，惴惴不安地守候在家中。妻儿走了，家里一下子空了，也安静了。他翻了翻书，心里有事，实在看不进去。无奈之下，他搬过那张自制的七弦琴，放在膝盖上，弹起了嵇康的名曲《广陵散》。嵇康被司马昭害死时，年仅三十九岁。相传《广陵散》是嵇康月夜弹琴时，琴声悦耳，打动了一过路的幽灵，遂传他此曲。可是，此曲慷慨激越，贯注着一股愤慨不屈的浩然之气。如果它说得之于幽灵的话，那传授此曲的那个幽灵也可以称得上是一个颇具正义感的鬼了。左光斗正在全神贯注地弹着琴，突然，外面响起了一阵踢踏的马蹄声，一个太监尖着嗓子嚷道："左光斗在家吗，快出来接听圣谕！"

左光斗一惊，一根弦断了，划破了手指，指尖上渗出一滴殷红的血珠。他有种不祥的预感。几个太监走了进来，为首一人，正是掌印太监王体乾，他高举着一张卷起的纸，径直走到堂屋正中，面向南面站定了。

原来并不是正式的圣旨，圣谕是写在一张普通的纸上。王体乾宣读，圣谕很简单，将左光斗削籍，允许其回家养老，不日将有正式圣旨下来。读完圣谕，左光斗还没有回过神来，王体乾将写有圣谕的那张纸往他的怀里一揣，剜了他一眼，鼻子里重重地哼了一声。又是一阵杂乱的马蹄声，太监们走了。

左光斗像是坠入了无底的黑暗中。他完全没有料到阉党们会突然给他来了这一招，这精心拟好的奏疏转眼间就成了一张无用的废纸。这肯定是出了问题，但他云里雾里，毫无头绪，不知道问题究竟出在了哪里。

三、削籍归里

左光斗还有最后一招，请孙承宗回来兵谏。

晚上，他悄悄来到杨涟家里。杨涟自上疏揭露魏忠贤二十四大罪反被朱由校责怪多管闲事后，一直闭门不出，见到好友来访，自然高兴不已。杨涟特地叫老仆到饭馆买来了几个菜，要和左光斗好好喝一杯。

左光斗说："大洪兄，你看朝中正直的大臣快被驱逐完了，我哪里还有心情喝酒？"

杨涟给他倒了满满一杯，劝道："我们干着急也没办法，皇上信赖他，魏阉这是挟天子以令诸侯。"

"不不，不是这样，他做的许多坏事，皇上并不一定知道，更不是皇上的本意。你难道没有看出来吗，魏阉现在极力不让群臣和皇上见面，为什么这么做呢，还不是怕皇上知道真相吗？”

杨涟说：“你说的有点道理，皇上现在被阉党的人包围了，我们就是有什么建议也没法告诉他。”

“皇上生日是本月十四日，到时群臣肯定要进宫恭贺皇上万寿。”左光斗说，“我们只有最后一招了，请孙承宗以给皇上贺寿的名义，带兵回来，清剿阉党，除此别无他法。人为刀俎，我为鱼肉，我们难道只有任人宰割吗？”

杨涟拍了一下左光斗的肩膀说：“共之兄，好主意，还是你足智多谋，有办法。说干就干，你马上修书给孙阁臣，将朝中形势讲给他听听，请他设法保全朝中善类。”

“我哪里有什么办法哦，还不都是被阉党逼迫的，无奈才出此下策，我今天晚上回去就写。”左光斗说道。

“不急不急，明天写也不迟，今晚我们好好喝几杯，一醉方休，与尔同消万古愁。”杨涟高兴地说道。两人达成共识后，仿佛看见了曙光，酒兴越喝越浓，好像看见了孙承宗带着甲士进宫清剿阉党的情景，不知不觉中，两人都喝多了。

第二天，左光斗修书一封，先派人到保定叫来了张果中。次日，张果中行色匆匆地赶到了左光斗家中。左光斗已经写好了给孙承宗的信，他反复叮嘱张果中，事关重大，一定要亲手将信交给孙承宗，并动员他进京兵谏，清剿魏党。左光斗在和张果中说话的时候，家奴福生就躲在门外偷听，他将两人的对话听了个一清二楚。

几天后，张果中回来了，说信已转交孙承宗，他答应十二日率兵进入京师，十四日早朝时进行兵谏。左光斗在焦急中一天天地等待着。眼看着离十二日越来越近，他不放心，又修书一封，命张果中再去送给孙承宗。

魏忠贤接到福生的报告后，吓得灵魂出窍。这个左光斗实在是太厉害了，竟然想到此等绝招，一时间，他有一种大祸临头的感觉，不知如何是好。他命人立即请来智多星冯铨。冯铨匆匆忙忙地来了，魏忠贤老泪纵横地说：“我命休矣！”

冯铨大惊，问道：“督主何出此言？”

魏忠贤将左光斗请孙承宗兵谏的事说了。冯铨听着听着脸就吓白了，脑后冷风飕飕。好险啊，要是魏忠贤的命都不保，他冯铨还会有命吗？冯铨说：“此举实在是高，借群臣给皇上贺寿之机兵谏，容易让我们忽略，防不胜防，但这个消息还是让督主您提前知道了，所以说，您比东林党更高。”

魏忠贤急得直跺脚："别老是高啊矮啊，快想想办法吧，孙老头带兵在路上了，正向京城里赶来，想不出好办法，我们都要一起完蛋。"

冯铨说："只要事情还没有发生，就不愁没有办法。"

"快说来听听。"

冯铨说："督主，你去求求皇上，编个借口，就说孙承宗要杀你，让他命兵士暂驻城外，只允许他带几个随从进京给皇上贺寿。您想想，他姓孙的手头上没有了兵，凭什么兵谏，他还敢轻举妄动吗？我们有锦衣卫、兵马司，还有净军，他一个孙承宗难道有天大的本事不成？"

魏忠贤一拍脑门："对啊，不让他带兵进城，他姓孙的就是有再大的能耐，又怎能动得了老夫的一根汗毛？好主意，好主意，洒家明天就去求皇上。"

第二天，魏忠贤来到乾清宫，朱由校正在御榻上忙着制作木偶，他做了许多形态各异的木偶，怎么也做不厌。魏忠贤"扑通"一声在御榻前跪下了，痛哭流涕。朱由校从没见过魏忠贤这副怂样，笑道："厂臣，你这是怎么了？"自魏忠贤兼任了东厂提督后，朱由校一直称呼他厂臣，常说朕与厂臣如何如何，将魏忠贤与他相提并论，让魏觉得很受用。

魏忠贤老泪纵横："皇上，孙承宗要杀我，老奴再也不能服侍皇上了……"

朱由校说："他为什么要杀你？"

"上次发粮草，稍迟了几日，他就怪罪老奴，说要利用给万岁贺寿之机，带领甲士进城，将老奴碎尸万段。"魏忠贤避重就轻，胡扯了一个理由，糊弄朱由校。

"这么点小事就要杀人吗？"

"老奴的命好苦啊，老奴死不足惜，可是，谁来服侍皇上您呢，谁来服侍老奴我都不放心……"说着，魏忠贤放声大哭起来。

"好了好了，"魏忠贤的哭声太大，让朱由校有点不耐烦了，他说，"朕不让他杀你就是。"

魏忠贤说："不行，孙阁臣脾气火暴，他说要兵谏，非杀老奴不可。"

朱由校问道："那你说怎么办？"

"老奴以为，不许孙阁臣带兵进城，让他将兵留在城外，带几个随从进城给皇上贺寿。这样一来，老奴就能保全性命。"魏忠贤说着，佝腰缩首，可怜巴巴地看着朱由校，等着他表态。

朱由校说："行，就依你说的办。"

魏忠贤如释重负：“老奴谢谢皇上不杀之恩，老奴恭祝皇上万岁万万岁！”

朱由校说：“行了，朕在忙着呢，朕要做一百零八个木偶，到了朕大寿那天，给群臣每人发一个。”

魏忠贤说：“皇上圣明，瞧您这些木偶做得多好，个个春风满面，心宽体胖，老奴也要请赐一个。”

朱由校说：“行，到时你也有份。”

一转眼，到了十一月十二日，孙承宗带了五千甲士，抵达了通州，此行除给皇上贺寿外，他还有一个重要任务，就是要清除以魏忠贤为首的阉党。可是，他率兵刚到通州时，圣旨到了，说为了京师安全，军士禁止入城，只允许他带八个随从进京给皇帝贺寿。孙承宗无奈，只好让军士们就地驻扎了下来。

一场精心谋划的兵谏就这样转眼成了泡影，狡猾的魏忠贤又逃过了一劫。

朱由校大寿不久，又发生了一件事。自吏部尚书赵南星辞官归里后，吏部尚书的位置一直空着，魏广微按照魏忠贤的意图，欲推荐阉党成员担任此职。吏部左侍郎陈于廷反对，自己推荐了另外三个人选。魏忠贤许诺只要陈于廷同意，拟提拔他担任左都御史一职，陈置之不理。魏忠贤大怒，说陈推荐的三个人选都是赵南星的遗党，矫旨切责。十月三十日同一天，将陈于廷、杨涟、左光斗以及另一名御史袁化中等人一同削职为民。

十一月初一，左光斗和杨涟相约一道离京返乡。左光斗雇了辆马车，将简单几件行李搬了上去。离家时，他还给了家奴福生一些碎银，让他另谋生路。至此，他都不知道上疏弹劾和请孙承宗兵谏二事都是他告的密。家仆左凡在将女主人送回桐城老家后，又来到京城服侍左光斗，正好与主人一道回乡。左光斗与杨涟一道出了京城。刚开始时，东厂探子还在他们身后鬼鬼祟祟地跟着，后来见两人疲驴破帽，行李萧然，并没有万贯家私，也没有朋友来相送，跟了一段路后自觉无趣地散去了。左光斗和杨涟一同行至涿州分手。

左光斗是很有预见性的，他在道中写下了一组名为《遭珰逐道中感怀》的诗歌，其二诗云：

幸未遭严谴，居然许放还。
愿难成栗里，祸恐续椒山。
空有安危计，谁开语笑颜？
龙眠旧卜筑，长在汩罗间。

栗里是东晋诗人陶渊明的故事，椒山就是弹劾权臣严嵩的著名谏臣杨继盛。左光斗庆幸自己未受到阉党严谴，居然能顺利地回家。但他有一种预感，魏忠贤不会就此罢休。“愿难成栗里，祸恐续椒山”，就是说，自己可能做不成逍遥于山水之间的陶渊明，可能会像杨继盛那样遭受牢狱之祸。左光斗在被擢升为监察御史后，曾在老家候命七年，在这期间，他在桐城县城北部的龙眠山中建了一座三都馆，亦名寒知阁。每年春夏，左光斗都会到这里读书，流连于龙眠山水之间，诗酒风流，度过了人生中一段幸福的时光。

近乡情更怯，不敢问来人。经过数天奔波，马车进入了位于桐城东部的清净乡，通向自己老家大朱庄的这几十里地，一路都是黄土岗。左光斗坐在马车里，紧闭着帘子，生怕有人认出自己。他透过车身上的小窗户，打量着这片熟悉的土地，不时可以看到野外乡亲们劳作的身影，听到亲切的乡音。

到家了，大朱庄是位于左家宕东部的一个小村子，只有百十来户人家。桐城左氏始祖于洪武初年从潜山迁到桐城东乡蒋家宕（后名左家宕）。左光斗父亲左出颖又从左家宕东迁，在离它四五里地一个名叫大朱庄的村落安家，左光斗即出生于此。左出颖一共养了九个儿子，左光斗排行第五。大朱庄村后有一条山岗，像一条长臂，佑护着生活在这里的百姓。在大朱庄南三四里处，有一个深潭，名叫九儿潭。潭名就是因左光斗母亲养了九个儿子而得名。来自三公山的河水，沿着横埠河，经过九儿潭，一路逶迤向下，最终注入长江。左光斗考中进士后，当地人都说大朱庄风水好，出人才，出高官，都以左光斗为荣。

左光斗心情沉重极了，马上要到家了，就可以看到年迈的父母和分别已久的妻儿，特别是戴氏，这些年一直在家侍奉公婆，教养儿女，左光斗觉得有愧于她。

在一僻静无人处，左光斗让左凡将马车停下，他要下来看看。

眼前这片土地，自己小时常到这里来放牛，稍年长后，读书之余，父亲常会带着他来到田间地头，体验农事。这里的每一条田埂，都有过他的足迹。几十年过去了，土地与村庄的基本面貌仍没有多大改变。

不是荣归故里，而是罢职归来，他感到愧对父母，愧对乡亲。事情的直接起因自然是那封《魏忠贤三十二条当斩之罪疏》。可左光斗不后悔，他觉得自己的所为没有违背基本的做人处事原则，更没有违背自己的良心，他不愿做个木偶人，他要以死相拼。想到这里，他的内心稍感到一丝安慰。于是上车，鼓起回家的勇气，命左凡直接将马车赶到家门口。

听说左光斗回来了，一家人全拥了出来，乡邻们也拥来观看。这时，马车师傅索要车资，左光斗摸遍全身上下口袋，只有几两碎银，根本不够，他尴尬极了。左光斗的母亲周老太见状从内室拿出了十两银子，帮儿子解了围。左光斗跪在母亲面前，母子俩哭成一团。周夫人说："我儿，平安回来就好，回来就好……"

四、诏狱是人间地狱

左光斗在家乡度过了一段愉快的时光，服侍父母，陪伴妻儿，尽享天伦之乐。但是，他的心里总是感到不踏实，有种隐隐的担忧。他预感魏忠贤不会放过自己的，万一要是哪天锦衣卫上门宣旨逮人，他担心年迈的父母能否经受得了那种骨肉分离的打击。但这种担忧又不能向父母明说。左光斗想出一个主意，他要给父母一些暗示，好让他们多少有点心理准备，以免到时猝不及防。

一天，正好是父亲八十岁生日，父亲喝了点酒，红光满面，左光斗说："爹，我让左凡来演段杨继盛上法场的戏，给您助兴。"

左光斗父亲左出颖熟读经史，他还写过一本读史笔记《读史拾零》，当然知道杨继盛是何许人物，高兴地说："好，杨公也是老夫终生钦佩和仰慕的谏臣，他是一个铁打的汉子。"

左凡扮演杨继盛上场了，左光斗七弟左光先和八弟左光明分别击锣鼓。只见左凡衣衫褴褛，衣服上血迹斑斑，披散着头发，踉踉跄跄地上场了。到了场地中央，他站直了身子，挺起胸膛，仰面高歌道："浩气还太虚，丹心照万古。生前未了事，留与后人补。天王自圣明，制度高千古。平生未报恩，留作忠魂补……"

左光斗说："杨继盛被害时，年仅四十岁，太可惜了，自古人皆有死，唯有杨公得其所。"

左出颖的眼圈红了，他明白了儿子的意思，说："不知道得知杨继盛被害的噩耗时，他的老父是什么感受？"

父子俩心知肚明，相对黯然。左光斗又给老母讲授东汉范滂母亲的故事。范滂疾恶如仇，为官清廉，他任职的地方，贪官污吏皆望风而逃。范滂尤其反对宦官专权。党锢之祸时，朝廷下令捉拿他，县令欲弃官与他一起逃亡，但他不肯连累别人，自己投案。范滂被捕时，老母在堂，他与母亲诀别，老母安慰儿子说："你如今得以与李膺、杜密（皆当时名士，亦同时被害身亡）齐名，死亦何恨！既要有好名声，又追求长寿，二者可以兼得吗？"范滂后死于狱中。左光斗的母亲周夫人听后，也明白了儿子给她讲范母故事的用意。

左光斗的预感一点没错。魏忠贤自将杨涟、左光斗、魏大中等人削籍后，并未善罢干休，他一刻也没有停止试图进一步谋害他们的步伐。因为这些人都是当世名臣，皇帝信赖他们，说不定哪天就起用到朝中。像叶向高、赵南星、高攀龙等人，都是闲居多年甚至二三十年还被朱由校召唤进京，担任要职。要是杨涟、左光斗、魏大中这些人有朝一日东山再起，他魏忠贤还会有好日子过吗？斩草要除根，魏忠贤觉得，必须将这些人置于死地，才能彻底杜绝后患。可是，这些人个个是正人君子，平时不贪不腐，要想找到一个让人信服的加害理由，并不是一件容易的事。

天启五年二月的某一天，魏忠贤将徐大化找到自己的值房。徐大化是去年他去涿州进香时投靠自己的，当时是刑部员外郎，目前已被提拔为大理寺丞。

魏忠贤正在值房的一个角落里欣赏着一张蛛网。他喜欢蜘蛛，觉得它们是一种特别聪明的小动物，它们在不起眼的地方织下一张网，静守以待，说不定哪天就有飞虫撞上网来，成了它们的美餐。见徐大化来了，魏忠贤对他招招手说："过来，看看这张蜘蛛网。"

徐大化左看右看，就是一张普通的蛛网而已，他说："督主，这有什么可看的，不就是一张小小的蛛网么？"

魏忠贤说："不要小看蛛网，它神着呢，你会织网么？"

徐大化悻悻地说："督主，小人不会。"

魏忠贤放声大笑："蜘蛛虽说神奇，可有一样不好，它织好网后，只是被动地等待着，日复一日。试想，要是飞虫不自己撞上来呢，岂不就要饿着肚子一直等下去？所以，这织网还要主动，要将网织到你的仇敌家门口去，让他们一出门就撞上来，无路可逃。"

徐大化恍然大悟，他有点明白魏忠贤想要说什么了，但还没有彻底弄明白。他说："督主，说得好，督主要是看着谁不顺眼，或者说，哪个要是敢和督主过不去，就送他一张网。"

魏忠贤说："你终于开窍了。现在你掌管刑狱了，那几个一直弹劾本督的官员如今一个个在家逍遥快活，你作为堂堂的大理寺丞，就没有什么想法吗？"

徐大化敢说没有吗，虽然他还没有想好具体怎么做，但还是肯定地说：“有!”

魏忠贤说：“那你说来听听。”

徐大化陀螺一般转动着小眼珠，计上心来，说：“小打小闹不行，要办就要办成大案，将他们几个一网打尽。”

魏忠贤点了点头：“上次汪文言一案，都是主审的刘侨坏了本督的好事，结果不但该牵连的人没牵连上，还把姓汪的放了出来。这次可绝不能再出现那种情况!”

“督主，此一时也，彼一时也，现在朝中要害部门全是咱们的人，你就放一百个心吧。”

魏忠贤说：“一个小小的汪文言，成不了大案啊，这次洒家要将他们几个问成死罪。”

“还是要在熊廷弼身上做文章，就说受了他的贿赂，要牵连几个就牵连几个。”

魏忠贤称赞说：“好主意，洒家没看错你，能办事，不错。”

于是，魏、徐两人一合计，确定了一桩震惊千古的受贿大案，行贿的人是辽东经略熊廷弼，受贿的是杨涟、左光斗、魏大中、周朝瑞、袁化中、顾大章等六人，其中杨涟、左光斗各坐赃二万两，魏大中三千两，周朝瑞一万两，袁化中六千两，顾大章四万两。辽东问题是朱由校的心病，特别是对熊廷弼、王化贞丢失广宁，朱由校是一提起来就生气。魏忠贤以此激怒朱由校，欲陷东林党人于死地。周朝瑞是礼科左给事中，袁化中是御史，顾大章历任刑部主事、员外郎、礼部郎中，三人也都不同程度地得罪阉党。特别是顾大章，徐大化对他恨之入骨，所以被栽赃最多。

魏忠贤满意地说：“这回一定要办成一桩大案，一桩铁案，问成死罪，查抄家产，让他们永世不得翻身。看看今后还有谁敢和洒家过不去!”

于是，徐大化开始在朝中放风，四处造谣，说杨涟、左光斗等六人收了熊廷弼贿赂，引起皇上大怒，不久将下旨追查云云。

左光斗的七弟左光先在京参加科试，听到风声后吓得再也不敢参加考试了，提前回家报告。左光斗在离京前，因不便携带，曾将那封《魏忠贤三十二当斩之罪疏》交给了左光先，嘱托他代为保管。现在左光先也要回乡了，他怕那封奏疏万一被阉党搜到，会带来灾难性的后果，就将那封奏疏付之一炬，导致后人无从知道左光斗弹劾魏忠贤三十二条当斩之罪的具体内容。左光先回乡后，将阉党坐赃的消息告诉了左光斗。左光斗叮嘱他千万不要声张，以免年迈的父母担惊受怕。

可这黑暗的一天还是来了。天启五年五月，魏忠贤矫旨命锦衣卫迅速奔赴杨涟、左光斗等六人故里，将闲居在家的他们押至京城，捉拿归案。同时旧案重提，将汪文言二度下狱，严加审问，逼迫他交待与杨、左等人招权纳贿的事实。

五月的一天，阴云密布，天气闷热。一列身着红色飞鱼服佩着绣春刀的锦衣卫，骑着快马，带着囚车，突然出现在桐城东部的黄土岗上。他们打马狂奔，扬起的烟尘遮天蔽日，让人胆战心惊。当地百姓从来没有见过这样的队伍，也不知道他们是什么人，只是看着他们一路向左光斗故里大朱庄奔去。

乡邻们这才明白，这支来势汹汹杀气腾腾的队伍和左光斗有关，而且一看就不是来干好事的。一时间，五里八乡都轰动了。锦衣卫来到左光斗家中，将左家团团围了起来，留给他一天时间与家人和乡邻们告别，明天宣诏，然后押解进京。

左光斗家里乱成一团。虽然他早就预感魏忠贤不会放过自己，但还是没料到这一天这么快就到来了，更没想到阉党如此毒辣，将他坐赃二万两。自己死不足惜，他只是担心年迈的父母能否受得了如此沉重的打击。老父情况还好，自锦衣卫上门后就坐在堂屋的椅子上，面无表情，一言不发。老母、两位夫人和儿女们哭成一团。家乡的乡贤们听说消息后，也上门话别来了。何如宠来了，他本担任礼部侍郎，魏广微上疏弹劾他与左光斗同乡，又是好友，实为同党，因此也被连累，革职赋闲在家。为了表示对左光斗的信任，何、左两家约为世婚。崇祯帝继位后，何如宠重新被起用，后进入内阁辅政。

第二天上午，锦衣卫宣读圣旨，说左光斗收受了熊廷弼的贿赂，命立即押赴进京。虽说圣旨内容早已传开了，但一旦宣读，还是引起了乡邻们的无比愤怒。他们都知道这是魏忠贤矫诏陷害忠良，手持农具，将道路拦了起来，使锦衣卫无法前进一步，并威胁要将他们赶走。左光斗怕事情闹得不可收拾，向乡邻们求饶道：“父老乡亲们，求你们让出一条道来，千万不要和锦衣卫对抗，不要陷我于不仁不义！左光斗谢谢你们！”

在左光斗一再求饶下，乡邻们这才让出一条道路，押送队伍缓缓启动了。左光斗岳父已向锦衣卫头目暗中使了银子，请他们务必在左光斗离开家乡的土地前，不要戴刑具，更不要关进囚车。他们同意了，让左光斗骑马离乡。乡亲们头顶明镜，手端清水，以这种特殊的方式，证明左光斗是个受民拥戴的清官。左光斗的坐骑每行一段，一批又一批的乡邻都会拥上来，抱着马首号哭，成千上万的百姓哭成一团。这场面连锦衣卫都被感动了，他们中的不少人也偷偷地抹起了眼泪。

到了黄柏岭。这是左光斗离开家乡土地的最后一道山岭，翻过此岭，就是离开了故土，那边就是通向京城的官道。左光斗下马，一步一步地来到了黄柏岭上，家乡的土地尽收眼底。岭上，柏树散发出阵阵清香，地里的烟叶长势茂盛。他面向父母，面向乡亲，面向家乡，“扑通”一声跪下了。他知道，这一别，就是永别。岭下是黑压压的送别的乡亲。在乡亲们的话别声中，左光斗狠狠心，掉头而去，踏上了赴京城的官道。左光斗的八弟左光明带上了家里的全部积蓄，随同囚车进京。

六月，左光斗被押至京城，并被打入诏狱。关入诏狱的都是朝廷钦犯，案件都由北镇抚司直接审理，刑部无权过问。真不愧是难兄难弟，巧的是，杨涟也是在同一天抵达京城的，同一天被关入诏狱。很快，魏大中、周朝瑞、袁化中、顾大章等四人也陆陆续续地到案了，六人被关在一起。锦衣卫也不怕他们串供，本来就是无中生有的冤案，也无供可串。

主审此案的是魏忠贤的亲信、锦衣卫指挥佥事许显纯。许显纯心狠手辣，他秉承魏忠贤的旨意，严刑拷打和逼供，对六人开始了毫无人性的摧残。

六人在第一次受审时就各打四十棍，拶敲一百，夹杠五十，此后关进狱中，严刑追比。所谓追比，是规定每过几天要交多少“赃银”，交不上就拷打，什么时候家属把“赃款”都交齐了，在诏狱的审理就告结束，余下的事就是交刑部议罪。这是镇抚司审理案件的常规程序。追比不力，就要严刑拷打，甚至受“全刑”。所谓“全刑”，指镇抚司的五种常备刑具——械、镣、棍、拶、夹棍同时施用。

七月初四，六人被从狱中提出来进行第一次追比的时候，都因刑伤疼痛无法行走。当时正是暑天，伤口溃烂，脓血沾染衣裳，许显纯命将他们拷问一通，仍旧带去收监。此后每隔两天或三天、四天拷问一次，各人伤上加伤，痛不欲生。许显纯命令他们每五日缴纳“赃银”二百两，不能按时交来，就严刑拷打。问题是他们根本就没有贪污，又从哪里弄来银子“退赃”呢！六家都不得不紧急变卖家产，到处借钱，交到镇抚司。但对这些清官来说，成千上万的银子，不啻于天文数字，一时哪里能交得齐。

顾大武听说老师被魏忠贤栽赃，他受保定府学师生的委托，来到镇抚司探监。一天晚上，夜深人静，他身穿夜行衣，轻轻一跃，就上了诏狱屋顶。左光斗因身上伤痛，无法入睡。忽然，他看见从狭小的窗户里飞进一个人影。这人进了牢房后，因为光线昏暗，看不清牢里的情形，就扯下面纱，轻声喊道："老师，您在哪里？"

左光斗一听这声音，就知道此人是顾大武。他哼哼了几声，顾大武循声来到他身边，一把抱起了他，见他遍身是伤，身上散发出严重的异味，不禁泪如雨下。左光斗说："你不好好教授武生，跑到这里来干什么？"

顾大武擦干泪水，说："学生受保定府学师生委托，特地来看看您。"

左光斗说："我有什么好看的，现在阉党当道，横行不了几天！你们好生习武，练好本领，投身军营，将来报效国家。"

顾大武说："我要率众武生前来劫狱，救出诸位老师！我要和阉党决斗，拼个鱼死网破！"

左光斗啪地给了顾大武一个巴掌，批评道："你说什么混账话，你是要陷我们几个于不忠不义吗？阉党能得势多久，真相总会有大白于天下的那一天。"

顾大武试图将左光斗背到肩上，说："老师，我今晚要救你出去。"

左光斗挣扎着连连后退："为师怎么能和你走呢，我这一走，岂不是畏罪潜逃，反而给了阉党口实。你走吧！"

顾大武见左光斗执意不肯和他一道逃走，抱着他的双腿呜呜大哭。在左光斗的劝说下，他恋恋不舍地走了。

一天晚上，月色如洗，魏大中在牢房里突然发现了一颗灵芝。六人惊喜地围在一起，共同打量着这颗小小的灵物。杨涟说："这地方怎么会生出灵芝来呢？"左光斗数了数灵芝的叶瓣，正好是六枚。左光斗说："你们快看，这六枚叶瓣不是正好对应了我们六个人吗？"大家一看，果然如此。左光斗赋诗《狱中同杨大洪魏廓园顾尘客周衡台袁熙宇夜话》，诗云：

噫嘻哀哉！当今之事不可问，谁信慷慨回气运。
长安猛虎昼食人，雾盖燕云十六郡。
我欲呼天天高不可呼，我欲告人人心毒如荼。
皋陶平生正直神，瓣香可能悉其辜。

夜来床头生芝干如铁，不在李膺之前则在范滂之侧。

英雄对此益增奇，天地愁之失颜色。

噫嘻，吁嗟乎！明月蚀于天，高山崩入渊。

如何长夜如长年，安得魂去飞翩翩。

上与二列祖宗诉其缘，肯教鸾凤独死枭獍乘权！

七月十七日过堂，因没有及时缴纳“赃银”，杨涟和左光斗二人又各挨了三十棍。十九日，杨、左、魏三人各受全刑，这时杨涟已喊不出声，魏大中已吩咐家人料理后事。过了两天，二十一日再次拷打，杨、左再受全刑，魏大中挨三十棍，周、顾各挨二十棍，杨、左受刑后抬到外面，浑身血肉模糊，伏在地上如同死人一般。此后仍然每隔两三天就拷问一次，或受棍，或受全刑。

听说老师被逮入诏狱，史可法再也没有心思在府学里上课了，他要设法进去看看老师。他没有顾大武那样的武功，只好在牢头身上打主意。他东挪西借了五十两银子，买通了牢头叶文仲。叶文仲让他装成诏狱里的拾粪者，进入了牢房。

闷热昏暗的牢房里，散发着扑鼻的血腥味，地上东倒西歪地躺着六具血肉模糊的躯体，个个被折腾得面目全非，史可法一个个地打量着，看了半天，不能确定哪个是自己的恩师。他只好叫道：“老师，老师……”

左光斗在昏迷中醒来，听着这声音有些熟悉，他问了声：“谁?”史可法认出了老师，一抱住他的身子，放声痛哭。

左光斗的眼睛被血痂黏合起来了，他用力拨开眼皮，一看，见是史可法。他动时来了气，骂道：“庸奴！这里是什么地方，你竟冒昧来到此地！国家的事情糜烂到了不可收拾的地步，老夫已经完了，你却轻视自己，不明大义，将来天下的事靠谁去支撑呢?还不赶快离开，难道还要等到那些阉人来陷害你吗?你要还不走，老夫现在就打死你！”一边说着，一边摸索地上的刑具，做出要殴打的样子。

左光斗数落了一通，精力明显不济，大口大口地呼吸着，胸脯激烈地起伏。史可法感觉到老师的肺叶间发出铁片一般的轰响，他说出的每一个字，都像是铁石撞击发出的声音。史可法闭口听着，不敢吱声，他见恩师的裤带烂了，就解下自己的红色腰带，系在了老师的腰上。然后，恭恭敬敬地磕了一个头：“老师，您多保重！学生告退了。”说着，拿起粪筐，挥着泪走了。史可法后来常常流着泪讲述他探监的故事，每次，他都感慨万千地说：“我的老师的肝和肺，都是铁石所铸造的啊!”

五、疯狂的边缘

再说魏忠贤的侄子魏良卿，汪文言案初发时，他奉魏忠贤之命，到镇抚司找刘侨打听案件的进展，却意外逢着了给汪文言探监的青青。在那次白莲教徒组织的保定盗窃漕粮案件中，经过刑部审理，漕帮帮主水上漂、副帮主龙蛟均被斩首，保定知府方廷璋被革职，这起行动的重要组织者白莲圣女米香香，却由于魏忠贤的庇护，顺利逃脱了追究。米香香被魏良卿接进府中，过起了锦衣玉食的生活。时间一长，魏良卿对她也感到厌倦了，早想换换新鲜口味，没想到正好碰上了青青，一眼就被她迷上了。

魏良卿在未到京城之前，在肃宁县乡下种地，是一个地道的农民，魏忠贤发达后，他的家人亲戚都跟着飞黄腾达，魏良卿当上了锦衣卫指挥使。这次魏忠贤兴大狱陷害忠良，魏良卿积极怂恿策划案件的徐大化将汪文言也顺带抓了起来。

许显纯将汪文言关进镇抚司诏狱，对他严刑拷打，施以全刑，什么“械、镣、棍、拶、夹棍”轮番上，逼迫他承认杨涟和左光斗收受了熊廷弼的贿赂。汪文言仰天大呼：“呜呼哀哉，世间岂有贪赃的杨大洪哉！天下岂有受贿的左共之哉!”虽经受种种酷刑，但他始终坚贞不屈，不肯违背良心，坚决否认杨、左二人受贿。许显纯用长针刺破汪文言的右耳膜，又用铁钳拔除了他左手的指甲，打断了他所有的肋骨，汪文言下肢尽残，痛不欲生。汪文言外甥去探监，见舅舅遍体鳞伤，难过得放声大哭，汪文言骂他没出息，一个大男人哭得像个女人。

汪文言再次入狱，青青受不了这个打击，就病倒了。魏良卿派人通知她前去诏狱探监。一天，青青拎着个食盒，来看望这个曾经给自己赎身的恩人。魏良卿打开牢门，青青走进牢房，在角落里看到了被折磨得不成人形的汪文言。青青放声大哭，汪文言听见动静，迷糊中睁开眼来，强作欢颜地对她笑了一下，说：“青青。”

汪文言支撑着将身子靠在墙上，这才勉强坐了起来。青青打开食盒，摆好酒菜。汪文言劝她说：“别哭，有什么可哭的，他们想要我埋汰好人，门都没有，大不了一死呗。”

青青说：“我要你活着!”

汪文言大碗喝酒，大口吃菜，边吃边喝说：“痛快，青青，你能来看我，能吃顿这么好的菜，我死也知足了，不枉我们相交一场。”

汪文言自知阉党不会放过自己，说：“青青，我死之后，拜托你将我这把残骨运回徽州老家，我就死也瞑目了。”

青青说：“我要救你。”

“你救不了，他们将我打成这样，还能活得成吗？当初，说真的，我是有机会救自己的，只要我昧着良心说杨、左二人贪赃了，他们就可以放我，可我能说这样的话吗，良心大于生死，死也不能说。”

青青拿出手帕，擦拭着汪文言脸上的血迹，不一会儿，一个手帕就全红了，变成了一块红手帕。青青看着手里的手帕，手在微微发抖，感觉手像火烧了一般疼痛难忍。她紧闭双目，大叫一声：“啊——”

“青青，别这样，”汪文言安慰她道，“我反正是不行了，你要好好活着，回去吧，谢谢你来看我。”

第二天，魏良卿带着一列锦衣卫，大摇大摆地来到了莳花阁。魏良卿在大厅里大马金刀地坐下了，大叫道：“叫青青出来见我。”

服侍青青的女仆冯妈正在院子里洗衣，见状低着头到楼上叫青青去了。青青下来了，站到了魏良卿面前，魏眉开眼笑地说：“我是魏督主的侄子魏良卿，镇抚司锦衣卫指挥使。”

青青说：“你找我有何贵干，难道小女子也犯了什么法不成?”

魏良卿摇了摇食指说：“不不，不是这个意思，我来和你谈桩生意。”

青青剜了他一眼：“说。”

魏良卿凑到她跟前说：“只要你跟我走，我可以叫我叔放出汪文言。”

“跟你到哪去?”

“瞧你说的，自然到我府上去，吃香的喝辣的，白花花的银子多得花不完。”

青青轻蔑地一笑，明白了魏良卿的意思。她说：“我的恩公汪文言说，良心大于生死，小女子我身在青楼中长大，连名字都叫青青，奴是一个贱命，可一点做人的道理还是懂的，我怎么能跟你这种人走呢!”

魏良卿指着青楼外的锦衣卫说：“你看看外面这些人，今天你同意也罢，不同意也罢，都要乖乖地跟我走。来人啊，将青青带走!”

几名锦衣卫冲了进来，就要抓青青。冯妈迅速冲到了青青面前，大喝一声："慢着！"说着，用自己的身子挡住了她。

冯妈走到魏良卿面前，使出全身力气，突然出手，重重地打了他一个耳光，骂道："你们姓魏的没一个好东西，泥腿子进城，人模狗样，也晓得欺男霸女了！睁开你的狗眼看看，我是谁？"

魏良卿听着这话有点不对劲，围着冯妈转了两圈，虽然眼前这个女人老了，也胖了，但怎么看就是觉得有点眼熟。魏良卿问道："你姓冯？"

冯妈发出一声长笑，说："算你还没瞎，还认得老娘。"

魏良卿捂着被打肿的脸，讪讪地叫了一声："婶子。"

原来，冯妈就是魏忠贤进宫当太监之前在肃宁乡下的妻子冯氏。那时的魏忠贤迷上了赌博，欠人赌资，竟然将女儿卖给人家做童养媳，这日子实在过不下去了，冯氏一气之下离家出走，来到京城给人洗衣为生。一转眼，时光已经过去了三十多年。冯妈在莳花阁待了十几年，青青是她一手带大的。魏忠贤现在成了皇帝身边的红人，冯妈当然知道，但她压根瞧不起他，更不愿去找他占什么便宜，仍在青楼里当一名普通的女仆。

魏良卿小时，冯氏待他很好。那时，冯氏在街坊上替有钱人家浆洗缝补。每天黄昏，魏良卿都会到她家门口坐等，冯氏总会给带着点吃食，馒头、半个麻饼、几粒花生之类，每次多少有点，不会让他落空。

见真是自己的婶子，魏良卿带着锦衣卫狼狈逃走了。

很快，魏忠贤来了。他听说三十多年没有音讯的妻子竟然就一直生活在自己的眼皮子底下，怎么也不能相信，他特地到莳花阁来看看虚实。一看果然不假，冯妈就是自己的妻子冯氏。

魏忠贤冷冷地说："这么多年，你都不来找我？"

冯妈鄙夷地一笑："你是你，我是我，我何苦要找你？"

魏忠贤说："你还是这么无情。"

魏忠贤的意思明显是指责当初冯妈不辞而别，离家出走。可没想到这句话倒是激怒了冯妈："真让人笑掉大牙，到底是我无情还是你无情，要不要理论理论？"

魏忠贤摇了摇头："洒家现在是一人之下，万人之上，不提那些陈芝麻烂谷子的事了。咱们好歹夫妻一场，看在往日的情分上，洒家今天来，是来接你到我府上去的。"

“谢谢你的好意，我冯氏过惯了穷日子，不想占那个便宜。再说，你和那个客氏不是打得火热么，我去了她面子上也不好看……你要是真念在往日的情分上，就把汪文言放了。”

“他不能放!”魏忠贤冷若冰霜地说，“他是朝廷钦犯，贪赃纳贿，戏弄洒家，他姓汪的是死路一条啊。”

冯妈不客气地说：“他犯了什么罪，那些被你抓进诏狱的人，又犯了什么罪？说白了，不就是得罪了你吗，非要逼得人家家破人亡?”

“看来你还知道得不少啊，可这朝中大事，哪是你一个妇人所能理解的。他们不能放，一个都不能放，洒家要一个一个地收拾他们，让他们死无葬身之地。”

“那你还在这里说什么废话，什么洒家洒家的，阴不阴阳不阳，滚!”冯妈见魏忠贤一意孤行，知道他已不可救药，向他下了逐客令。

魏忠贤说：“你疯了!”

冯妈说：“你疯了!”

汪文言就在魏忠贤看望冯妈的当天死了，在诏狱里被许显纯活活折磨死了，死在杨涟、左光斗等六人之前，年仅五十四岁。这个来自徽州的小人物，直到死都坚贞不屈，没有违背自己的良心。

当天天刚黑，魏良卿穿着身破旧的衣服，戴着一顶宽沿帽子，赶着一辆马车，又来到了莳花阁。他轻轻敲了敲门，开门的正好是冯妈。冯妈见是魏良卿，且穿得不伦不类，正准备骂他。魏良卿示意她不要出声，说：“婶子，你今天一巴掌将我打醒了，我来告诉你件事，你快走吧，叔要杀你和青青。”

冯妈想不到魏忠贤会变得如此丧心病狂，惊道：“为什么?”

魏良卿说：“你让他放了汪文言，他起了疑心，他怀疑汪文言是你的野男人，怀疑青青是你和他养的野种。”

冯妈想不到魏忠贤变得如此让人恶心，真让她百口莫辩，她不解地问道：“他怎么会这样想?”

“我叔就是这样，他变了。”

冯妈狠狠地吐了一口唾沫：“我的命真苦，这个姓魏的就是个厉鬼，谁沾他谁倒霉。”

魏良卿催促道：“婶子，快走吧，锦衣卫三更天就到。”

冯妈说：“汪文言死了，青青还答应为他收尸呢。”

魏良卿说："他的尸体我弄出来了，就在马车上。"

冯妈感激地看了一眼魏良卿："你小子还算有点良心，婶子当年没白疼你，谢谢你。"

冯妈匆匆收拾了一个包裹，拉着青青出了莳花阁。青青上马车的时候，魏良卿还扶了她一把，青青默许了，没有推开他。马车向城门方向奔去。

夜色中，魏良卿像个傻子似的蹲在地上，虽然他现在很有钱，衣食无忧，有着使不完的银子，可是，再没有一个像婶子那样关心他的人了。婶子的突然出现，那个重重的耳光，似乎将他从迷乎中打醒了。

六、铁盒里的喉骨

许显纯秉承魏忠贤的旨意，五日一追比，每次追比至少要缴银二百两。左光斗的八弟左光明到处筹银，变卖家产，甚至不得已将龙眠山中的三都馆都卖了，那里可是左光斗准备致仕归里后读书的地方。即使卖掉了全部家产，与二万两的差距还差得太远。五天一到，银子没有足额缴纳，就要对人犯施以酷刑。左光斗曾兴办武学的保定府、开垦屯田的天津卫等处，以鹿正、孙奇逢、张果中、顾大武等人为首，发动大家捐银。那些钦佩左光斗气节和受过他福泽的百姓与生员，都积极行动起来。大家都还抱着一丝幻想，以为只要将坐赃的银两缴纳齐了，魏忠贤没了口实，就会对他从轻处罚。他们哪里想到，魏忠贤自将六人抓入诏狱的那天起，就根本没有打算放他们活着出去。

这一天又是过堂日，许显纯命将六人带上堂来审问。六人被拖到堂上，已根本站不起来，只好躺在地上。杨涟家里清贫，每次追比都无法足额缴纳。许显纯一拍惊堂木，叫道："杨涟，你的家人每次只缴来几两银子，这不是戏弄本官吗？"

杨涟说："杨家穷，骨头里都榨不出油水，实在无银可缴，就这几两银子，恐怕还是借的。"

"你贪赃的银子呢？"

杨涟哈哈大笑，算是回答。

许显纯喝道："都死到临头了，你现在还笑得出来？"

"我杨大洪何惧死哉？"杨涟又指了指其他五人说，"杀我六君子的人，又岂能活得长久？老天会饶恕你们吗，天下百姓会饶恕你们吗？我又怎么能不笑呢！”

许显纯说：“难怪督主叫我要剔了你们的喉骨，一个个伶牙俐齿，爷说不过你，好，就让你们再活几天，反正都逃不掉爷的手掌心。”

许显纯又问左光斗：“左光斗，不要在那儿躺着闭目养神，你这分明是在藐视本官！”

左光斗说：“本人哪里是在闭目养神，是眼皮上的伤口结了痂，实在无法睁开。”

“你将受贿的银子藏在何处？从速交来。”

左光斗也像杨涟那样放声大笑，结果一口气没喘上来，激烈地咳嗽了起来。

许显纯怪笑道：“左光斗，你自以为很聪明，却不料每次行动都在我们的掌握之中，想和督主斗，你还嫩了一点。”

左光斗问道：“此话从何说起？”

许显纯说：“你左家曾雇过一个家奴，名叫福生，可还记得？”

“当然记得，他是一个老实人。”

许显纯一阵狂笑，这怪异的笑声像夜半走出地狱的厉鬼，地上躺着的六人都坐了起来，都知道他这笑声里大有文章。

许显纯好半天才收住笑声，下巴颏儿上都沾着口水丝，他太高兴了。他说：“说给你们听听也无妨，反正都是要死的人了，索性就让你们死个明白。福生是我们的人，他早就被我们收买了。”

六人面面相觑，没想到事情会是这样。许显纯说：“你遣送妻儿，准备第二天上督主三十二斩罪疏，可惜被福生告了密，督主来了个快刀斩乱麻，提前给你罢了官，让你的奏疏成了一张废纸！”说着，狠狠地瞪了左光斗一眼。

左光斗突然想起来了，在自己草拟那封奏疏的当晚，福生是拎着水壶过来给自己续水，还将水洒在了盖着草稿的书上，当时他也没多想，以为他是无意的。现在看来，他完全是故意为之，目的就是拿开书，他好偷看写的是什么内容。好狡猾的福生！

见左光斗一副内疚的样子，许显纯更乐了：“更绝的还在后面呢！”许显纯将堂上的六人逗得一愣一愣的，开心极了。

左光斗说：“还有什么？”

许显纯说：“你们够狠的，竟然想到让孙承宗利用给皇上贺寿之机兵谏，要谋害督主，高啊，可惜啊！”

左光斗知道其中必有缘由，着急地问道：“可惜什么？”

“可惜督主棋高一着，命大福大，可惜你们功亏一篑！”

左光斗问道：“难道也是福生搞的鬼不成？”

“你说的不错，可惜现在明白已太迟了，福生偷听了你们密谋的谈话，报告了督主，督主让皇上下了道旨意，不许姓孙的带兵进京。你说，可惜不可惜啊？惜哉！痛哉！”许显纯摇头晃脑地说着，故意刺激左光斗。

难怪孙承宗答应兵谏，皇上却突然下旨不许他带兵进京，原来又是福生告的密。左光斗痛苦地闭上了眼睛，不怪小人贪利奸猾，只怪自己少了个心眼，疏于防范，才导致今天的局面。

许显纯说：“将六人带下去吧，爷今天心情好，就不对你们用刑了，下次就没这么好的运气了。”

一转眼二十余天过去了，正是夏天，诏狱里酷热难耐，每个人身上的伤口都不同程度地化脓感染，眼看着就撑不住了。这样拖下去，最后的结局可能是无一人能生还。六人经过协商认为，不如就按阉党说的，先签字画押，违心地承认受贿事实。这样，按照镇抚司的办案程序，只要犯人签字画押，就应该将他们移交刑部议罪。刑部的监狱条件好得多，与诏狱相比，那里无异是天堂。一旦到了刑部，六人又约好了，到时再集体翻供。这样，再次过堂时，六人都在受贿供述上签字画押。魏忠贤拿到他们的口供后，如获至宝，立即报告了朱由校，昏庸的朱由校确信无疑。

可是，让六人没想到的是，虽然他们签了口供，违心地承认了受贿，可是，魏忠贤仍将他们关在诏狱里，继续追比，继续拷打。至此，他们才意识到，魏忠贤断没有放他们生还的可能。

六人都开始交代后事，疼痛稍微缓解点的时候，都开始写血书，通过好心的狱卒带出去。左光斗一共写了十二封血书。血书长则一二百字，短仅数语。首封写给老父，另有九封写给长子左国柱，一封写给另外三个儿子及诸侄，最后一封写给老乡兼好友吴用先。吴用先官至蓟辽总督，后成为左光斗四子左国材的岳丈。

血书主要内容除了揭露惨遭诏狱酷刑折磨和坦陈心迹之外，重点是叮嘱诸子要正直做人，用功读书，报效朝廷。如面对追比，亦不改清廉初衷，“今始知当初做官不要钱之苦，然终不悔也”“汝等只是苦志读书，得有进步，即是大孝……兄弟和气，听伯叔教诲，做好人行好事，使子孙无玷父祖清名，我死瞑目矣。”

天启五年七月二十四日过堂追比，杨涟、左光斗和魏大中三人再受全刑。回牢房时，狱卒打招呼说：“今晚六人不得共宿一处！”将杨、左、魏三人关入大监，另三人关入另一间牢房。有狱卒见此感叹说：“今晚当有大老爷壁挺者。”壁挺是方言，即死亡。显然，魏忠贤已经下达了死亡令。当晚戌时，三人果被牢头叶文仲害死。后据知情人透露，杨涟是被铁钉贯耳、土袋压身致死的，左光斗、魏大中死法不详。

三人被害死以后，许显纯报告魏忠贤的方法也很奇特，不是用文字报告，魏忠贤不识字。他命人剔取三人喉骨，放入一个铁盒内，上好锁，然后准备亲自送给魏忠贤。这种病态的报告方式显然也是魏指使的。

次日晚，许显纯来到魏忠贤府上。等了一会儿，魏忠贤从宫里回来了。许显纯将那个小铁盒从怀里拿了出来，放在了香案上。然后，走到魏忠贤身边，伸出了三根手指，说：“督主，按您说的，先解决了三个。”

魏忠贤满意地点了点头：“嗯，好。”又叮嘱道，“把尸体放在牢里烂几天，别急着扔出去，让人看出破绽来。”

许显纯谄笑说：“督主就是高，考虑问题全面。”

魏忠贤打量着装有三人喉骨的小铁盒：“这些言官，人人能说会道，个个都是铁嗓子，可偏偏要和本督主过不去，现在好了，再也无法说话了，被剔了喉骨，到了阴间也是个哑鬼，找阎王告状都没法说了。”原来这才是他剔取喉骨的原因。他们口若悬河，字字锥心，什么二十四大罪、三十二条当斩之罪，多么可怕的字眼，魏忠贤是被他们吓破了胆。

魏忠贤最畏惧最仇恨的三个言官死了，他心情大好，命厨下上了几个菜，并意外地留下许显纯作陪，让他受宠若惊。两人你来我往，酒兴越喝越浓，一直喝到酩酊大醉才罢。

也不知是夜里什么时辰，魏忠贤忽然被一阵声音吵醒了。谁敢这么大胆子，敢在他睡觉的时候吵闹。仔细一听又觉得这声音有点不对劲，瓮声瓮气的，像是闷在坛子里发出来的一样，但话语还是听得很分明。

“魏忠贤，你残害忠良，不得好死！”

“魏忠贤，不忠不贤，心如蛇蝎，狼子野心，天诛地灭！”

“委鬼当头立，茄花遍地红，看尔横行到几时！”

……

魏忠贤赤着脚，小心翼翼地来到门外，想看看这声音到底是从什么地方发出来的。他将房门开了一道缝，声音听得大一些了。这回听清楚了，声音的来源分明是从香案上的铁盒！

魏忠贤赶紧关上房门，闩得死死的，可是那声音还是固执地传过来。“魏忠贤，你怕了吗，你往哪里逃?”魏忠贤吓得毛骨悚然，躲到了床底下，手捂着耳朵，尽量不去听那声音。可是一点用也没有，声音仍从香案上传来：“魏狗子，你给我出来，我们理论理论!”

现在怎么办，得赶紧把这个铁盒子扔了。魏忠贤大声地叫着跟班太监李朝钦的名字，可这深夜里，李朝钦睡得死猪一般，他怎么叫也没有用。

在床底下趴了一会儿，那声音好歹停了。魏忠贤决定趁此机会亲自动手，把那铁盒扔了，不然，它会折腾得他不得安宁。

他轻轻打开房门，还好，那声音没有响起，他蹑手蹑脚地来到香案前，心狂跳不已。他大着胆子去拿铁盒，就在他的手快要沾到时，铁盒突然“哗”的一声响，爆发出一阵冲天的狂笑：“哈哈哈哈……”

魏忠贤“妈呀”一声大叫，披头散发，夺门而出，在院子里大叫道：“救命，有人要杀我！快救命……”他狂奔起来，跌倒了，又爬起来，继续狂奔。他这一闹，家仆们全起来了，举着刀吆喝着到处找人，可什么也没有找到。再看魏忠贤，跌得鼻青脸肿，身上划了好几道血口子，狼狈不堪。

李朝钦说：“督主，没有找到凶手!”

魏忠贤惊魂未定地指着香案说：“快，派人将香案上的铁盒送到涿州娘娘庙去，让吕道长好生超度他们……”

魏忠贤没想到这三个死了的人还让他不得安宁，铁盒子拿走了，可他觉得那些声音仍在回响，又命人将放铁盒的香案浇上油烧了。他再也不敢睡在原来的卧室里，重新换了一间，离得远远的……

直到七月二十九日，左光斗与杨涟、魏大中三人遗骸才被裹以苇席，束以草索，从监狱后门洞中移至诏狱墙外。尸体移出时，已经腐烂得难以辨识。史可法通过自己探监时系在老师身上的红腰带，才确定了左光斗的遗体。左光斗的八弟左光明、长子左国柱以及内兄周日耀等雇舟扶榇南归，葬于桐城西北部吕亭驿旁的松鹤山。

杨涟、左光斗和魏大中三人死后不久，袁化中、周朝瑞也分别于八月十九、八月二十八日被害，顾大章于九月十五日自缢。历史上把在这次在狱中受难的六位东林名臣称为“东林六君子”。在害死左光斗之后，魏忠贤还下令桐城县令继续追比，逼迫左光斗家人。魏忠贤为了灭口，还于当年八月公开处决了在牢中关押了几年的熊廷弼，并传首九边。而在广宁失陷中承担主要责任的王化贞，直到七年后的崇祯五年才被处死。

天启七年，朱由校在一次游玩中不慎落水，由此病重，后因服用“仙药”而死。朱由校的弟弟朱由检继位，这就是崇祯皇帝。他钦定阉党逆案，阉党成员遭到清剿，并得到应有的惩处。魏忠贤被发配至凤阳看守皇陵，后畏罪自杀。客氏被笞死于浣衣局，并在净乐堂焚尸扬灰。

左光斗的冤案得以昭雪，赠封右都御史、太子少保，赐国礼祭葬。朝廷批准在顺天府南京、桐城各建专祠一座，以祭忠魂。南明福王时，追谥忠毅。据有关记载，左光斗的父亲左出颖在儿子被锦衣卫押解离乡时，始终神色平静，不改常态，即使后来听到左光斗惨死狱中的消息，虽内心悲痛，但也只是泣下数行而已。及至左光斗的冤案得以昭雪，左出颖闻言痛哭说：“老夫今天可以死了！”

左光斗因清廉刚直，铁骨铮铮，被后人称为“铁骨御史”。明末清初著名的思想家、哲学家和科学家方以智作诗《重吊左少保公》云：

持归骸骨与灰残，贯日长虹气正寒。
血在狱中荒土碧，心悬阙下暮云丹。
碑铭成帙千篇哭，鼎镬当前一死难。
拜手读公行状略，移宫两疏更充冠。

桐城派三祖之一的方苞撰文《左忠毅公逸事》，以简洁的语言，记述了左光斗的几件逸事，赞美他知人善用和以国事为重、不计个人生死荣辱的崇高品格。此文后收入高中语文课本，影响广泛。在他的家乡桐城东乡（今属安徽省铜陵市枞阳县横埠镇横山村），建有左光斗故居和生平事迹陈列馆，供后人瞻仰。

后 记

那是在2001年的春天，我第一次到左光斗的故里大朱庄去寻访，陪同我的是当地红灯小学的一位老师左浑船。大朱庄是今枞阳县横埠镇境内一座普普通通的小村庄。阳春三月，遍野的油菜花灿烂似锦。我们找到了正在野外祭坟的左氏后人左一思老人。当年，左老81岁，精神矍铄，他是左光斗三兄左光前的第十三世孙。

左光斗，生于明神宗万历三年（公元1575年）九月初九。当天，月当大斗，其父因而名之。字共之，取《论语》中“为政以德，譬如北辰，居其所而众星共（拱）之”之意，一字遗直。自号浮丘，又号沧屿。

左一思老人领着我们向大朱庄走去。一路上，左老不停地说着朱庄的地理位置是如何地好，他指给我们看说，那蜿蜒的山岗像一条象鼻保护着村庄。在朱庄的村头村尾，我们看到了许多古枫树，干粗可数人合围，树龄至少都在百年以上。从一棵一棵的古树旁经过，我仿佛看到了村庄久远的历史。

绕过几间民居，左老将我们带到一片废墟前。他对我们说，这就是光斗公老宅的旧址，老屋坍塌已经有一些年头了，左光斗就出生在这里，并在这儿度过了童年和少年时光。左老又让我们看旧址上一些残存的原物，一对明代石狮基本完好，门楼边还有一对石鼓，尤其是用来安放石鼓的两只石礅，上面的图案和花纹非常精美。我有些不解地问左老，这些旧物何以保存到今天。左老说，大朱庄都是左氏后裔，平时大家都自觉地保护。

2008年夏天，经过多次联系，我在横埠镇又有幸见到了一幅左光斗的画像。画像由横埠镇中义村左氏后人收藏，此前一直传说已失传。当时的激动之情无以言表。画像长2.8米，宽1.1米，属大幅立轴。画像顶部有六个篆体大字：“左忠毅公遗像”。从时间上推断，画像绘制时间应当是明末或清初。如此大幅的造像，不太适宜悬挂于普通民宅，它很可能是左氏后人为了纪念这位先贤而悬挂于左氏宗祠之内的。画像中的左光斗身着盘领窄袖的红袍，头戴官帽，脚穿皂靴，端坐于虎皮椅子上，左手放于膝上，右手搭放在腰带上。他目视前方，眼含忧郁，表情严肃，不怒自威。画像画工非常精细，线条流畅，柔韧有力，活而不滞。胡须部分，一根一根清晰可辨。官袍的下半部分以海浪纹为主，上半部分以祥云纹为主，飘逸灵动，一笔一笔尤见用心。特别是脚下椅座上的木纹和回字纹，曲直相映，用笔讲究，表现出了精湛的绘画技艺。

提起左光斗，我们都会想起后人送给他的“铁骨御史”这个称号。这个称号来源于史可法之语：“吾师肺肝，皆铁石所铸造也。”史可法在听说恩师惨遭炮烙之刑后进入诏狱探监，时左公面额焦烂，几不可辨，左膝以下筋骨尽脱。史可法探监反遭老师一顿责骂。事载方苞《左忠毅公逸事》。实际上，用“铁骨御史”来概括左光斗的一生，是不够全面和准确的，尽管他完全无愧于这一称号。要说铁骨，东林人士个个堪称铁骨，这些人正派、无私，不畏强权。在明末那样的乱世，朝廷迫切需要的不是坐而论道、夸夸其谈的腐儒，也不是犯言直谏、徒事攻讦的诤臣，而是能救民于水火的干臣。

而左光斗就是这样一位干臣，他是一个实干派官员。万历末至天启初年，他以监察御史的身份，在北方屯田。当时，北方人习惯旱种，不知水稻为何物。左光斗大胆推广水稻，获得了空前的成功。北方缺水，他号召百姓以水利为先，汲水成渠，大挖水井。在南京大学出版社出版的《顾宪成高攀龙评传》一书中，我意外地看到一首左光斗在北方屯田开荒时编写的一首歌谣：“盘庚五迁，唯井存焉。家掘一井，井灌十亩。八口之家，可以无饥。”为了顺利推广水稻，他谱写了这首凿井之歌，让老百姓传唱。在左光斗的倡导下，北方各府县普遍响应，凿井眼无数，各县开凿水田上百亩，多的达千亩以上。一时间，北方成为塞上江南。东林重臣邹元标在还朝路过天津时，见路面水田成片，感慨地说：“三十年前，都人不知稻草何物。今所在皆稻，种水田利也”，并指出，这都是左光斗的功劳。

左光斗有一封著名的《足饷无过屯田屯田无过水利疏》。经过认真调查，在这封奏疏中，他提出了在北方进行“三因十四议”的兴修水利举措，并很快得到朝廷批准。“三因”就是因天之时、因地之利、因人之情进行水利建设，“十四议”则是进一步的具体化，即浚川、疏渠、引流、设坝、建闸、设坡等。所以，有人说左光斗又是一位水利专家。作为一个清流，左光斗不仅是重视农业，而且身体力行，在北方推广水稻种植，非常难能可贵。土地是民生之本，明太祖朱元璋在开国之初推行的稳农政策就是附民于田。但是，在明末，土地兼并日益剧烈，富者田连阡陌，贫者无立锥之地，加上天灾频繁，流民四窜，民附于田就成了一句空话。在这种情势下，左光斗的屯田就有了救民于水火的意义。另外，辽东战事频繁，朝廷缺饷缺粮，左光斗在北方屯田对强兵足民、充实辽饷，也起到了非常重要的作用。

左光斗具有独到的人才眼光。他曾置人才录一册，“某处有某人某相才某将略某第一流某稍次，暗识圈点，曰：‘吾居官十数年，精神全用在此，虽多未识面，而已可备朝廷缓急之用矣。’”（《左忠毅公年谱》）左光斗非常重视人才的培养，他在北方屯田和担任学政时，提议并开设屯学、武学，得到了朝廷的批准，这些都是为国家培养文武人才的紧要之举、创新之举，有着划时代的意义。可惜，在明末那样一个纷乱四起朝局飘摇的时代，左光斗的提议并没有得到很好的实施。

记得是 2006 年，北京图书馆出版社出版了一套《明代名人年谱》，影印本，共十二册，其中就收有《左光斗年谱》。当时网上有售，但不拆零，定价是 2400 元，优惠后还要近 2000 元。这是左光斗年谱首次影印并公开出版。当时下决心买了一套，还向同学借了部分书款。至迟在那时，我就有了为左光斗创作一本传记或小说的想法了。可收到书后不免有些失望，年谱太简洁了，关于左光斗一生的生平事迹记载甚为粗略，语焉不详。加上本人水平有限，于是只好将创作时间推迟，同时继续搜集左公资料。

直到 2017 年，我才觉得创作时机已经基本成熟，于是才正式开始本书的构思。此前一年的 2016 年，我还以左光斗为题材尝试创作了电视剧本《大明御史》，并获得安徽省第三届影视剧本大赛创意剧本奖。这进一步增添了我创作本书的信心。即使如此，创作过程也并不是很顺利，写活一个历史人物是极其艰难的，我只是勉为其难罢了，只为了圆心中一个酝酿了多年的梦，只为了对故土再一次进行深情的回望。

感谢中国文史出版社和本书责编程凤女士，让拙作有了面世的机会；感谢为本书作序的《安徽商报》编委、著名作家张扬先生；感谢在文学道路上给予我帮助的老师、家人和朋友们，正是由于你们的支持，才让我有信心走到现在，并继续走下去。

谢思球

2018 年 5 月 9 日